MORD IN BAD VÖSLAU

Norbert Ruhrhofer, geboren 1968 in Wien, arbeitete zunächst als kaufmännischer Mitarbeiter im Gesundheitswesen. Er studierte im zweiten Bildungsweg Rechtswissenschaften und war danach bei einem namhaften österreichischen Informationsdienstleistungsunternehmen tätig. Im Alter von fünfundvierzig Jahren zog er von Wien aufs Land und entdeckte seine Leidenschaft fürs Schreiben. Er lebt mit seiner Frau in Bad Vöslau, südlich von Wien.

Ein Besuch seiner Webpage unter www.norbert-ruhrhofer.at zahlt sich schon während des Lesens des Krimis aus. Besuchen Sie die Schauplätze auch via Krimi-Geocaching.

Dieses Buch ist ein Roman. Handlungen und Personen sind frei erfunden. Ähnlichkeiten mit lebenden oder toten Personen sind, außer in einem Fall, nicht gewollt und rein zufällig. Im Gegensatz dazu tragen alle Ortsteile, Sehenswürdigkeiten, Lokale und Geschäfte ihre tatsächlichen Namen und können besucht und teilweise auch kulinarisch ausprobiert werden. Einzig die Bogengasse und den Bioladen vom Bio-Berti gibt es in Wirklichkeit nicht.

Für Petra, die Liebe meines Lebens

Personenliste

Willi Pokorny: fünfundvierzig Jahre alt, faul, unsportlich und je nach Jahreszeit entweder mit seinem froschgrünen E-Bike oder einem dreißig Jahre alten Ford Escort unterwegs. Derzeit arbeitslos, unterstützt er seinen Freund Berti bei der Auslieferung von Bioprodukten.

Toni Pokorny: Die allerbeste Ehefrau der Welt steht knapp vor ihrem vierzigsten Geburtstag, ist sportlich und bemüht sich mit viel Engagement, Kindern Literatur näherzubringen. Ernährt sich gesund und wünscht sich ein Kind.

Maxime (Beagledame): Die Hündin ist ein vollwertiges Familienmitglied bei den Pokornys und eine Art Kinderersatz.

Gruppeninspektor Rudolf Sprengnagl: Kriminalbeamter im Bereich Leib und Leben in Bad Vöslau, langjähriger Schulfreund von Pokorny. Intimfeind der Chefinspektorin Wehli, die früher seine Vorgesetzte war und ihn jetzt für alle polizeilichen Aktivitäten anfordert, welche die Stadtgemeinde Bad Vöslau betreffen.

Chefinspektorin Ottilia Wehli: fünfunddreißigjährige Kriminalbeamtin, immer in schwarzer Ledermontur auf ihrer 1200er BMW unterwegs, will Leiterin des LKA werden und hat wegen einer gemeinsam vergeigten Soko und eines gescheiterten Grundstückskaufs Probleme mit Rudolf Sprengnagl.

Liesl Katzinger: eine neugierige alte Frau, die über alles und jeden in Bad Vöslau Bescheid weiß. Sie spricht Wörter häufig falsch oder sinnentfremdet aus und steht meist kettenrauchend vor dem Café Annamühle.

Bio-Berti: langjähriger Schulfreund von Pokorny und Sprengnagl, hat in Großau (Ortsteil von Bad Vöslau) ein Geschäft aufgebaut, in dem er neben Bioprodukten auch Magic Mushrooms verkauft.

Tatjana Walcha: Schulfreundin der Toni und Chefin der Stadtbücherei Bad Vöslau, hat der Toni dort einen Teilzeitjob verschafft.

Dorothea Hanifl: Doppelhausnachbarin der Pokornys und ständiges Ärgernis.

Hugo Holler: cholerischer Baumeister, der sich mit jedem anlegt. Seine Pläne für ein riesiges Appartementgebäude am historischen Badplatz stoßen in der Stadtgemeinde auf Widerstand.

Waldemar Lieblich: ehemaliger Opernstar, schwer herzkrank.

Elisabeth Lieblich: ehemalige Revuetänzerin und Ehefrau des Opernstars. Zeigt Hugo Holler öfters wegen Bauübertretung bei der Gemeinde an.

Franz Schöberl: Nachbar des Ehepaars Lieblich und Schwager von Elisabeth, kümmert sich um den kranken Waldemar und hilft bei alltäglichen Arbeiten.

Heidrun Zwatzl: stammt aus der DDR und hat von ihrem Vater, der bei der Stasi war, Abhörequipment geerbt. Sie bespitzelt ihre Nachbarn mit versteckten Kameras und Mikrofonen.

Roswitha (Rosal) Fratelli: Putzfrau beim Ehepaar Lieblich und Freundin von Liesl Katzinger.

Ein Sonntag im Mai, 9.45 Uhr – Kurstadtlauf

Ganz Bad Vöslau ist an diesem herrlichen Frühlingstag auf den Beinen, um die mehr oder weniger trainierten Hobbysportler bei ihrem Laufunterfangen zu unterstützen, gilt es doch, einen 1,29 Kilometer langen Rundkurs innerhalb einer Stunde so oft wie möglich zu absolvieren. Klar gibt es da für den Otto Normalläufer neben den Profis nicht viel zu gewinnen. Und nach der gestrigen Kaiserschmarrnparty mit Weinbegleitung wurden die hohen Ambitionen des einen oder anderen Hobbyläufers sowieso zurückgeschraubt. Gestartet wird wie jedes Jahr vom Badplatz, der majestätisch zwischen dem ehemaligen Café Thermalbad, dem Thermalbad und dem Hotel Stefanie liegt.

Dieses Jahr ist die Stimmung nicht so ausgelassen wie beim letzten Kurstadtlauf. Zwar ist die Stadtgemeinde ordentlich herausgeputzt worden, und alles scheint äußerlich wie immer. Doch der Pokorny, der eben mit schmerzverzerrtem Gesicht zur Streckenabsperrung humpelt, spürt, dass Ärger in der Luft liegt. Im sonst so beschaulichen und friedlichen Bad Vöslau sind gleich drei Polizeistreifen bei einem Hobbylauf durchaus ungewöhnlich. Sogar sein Freund, der Gruppeninspektor Sprengnagl, ist anwesend. Er begrüßt ihn grinsend und deutet auf den bandagierten Knöchel vom Pokorny. »Servus, nicht schlecht, sogar mit Verband. Muss die Toni schon wieder alleine laufen?«

Ach ja, das mit dem Kurstadtlauf ist für den Pokorny so eine Sache. Was, um ehrlich zu sein, eigentlich für jegliche sportliche Aktivität gilt. Er bewegt sich in der Regel so wenig wie möglich, Spazieren oder Wandern sind ihm ein Gräuel und werden auch mit Beagledame Maxime aufs absolute Minimum beschränkt. Und wenn er doch in die Nähe sportlicher Aktivitäten kommt, dann nur auf seinem E-Bike. Dementsprechend unfit drückt er sich Jahr für Jahr mittels vorgetäuschter Verletzungen vor der Teilnahme am Bad Vöslauer Kurstadtlauf. Mal ist es eine Verkühlung, mal eine Oberschenkelzerrung, aber auch eine akute

Wadenverhärtung hat schon einmal einen Start erfolgreich verhindert. Die Prellung der rechten großen Zehe vom letzten Jahr war der Höhepunkt seiner peinlichen Ausreden und führte im Eheleben der Pokornys zu ordentlichen Turbulenzen. Dieses Mal allerdings ist er wirklich verletzt, und da kommt ihm jetzt sogar ein Grinser aus.

»Hallo, Sprengi, ob du's glaubst oder nicht, diesmal ist es keine Ausrede.« Er bückt sich und nimmt die Maxime auf den Arm. »Die süße Schlawinerin hat sich wieder einmal ins Schlafzimmer geschlichen, und ich bin über sie drübergefallen.«

»Au weh, die Arme! Hoffentlich ist ihr nichts passiert.« Besorgt streichelt ihr der Sprengnagl liebevoll über das Köpfchen.

»Na, du bist mir ein Freund! Ihr geht es gut, nur meinen Bändern nicht, tut ordentlich weh.« Sein dick eingebundener Knöchel erinnert entfernt an eine einbandagierte Schweinshaxe.

Der Sprengnagl legt seinem Freund mitfühlend die Hand auf die Schulter. »Autsch, das schaut wirklich gar nicht gut aus. Dafür musst halt nicht mitlaufen.«

»Ja, ja, hat die Toni auch schon festgestellt. Hast du heute nicht frei? Und sind drei Streifenwagen nicht ein bisserl viel Polizei für die paar Läufer? Macht leicht die Landeshauptfrau mit?«

»Scherzkeks. Nein, die von der LLPP, der Linksliberalen Piratenpartei, haben am Schlossplatz eine Demo angemeldet. Der Inspektionskommandant rechnet damit, dass die Teilnehmer in Richtung Badplatz abwandern werden, um hier beim Kurstadtlauf zu demonstrieren. Deshalb wird zur Sicherheit mehr Personal aufgeboten, und als ortsansässiger Kripobeamter der Kriminaldienstgruppe darf ich heute präventiv Dienst schieben. Meine Begeisterung hält sich in Grenzen.« Er schnaubt verstimmt und verzieht das Gesicht.

»Wogegen demonstrieren die Piraten?«

»Es geht um den Umbau des Badplatzes. Das alte Café Thermalbad soll abgerissen und durch ein mehrstöckiges Appartementhaus ersetzt werden. Dagegen laufen nicht nur die Piraten Sturm, nein, auch ein paar ansonsten friedliche Gemeindebürger steigen auf die Barrikaden. Hast du denn davon nichts mitbekommen?«, fragt er verwundert.

»Nein, weißt eh, mich interessiert so ein Gerede nicht.«

Bevor der Sprengnagl weiterreden kann, meldet sich sein Funkgerät, er lauscht, nickt und verabschiedet sich von seinem Freund. »Muss weg. Ich meld mich später, servus.«

Der Pokorny schaut ihm versonnen nach und sieht, wie sich tatsächlich ein Pulk gelb-schwarz bekleideter Anhänger der Piratenpartei unter die friedlichen Zuschauer mischt. Träge bewegen sich die Fahnen der Demonstranten im angenehm warmen Mailüftchen, nur hin und wieder zuckt eine, verursacht durch den Rempler eines Gegners der Demonstration.

Die Toni, des Sportmuffels allerbeste Ehefrau der Welt, hat aufgrund ihres guten fünften Platzes vom Vorjahr bei den Topsportlern Aufstellung genommen und erspart sich dadurch die Menge der restalkoholgeschwängerten Hobbyläufer. Für ihr erklärtes Ziel, endlich mal aufs Podest zu kommen, hat sie die letzten Wochen hart trainiert.

»Hallo, Pokorny, komm rüber zu mir. Von da siehst besser auf die Demo.« Die alte Frau Katzinger, die Ich-weiß-alles-überjeden-Gemeindebürgerin, sitzt am Rand des Freiheitsbrunnens, dem zentralen Element am Badplatz vor dem Thermalbad, und winkt mit ihrem Stock. Kaum einen Meter sechzig groß, schwingt sie ihre in orthopädischen Schuhen steckenden kurzen Beine vor und zurück. Bei dem Gedränge trifft sie so den einen oder anderen Zuschauer, entsprechend der Größe des Opfers, zwischen Kniekehle und Lendenwirbelbereich. Entrüstete Kommentare übergeht sie, ohne eine Miene zu verziehen.

Bei ihr angekommen, wird der Pokorny gleich nett begrüßt: »Na, wie geht's dir nach der gestrigen Sauferei?« Sie grinst mit ihren falschen Zähnen wie ein Isländer-Pferd aus Großau.

»Ah, die Frau Katzinger. Freundlich wie eh und je«, brummt er und ist bemüht, sich die schmerzhafte Bänderverletzung nicht anmerken zu lassen. Weil komisches Gerede benötigt er in seinem angeschlagenen Zustand wie ein eitriges Wimmerl auf der Nase.

Doch sie durchschaut den hilflosen Versuch. »Das ist echt gemein, nur weil ich mit meinen Hühneraugen so daherwackel, brauchst mich nicht nachäffen und auf Hinkebein machen. Kruzitürkn, so etwas macht man nicht mit einer alten Frau!«, sagt sie entrüstet.

»Ich äffe Sie nicht nach. Die Maxime hatte es sich vor dem Bett gemütlich gemacht, und ich bin …«

Er kann den Satz nicht fertig sprechen, sie schaltet sich sofort ein: »… sturzbesoffen drübergefallen … und jetzt ist das arme Hunderl schuld, oder?« Sie streichelt die Maxime, die zuerst schnüffelt und dann beginnt, die Finger der Katzinger abzulecken. Der Pokorny will gar nicht wissen, was, höchstwahrscheinlich Reste eines Speckstangerls, die Leibspeise der alten Frau. »Unschuldiges Viecherl, und jetzt ist dein Herr natürlich schwer verletzt. Schauen wir mal, wo es ihm wehtut.« Seinem Blick folgend beugt sie sich nach unten und klopft mit dem Stock auf die Bandage. Sicher ist sicher, man weiß ja nie.

»Aua, sind Sie verrückt? Glauben Sie, ich hab's nötig, extra für Sie eine Ausrede zu suchen?«, ruft der Pokorny gereizt und greift sich an den Knöchel.

»Ma, du Armer, ist's wirklich so arg?« Sie holt aus und versucht, die Schmerzgrenze vom Pokorny mit einem weiteren Schlag auszutesten.

Mit der freien Hand greift er verärgert nach dem Stock. »Einmal noch und ich verheiz Ihre Gehhilfe, verstanden?«

Dank der Bürgermeisterin bleibt ihm die Katzinger die Antwort schuldig, sie kneift die Augenbrauen zusammen und deutet auf die Gemeindechefin am Rednerpult.

»Guten Morgen, liebe Sportbegeisterte und Fans. Bevor es gleich losgeht, möchte ich den diesjährigen Hauptsponsor des Kurstadtlaufes vorstellen. Es ist die renommierte Holler-Bau GmbH, vertreten durch den Firmenchef, Herrn Hugo Holler.«

Zwischen dem verhaltenen Applaus sind vereinzelt Buhrufe aus dem Lager der Piraten und ihrer Anhänger zu hören, die bisher trägen Bewegungen der schwarz-gelben Fahnen des Widerstands werden von heftigem Schwenken abgelöst.

»Bitte, liebe Mitbürgerinnen und Mitbürger. Herr Holler ist ein Förderer der Gemeinde und wird auch den Umbau des früheren Cafés Thermalbad finanzieren und durchführen. Dafür möchte ich mich im Namen der Stadtgemeinde Bad Vöslau schon jetzt recht herzlich bedanken.« Die weiteren Dankesworte an den neben ihr stehenden Baumeister gehen in Zwischenrufen wie »Scheiß-Kapitalistensau!«, »Korrupte Politiker!« sowie einem heranfliegenden Ei unter. Am hellgrau gestreiften Baumwollkostüm der Bürgermeisterin rinnt ein gelbgrüner Eidotter, von einem gewaltigen Schwefelgeruch begleitet, zäh hinunter. Aufgrund der ekelhaften Geruchsbegleitung kann man vermuten, dass das proteinhaltige Attentat von langer Hand geplant war. Die beiden nachfolgenden Eier verfehlen die Bürgermeisterin nur dank des heldenhaften Einsatzes des Sportrates. Wie es sich für einen braven Parteisoldaten gehört, wirft er sich als Schutzschild vor seine Chefin und kassiert frontal zweimal Gelbgrün.

»Siehst, Pokorny. Ich hab dir ja gesagt, das ist ein guter Platz«, stellt die Katzinger zufrieden fest. »Weit weg vom Schussfeld, aber nahe genug, um nichts zu verpassen.«

Er nickt anerkennend. »Stimmt, besser geht's nicht. Die Eier hat übrigens der Typ mit der Baseballkappe geworfen.«

»Das ist der Wotan Fetzer, der Obmann von den Piraten. Ein radikaler Trottel in meinen Augen. Na gut, was soll auch aus dir werden, wenn dich deine Eltern mit dem Vornamen Wotan strafen. Jetzt sperr die Ohren auf: Der Wotan war der Hund vom Zeus, also vom Chef der römischen Götter. Na, was sagst? Weiß ich alles aus der Millionenshow mit dem Assinger.«

Innerhalb eines einzigen Satzes einen derartigen Blödsinn daherzureden, da beutelt es den Pokorny aber gewaltig durch. »Da haben Sie wohl bei der Auflösung ein kleines Nickerchen eingelegt. Wotan war kein Hund, sondern der oberste germanische Kriegsgott«, doziert er. »Und der Chef-Gott Zeus war ein Grieche und kein Römer.«

»Ma, fallt dir nix Besseres ein, als einer alten Frau ihre kleinen Fehler reinzuwürgen? Ist das nicht wurscht? Jedenfalls ist Wo-

tan doch eine Ansage, oder? Da kannst ja nur ein Radikalinski
werden.« Während sie sich noch über den Pokorny ärgert, wird
die blond gefärbte Haarpracht der Bürgermeisterin durch einen
senkrecht einschlagenden Paradeiser zerstört.

»Na geh, jetzt wird's grauslich. Da schau rauf, der Grantler-
Ludwig. Ein alter Schnorrer mit Fixzimmer im Hotel Stefanie.
Der ist auch gegen den Umbau des Badplatzes.«

»Arbeiten er und der Fetzer zusammen?«

»Die beiden? Niemals, die verbindet nur der Ärger über die
korrupten Politiker und die Verschandelung des historischen
Platzes.« Sie schneidet eine Grimasse.

Der Pokorny verzieht das Gesicht. »Dass es überhaupt so
einen Wirbel um den Umbau des Badplatzes gibt. Ich mein,
normal sind die Einheimischen doch friedliche Zeitgenossen,
und jetzt demonstrieren sogar die Mitarbeiter und Patienten der
Kuranstalt gemeinsam.« Er deutet auf eine Gruppe Personen in
weißen Kitteln sowie mit Rollatoren bewaffnete Demonstranten.

Das mit dem Umbau des früheren Cafés Thermalbad hat eine
lange Geschichte, die der erst vor knapp acht Jahren zugezogene
Pokorny nicht kennen kann. Das war so: Nach dem Konkurs des
Pächters des früheren Cafés Thermalbad verkaufte die ständig
in Geldnöten befindliche Stadtgemeinde die 1830 erbaute Villa
Pereira-Arnstein, in der sich das Café befindet, an die Holler-
Bau GmbH. Zugesagt war eine Erhaltung und Revitalisierung
des historischen Gebäudes, wofür es auch einen vom Gemeinderat abgesegneten Einreichplan gibt. Doch nach dem Verkauf
an den Baumeister wurde daraus das vierstöckige Megaprojekt
Appartementhaus Thermal. Eine breite Bürgerbewegung for-
mierte sich und bezog massiv Stellung gegen das Bauvorhaben.
Die sonst so friedliche Stadtgemeinde spaltete sich in zwei Lager auf: Die Gegner des Umbaus, die den historischen Platz
vor dem Thermalbad auf ewig verschandelt sahen, standen den
Befürwortern einer Modernisierung unversöhnlich gegenüber.
Eine Woge der Entrüstung brauste durch die Bevölkerung, und
schließlich wurde eine Bausperre verhängt, welche die Lage aber
bis zum heutigen Tag nicht zu beruhigen vermochte. Dass sich

die Bürgermeisterin heute mit Hugo Holler als Hauptsponsor
zeigt, werten die Gegner als Kampfansage.

»Ist schon schade um das Caféhaus«, meint die Katzinger.
»Früher war ich dort immer morgens auf eine Melange und eine
von diesen geilen Cremeschnitten. Aber trotz der guten Lage
haben die Pächter das Lokal in den Sand gesetzt, und die Gemeinde mit ihren maroden Finanzen hat's dann schwups an den
Baumeister verkauft. Bin gespannt, wann die Polizei eingreift.
Dein Sprengnagl hält sich ja fein im Hintergrund.«

Tatsächlich scheint der Gruppeninspektor – der mit seinen ein
Meter dreiundneunzig die meisten Teilnehmer und Zuschauer
überragt – wie seine Kollegen nur mäßig daran interessiert,
die Situation zu entschärfen. Der Pokorny hofft nur, dass der
Sprengnagl da keinen Fehler begeht. Weil entspannt ist die Lage
schon längst nicht mehr. Und dabei hat sich der Holler bisher
noch gar nicht zu Wort gemeldet.

Gegenüber den Eieraktivisten entdeckt der Pokorny den
Schöberl, einen Bekannten von gemeinsamen Spaziergängen im
Wald. Lange waren sie still aneinander vorbeigegangen, da stellte
sich quasi eines Tages der Hund vom Schöberl, die Romy, der
Maxime vor. So kamen die beiden eher schweigsamen Herren
ins Gespräch.

Der Schöberl sieht ihn, winkt und beugt sich anschließend zu
einem vor ihm im Rollstuhl sitzenden Mann hinunter. Daneben
steht eine vollschlanke schwarzhaarige Frau, die der Pokorny
noch nie gesehen hat.

»Kennen Sie die Leute beim Schöberl?«, flüstert er der Katzinger ins Ohr.

»Kennen … wen? Warum redest denn auf einmal so leise?« Sie
fährt sich ans linke Ohr und beginnt, an ihrem Hörgerät herum-
zuwerkeln. »Meine Lautsprecher, echt arg. Schau mal!« Sie macht
Anstalten, sich die In-Ear-Ohrstöpsel aus den Ohren zu fischen.

»Bitte nicht! Die kenn ich schon.« Mit Graus und einem
Würgereiz im Hals erinnert er sich an die Schmalzpropfen im
Ohr von der Katzinger. Vor ein paar Monaten hat sie ihm diese
einmal bei einem Espresso unter die Nase gehalten.

»Ma, was bist denn so panisch? Dann halt nicht. Was ist jetzt, was wolltest wissen?«

Die Wortgefechte der Gegner des Bauprojektes werden immer heftiger, deshalb wiederholt der Pokorny seine Frage, diesmal lauter: »Wer die Frau und der Mann beim Schöberl sind?«

»Den Fettwanst im Rollstuhl und die auf jung geschminkte Eiskönigin meinst?«, schreit sie und zeigt mit ihrer Hand hinüber.

»Pscht! Wenn die uns hören. Müssen Sie so grauslich reden?«, zischt er und drückt ihre Hand nach unten. »Und nehmen S' Ihre Hand runter, schnell!«

»Aua! Das tut weh.« Sie verzieht das Gesicht zu einer Grimasse. »Rheuma, Pokorny, Rheuma. Sei nicht so grob. Weißt, wenn ich's nicht besser wüsste, ich tät sagen, du bist ein Weichling. Die zwei sind eh was Besseres. Die hören so was nicht einmal, wenn du danebenstehst.«

So, und jetzt versteht der Pokorny nur mehr Bahnhof, die alte Frau freilich bemerkt seinen verständnislosen Blick. »Die Eiskönigin ist die Elisabeth Lieblich, und der Fettwanst im Rollstuhl ist ihr Mann, der Waldemar. Früher mal Opernsänger und jetzt ein herzkrankes Wrack.«

»Herzkrankes Wrack. Wieso?«

»Was weiß ich, er hat's beim Singen halt übertrieben, und jetzt spielt das Herz nicht mehr mit. Damit's funktioniert, haben die ihm so ein Kasterl als Taktzähler eingebaut. Sonst ist es aus mit ihm.« Sie nickt bekräftigend und seufzt.

Der Pokorny verzichtet darauf, ihr den Begriff Herzschrittmacher näherzubringen. Jetzt, wo die Katzinger beim Tratschen gerade so einen Lauf hat, will er nicht ungut auffallen und bremsen.

»Jetzt muss er Tabletten schlucken ohne Ende … Der war früher so nett, vor dem Siechtum halt. Eine arme Sau, gell?« Sie schaut den Pokorny an und zuckt mit den Schultern.

»Reden S' doch nicht schon wieder so grauslich.« Mit ihrer robusten Ausdrucksweise hat er so seine Probleme. »Und die Frau Lieblich?«

»Die Elisabeth Lieblich glaubt, sie wär was Besseres, kommt aus der feinen Badener Gesellschaft. Kennst du von früher noch die Lieblich-Zwillinge?« Als er verneint, verdreht sie die Augen. »Du bist schon irgendwie eigen. Wohnst seit … hm … fast ewig in Vöslau und kennst niemand, also fast niemand. Dabei waren doch die Lieblich-Zwillinge früher berühmte Revuegirls. Die haben immer aufreizend getanzt und die Arme und Beine durch die Gegend geschmissen.« Sie reißt die Hände in die Höhe und streckt abwechselnd das linke und dann das rechte Bein aus. Den tödlichen Blick eines vor ihr stehenden Zuschauers, dem sie mit ihrem orthopädischen Schuh zum wiederholten Male in die Lendenwirbel getreten hat, ignoriert sie gnadenlos.

»Die sind oft in den Klatschmagazinen und in der Fernsehkisten aufgetreten. Immer zu zweit, weil ein Zwilling ist kein Zwilling«, kichert sie, vom eigenen Witz begeistert, und schüttelt wegen des ausbleibenden Lachers vom Pokorny enttäuscht den Kopf. »Bis halt ihre jüngere Schwester, die Helene, gestorben ist. Ein Unfall nach einem Auftritt, die Arme. Und der Schöberl … na, der war erst arm. Ma, was der geweint hat, ohne Ende. Der war fertig mit dem Leben, der bedauernswerte Mann«, seufzt sie und greift sich theatralisch an die Brust.

»Was hat denn der Schöberl mit den beiden zu tun?«

»Na, der war doch mit der Helene verheiratet und wohnt neben den Lieblichs. Der war früher Pfleger. Ein sehr netter Mann. Angeblich hilft er der Eiskönigin immer, wenn's Zores mit dem Waldemar gibt.«

»Zores?«

»Na ja. Dauernd ist was. Wenn's dir hundsmiserabel geht, bist halt auch nicht mehr der Netteste. Und die Eiskönigin hat sich immer schon komisch aufgeführt, also wegen ihrem Waldemar, ja, ja!«

»Wieso sagen Sie eigentlich immer Eiskönigin zu ihr?«, fragt der Pokorny interessiert, weil irgendwann muss er ja doch nachhaken.

»Wennst die anschaust, friert dir das Gesicht ein. Quasi die Medusa, auf kalt getrimmt. Die Augen … schwarz wie die Hölle.

Viel Gefühl hat's nicht in sich. Schau, wie abfällig die auf ihren Mann runterschaut.«

Der Pokorny kann da jetzt nichts Abfälliges erkennen und die Katzinger mit ihrer handtellergroßen verschmierten Fliege-Puck-Brille sicher auch nicht. »Na, wenn Sie meinen.«

»Ja sicher, glaub mir, da kenn ich mich aus.« Grimmig dreinschauend klopft sie ihm mit dem Griff ihres Stockes zwischen die Schulterblätter, und wieder ist er knapp dran, ihr die Gehhilfe zu entreißen. Freilich bemerkt sie, dass ihr enthusiastischer Ausbruch beim Pokorny keinen Freudentaumel auslöst, und grinst entschuldigend.

»Woher wissen Sie so viel über die Familienverhältnisse der Lieblichs?«

»Na, meine Freundin, die Rosal, bürgerlich Roswitha Fratelli, putzt einmal in der Woche bei der Eiskönigin den Dreck weg. Frage nicht, was die da alles mitbekommt.« Sie macht eine wegwerfende Handbewegung.

Mittlerweile hat sich der Holler das Mikrofon der derangierten Bürgermeisterin gekrallt und hebt versöhnlich eine Hand. »Werte Mitbürger, bleiben Sie ruhig, ich verspreche Ihnen …«, sagt er in besänftigendem Tonfall, bevor ihm sprichwörtlich der Saft abgedreht wird. Er klopft auf das Mikrofon und schaut hilfesuchend zum Technikerpult.

»Pokorny, schau, noch so ein Vöslauer Original. Da, neben dem Fetzer. Die Heidrun Zwatzl, ein Überbleibsel aus der DDR. Hat dem Fetzer gerade ein Ei geklaut und … ui, ui, jetzt kriegt auch der Investor sein Fett ab.«

»Dafür winkt der Beklaute mit einem Stecker. Der pfeift sich gar nix und hat dem Holler einfach den Strom abgedreht. Jetzt muss die Polizei aber langsam in Bewegung kommen, sonst wird's gleich heftig«, bemerkt der Pokorny nervös.

Wie erwartet trifft das Ei den Holler, und zwar mitten ins Gesicht. Der Schädel des als Choleriker bekannten Baumeisters läuft unter den stinkenden gelbgrünen Eierresten rot an. Als wäre das nicht schon genug, wirft die Lieblich, mit ausladender Handbewegung, ebenfalls etwas nach dem Baumeister.

»Hat die Eiskönigin dem jetzt einen Stein auf den Schädel geworfen? Ja, spinnt die komplett?«, schimpft die Katzinger. »Der blutet ja! Schau dir den grauslichen Gatsch an, der dem runterrinnt.«

Tatsächlich läuft dem Holler von der Stirn über Gesicht und Hals ein rotes Bächlein einer undefinierbaren Masse hinunter.

»Schaut eklig aus. Sein Hirn wird's aber nicht sein. So, wie sich der aufführt, kann da nicht viel runterrinnen«, spottet die Katzinger.

»Wo haben Sie eigentlich Ihr freundliches Wesen her?«

»Das ist jetzt wurscht. Schau, jetzt hat auch der Schöberl einen Stein geworfen, und der Holler, pfui, kostet den Gatsch, der ihm runterrinnt. Ma, graust dem vor nix?« Sie verzieht angewidert den Mund.

Der Inspektionskommandant hat sich mittlerweile mit drei Kollegen zur Bürgermeisterin vorgekämpft. Er zückt sein mitgebrachtes Megafon, um Ruhe in die aufgeheizte Stimmung zu bringen.

Da hat er aber die Rechnung ohne die Lieblich gemacht. Mit schnellen Schritten drängt sie sich durch die Menge der Zuschauer und entreißt ihm das Megafon. »Holler, Sie Prolet, ersticken Sie daran! Dann haben wir es hinter uns.« Wieder wirft sie etwas nach ihm, dreht sich im Kreis und brüllt: »Nieder mit ihm, der verschandelt uns die Gemeinde!«

Der Kommandant starrt entgeistert auf die sich immer heftiger beflegelnden Streithähne. Die Lieblich provoziert den Holler, bis ihm die Sicherungen durchbrennen, und kassiert daraufhin eine Ohrfeige, die sie in Richtung Friedensbrunnen schleudert. Der Schöberl springt den nacheilenden Holler von hinten an und würgt ihn mit bloßen Händen.

Mit der Maxime auf dem Arm rettet sich der Pokorny zur mittlerweile am Brunnenrand balancierenden Katzinger. Beide beobachten entsetzt den Mob, für den es jetzt kein Halten mehr gibt. Die Aktivisten der Piratenpartei, die Gegendemonstranten, die Patienten der Kuranstalt, die Weißkittel, ja sogar einige Läufer beteiligen sich an der Massenschlägerei.

19

Erst nach zwanzig Minuten hat die Polizei, mit Unterstützung der örtlichen Feuerwehr, die Lage unter Kontrolle. Die nachfolgende Bestandsaufnahme der verursachten Verletzungen: vier ausgeschlagene Schneidezähne, sechs gebrochene Nasen, ein Jochbeinbruch, eine ausgekugelte Schulter, ein Oberschenkelhalsbruch eines Geriatriepatienten sowie unzählige blaue Augen, Platzwunden und Abschürfungen. Das alles verblasst aber sofort und wird zur Nebensächlichkeit, denn neben dem umgekippten Rollstuhl am Boden liegt, mit weit aufgerissenen Augen, verzerrtem Mund und so tot, wie man nur tot sein kann, der Waldemar Lieblich. Sein Hemd ist bis zum Nabel aufgerissen, daneben kauert, schwer atmend und mit Tränen in den Augen, der Schöberl. All seine Versuche, den Lieblich mittels Herzdruckmassage zurückzuholen, waren vergeblich.

Die Toni konnte sich in letzter Sekunde in den Brunnen retten und steht jetzt, am ganzen Körper zitternd, bis zu den Knien im Wasser. Der Pokorny weiß, was der Sprengnagl die nächsten Stunden machen wird: Als Kripobeamter muss er rasch die Lage einschätzen und danach in Abstimmung mit der Staatsanwaltschaft entscheiden, wohin die Leiche gebracht und ob externe Unterstützung benötigt wird. Des Weiteren gilt es, Zeugen zu befragen, Protokolle zu schreiben und so weiter. Der Pokorny schaut seinen Freund, der gerade den Schöberl vorsichtig vom Toten wegzieht, fragend an. Der Gruppeninspektor zuckt mit den Schultern und deutet den Pokornys, nach Hause zu gehen.

✳✳✳

Der Tag ist nicht mehr zu retten. Den lädierten Fuß hochgebettet, zwei Fünfhundert-Milligramm-Parkemed-Schmerztabletten intus, gibt sich der Pokorny seinem Leid hin. Auch die Toni ist durch den Wind. Mit dem, was an diesem herrlichen Frühlingstag passiert ist, sind beide überfordert. Ja gut, im Fernsehen gibt es fast täglich Demonstrationen mit Ausschreitungen, Verletzten und sogar Toten zu sehen. Aber in Bad Vöslau? Beide hoffen auf Informationen vom Sprengnagl, stellen sich aber auf eine längere Wartezeit ein. Dreihundertachtzig Läufer waren für die Veranstaltung angemeldet, mit den Zuschauern und Demonstranten zusammen kann von mehr als sechshundert potenziellen Zeugen ausgegangen werden. Daher wird es siebzehn Uhr, bis der Gruppeninspektor bei den Pokornys auftaucht.

Kaum dass er sich erschöpft auf die Wohnzimmercouch fallen lässt, wird er schon vom Pokorny bestürmt. »Was ist passiert? Wieso habt ihr nicht früher eingegriffen? Was meint der Arzt?«

»Willi, lass ihn doch erst einmal zur Ruhe kommen. Schau, wie erledigt er aussieht«, sagt die Toni und dreht die Espressomaschine auf. »Magst du etwas trinken? Einen Kaffee?«

»Danke, keinen Kaffee mehr. Mir tut schon der Magen weh. Gib mir lieber einen Veltliner. Mir ist heute schon alles wurscht. Gut, dass ich euch weggeschickt hab. Kurz danach ist die Frau Chefinspektorin auf ihrer 1200er BMW eingetroffen, hat die Laufveranstaltung für beendet erklärt und uns zur Begrüßung gleich die Hölle heißgemacht. Der Lieblich könnte noch leben, wir wären alle unfähig, hätten früher einschreiten müssen, bla, bla, bla.«

So erregt hat der Pokorny seinen Freund schon lange nicht mehr gesehen. »Das ging aber schnell. Woher hat die gewusst, was da abgeht? Hast du sie verständigt?«

»Da, dein Achterl, trink und dann erzähl«, verlangt die Toni.

Der Sprengnagl bedankt sich und nimmt einen genussvollen Schluck. »Als wäre das Ganze nicht schon so eine einzige Katastrophe gewesen, da brauche ich die Frau Chefinspektorin Ottilia Wehli wie einen Kropf. Wenn die so siebengescheit daherredet, hilft uns das überhaupt nicht weiter. Wahrscheinlich hat die Staatsanwältin nach meinem Anruf das LKA angefordert.«

Der Pokorny meint achselzuckend: »Versteh mich nicht falsch, aber ihr habt euch schon Zeit gelassen. Die Katzinger und ich waren beim Brunnen, also, ich hätte schon früher …«

»Ich kann das nicht mehr hören!« Er stellt sein Weinglas aufgebracht auf den Couchtisch und verschüttet einen Teil. »Sorry, aber echt, mir reicht's! Die Stimmung ist schon lange aufgeheizt. Wenn wir da jedes Mal, wenn was hochkocht, gleich einschreiten würden, dann stünde hier alles still. Ich habe dir schon gesagt, dass die Demo der Piraten am Schlossplatz genehmigt war, aber der Fetzer hat sie einfach auf den Badplatz verlegt. Der hat das geschickt eingefädelt, seine Leute haben sich wie auf ein Kommando in alle Windrichtungen verstreut und am Badplatz wiedergetroffen. Wir haben keine Chance gehabt, das zu verhindern, und dann ist alles blitzschnell gegangen.«

»Blöd gelaufen. Was ist mit dem Lieblich passiert?«, fragt der Pokorny.

»Wissen wir nicht. Wie immer hat keiner etwas mitbekommen. Erst nachdem wir die Lager trennen konnten, haben wir gesehen, dass der Lieblich am Boden liegt. Der Schöberl hat noch versucht, ihn zu reanimieren, zwecklos. Sein zufällig anwesender Hausarzt, Dr. Gimborn, konnte nur mehr den Tod feststellen.«

»Laut der Katzinger ist der Lieblich schwer herzkrank gewesen. Was macht der bei so einer Veranstaltung? In der Menge mit dem Rollstuhl, da bekommst eh kaum Luft, und wenn er sich dann noch aufgeregt hat …« Der Pokorny schüttelt den Kopf.

Der Sprengnagl nickt. »Sein Hausarzt hat von der Terrasse des Hotels Stefanie zugesehen und sich auch gewundert. Der Lieblich verlässt sonst kaum mehr das Haus, und ausgerechnet beim Kurstadtlauf ist er mitten im Publikum. Dr. Gimborn geht, wie der Notarzt, von einem Herzinfarkt aus, es sind keine Spuren einer Fremdeinwirkung zu sehen. Die Wehli hat den Toten schon vom Bestatter Lagrange abholen lassen. Da die Lieblichs ein Urnengrab haben, wird er wohl verbrannt werden.«

»Kaum tot, schon im Kühlraum«, stellt der Pokorny fest. »Die macht sich's leicht. Will sie den wirklich so schnell freigeben?«

»Ich hab die Wehli auf die Krankengeschichte des Toten hingewiesen. Ob sie weitere Untersuchungen durchführen lässt, entscheidet sie in Absprache mit der zuständigen Staatsanwältin in Wiener Neustadt, nicht aber mit dem kleinen Kripobeamten von der PI Bad Vöslau. Mehr kann ich nicht tun, es ist jetzt ihre Leiche.« Er wendet sich ab und wischt mit einem Taschentuch den verschütteten Wein auf.

»Ohne weitere Spuren wird es mit der Vorgeschichte bei Verdacht auf Herzinfarkt kaum eine Obduktion geben«, meint der Pokorny. »Aber die Katzinger hat mir erzählt, der Lieblich hätte einen Herzschrittmacher getragen. Wenn das stimmt, wird die Leiche vor der Einäscherung sowieso geöffnet und der Schrittmacher entnommen. Die Batterie könnte bei neunhundert Grad nämlich explodieren. Das Risiko gehen die Krematorien nicht ein, die sind auf ihre teuren Schamottöfen heikel. Und wenn die den Toten schon offen haben, können sie ihn gleich genauer unter die Lupe nehmen und ein Fremdverschulden definitiv ausschließen. Obwohl ich auch glaube, dass der Lieblich während der Schlägerei aus Panik einen Herzinfarkt erlitten hat und …«

»… und damit indirekt durch die Krawallmacher gestorben ist«, setzt die Toni fort.

»Die Wehli sieht das auch so«, sagt der Sprengnagl ärgerlich. »Schon praktisch, nicht wahr? Damit bleibt der tote Lieblich an der PI Vöslau kleben.«

»Reg dich nicht auf. Warum hat sich die Elisabeth Lieblich denn mit dem Holler so in die Haare bekommen?«, fragt die Toni.

Der Pokorny fasst nach: »Sogar einen Stein hat sie nach ihm geworfen. Nur wegen dem Holler'schen Appartementhaus wird sie wohl nicht zu so drastischen Mitteln greifen?«

»Gott sei Dank war es nur Holler-Kompott, was sie und der Schöberl auf den Baumeister geworfen haben. Der Hass der Lieblich auf den Holler rührt von seinem Bauprojekt neben ihrem Grundstück bei der Waldandacht. Da gibt es ständig Probleme, Anzeigen et cetera. – Aber was anderes, wahrscheinlich wird euch die Katzinger damit auch noch nerven. Sie hat angeblich einen Funken beim Lieblich gesehen, und zusammengezuckt soll er auch sein.« Über die Glaubwürdigkeit der Zeugin gibt das Augenverdrehen vom Sprengnagl genug preis. »›Einen blauen Funken‹, um sie korrekt wiederzugeben. Jedenfalls vermutet sie, dass der Lieblich von seiner Frau umgebracht wurde, weil die ihren Mann angeblich so hasst. Du bist angeblich ihrer Meinung …« Der Gruppeninspektor schaut seinen Freund fragend an.

»Blödsinn! Ich kenn die Lieblich doch gar nicht, woher soll

ich wissen, ob sie ihren Mann hasst oder nicht? Während der Schlägerei bin ich neben der Katzinger am Brunnenrand gestanden, aber ein blauer Funke ist mir nicht aufgefallen. Die phantasiert sich da was zusammen.«

»Ich glaube, die schaut sich zu viele Krimis an«, bemerkt die Toni mit einem Lachen.

»Sonst werdet ihr nicht viel haben«, vermutet der Pokorny.

»Das Übliche halt. Unergiebige Zeugenbefragungen, Aufnahme von Anzeigen wegen Körperverletzung, Sachbeschädigung und Verleumdung und dazu die normalen Gemeinheiten, die man bei so einem Anlass den verhassten Nachbarn leicht unterschieben kann.« Er schaut die beiden erschöpft an. »Kann gut sein, dass euch die Wehli auch noch befragen wird.«

»Hast du uns …?«, erkundigt sich die Toni argwöhnisch.

»Euch verraten? Nein. Der Kommandant hat mich mit dem Pokorny reden sehen. So hat die Wehli Wind von eurer Anwesenheit bekommen und sich gewundert, dass ihr nach dem Chaos nicht mehr da wart. Die Katzinger hat euch entschuldigt und gemeint, der Pokorny sei ein körperliches Wrack und sei von der Toni huckepack nach Hause getragen worden.« Er schmunzelt. »Ob das deine Lage bei ihr verbessert, ist fraglich. Strafrechtlich eher ja, persönlich na … weißt eh. Sie freut sich halt über alles, was sie uns anhängen kann.«

»Haha, witzig. Dass die auch keine Ruhe geben kann!«, schimpft der Pokorny.

»Vergiss es, die O-Weh war durch ihre internen Kanäle schon seit Längerem über die aufgeheizte Stimmung und die parallel zum Kurstadtlauf in der Gemeinde angemeldete Demonstration bestens informiert. Seltsamerweise wurden uns trotzdem weniger Beamte als angefordert genehmigt. Zehn hat der Kommandant angefordert, sechs wurden genehmigt. Und jetzt sagt sie, sie sei mehr als enttäuscht über die schlechte Polizeiarbeit. Wenn sie gewusst hätte, wie bei uns gepfuscht wird, wäre sie natürlich persönlich anwesend gewesen. Bla, bla, bla.« Er schnauft durch, zieht den rechten Mundwinkel verächtlich nach außen und hält der Toni sein leeres Weinglas hin.

24

»Die hat euch absichtlich anlaufen lassen«, stellt der Pokorny fest.

»Sie soll mich einfach in Ruhe lassen, mehr will ich gar nicht von ihr.«

»Ihr zwei Helden. Was erwartet ihr denn? Nach dem Fiasko mit der Soko darf sie sich keinen Fehler mehr leisten. Deshalb sucht sie vorsorglich Schuldige«, sagt die Toni. Sie zwickt die Nase vom Pokorny zwischen Mittel- und Zeigefinger ein und schüttelt zärtlich seinen Kopf.

Das Fiasko rund um die missglückte Soko ist eine unangenehme Angelegenheit, die den Konflikt zwischen der Wehli und dem Sprengnagl zum Teil erklärt: Beide haben früher beim LKA Niederösterreich in St. Pölten im selben Team gearbeitet. Die Wehli als leitende Chefinspektorin in der Soko Friedhof, der Sprengnagl als der ihr unmittelbar unterstellte Gruppeninspektor. Mehrere junge Frauen waren getötet und am Friedhof in der Landeshauptstadt in frisch ausgehobene Gräber gelegt worden. Ein nicht beachteter Hinweis hatte dann zu einem weiteren Mord geführt, die Leiche einer jungen Frau war am Morgen der Bestattung des Altbürgermeisters tot in dessen geöffnetem Grab aufgefunden worden. Es hatte einen Riesenskandal gegeben, der nach gegenseitigen Schuldzuweisungen zwischen der Wehli und dem Sprengnagl disziplinäre Folgen gehabt hatte. Aufgrund der missglückten Ermittlungsarbeit war der angekündigte Wechsel ihres Chefs, Major Wambacher, ins BKA nicht genehmigt worden, und er machte die beiden dafür verantwortlich. Die Wehli wurde abgemahnt, verlor die Sokoleitung und die Chance auf eine baldige Übernahme des Chefsessels im LKA. Ihr unglückseliger Mitarbeiter wurde als Gruppeninspektor in die Kriminaldienstgruppe der Polizeiinspektion Bad Vöslau versetzt. Seitdem fordert ihn die Wehli gerne zur Unterstützung an und lässt ihn dann ihren Frust spüren.

»Halte besser deinen Kopf unter ihrem Radar«, rät die Toni dem Pokorny und lässt endlich seine Nase aus. »Einen Freizeitpolizisten wie dich verspeist die mit Haut und Haaren.«

Der Pokorny winkt ab. »Habt ihr euch die Zwatzl und den

Fetzer genauer angesehen? Die zwei haben mit Eiern geworfen und dadurch richtig Schwung in den Streit gebracht.«

»Klar, den Fetzer schon, der wollte laut seiner Aussage nur den Holler und die Bürgermeisterin vorführen und weiter negative Stimmung gegen den Umbau machen. Ein Spinner. Und die Zwatzl war nicht mehr vor Ort anzutreffen. Die knöpfen wir uns gesondert vor, so wie einige andere. Sie war nämlich nicht die Einzige, die während unseres Eingreifens rasch das Weite gesucht hat.«

»Und keiner hat etwas gesehen?«, erkundigt sich die Toni. »Das gibt es doch nicht. Da waren Hunderte Leute am Badplatz.«

»Mehr als sechshundert sogar, es ist wirklich kaum zu glauben. Passiert leider oft, gerade in einem Gemenge geht vieles unter. Einige verschwinden gleich, andere wollen sich gar nicht erst einmischen.«

Der Pokorny nickt und bläst in Gedanken versunken eine Wange auf. »Was ist mit den Mobiltelefonen der Zuschauer?«

»Vergiss es, ein schwer kranker Mann ist an einem Herzinfarkt gestorben. Keine Hinweise auf Fremdeinwirkung. Wir können die Handys nicht einfach beschlagnahmen. Aber was wir tun, wir ersuchen die Zeugen, uns zweckdienliche Fotos oder Videos zur Verfügung zu stellen. Bisher allerdings Fehlanzeige. Neben dem Lieblich fand sich außerdem noch eine kaputte Brille, die bisher nicht zugeordnet werden konnte. Vielleicht bringt uns die Auswertung der Brunnenkamera etwas.«

»Es gibt eine Kamera am Freiheitsbrunnen?« Jetzt ist der Pokorny aber überrascht. »Wo soll die sein?« Schließlich hat er am Rand des Brunnens gestanden, aber eine Kamera ist ihm nicht aufgefallen.

»Nicht am, sondern ganz oben im Stein. Weiß keiner, wurde letztes Jahr wegen der Vandalenakte vorm Bad angebracht. Nicht ganz legal, aber wo kein Kläger, da kein Richter.« Der Gruppeninspektor grinst und zwinkert mit dem rechten Auge.

Die Toni drückt auf das Display des neuen Jura- Kaffeevollautomaten und bereitet sich einen Cappuccino mit Milchschaum zu. »Tsss, Überwachungsstaat in Vöslau! Ich bin erstaunt, dass ihr euch das traut.« Sie runzelt die Stirn und schaut irritiert. »Was hat denn der Schöberl erzählt? So schnell, wie der Erste Hilfe geleistet hat, muss er doch etwas gesehen haben?«

»Der hat sich mit dem Holler geprügelt und den Lieblich erst gesehen, als er schon am Boden lag. Dann hat er noch versucht, ihm zu helfen. Aber da war es schon zu spät. Das hat übrigens auch der Holler ausgesagt.«

Der Pokorny schürzt die Lippen. »Seine Frau muss doch was gesehen haben. Die stand ja direkt neben ihrem Mann.«

»Die Lieblich meint, sie könne sich an nichts erinnern. Alles sei so schnell gegangen, und sie hat sich während der Schlägerei zu den Bänken beim Eingang zum Thermalbad geflüchtet.« Der Sprengnagl trinkt einen letzten Schluck Veltliner, steht auf und schnalzt mit der Zunge. »Auf geht's, ich muss noch ins Büro. Die Wehli wird sicher schon sehnlichst auf mich warten. Falls sie nach euch fragt … Ich sage ihr mal, ihr habt nichts gesehen. Servus.«

✳✳✳

Für Maximes Abendrunde gibt es zwischen den grün wogenden Weizenfeldern und den Weinrieden zahlreiche Wege zur Auswahl. Wegen des einbandagierten Knöchels vom Pokorny nehmen sie heute den kurzen, aber gefährlicheren Weg. Gefährlich nicht wegen der Gegend. Schließlich ist dieser Teil der Strecke, vorbei am Aquädukt der Wiener Hochquellwasserleitung und der süßlich duftenden Fliederhecke, durchaus sehenswert. Nein, die Gefahr lauert eher in einem Wohnwagen in der Nähe des Weges. Deswegen wird die Maxime normalerweise auch an der kurzen Leine gehalten. Heute aber sind die beiden Pokornys in ihr Gespräch über den Kurstadtlauf und den Tod von Waldemar Lieblich vertieft, und Maxime nutzt ihre acht Meter lange Leine voll aus. Sie steht bellend vor einem rostigen Maschendrahtzaun, der die Katzinger'sche Pachtparzelle umrandet, in der Nähe eines kleinen hellgrünen Teichs. Das Reich der alten

Frau ist zugewachsen wie das Schloss von Dornröschen und gar nicht leicht zu entdecken, Beagledame Maxime hat aber aufgrund Speckstangerln und Mürbteigkeksen eine innige Fressbeziehung zu ihr aufgebaut und findet das Reich ihrer Gönnerin daher spielend leicht.

Leider wird die Maxime enttäuscht, denn die Katzinger ist heute abgelenkt. »Hallo, Toni, hast deinen kränklichen Ehemann gut nach Hause gebracht?«, erkundigt sie sich und zwinkert schelmisch.

»Wirklich witzig«, sagt der Verletzte gereizt. »Ich täte Ihnen zu Ihren Hühneraugen gerne noch was von meiner Bänderverletzung abgeben. Da wäre dann Schluss mit lustig.«

»Ma, jetzt sei nicht gleich beleidigt. War nicht böse gemeint. Wehleidig bist schon ein bisserl, gell?«

»Frau Katzinger …«, brummt er.

»Ja, ja. Ist schon gut. War ja wirklich eine blöde Sache da heute mit den Wahnsinnigen. Ich hab's ja gleich gesagt, da wird es Ärger geben. Und die Pinguine in Polizeiuniform haben die Sache ordentlich vergeigt. Die frustrierte Chefpolitesse war nicht gut auf den Postenkommandanten zu sprechen, aber den Sprengnagl hat sie besonders ins Herz geschlossen. Als hätte der den Mord am Lieblich verhindern können!« Sie tippt sich mit dem Zeigefinger zweimal auf die Stirn. »Schwachsinn, ich hab ja genau gesehen, was passiert ist.«

»Wir haben den Unfug mit dem blauen Funken schon gehört. Sie sollten das mit den Krimis sein lassen und lieber ›Bergdoktor‹ schauen«, meint die Toni höflich, aber mit einer kaum wahrnehmbaren Brise an Sarkasmus.

»Ich weiß, was ich gesehen hab, auch wenn mir die Polizei nicht glaubt. Der blaue Funken war da, so wie der Anzünder bei meinem Gasofen. Da macht's immer so xsss, xsss, und vorne springt ein blauer Funken raus.« Sie sieht die verständnislosen Blicke und schüttelt genervt den Kopf. »So ahnungslos, wie ihr schaut, wissts nicht, was ich meine. Grad hab ich die Evelyn vom Nah und Frisch in der Bahnstraße getroffen. Wissts eh, die stellt mir manchmal, wenn ich wegen meiner Füße nicht latschen

28

kann, halt was zum Essen und meine Marlboro zu. Eine ganz eine Nette, auch Lottoscheine und Rubbellose bringt sie …«

»Frau Katzinger! Wird das noch was?«, unterbricht der Pokorny die ausufernde Rede.

»Pah, die hat jedenfalls gleich gewusst, was ich mein. Wartets einen Moment, ich zeig euch was.« Sie dreht sich um und watschelt auf ihren Stock gestützt zum Wohnwagen.

Der Pokorny schwenkt die Hand wie einen Scheibenwischer vor seiner Stirn hin und her. »Die geht mir fest auf die Nerven. Echt, als wäre ich ein Weichei. Muss die so blöd daherreden?«

»Lass gut sein.« Die Toni grinst. »Sie ist alt und alleine. Wahrscheinlich will sie sich den Tod von der Seele reden. Was glaubst du, wie es ihr geht? In dem Alter.«

»Wer ist alt?« Bedrohlich fuchtelt die Katzinger neben ihnen mit einem elektrischen Anzünder herum. »Da, so hat der Funken ausgesehen.« Sie streckt den Arm wie ein Schwertkämpfer nach vorne und drückt mehrmals auf den mittig am Griff angebrachten Knopf. Xsss, xsss, xsss. »Damit werfe ich die Herdplatte an.«

Und ja, der Pokorny kennt diesen Anzünder von seiner Oma. Wiederbefüllbar, aber bei jeder neuen Ladung rinnt die Hälfte vom Flüssiggas daneben hinaus. Und tatsächlich hüpft ein blauer Funke aus dem länglichen Stab und verfehlt nur knapp seine Augenbrauen.

»Jetzt wissts, was ich mein. Der Funken beim Lieblich war größer, ob's auch xsss, xsss gemacht hat, weiß ich nicht, war zu laut. Aber gezappelt hat er schon, der Waldemar.« Sie nickt bestätigend und zischt: »Und, wo war die Eiskönigin? Ist angeblich geistig verwirrt auf einer Bank gesessen. Die Mörderin!«

»Das geht aber jetzt zu weit«, meint die Toni irritiert. »Laut dem Arzt hat der Waldemar Lieblich einen Herzinfarkt gehabt. Wie kommen Sie darauf, dass die Lieblich eine Mörderin sein könnte? So etwas sagt man nicht einfach so.« Da kennt die Toni kein Erbarmen. Verleumdung und Rufmord sind keine gelungene Paarung.

Aber die Katzinger bleibt hartnäckig. »Ich habe dafür ein Gespür, glaub mir. Mit der Eiskönigin stimmt was nicht. Wieso schleppt die ihren Mann ausgerechnet zum Kurstadtlauf? Um ihn in aller Öffentlichkeit umzubringen, ist doch sonnenklar. Super Alibi.«

»Die Polizei geht von einem natürlichen Tod aus. Also was soll das? Ist Ihnen fad, oder was?«, raunzt der Pokorny, bückt sich und betastet seinen lädierten Knöchel. Hochlagern wäre eine echte Alternative zu dem nervigen Gespräch.

»Warum so aggressiv? Wart, ich klär das.« Sie öffnet ihr aufklappbares Samsung – Marke Steinzeit – und wählt den Notruf. »Hallo, ist dort die Polizei? Katzinger mein Name, bitte kommen Sie rasch. Ich habe da einen Notfall … Ja, ich weiß, Sie haben grad Stress, aber es geht um die Leiche beim Kurstadtlauf. Ja, ich warte bei meinem Wohnwagen am Feld. Danke!« Sie legt auf und schaut in irritierte Gesichter. »Was ist denn los mit euch? Klären wir den Sachverhalt doch gleich direkt mit dem Auge des Gesetzes. Wollts in der Zwischenzeit etwas trinken?«

Der Pokorny läuft rot an. »Sind Sie jetzt komplett verrückt? Sie können doch nicht einfach so die Polizei anrufen. Glauben Sie, die haben nichts anderes zu tun?« Im Geiste sieht er die Wehli am Hinterrad ihrer BMW anpreschen, um die Befragung der entlaufenen Zeugen gleich vor Ort nachzuholen. Er beutelt entrüstet den Kopf. »Da bin ich jetzt neugierig, wie Sie sich aus der Affäre ziehen.«

Nur zwei Minuten später quietscht sich ein Streifenwagen mit Blaulicht vor dem Wohnwagen ein. Zum Glück ist der Sprengnagl dabei, von der Wehli keine Spur. »Frau Katzinger«, sagt er genervt. »Was ist los? Haben Sie die Pokornys als Mörder entlarvt, oder weshalb rufen Sie auf der Polizeiinspektion an?«

»Ma, ihr seids wirklich gute Freunde. Der Pokorny ist auch so unentspannt.«

»Kommen Sie mir nicht komisch daher. Sonst sitzen Sie schneller in einer Einzelzelle, als Sie noch einmal ›ma‹ sagen können.« Grundsätzlich ist der Sprengnagl, außer was die Wehli angeht, ein freundlicher und besonnener Mann. Aber was zu viel ist, ist zu viel. Auf die Wiederholung ihrer Blauer-Funken-Theorie kann er getrost verzichten.

»Schauen S', Herr Sprengnagl …«

»Herr Gruppeninspektor Sprengnagl für Sie. Also, was wollen Sie? Ich habe noch eine Menge Arbeit zu erledigen.«

Die Katzinger verdreht die Augen und schnauft theatralisch durch. »Schauen Sie … Herr … Gruppeninspektor … Sprengnagl, so hat der blaue Funken ausgesehen.« Vorführung des Gasanzünders, die zweite. Auch der Sprengnagl wirkt wenig beeindruckt und zuckt mit den Schultern.

»Und weiter? Ich habe Ihnen doch schon gesagt, dass es keinerlei Anzeichen für äußere Gewalteinwirkung gibt. Mit so einem Ding müssten Verbrennungen zu sehen sein. Fehlanzeige, weder am Hemd noch auf der Brust des Toten. Außerdem stirbt an so einem Ding kein Mensch. Also geben Sie Ruhe, ich muss wieder zurück.« Missmutig dreht er sich weg.

»Ist ja nur ein Beispiel, wegen dem blauen Funken halt«, raunzt sie. »Vielleicht gibt's was Hautfreundlicheres zum Massakrieren von einem Herzkranken?«

Genervt springt der Pokorny für seinen Freund in die Bresche. »Das ist doch absurd und an den Haaren herbeigezogen. Was gibt es für einen Grund, weshalb sie ihren Mann umbringen sollte? Hä? Wegen ein paar Streitereien, lächerlich.«

»Die haben nicht einfach nur so gestritten. Die Lieblich hat ihren Mann erst unlängst angeschrien und gesagt, er soll endlich verrecken. So ein jämmerliches Wrack braucht sie nicht. Und, ist das kein Motiv?«, will sie wissen und hebt den Anzünder wie Harry Potter seinen Zauberstab.

»Fragen Sie doch Ihre Freundin, ob es dafür Beweise gibt«, schlägt der Pokorny der Katzinger vor und hofft, dass die Sache damit erledigt ist.

»Welche Freundin?«, fragt der Sprengnagl forsch.

»Ja, ja, da werden S' plötzlich neugierig. Am Dienstag ist meine Informantin bei der Lieblich vor Ort und wird sich umschauen. Wenn es was … Handfestes gibt, weiß ich's dann. Falls ich bis Dienstagabend nix hab, geb ich Ruhe. Dann brauchen Sie auch den Namen nicht wissen.«

»Ehrenwort?«

»Ehrenwort … äh … Eines noch.«

»Bitte. Was denn noch?« Schön langsam ist er mit seiner Geduld am Ende, er sieht sich schon bis Mitternacht Protokolle schreiben.

»Nur, damit wir keine Zeit verlieren … Können Sie in der Zwischenzeit die Lieblich vernehmen? Sonst wird die Spur kalt.«

»Sie machen mich narrisch«, unterbricht sie der Sprengnagl. »Es gibt keinen Grund für eine Vernehmung. Lassen Sie es gut sein, kümmern Sie sich lieber um Ihren Garten. Auf Wiedersehen, ich muss los.«

»Komm, Maxime«, ruft der Pokorny und winkt der Katzinger zum Abschied. »Wir drei fahren mit dem Sprengi mit.«

»Ja, ja. Baba und fallts nicht. Einer alten Frau glaubt ja eh niemand was!« Beleidigt grummelnd schaut sie dem kleiner werdenden Streifenwagen nach.

✳ ✳ ✳

Vor der Doppelhaushälfte der Pokornys fährt der Sprengnagl sein Dienstfahrzeug an den Straßenrand.

Die Toni räuspert sich. »Was ist, wenn an der Sache mit der Lieblich was dran ist?«

»Vergiss es.« Der Sprengnagl greift sich an die Stirn. »Die Katzinger braucht doch nur eine Ansprache. Es gibt keinen Grund, Ermittlungen einzuleiten.«

»Hm«, meldet sich der Pokorny. »Hm, also … Ich wollt's ja vor der Katzinger nicht sagen, sonst dreht die noch ganz durch. Aber als ich mit ihr am Brunnenrand gestanden bin – irgendwas hat mich bei der Schlägerei zwischen dem Holler und dem Schöberl irritiert. Das mit dem Gasanzünder ist natürlich ein Blödsinn, lächerlich. Aber trotzdem war da was …«

»Na prima, da war was. Noch einmal: Es gibt keinen Hinweis auf ein Fremdverschulden, konstruiere dir bitte nichts zusammen. Die Katzinger reicht mir.«

»Wirst schon recht haben … Trotzdem könnte die Lieblich ihren Mann ja absichtlich in so eine prekäre Lage gebracht haben.

Der Holler und die Demo waren ja angekündigt. Zu Tode gefürchtet ist schließlich auch gestorben, und die Rechnung könnte ihr sprichwörtlich aufgegangen sein«, meint der Pokorny.

Die Toni faltet die Hände über der Nase zusammen und schaut nachdenklich beim Seitenfenster hinaus. »Lasst uns die Geschichte der Katzinger mal durchspielen, natürlich rein hypothetisch: Ihre Informantin, die übrigens Roswitha Fratelli heißt, ist regelmäßig bei dem Ehepaar Lieblich putzen und bekommt mit, dass es zwischen den beiden nicht gut läuft. Angenommen, die Lieblich wollte ihn tatsächlich loswerden?«

»Ja, und wie soll sie ihren Mann vor all den Leuten umgebracht haben? Wenn was passiert wäre, hätten der Schöberl oder der Holler doch etwas sehen müssen«, wendet der Sprengnagl ein.

»Stimmt schon … Vielleicht war die Idee vom Willi doch nicht so abwegig. Also, mit dem Erschrecken. Es ist eng, laut, wenig Luft. Die Lieblich hat mit dem Holler-Kompott den Streit eskalieren lassen. Einen Versuch könnte es wert gewesen sein … Was meint ihr?«

»Ich meine, dass es von der Wehli keinen Auftrag für Ermittlungen wegen Verdachts der Tötung des Lieblich gibt. Mögliche Zuckungen, blaue Funken und seltsame, nicht verifizierbare Aktivitäten, beobachtet vom Brunnenrand, werde ich ihr sicher nicht weitergeben. Ich darf für sie ohnehin noch tonnenweise Befragungen durchführen, morgen Hunderte Leute zum Unterschreiben einladen … Mir reicht das, ehrlich. Soll sie doch ihren unverschuldeten Herzinfarkt haben, dann haut sie wenigstens schnell wieder nach St. Pölten ab.«

»Aber …«, fängt der Pokorny noch mal an.

»Aber was? Bitte, lass gut sein. Ich will meine Arbeit fertig machen und danach mit meiner Frau zum Brucknerhof essen gehen. Wir haben einen Tisch reserviert.«

»Ich habe einen Vorschlag für dich: Die Toni und ich reden, unabhängig von den offiziellen Ermittlungen, mit den betroffenen Personen. Holler, Schöberl, Lieblich, Zwatzl, Fetzer … da bieten sich für mitfühlende Gemeindebürger doch genug

Möglichkeiten, die gemeinsam erlebte Grausamkeit zwanglos bei einer Plauderei zu verarbeiten. Na, was meinst?«

»Na, ich weiß nicht. Wenn die Wehli das mitbekommt, sitzt du ordentlich in der Tinte«, warnt er seinen Freund. »Außerdem ... gerade du. Das würde doch deinen Tagesplan durcheinanderbringen.«

Und das führt direkt zu einer seltsam anmutenden Charaktereigenschaft des Pokorny. Er ist halt grundsätzlich so ein Teilzeit-Misanthrop, der normalerweise seine Ruhe haben will und fremden Menschen aus dem Weg geht. Bei Leuten, die er kennt, ja, da ist er mitunter richtig mitteilungsbedürftig und gesellig. Für alle anderen Aktivitäten müsste er seine Komfortzone verlassen, und das mag er gar nicht.

Abwechslung im Tagesablauf ist ihm schon aufgrund familiärer Prägung nicht geheuer. Bereits sein Vater ist einem strikt vorgegebenen Tagesplan gefolgt, und den hat der Pokorny in adaptierter Form übernommen. Morgens besorgt er in seinem Stammcafé, dem Café Annamühle auf der Hochstraße, das Frühstücksgebäck für die Toni und für sich. Die Vormittage verbringt er wechselweise mit Zeitunglesen, Büchern, Gartenarbeit oder an einem guten Tag auch einmal mit Hausarbeit. Es folgt die Mittagsrunde mit der Maxime, inklusive Mittagsmahl in speziell ausgewählten Lokalen, gefolgt von einem Nachmittagsespresso, wieder im Café Annamühle. Danach fährt er mit dem E-Bike zum Berti nach Großau. Sein Freund betreibt dort einen Ökoladen, und der Pokorny liefert für ihn bei Bedarf Bioprodukte aus. Bis auf einen gemeinsamen Pokerabend mit seinen Freunden war es das so überblicksmäßig mit den wenig abwechslungsreichen Wochentagen des Pokorny. Und aus diesem Grund staunen die Toni und sein Freund nicht schlecht über den Vorschlag.

»Na, ob das gut geht? Mein Bärli im Betriebsmodus als Ermittler. Denk an die vielen fremden Leute, darunter Schläger, Eier- und Paradeiserwerfer«, witzelt die Toni.

Mit der Reaktion vom Pokorny hat sie allerdings nicht gerechnet. »Ja, stimmt, und ja, es wird nicht einfach werden.« Er legt dem Sprengnagl die Hand auf die Schulter. »Schau, jetzt kann ich endlich einmal selbst etwas unternehmen und dir nicht nur Tipps und Ratschläge erteilen.«

Der Pokorny wollte nämlich schon seit seiner Kindheit Polizist werden. Immer ein wenig dicklich und unfit, ist er aber bei der Aufnahmeprüfung zur Polizeischule mehrmals gescheitert. Dieser Misserfolg hat aber keineswegs seine Lust geschmälert, mit seinem Freund, unter weitgehender Beachtung des Datenschutzes, über den einen oder anderen Fall zu plaudern. Diesmal war der Pokorny sogar selbst als Augenzeuge an vorderster Front dabei, deshalb ist der Datenschutz auf Kurzurlaub.

»Die Sache ist doch aufgelegt«, fährt er fort. »Wir waren mittendrinnen, die Wehli kann uns also gar nichts anhaben. Reden kann ich als Betroffener allemal mit den anderen, quasi als Selbsthilfegruppe. Mach dir keine Sorgen.«

Die Toni nickt. »Der Willi hat recht. Polizist werden geht sich für ihn in diesem Leben nicht mehr aus, aber zeigen, was er draufhat – warum nicht? Mit euch reden die Leute sowieso nicht so gerne. Vielleicht hat die Katzinger wirklich etwas gesehen, und dann würde die Wehli …«, lässt sie den Satz als Köder für den Sprengnagl offen.

»… schön blöd dreinschauen, hm. Na ja, tut, was ihr tun müsst, aber lasst mich außen vor. So, meine Lieben, und jetzt muss ich los, servus.« Er lässt die beiden aussteigen und ist schon unterwegs zur Polizeiinspektion.

Montag, Tag 1

Nein, es war wahrlich keine angenehme Nacht für den Pokorny.
Und daher auch nicht für die Toni. Die schmerzenden Bänder
und das ständige Seufzen, auch weil dem Freizeitpolizisten
seine Begeisterung für private Ermittlungen jetzt doch etwas
vorschnell erscheint. Der Sprengnagl hat schon recht, sein täglicher Rhythmus würde gehörig durcheinanderkommen. Nicht
auszudenken, wenn er aufgrund einer Zeugenbefragung auf ein
Mittagessen oder einen Nachmittagskaffee verzichten müsste.
Und ob es in den Gesprächen mit dem Kriegsgott Fetzer und
der DDR-Zwatzl bei einer geselligen Plauderei bleibt, ist auch
noch nicht gesichert. Schweißgebadet hat er sich im Bett hin
und her gewälzt, nach dem vierten Toilettenbesuch hat ihn die
Toni um drei Uhr morgens dann freundlich, aber bestimmt zu
einer Übersiedlung ins Wohnzimmer motiviert. Um sich ab-
zulenken, hat er sich bis fünf Uhr durch sämtliche TV-Sender
gezappt.

∗∗∗

Knapp vor sechs Uhr humpelt er mit der Maxime ins Café Annamühle und trifft dort auf die ewig grantige, schweigsame Dagmar, die heute Frühschicht hat. Zumeist deutet sie nur mit dem
Kopf zu den dunklen Semmeln hin, von der Toni heiß begehrt,
und zu den flaumigen Pariser Kipferln. An guten Tagen zeigt
sie mit den Händen darauf und steckt, auf sein Nicken hin, mit
einem unverständlichen Grunzen das Gebäck ins Sackerl. Mehr
an Konversation ist nicht drinnen. Nach den letzten Stunden
würden heute ein paar nette Worte guttun. Leider bleibt die Dagmar ihrer redseligen Linie treu und zieht lediglich den rechten
Mundwinkel nach unten. Ihr verzerrtes Gesicht ist weit entfernt
von einem Lächeln für ihren Stammkunden und erinnert ihn
mehr an einen Schlaganfallpatienten. Enttäuscht nimmt er das

Frühstücksgebäck, vergisst sogar seinen Espresso und schlurft nach Hause.

***

Die Toni ist schon auf und unter Zeitdruck. Montag heißt es in der Stadtbücherei Bad Vöslau, früh anzutreten. Schließlich öffnet diese schon um acht Uhr morgens, und auch als Halbtagskraft lässt sie ihre Chefin und frühere Schulfreundin Tatjana nicht hängen. Pünktlichkeit ist eine Tugend.

»Und, bleibst du bei deiner Entscheidung? Geht sich bei deinen stressigen Tagen noch ein wenig Plaudern mit Fremden aus?« Sie schmunzelt und boxt ihm in sein kleines Bäuchlein.

»Du … Ehrlich, ich bin da hin- und hergerissen …«

»Das ist nicht dein Ernst, oder?« Die Toni runzelt die Stirn. »Gestern hast du den Sprengi mega unter Druck gesetzt, und jetzt machst du einen Rückzieher?«

»Ernst, mein Ernst … Du bist gut … So einfach ist das auch wieder nicht«, stöhnt er und lässt sich schnaufend auf die Wohnzimmercouch fallen. Gedanklich sieht er im Schnelldurchlauf gebündelt die letzten Tatort-Folgen und die Probleme mit privaten Wichtigtuern ablaufen.

»Willi … Bärli … Wir schaffen das«, säuselt sie, setzt sich frivol grinsend auf seinen Schoß und küsst ihn zärtlich. »Komm … Sag einfach ja, und ich verwöhne dich am Abend … oben«, sie deutet mit dem Kinn die Stufen hinauf, »… bei dir, na?«

Zur Erklärung: Mit »bei dir oben« meint die Toni dem Pokorny seinen Hobbyraum. Jeder Mann braucht einen Hobbyraum. Mangels Keller wurde der vom Pokorny in den ersten Stock verlegt, unweit des Schlafzimmers. In Verbindung mit ihrem lasziven Augenaufschlag wird aus dem Hobbyraum allerdings das Spaßzimmer, eine erotische Bastelstube ersten Ranges, die, seltsam genug, einem beruflichen Absturz des Pokorny zu verdanken ist.

Nachdem er von seinem früheren Dienstgeber, einer Firma für Sicherheitsdienstleistungen, gekündigt wurde, kam das Pokorny'sche Liebesleben depressionsbedingt zum Erliegen. Erst eine Werbung bei Google – neben Wikipedia die einzige Website, die der hartnäckige Technikverweigerer Pokorny benutzt – für die Website von (en)joy-toy brachte wieder Schwung in ihr Eheleben. (En)joy-toy ist eine Homepage, auf der frivole Handwerker allerlei Sexspielsachen in Form von Werkzeug kaufen können. Beide Pokornys sind zwar absolut untalentierte Handwerker; mit einem echten Hammer würde der Pokorny bei dem Versuch, einen Nagel einzuschlagen, den Verlust mehrerer Finger riskieren. Aber mit dem Schaumstoffhammer und den abgeflachten weichen Gumminägeln von (en)joy-toy werden die zwei zu echten Heimwerkerprofis, und aus dem Hobbyraum wird ein Spaßzimmer mit einschlagendem Erfolg.

»Hm …«

»Bärli, danach mach ich dir noch ein gutes Steak mit Pommes.« Jetzt wirft die Toni alles in die Waagschale, weil mehr geht nicht.

Er gibt sich einen Ruck. »Na gut, Zuckerschnecke. Wo fangen wir an?«

»Heute bin ich um zwölf Uhr fertig. Hol mich von der Bücherei ab, wir dehnen die Mittagsrunde mit der Maxime bis zur Waldandacht aus und schauen einen Sprung beim Schöberl vorbei. Bis später, Bussi.«

✳ ✳ ✳

Um dreizehn Uhr läuten sie, und der Schöberl öffnet prompt die Tür.

»Hallo, Frau Pokorny, schön, die bessere Hälfte vom Pokorny kennenzulernen.«

»Hallo, Herr Schöberl, ich bin die Toni. Der Willi hat mir schon viel von den gemeinsamen Waldspaziergängen mit Ihrer Romy erzählt.« Wie aufs Wort begrüßt die alte Dackeldame bellend die Maxime und lässt sich von der Toni den Rücken kraulen. »Das magst du, ja, ja. Brave Romy.«

Der Pokorny ist bezüglich der Abkürzung seines Vornamens nicht so flexibel wie die Toni, die laut Taufschein eigentlich Antonia heißt. Der Grund ist einfach erklärt: Seine Eltern haben ihn auf den Namen Willibald getauft, und weil er schon als Kind immer ein paar Kilo zu viel herumschleppte, wurde er oft Williblad oder der faule Willi genannt. Deshalb hat er halt grundsätzlich was gegen seinen Vornamen und lässt sich auch von seinen besten Freunden nur als Pokorny anreden. Lediglich von der Toni ist Willi natürlich in Ordnung.

»Ja, Ihre Maxime und meine Romy sind gute Freundinnen geworden. Ich bin übrigens der Franz«, sagt er und lächelt freundlich.

»Was war denn da gestern los?«, will jetzt der Pokorny wissen. »Ich habe dich ein paar Minuten vorher noch mit dem Lieblich reden sehen, und dann war er plötzlich tot.«

»Ich weiß es selber nicht. Es war für ihn einer seiner guten Tage, trotzdem hat es mich gewundert, dass ihn die Sissy zum Lauf mitgenommen hat. Wieso er aus dem Rollstuhl gefallen ist, weiß ich nicht, einer von den Randalierern muss ihn umgestoßen haben. Ich war mit dem Holler beschäftigt und habe den Waldemar erst während des Polizeieinsatzes bewusstlos am Boden liegen sehen. Die Wiederbelebungsmaßnahmen waren leider umsonst.« Er schüttelt den Kopf und lässt die Schultern hängen. »Hätte ich mich nicht mit dem Holler geprügelt, sondern stattdessen die Sissy und den Waldemar in Sicherheit gebracht …«

»Wer ist die Sissy?«, fragt die Toni.

»Die Frau vom Waldemar. Eigentlich heißt sie Elisabeth, mir gefällt ›Sissy‹ besser. Kommt mit in den Garten, ich stell sie euch vor.«

Auf der Terrasse sitzt die vollschlanke Frau, die der Pokorny gestern beim Kurstadtlauf neben dem Schöberl gesehen hat. Vor vielen Jahren sicherlich eine begehrenswerte Frau, haben sich mittlerweile die Kilos und damit auch die Proportionen altersbedingt ein wenig in Richtung Gesäß verschoben. Ihr schwarzer Faltenrock klafft bei den übergeschlagenen Beinen auseinander, eine rote Netzstrumpfhose blitzt hervor. Die langen schwarzen

Haare hat sie am Hinterkopf zu einer strengen Schnecke zusammengebunden. Die dunklen, scheinbar pupillenlosen Augen und die schmalen hellrot geschminkten Lippen lassen das Thermometer gleich um ein paar Grad absinken.

Die Lieblich nickt, stellt ihr halb volles Sektglas auf den großen ovalen Teakholztisch, der mittig unter einer rosengeschmückten Pergola steht, und erhebt sich. »Franz, ich muss jetzt weg! Kümmere dich um deine Gäste.« Ein Winken und fort ist sie. Jetzt weiß der Pokorny, was die Katzinger gemeint hat. Bei der Verteilung der Empathie hat die Lieblich nicht gerade aufgezeigt.

In dieser peinlichen Situation bittet der Schöberl die Pokornys, auf den gemütlich aussehenden Rattansesseln Platz zu nehmen, und entschuldigt sich, um frische Getränke zu holen.

Zurück mit einem Tablett mit Wein, Sekt und Vöslauer Mineralwasser, meint er: »Tut mir leid. Sie meint das nicht so, aber der plötzliche Tod vom Waldemar hat sie schwer getroffen.« Während er der Toni ein Glas Frizzantino, dem Pokorny und sich je ein Achterl Veltliner einschenkt, erzählt er mit leiser und melancholischer Stimme, wie er seine verstorbene Frau, die Helene, kennengelernt und vor dreißig Jahren durch einen tragischen Verkehrsunfall verloren hat. Er berichtet auch von ihrer Schwester Elisabeth und wie erfolgreich die beiden als Lieblich-Zwillinge waren, wie die Sissy ihren Waldemar, den bekannten Opernsänger, kennengelernt hat und von dem stressbedingten Lebenswandel und Waldemars erstem Herzinfarkt bei einer Aufführung an der Wiener Staatsoper.

Eine Pause sei dringend notwendig gewesen. Trotzdem habe er weitergemacht, habe geglaubt, unersetzlich zu sein, und nicht auf seinen Arzt gehört. Nach dem zweiten Herzinfarkt bekam er einen Schrittmacher implantiert, und mit der Karriere war es vorbei. In letzter Zeit habe der Schöberl der Sissy oft ausgeholfen. Der Waldemar saß nur mehr im Rollstuhl, sich waschen und die Dinge des täglichen Lebens habe er allein nicht mehr geschafft. Er, der Schöberl, sei es als Pfleger ja gewohnt, anderen Menschen zu helfen. Ohne Frage werde er immer für die Sissy da sein.

»Sie hat immer wieder gesagt, wenn sie den Waldemar nicht

kennengelernt hätte und ich nicht die Helene …«, flüstert er. »Aber es ist, wie es ist. Wer weiß, was die Zukunft bringt?«

Die Toni kostet einen Schluck von dem herrlich spritzigen Frizzantino vom Weingut Schlossberg. »Was sagst du zu seinem Tod?«

»Was soll ich sagen?« Er seufzt. »Die ganze Zeit kümmere ich mich um ihn, und wegen dem Holler ist er jetzt tot.«

»Wieso wegen dem Holler?« Der Pokorny legt stöhnend den verbundenen Knöchel auf einen Rattansessel.

»Hab ich doch schon gesagt. Weil ich sonst auf den Waldemar geschaut hätte … Vielleicht würde er dann noch leben. Die arme Sissy … Ich hoffe, sie gibt nicht mir die Schuld an seinem Tod.«

Plötzlich hören die drei Geschrei vom Grundstück der Lieblich nebenan. Wortfetzen wie »ungehobelter Kerl« und »frustrierter alter Drachen« schallen zu ihnen herüber. Dann ein lauter Schrei der Lieblich: »Aua, hören Sie sofort auf! Franzl! Hilfe, der Holler ist grob. Fraaaannnzlll!«

Der Schöberl springt auf. »Ihr habt ihn gestern ja erlebt, ich kann die Sissy nicht mit ihm alleine lassen. Der baut nämlich nicht nur am Badplatz, sondern auch hier in der Bogengasse, gleich neben der Sissy. Er pfeift sich weder was um die Bauvorschriften noch um die Nachbarn. Deshalb gibt's halt ständig Zores zwischen den beiden, und dann helfe ich ihr …« Er wird von einem weiteren Hilfeschrei unterbrochen.

»Ist gut, wir finden selber raus«, meint der Pokorny. Sie verabschieden sich rasch und schauen dem davoneilenden Schöberl nach.

✳✳✳

Am Weg zum Auto neigt die Toni nachdenklich den Kopf zur Seite. »Ihr Ehemann ist gestern vor ihren Augen verstorben, und heute trinkt sie mit dem Schöberl ein Gläschen Sekt auf seiner Terrasse. Hast du ihre Augen gesehen? Komplett schwarz, keine Pupille zu sehen, grausam und kalt.« Sie bleibt vor dem Auto stehen.

»So direkt, halt in die Augen, hab ich ihr nicht geschaut«, sagt er nachdenklich.

»Wohin dann?« Die Toni schmunzelt. »Auf die roten Netzstrümpfe leicht? Die traut sich was, Unterschenkel wie eine Gewichtheberin.«

»Geh, was du denkst.« Er zwinkert ihr zu. »Nein, Spaß beiseite, gestern beim Kurstadtlauf hat die Katzinger die Lieblich Eiskönigin genannt, jetzt weiß ich, warum. Ehrlich … Ich meine, stell dir das einmal vor. Der Mann stirbt, und am nächsten Tag lässt sie sich vom Nachbarn trösten. Traurig hat die auf mich nicht gewirkt. Da musst du echt einen Magen haben. Also ich könnt das nicht. Die Vorstellung, dass du … Und ich lass mich dann von einer anderen Frau … Nein!«

»Mein Gefühlsbärli. Dafür liebe ich dich«, flüstert die Toni verliebt, drückt ihn an den Wagen und schmiegt sich an. »Für diese Liebeserklärung hast du was gut.«

Etwas gutzuhaben ist immer eine feine Sache. Mehr, als ihm die Toni für heute Abend versprochen hat, geht aber eh nicht. Deshalb ist vorerst genug mit Kuscheln, außerdem wird es dem Pokorny dann doch zu eng in der Hose. Was ist, wenn da wer des Weges kommt und glaubt, er und die Toni …? Also nein.

»Aus jetzt! Was ist, wenn uns wer sieht? Komm, fahren wir auf einen Kaffee«, sagt er und küsst sie zärtlich auf die Nasenspitze.

»Hihi, mein schüchterner Ehemann. Na gut.« Die allerbeste Masseuse der Welt lächelt ihn an. »Ab geht es. Du zahlst.«

✳✳✳

Als sie um fünfzehn Uhr beim Café Annamühle eintreffen, sehen sie die Katzinger rauchend an ihrem Stehtisch vor der Eingangstür des Cafés. Als langjährige Kundin genießt sie das Privileg eines nur für sie reservierten Stammtisches. Allerdings würde sich zu dem Tisch auf die knapp zwanzig Quadratmeter große rechteckige, mit Waschbetonfliesen belegte Terrasse auch kaum jemand anderer als die Kettenraucherin und die Pokornys hinstellen. Das Tischtuch glänzt speckig, ist mit zahlreichen Zigarettenlöchern übersät, und der eine oder andere Kaffeefleck lässt sich auch nicht übersehen. Zu sagen, dass die Karin und ihre schweigsame Kollegin an dem grindigen Tischtuch schuld seien, träfe am Ziel vorbei. Beide sind mehr als rührig um ihre Gäste bemüht, nur irgendwann haben dem Chef die ständigen Brandlöcher gereicht. Da die Katzinger exakt immer zur gleichen Zeit kommt, wird knapp vor ihrer Ankunft das persönliche Tischtuch für sie ausgebreitet. Es muss hier nicht extra erwähnt werden, dass es die Toni und der Pokorny tunlichst vermeiden, mit dem Tischtuch in Berührung zu kommen. Vor einem haben beide allerdings Angst: vor dem Tag, an dem die Maxime versuchen wird, das Tischtuch zu fressen. Weil mehr Speckgeruch hat auch ein Speckstangerl nicht zu bieten.

»Ma, ich freu mich echt, dass ihr jetzt auch ermittelt. Ich hab schon gestern gewusst, der Pokorny kann schon wegen der Chefpolitesse nicht Nein sagen. Auch mit seinem kaputten Haxen nicht. Ja, ja, heute zeitig in der Früh hab ich's auf Verdacht gleich der Dagmar durchtelegrafiert. Unter uns, ein Wahnsinn, die steht jeden Tag schon um fünf Uhr im Geschäft.«

Als die Katzinger die Beagelin sieht, läuft ein eingespieltes Ritual ab. Zuerst kommt ein »Na, wo ist denn das Hunderl, na, wo ist es denn?«, gefolgt von einer Runde Streicheln und Kopfkraulen, und dann kommt der wichtigste Teil. Die Maxime schmiegt sich an die Katzinger, und dabei fällt rein zufällig immer ein Keks oder ein Stück vom Speckstangerl hinunter. Die Toni hat sich, gegensätzlich zum Pokorny, eine Kampf-dem-Hundespeck-Strategie zugelegt. Die Maxime wird an der kurzen Leine gehalten und ihr Zugang zu den Essensresten somit weitgehend eingeschränkt. Der Pokorny ist da, je nach Tagesverfassung, mehr oder weniger konsequent und denkt sich: Wer weiß, wie lang die Katzinger noch lebt, und alleine ist die Arme auch. Und mit der Einstellung können sowohl die Spenderin als auch die Empfängerin der Essensreste bestens leben. So ist halt die Toni, wenn sie Zeit hat, ein wichtiges Kalorienregulativ.

»Hallo, Frau Katzinger. Haben Sie schon etwas von Ihrer Informantin gehört?«, fragt sie.

»Nein, ich hab doch gestern gesagt, Informationen gibt's erst am Dienstag. Und was ist heute?«, krächzt sie und zeigt mit der qualmenden Zigarette auf den Abrisskalender im Lokal. Freilich ist der Hinweis eine Finte, weil parallel zum Drehen der Köpfe ein Stückchen Speck den Weg zu Maxime findet. Also eigentlich drehen sich nur zwei Köpfe, weil die Toni weiß, dass die raffinierte alte Frau nur ablenkt.

Und weil sie mit ihrem Verdacht recht hat, ärgert sie sich, rollt mit den Augen und fängt zu schnauben an. Hochschaubahn pur, ein Zeichen für maximale Verärgerung, quasi ein Vulkan unmittelbar vor dem Ausbruch. Spätestens jetzt ist für alle Betroffenen hundertprozentige Kooperation angesagt.

Auf ein friedliches Miteinander aus, schaltet sich der Pokorny ein. »Lassen S' das mit dem Speck bleiben. Der Tierarzt hat gesagt, die Maxime soll bei ihrer Zufütterung ordentlich in die Höhe und nicht nur in die Breite wachsen.«

»Was ihr immer habts mit dem Gewicht von dem Hunderl …« Die Katzinger zieht eine Grimasse und winkt ab. »Die Toni ist ja super unterwegs, also … Figur tipptopp! Aber dir würde ein bisserl weniger essen auch nicht schaden, dann wären auch nicht so viele Kilos auf dem lädierten Haxen drauf …« Sie schaut mitleidig auf den bandagierten Knöchel und macht Anstalten, die Genesungsfortschritte mit ihrem Stock zu testen. Der finstere Blick des Schwerverletzten bremst sie rechtzeitig ein. »Und das arme Viecherl kann's ausbaden, gell? Du Arme!« Dabei streichelt sie der Maxime noch ein paarmal mit ihren fetten Fingern ums Maul.

Der Pokorny betastet unauffällig sein Bäuchlein, räuspert sich und wechselt das Thema. »Wir haben beim Schöberl grade die Lieblich kennengelernt, wobei ›kennenlernen‹ eigentlich zu viel gesagt ist. Kaum waren wir dort, ist sie schon verschwunden. Der Schöberl meinte, sie sei wegen dem Tod ihres Mannes fertig mit den Nerven.«

»Blödsinn! Die Lieblich war schon immer ein berechnendes,

eiskaltes Weibsbild, herzlos bis ins Letzte. Gedemütigt hat sie ihren Waldemar, seit er nimmer hat singen können. Geh, was Besseres hätte ihr gestern gar nicht passieren können. Bringt ihren Alten vor allen Leuten um, und niemandem fällt's auf. Bei mir kommt sie damit aber nicht durch.«

Die Toni schaut sie interessiert an. »Woher wissen Sie, dass sie ihren Mann gedemütigt hat?«

»Na, von der Rosal natürlich. Und was mir die erzählt … Furchtbar!« Die Augen hinter der Fliege-Puck-Brille werden größer, huschen hin und her. »Ein schönes Leben hat der Waldemar nicht mehr gehabt. Nicht nur, weil's ihm gesundheitlich dreckig gegangen ist. Die eiskalte Fuchtel tut nach außen auf nett, und dann, wenn sie mit dem Lieblich alleine war … zack, eine drauf, frage nicht!« Sie winkt ab. »Nein, nein, ohne den Schöberl, ich weiß nicht, was die Eiskönigin da die längste Zeit getan hätte. In ein Pflegeheim stecken hat sie ihren Mann ja auch nicht können.«

»Wegen der Nachrede?«, vermutet der Pokorny.

»Genau, wie schaut denn das aus? Niemals, die Leute würden sich das Maul zerreißen. Da passt ihr der Schöberl gut in den Kram. Dabei nutzt die den doch nur aus.«

»Von oben herab hat sie den Schöberl schon behandelt. Als wäre er ihr Diener! Und dann war er ihr wegen dem Holler gerade recht«, sagt die Toni und erzählt ihr von der Streiterei mit dem Baumeister.

»Ja, ja, der Holler ist eine Geschichte für sich, da plauder einmal mit deinem Bio-Spezi drüber.« Die Katzinger grinst den Pokorny an. »Pfiat euch Gott, ich hab noch einen Weg. Meine Hühneraugen quälen mich, muss noch zur Isabella, meine Fußerl richten lassen. Ich sag's euch, Marandjosef, eine Pest ist das! Da … auch auf der kleinen Zehe.«

»Was, schon so spät! Äh, ja, also, ich muss leider auch weg, wegen der Yogastunde.« Die Toni zuckt entschuldigend mit den Schultern.

Der Pokorny schaut verdutzt. »Montag ist doch Spinning an der Reihe und Yoga erst am Freitag.«

»Äh, also ja, eh, nachher. Ich hab vergessen, dass die Julia heute eine Spezialstunde Hormon-Yoga eingeschoben hat. Da muss ich hin. Also bis später!« Sie haucht ihm ein Bussi auf die Wange, schmunzelt und ist schon unterwegs.

»Na geh. Was hat denn deine Toni?« Die Katzinger runzelt die Stirn, dann bückt sie sich und legt eine rot-orange-gelb gepunktete Schlag-mich-tot-so-alt-bin-ich-Espadrille auf den Tisch. »Autsch! Da, schau meine modischen Sommerlatschen an, bei den Schmerzen passen mir heute keine anderen Schuhe.«

Der Pokorny weiß genau, die Toni wollte sich den Anblick der Hühneraugen von der Katzinger ersparen, weil jugendlich, wie sie ist, braucht sie sich um ihre Hormone keine Gedanken zu machen. Seine Ohren beginnen unkontrolliert zu wackeln, ein untrügliches Zeichen, dass er sich ärgert. »Nicht böse sein, aber ich muss auch weg.«

Er verabschiedet sich noch schnell bei der Karin, und bevor er flüchten kann, drückt sie ihm noch zehn Euro in die Hand.

»Fahrst du zum Berti?«, fragt sie und sieht ihn nicken. »Dann nimm ihm bitte das Geld mit. Er kennt sich aus!«

»Passt, baba.«

Fast wäre er in den Stock der Katzinger gerannt. »Was ist los, interessiert dich mein Elend gar nicht?«

»Ehrlich? Nein, mir graust. Das ist ja ekelhaft.« Er nimmt die Maxime auf den Arm, humpelt, so schnell es geht, heimwärts, schnappt sich sein E-Bike und fährt zu seinem Freund nach Großau.

***

Sein Freund, Herbert Braun vulgo Berti, hat vor ein paar Jahren in Großau einen alten Bauernhof gekauft und in einen Bioladen mit angeschlossenen Ställen für Hühner, Ziegen und ein paar Schafe umgebaut: »Bio-Bertis Spezialitäten«. Mit der Zeit ist das Geschäft mit seinen Bioprodukten aus der Region immer besser gelaufen. Die Eier seiner glücklichen Hühner, Tee, Käse, Naturcremes und vieles mehr kommen in der ländlichen Gegend gut an. Vor allem ältere, nicht mehr so mobile Kundschaften fordern regelmäßige Hauszustellungen ein, da hilft ihm der Pokorny zweimal die Woche ausliefern. Dafür hat er sich extra eine bierkistengroße Transportbox aus Aluminium auf den Gepäckträger montieren lassen.

»Servus, Pokorny, wie geht's?«

»Na ja, wie wohl? Zuerst stolpere ich über die Maxime, zerr mir dabei die Seitenbänder am rechten Knöchel, und dann bin ich mittendrinnen in der Schlägerei, wo ein toter Lieblich überbleibt. Den gestrigen Tag kannst du abhaken. Dich hab ich nicht gesehen.«

»Weißt eh, ich bin kein Liebhaber von Massenveranstaltungen, und das ganze Trara mit dem Umbau des Badplatzes kann mir auch gestohlen bleiben. Da bleib ich lieber in Großau. Und gut war's. Wie es ausschaut, habe ich mir einiges erspart.«

»Ja, gute Entscheidung. Da ist die Post abgegangen, unglaublich. Friedliche Bürger haben sich gegenseitig die Schneidezähne ausgeschlagen. Sogar ein Rollator wurde zum Prügeln verwendet«, antwortet der Pokorny und erzählt ihm vom Besuch beim Schöberl und vom mysteriösen blauen Funken der Katzinger. »Sie hat gesagt, du weißt mehr über den Holler?«

»Hilfst du dem Sprengi jetzt leicht auch offiziell aus?« Der Berti zieht verwundert die Augenbrauen nach oben.

»Nein, wo denkst du denn hin, er will den Ball möglichst flach halten und gar nix unternehmen. Die Wehli ist unangekündigt aufgetaucht und hat ihn vom Kommandanten als Beiwagerl angefordert. Aber die Katzinger glaubt an ein Verbrechen, und um sie ruhigzustellen, reden die Toni und ich halt mit ein paar Leuten, die vor Ort waren. Mehr ist da nicht.«

»Na bitte, endlich einmal im Außeneinsatz. Aber pass trotzdem auf die Wehli auf. Was weiß ich vom Holler, hm?«, überlegt der Berti, während er getrocknete Kräuter in ein Einmachglas steckt. »Viele Gerüchte halt. Sein Vater soll die Baufirma schon mehrmals in den Sand gesetzt haben. Knapp bevor er wieder in Konkurs gegangen wäre, hat er sich erhängt. Der Hugo Holler hat also einen Sanierungsfall geerbt und die Firma wieder aufgebaut, dürfte aber jetzt, laut einem Kunden von mir, selbst in finanzielle Turbulenzen geraten sein. Er hat den Firmensitz von Wien nach Leobersdorf verlegt und wollte in Großau mit einer Reihenhaussiedlung durchstarten. Da gab's einen Riesenwickel mit den Anrainern und auch mit der Veterinärmedizin Wien, die ja am Haidlhof Schweine zu Forschungszwecken auf der Weide stehen hat.«

Der Pokorny kennt die niedlichen Tiere vom Vorbeifahren. Jeden ersten Freitag im Monat ärgert sich die Toni, dass ihr Ehemann mittags lieber beim Billa seine panierte Scholle mit Erdäpfelsalat essen muss, als zugunsten einer Führung bei den Schweinen einmal darauf zu verzichten. So ein Besuch ist eben nur einmal pro Monat möglich, am Freitag um zwölf Uhr. Dabei würde es sich nach Erzählungen der Nachbarn wirklich auszahlen. Die neuseeländischen Freilandschweine wirken durch ihre kurzen Beine, den haarigen rundlichen Körper und die stumpfe Schnauze wie übergroße Meerschweinchen. Auf der weitläufigen Wiese entlang der Haidlhofstraße finden die rund vierzig Tiere alles, was sie zum Leben brauchen.

»Der Holler pfeift sich nichts um die Umwelt«, sagt der Berti kopfschüttelnd. »Ohne Rücksicht auf Verluste wollte der die grüne Wiese gegenüber dem Freigelände zupflastern. Und weißt eh, wenn du den Einheimischen blöd daherkommst, ist schnell Schluss mit lustig. Von einem Wiener lassen sich die nicht für dumm verkaufen. Die Bauern haben den Preis für die vierzehntausend Quadratmeter dermaßen hoch angesetzt, dass der Holler schließlich aufgegeben hat.«

»Schlaue Bauern. Und jetzt baut er unter ständiger Streiterei bei der Waldandacht neben dem Grundstück der Lieblichs für sich ein Haus«, erzählt der Pokorny. »Bevor ich's vergesse, die Karin hat mir zehn Euro mitgegeben.« Er reicht dem Berti das Geld über den Tresen. »Sie meinte, du weißt, wofür.«

»Ja, danke dir. Fahrst du heute noch bei ihr vorbei?«

»Nein, erst morgen früh wieder.«

»Na, bis morgen wird sie es wohl aushalten«, grinst der Berti und hält ihm ein Jutesackerl hin.

»Was ist da drinnen?«

»Magic Mushrooms.«

»Narrische Schwammerln im Bioladen! Pass bloß auf, der Sprengi wird dadran keine Freude haben.«

»Der muss ja nicht alles wissen«, entgegnet ihm der Berti und winkt zum Abschied. Gerade wie der Pokorny sein E-Bike startet, läuft der Berti aus dem Laden und reicht ihm das gefüllte Einmachglas. »Da, für deine Verletzung. Arnikablüten, Beinwellwurzel und Ackerschachtelhalmkraut, zu Hause mit einem halben Liter Wasser aufkochen, abkühlen lassen, ein Leinentuch damit nass machen und den Knöchel umwickeln. Wirkt Wunder«, verspricht er seinem hinkenden Freund.

»Äh, wennst meinst … hoffentlich stinkt das Zeug nicht. Also danke und bis morgen, baba.«

Dienstag, Tag 2

»Guten Morgen, Pokorny. Hast du dich vom Sonntag schon erholt?«, begrüßt ihn die Karin, sein persönlicher Liebling unter den Mitarbeiterinnen im Café Annamühle. Sie schlichtet gerade frische Semmerln in die Verkaufsvitrine. Er schnuppert und genießt die Mischung unterschiedlicher Aromen in seinem Stammcafé. Knuspriges Gebäck und Brot, Kipferln, Sacherschnitten, Zimtschnecken und andere kalorienhaltige Schmankerln ergeben mit dem Duft von frisch aufgebrühtem Kaffee eine sinnliche kulinarische Mischung. Für den Pokorny einfach ein Traum, er spürt, wie ihm das Wasser im Mund zusammenläuft. Die Karin stellt ihm seinen Espresso mit einem kleinen, süßen Mürbteigkeks auf den Stehtisch gegenüber der Kaffeemaschine. Knapp vor sechs Uhr ist es noch ruhig im Lokal, das Licht gedämpft, genauso, wie er es in der Früh liebt. Da ist die Welt in Ordnung, alles hat seinen Platz, und er freut sich auf den ersten Schluck Espresso mit der herrlichen Crema. Zwei Minuten muss er noch ausharren, bis er die richtige Temperatur zum Trinken hat.

»Morgen, Karin. Geht so, wenigstens tun meine Bänder dank dem Heilmittel vom Berti kaum mehr weh. Wo warst du am Sonntag?«

»Weißt, irgendwie hab ich gespürt, das wird kein guter Tag werden. Die Stimmung war schon lange aufgeheizt. Irgendwann musste die Sache ja eskalieren, und jetzt ist der Lieblich tot. Ein Wahnsinn.« Sie schüttelt den Kopf. »Weiß man schon, was passiert ist?«

»Der Notarzt geht von einem Herzinfarkt aus. Wenn auch dem zuständigen Gemeindearzt nichts Unnatürliches auffällt, wird das LKA die Sache rasch abschließen. Außer der Katzinger glaubt niemand an ein Verbrechen.«

»Sie hat mich schon mit ihrem blauen Funken traktiert«, seufzt die Karin.

Schmunzelnd kostet er seinen Espresso, der auch nach zwei Minuten noch immer eine feste Crema zeigt. »Bei dir gehen doch viele Leute ein und aus. Hast du irgendwas aufgeschnappt?«

»Hm, derzeit schieben sich die lieben Gemeindebürger gegenseitig die Schuld an der Schlägerei zu. Gibt ja was zum Verdienen. Schmerzensgeld, Schadenersatz, das ganze Programm. Da wird aus einem ausgeschlagenen und vormals schiefen Schneidezahn gleich einmal eine Klage wegen eines kaputten Implantats. Nein, mit sinnvollen Informationen kann ich dir leider nicht dienen.«

»Kennst du die von der Piratenpartei? Die haben gezündelt, und dann ist die Lage eskaliert.«

»Die meisten von denen sind nur friedliche Mitläufer. Aber mit dem Fetzer ist nicht gut Kirschen essen, der hat bei uns Lokalverbot. Wollte seine hetzerischen Flugzettel für die Demo gegen das Appartementhaus vom Holler verteilen.«

»Ich muss mit ihm reden, weißt du, wo er wohnt?« Er schwenkt kurz die Tasse und trinkt mit einem genussvollen Schluck den Espresso aus.

Die Karin ist erstaunt. »Was hast du mit dem zu tun? Arbeitest jetzt leicht für die Polizei?«

»Ich rede bloß mit Leuten, die auch dort waren, mehr nicht«, wiegelt er ab.

»Aha, nur reden, soso. Der Fetzer wohnt ganz oben in der Lange Gasse, im Gemeindebau. Erdgeschoss waldseitig, nicht zu übersehen. Hat über die ganze Wand eine riesige Parteifahne gespannt.«

»Danke, bis später. Halt, da habe ich noch was für dich.« Er reicht ihr das Jutesackerl über die Theke. »Liebe Grüße vom Berti.«

⁎

Weil die Toni heute Vormittag für die Tatjana eingesprungen ist, hat sie den Nachmittag frei, und so gönnen sich die Pokornys ein ausgiebiges Mittagessen beim Weingut Schlossberg. Nach der Schlemmerei beschließt die Toni spontan, den Tag für eine sportliche Recherche zu nutzen. »Bärli, jetzt, wo deine schwere Verletzung dank Bertis Naturkräuterwickel ausgeheilt ist, musst du tapfer sein: Mitte Oktober findet der Harzberglauf statt, und da möchte ich mitlaufen.«

»Haben dir der Kurstadtlauf und die Begleiterscheinungen nicht gereicht?«

»Rein sportlich war da ja nichts los. Ich möchte mir die Strecke einmal anschauen, kommst du mit? Oben gibt es als Belohnung einen Espresso mit Schokoladentorte für dich.«

»Wie weit ist das? Weil ganz sind die Schmerzen nicht weg, und da möcht ich eigentlich nix riskieren.« Ein letzter Versuch des Pokorny, um aus der Nummer rauszukommen.

»Nur eins Komma acht Kilometer, die Laufstrecke führt gemütlich durch den Wald. Laut der Website des Veranstalters schafft das jeder, und Gehen ist auch erlaubt. Also, wer weiß, vielleicht kriegst du dann sogar Lust zum Mitlaufen.«

»Nicht in diesem Leben!« Er tippt sich mit dem rechten Zeigefinger an die Stirn. »Ich bin ja nicht verrückt. Aber natürlich unterstütze ich dich gerne bei deinen sportlichen Ambitionen. Also los. Wenn's genug ist, hör ich halt auf.«

Die Toni faltet ein A4-Blatt auseinander. »Sehr gut ... Äh, ja, wir können gleich von hier starten. Nach hundert Metern scharf rechts den Weg nach oben, dann links auf die Straße. Zweihundert Meter und dann sind wir schon oben.« Fast halt, weil die Toni nicht alles ausgedruckt hat und das Ziel wesentlich höher liegt. Am Berg warten dann nämlich noch mehr als hundert Stufen hinauf auf die einundzwanzig Meter hohe Jubiläumswarte, von den Einheimischen auch Harzbergturm genannt. Erst dort ist das offizielle Ziel, aber das ist sowieso nur der Toni ihr Problem.

Die ersten hundert Meter kennt er von den Spaziergängen mit der Maxime, aber der steil nach oben verlaufende Waldweg ist ihm bisher nicht aufgefallen. Irgendwie weiß sein Unterbewusstsein, was für ihn gut ist und was nicht, und deshalb hat es ihn bisher erfolgreich vorbeigehen lassen. Und so ist für ihn nach knapp dreihundert Metern die Bergtour auch schon wieder zu

Ende, er lässt sich ächzend auf eine lebensrettende Bank fallen und reibt sich den rechten Knöchel.

»Nein, Toni, das wird nix«, keucht er erschöpft nach dem Kampf gegen die Schwerkraft. »Geh du alleine weiter, ich hab genug gesehen. Gesund kann das nicht sein, da raufzulaufen. Die spinnen ja.« Ein halbherzig unterdrückter Rülpser unterstreicht die Wichtigkeit der Botschaft.

Die Toni rollt mit den Augen. »Ich hoffe echt, dass du deinen Fünfziger noch erlebst. Weil, Liebster, so, wie du derzeit unterwegs bist ...«

»Übertreib nicht. Wir haben beim Weingut eingeschnitten, als gäbe es kein Morgen, und jetzt ... mit der noch nicht ganz ausgeheilten Verletzung sportliche Höchstleistungen zu vollbringen ...«

»Herr Pokorny! *Du* hast eingeschnitten, als gäbe es kein Morgen. Ich mit meinem griechischen Salat laufe da rückwärts hinauf! Aber weißt du was, lassen wir es einfach bleiben, weil an deinem frühen Tod, verursacht durch einen Herzinfarkt oder einen Schlaganfall, will ich nicht schuld sein.« Damit beendet die Toni genervt die Gipfelwanderung, schlägt die Hände vor dem Gesicht zusammen, dreht sich um und stapft kopfschüttelnd wieder bergab.

So, und da ist schon wieder das Thema der mangelnden Fitness vom Pokorny. Sie hat ja recht. Seit Längerem leben sich die Pokornys hinsichtlich der jeweiligen Lebenserwartung und der Statur ein wenig auseinander. Auf der einen Seite die Toni, fit wie ein Turnschuh, mit einem straffen Po und einem festen erotischen Körper, also schlicht einer Traumfigur. Auf der anderen Seite, na ja, halt der Pokorny. Faul, wie er ist, nimmt er ständig an Gewicht zu.

Seine etwas abartigen Laborwerte haben das Ehepaar vor einiger Zeit zu einem Sechs-Augen-Gespräch in die Ordination von Dr. Gimborn, dem Hausarzt ihres Vertrauens, geführt. Aufgrund dramatisch erhöhter Cholesterin- und Zuckerwerte änderte die Toni ab dem nächsten Tag seine langjährige Praxis, zur Hauptmahlzeit am ersten Tag nur Gemüse, am zweiten Tag

Fleisch und am dritten Tag Süßspeisen zu essen. Seitdem landet, mit wenigen Ausnahmen, viermal die Woche Gemüse und an den restlichen Tagen abwechselnd eine reduzierte Menge Fleisch oder eine Mehlspeise auf dem Teller.

Am Weg retour zum Auto hören die Pokornys das Folgetonhorn einer Polizeistreife näher kommen und hasten zu einer Stelle mit gutem Ausblick auf die Bogengasse, welche die Grundstücke von Schöberl, Lieblich, Holler und Zwatzl umschließt. Erste Reihe fußfrei verfolgen sie eine polizeiliche Amtshandlung.

»Der Sprengi ist auch dabei. Jetzt wird's spannend.« Der Pokorny grinst. »Der Schöberl und die Eiskönigin gegen den Holler.«

»Schau, der Holler ist schon wieder auf hundertachtzig. Hoffentlich schlägt er die Lieblich nicht wieder«, bangt die Toni.

»Wenn der Sprengi da ist, sicher nicht. Kannst du was verstehen?«, fragt der Pokorny.

»Nein, leider nicht.«

Der Schöberl und der Holler scheinen nahtlos an Sonntag anschließen zu wollen. Weil wenn es in der zwischenmenschlichen Kommunikation eh schon so gut läuft, weshalb noch Zeit verlieren? Wäre nicht die Polizei vor Ort, die beiden würden ihre Auseinandersetzung wieder mit Fäusten und Fußtritten austragen. Schlussendlich führt der Sprengnagl den randalierenden Baumeister mehr oder weniger sanft zu dessen Dodge RAM und fordert ihn mit deutlichen Gesten auf, zu verschwinden.

Im Wegfahren brüllt der Holler laut und sogar für die Pokornys verständlich: »Dafür werden Sie büßen ... Sie seniler alter Drache ... Und wenn's das Letzte in meinem Leben ist.« Der Holler'sche Mittelfinger in doppelter Ausführung für den Gruppeninspektor muss schon noch sein, dann ist er weg. Der Sprengnagl redet beruhigend auf die Lieblich ein, die sich vom Schöberl in ihr Haus führen lässt.

»Komm, gehen wir runter. Vielleicht erzählen die uns was«, schlägt der Pokorny vor.

»Spinnst du? Sicher nicht! Wie schaut denn das aus? Als würden wir die heimlich ausspionieren. Vielleicht morgen, wenn Gras über die Sache gewachsen ist.«

Morgen ist der neugierigen Toni dann doch zu lange, und so schreibt sie dem Sprengnagl eine WhatsApp:

– *Was war gerade mit dem Holler los?*
– *Neugierig?*
– *Sicher!*
– *Wo?*
– *14.30 Uhr Bücherei*
– *Ok?*
– ☺
– 👍

***

Pünktlich um vierzehn Uhr dreißig betritt der Sprengnagl das alte Rathaus, in dem die Stadtbücherei und das Museum untergebracht sind, und begrüßt die Tatjana, die heute Nachmittagsdienst hat. Im Eingangsbereich befinden sich Kinderbücher und eine Spielecke für die kleinen Leseratten. Geradeaus über ein paar Stufen nach oben gelangt er in einen knapp dreißig Meter langen und sieben Meter breiten Raum. An der rechten Wandseite stehen Rücken an Rücken Regale. Ohne einen Blick für die Schönheit der Bücher eilt er zu der gemütlichen Leseecke am Ende des Raumes. Das Sitzmöbel, ein zerknautschtes, rissiges, aber gemütliches dunkelbraunes Ledersofa, flankiert von zwei weiß-beige gestreiften Stofffauteuils, haben schon einige Jahre auf dem Buckel. Als krasser Gegensatz vervollständigt ein moderner Edelstahltisch mit einer Rauchglasplatte das Gesamtbild.

Die Toni stellt ihm einen Espresso hin. »Setz dich und erzähl, was los war. Wir waren beim Weingut essen und haben dich bei den Streithähnen gesehen.«

»Die sind mühsam, echt, mir reicht's bald einmal. Um dreizehn Uhr hat die Lieblich am Posten angerufen und den Holler angezeigt. Er habe ihr gedroht, dort weiterzumachen, wo er am Sonntag aufhören musste. Der Holler hatte nämlich mit der

Post einen eingeschriebenen Brief der Gemeinde erhalten, in dem mit sofortiger Wirkung ein Baustopp für sein Haus in der Bogengasse verhängt wurde. Nicht schlecht, oder? Am Sonntag hoch gefeiert, schickt ihm die Bürgermeisterin am Dienstag einen Baustopp.«

»Das ist schon eine miese Nummer von der Bürgermeisterin.« Die Toni verzieht das Gesicht. »Die wusste, dass das Bauamt dem Holler die Baustelle abdreht, und stellt sich trotzdem locker und entspannt neben den Hauptsponsor hin!«

Der Pokorny schüttelt angewidert den Kopf. »Was erwartest du von Politikern? Geht doch eh nur um den eigenen Vorteil …«

»Ja, aber jetzt haltet euch fest. Der Baustopp wurde wegen Überschreitung der Bauhöhe verhängt. Bevor er weiterbauen kann, muss der Holler dreizehn Zentimeter Stahlbetondecke von der zu hoch gebauten Garage wegstemmen. Die Lieblich hat das nachgemessen und ihn wegen Überschreitung bei der Gemeinde angezeigt. Laut Bauordnung darf ein Nebengebäude, das an ein fremdes Grundstück angrenzt, nicht höher als drei Meter sein. Seines misst drei Meter dreizehn. Ihr habt den Streit ja mitverfolgt. Wären wir nicht rechtzeitig da gewesen … Jetzt kommt noch eine Anzeige wegen gefährlicher Drohung dazu.«

»Und warum hat dir der Holler den Doppelfinger gezeigt?«, fragt der Pokorny.

»Der ist verärgert über die Bürgermeisterin, und dann tauchen wir bei ihm auf, um auf die Bauordnung zu verweisen und die Anzeige der Lieblich als rechtmäßig zu bezeichnen. Was erwartest du da? Ich hätte wahrscheinlich auch so reagiert. Damit sich die nach unserer Abfahrt nicht wieder die Köpfe einhauen, habe ich ihn nach Hause geschickt.«

»Glaubst du, die finden irgendwie zusammen? Die Sache könnte sonst schlimm enden«, meint die Toni.

»Was weiß ich, es könnte sogar noch ärger kommen. Am Donnerstag ist die Sitzung des Gemeinderates, und da geht es dann für den Holler um alles. Nicht nur um die dreizehn Zentimeter von seiner Garage, nein, bei dieser Sitzung wird über die Aufhebung der Bausperre für das Appartementhausprojekt am Badplatz abgestimmt. Und wie das ausgeht, steht noch in den Sternen, denke ich. Der Druck auf ihn wird größer … Ehrlich, ich hoffe, dass die ganze Sache nicht eines Tages völlig aus dem Ruder läuft, so wie die miteinander umgehen. Aber mehr wie abmahnen und die Anzeigen aufnehmen können wir nicht tun. Ich meine, der Holler ist schon ein Ungustl, keine Frage. Kümmert sich einen Dreck um die Meinung anderer und spielt den großen Macher. Er hat im wahrsten Sinn zwei Baustellen: Badplatz und das Privatgrundstück. In seiner Weste möchte ich nicht stecken. Und mit der Lieblich ist er genau an die Richtige geraten. Bei Gott und der Welt hat die sich schon über den Holler beschwert. Ihr könnt euch gar nicht vorstellen, was da alles schon zur Anzeige gebracht wurde. Umgekehrt natürlich auch von ihm. Nötigung, Drohungen und so weiter. Er kann da gut mit. Wenn auch der Stress im Grunde von der Lieblich ausgeht.«

»Und der Mann von der Lieblich? War der in die Streitereien auch involviert?«, fragt die Toni.

»Der Waldemar? Nein, der war zu krank, um sich da ernsthaft einzumischen. Seinen Teil hat der Schöberl übernommen.« Der Sprengnagl zuckt mit den Schultern und leert mit einem Schluck seinen Espresso. »Die Probleme gibt's zwischen der Elisabeth Lieblich und dem Holler, und der Schöberl stellt sich immer auf ihre Seite. Alle gegen den Holler. Nicht, dass sich der jetzt fürchten würde, aber wenn du ständig zwei gegen dich hast, die sich wechselseitig Alibis geben, schaust du schnell alt aus.«

»Und grade in Österreich, da brauchst du dich nur lang genug über irgendwas oder irgendwen beschweren, und schon wird's allgemein als Wahrheit akzeptiert«, stellt der Pokorny fest, und alle nicken in Gedanken versunken das eigene Kopfkino ab.

»Da ist was dran. Vor ein paar Monaten hat die Lieblich den Vorarbeiter vom Holler, den Mirkojevic, wegen versuchter Vergewaltigung angezeigt. Nachdem ich ihr den Ernst und die Konsequenzen der Anschuldigung vor Augen geführt hatte, hat sie nur mehr von sexueller Belästigung gesprochen und später sogar ganz auf eine Anzeige verzichtet. Was soll ich ihr jetzt also wirklich glauben?«

»Die Fratelli behauptet, die Lieblich habe ihren Mann schon längere Zeit loswerden wollen. Wenn die wirklich so ekelhaft ist, könnte ihr der Tod ihres Mannes beim Kurstadtlauf in die Hände gespielt haben«, meint die Toni nachdenklich.

»Ja, da sind wir wieder bei den Spekulationen der Katzinger, die in der Realität nicht beweisbar sind. Ich muss los«, sagt der Sprengnagl und steht auf.

»Kannst du nicht den zuständigen Gerichtsmediziner anrufen? Vielleicht ist er in der Nähe und kann einen unauffälligen Blick auf den Lieblich werfen.« Der Pokorny zwinkert seinem Freund zu. »Einfach so, ohne dass du davon weißt.«

»Den Dr. Hammerschmied kenn ich gut, mal schauen, ob er zu einer spontanen Blaue-Funken-Untersuchung bereit ist. Dann ist hoffentlich Ruhe, und die Wehli verzupft sich wieder nach St. Pölten. Die Katzinger darf aber davon nichts erfahren. Bei allem Verständnis für die Beobachtungen einer alten Frau – überlegt euch bitte, was ihr weitererzählt. Sonst darf ich bald im Schlosspark Pensionisten das Taubenfüttern verbieten.«

Nachdem der Sprengnagl die Bücherei verlassen hat, schlägt die Toni vor: »Schauen wir zur Annamühle, vielleicht gibt es Neuigkeiten bei der Katzinger?«

»Gut, Zuckerschnecke, dann los.«

Sie verabschieden sich von der Tatjana und schlendern mit der Maxime zum Café hinunter.

∗∗∗

Vorbei am College Garden Hotel, sehen sie die alte Frau an ihrem Stammplatz stehen. Alles an ihr erinnert den Pokorny an seine verstorbene Oma. Allein, wie sie ihre Melange mit der Extraportion Schlagobers schlürft, versetzt ihn in seine Kindheit zurück. Immer wieder starrt die Katzinger die Johann-Strauß-Straße hinauf, die frontal vom Café wegführt, und wartet stirnrunzelnd auf das Eintreffen der Pokornys. Nach jedem Blick, der nicht das gewünschte Ergebnis zeigt, murmelt sie vor sich hin und klopft mit ihrem Stock ungeduldig auf den Terrassenboden.

Endlich hat das Warten ein Ende, mit einem Doppelstockeinsatz begrüßt sie die beiden. »Na endlich. Es gibt Neuigkeiten zu meiner Mordtheorie. Damit haben wir die Lieblich am Allerwertesten. Hihi.«

»Ihnen auch einen schönen guten Tag! Womit haben Sie die Frau Lieblich am Allerwertesten?«, will die Toni wissen.

Unbeeindruckt führt die Katzinger ihren Monolog mit dramatischer Stimme fort: »Ich habe euch doch gesagt, die Rosal wird sich bei der Eiskönigin ein bisserl genauer umsehen. Und jetzt ist klar, die Lieblich war's. Sie hat ihren Waldemar auf dem Gewissen.«

Sie nickt und linst abwartend über den Rand ihrer Brille. Bei ihrer geringen Körpergröße ragt ihr Kopf gerade so über den Stehtisch. Die riesige Sonnenbrille, ein Relikt aus den Siebzigern, bedeckt das Gesicht vom Haaransatz bis zum Ende der Nasenflügel. Allerdings ist retro heutzutage wieder modern, nur ihre Fliege-Puck-Brille ist ein Original mit natürlicher Patina. Da die Neugierde der Pokornys nicht ihren Erwartungen entspricht, entstehen im Gesicht der Katzinger tiefe Täler und hohe Gebirge aus runzeliger Altweiberhaut.

»Und? Wird das heute noch etwas?«, fragt der Pokorny.

Die Katzinger schnaubt grimmig. »Pfff. Undankbar bis ins Letzte. Ehrlich, geht's dem Haxn leicht wieder so gut? Gestern warst nicht so frech.« Sie schielt zum Knöchel vom Pokorny. »Ich reiß mir den Hintern auf, und was bekomme ich als Dank? Gschnappige, desillusionierte Fragen.« Der Versuchung, den Verletzungsgrad neuerlich mit dem Stock zu testen, widersteht sie nur aufgrund des strengen Blicks der Toni.

»Ich bin an Ihrer Motivforschung keineswegs desinteressiert, wenn Sie das meinen. Sie wollen die Lieblich als Mörderin überführen, obwohl es keinerlei Hinweise gibt. Also entweder Sie legen jetzt los, oder wir reden einfach über das Wetter. Ihre Entscheidung«, brummt der Pokorny.

»Ma, was bist denn du so pestig zu mir«, raunzt sie beleidigt.

»Ich hab halt einen Riecher fürs Kriminelle, außer mir glaubt eh keiner an ein Verbrechen.«

Oft ist Schweigen eine glänzende Variante, um andere aus der Reserve zu locken. So auch bei der Katzinger. Zwar wird das rein stimmungsmäßig heute nichts mehr, aber loswerden möchte sie ihre Neuigkeiten natürlich trotzdem. »Na gut. Also, die Rosal ist ja nicht neugierig, und Stöbern ist auch nicht so ihres, gell? Aber wegen meiner Anweisungen hat sie halt heute beim Putzen genauer gestierlt als sonst. Und jetzt kommt's, stellts euch vor: Sie hat eine Versicherungspolizze gefunden.« Eine kurze, dramatische Pause folgt, die Pokornys warten gespannt auf des Rätsels Lösung. »Die Eiskönigin bekommt für die Leiche vom Waldemar eine Million Euro nachgeworfen. Prost Mahlzeit!«

»Pfff, eine Mille? Eine Menge Holz«, sagt der Pokorny. »Und so, wie Sie dreinschauen, war das noch nicht alles, oder?«

»Bingo. Die Kohle alleine ist schon eine Observation wert, aber …«

»Obduktion heißt das. Eine Observation ist eine …«

»Willi, lass sie erzählen«, unterbricht ihn die Toni.

»Ja, genau«, schnauft die Katzinger theatralisch. »Lass eine alte Frau ausreden.«

Die Ohren vom Pokorny beginnen zu wackeln. Die Toni erkennt die Gefahr und steuert durch beruhigendes Streicheln rechtzeitig gegen.

»Also … Die Rosal hat gesagt, dass es zwischen der Eiskönigin und dem Waldemar vor knapp zwei Wochen ordentlich gekracht hat. Teller, Gläser und sogar eine Vase, ein Geschenk von irgendeinem reichen Kapazunder, hat sie ihm nachgepfeffert. Aus Porzellan, schweineteuer, irgendwas Chinesisches. Hat der Waldemar bei einem Konzert in Tokio abgestaubt.«

»Tokio ist aber nicht in China. Das wissen Sie schon, oder?«, stellt der Pokorny fest.

Die Toni stöhnt laut auf. »Willi! Bitte! Sei ruhig!« Gerade hatte sich die Katzinger beruhigt, aber dank des losen Mundwerks vom Pokorny ist die Sympathiekurve wieder steil abgefallen.

»Weißt was? Wennst eh so gescheit bist, dann find halt selbst raus, was die Rosal gesagt hat. Das ist mir doch wirklich langsam zu blöd. Ist es nicht wurscht, woher die Vasen kommen und wo Tokio liegt? Außerdem kann's ja auch in Tokio Vasen aus China geben! Oder?« Sein Schulterzucken wird als Kapitulation interpretiert. »Na siehst. Also, es Rosal hat gehört, dass sie wegen dem Testament vom Toten gestritten haben.«

»Wollte er's leicht ändern?« Der Pokorny zieht fragend die Augenbrauen nach oben.

»Ja«, antwortet sie und nickt mit einem grimmigen Blick. »Der Lieblich wollte sein Testament ändern, er wollte die Eiskönigin enterben und dafür den Schöberl und einen Künstlerverein als Erben einsetzen. So eine Art Pflegeheim für Ex-Sänger.«

»Den Schöberl?«, ruft die Toni überrascht und erschreckt die Maxime, die sich langsam an die Katzinger herangeschlichen hat. Damit ist die Beagelin aufgeflogen und wird rasch mit der Leine aus dem Gefahrengebiet gezogen, weg vom Futtertrog. »Was hat der Schöberl mit der Änderung zu tun? Das verstehe ich überhaupt nicht. Und wieso enterbt der Lieblich seine Frau?«

»Versteh ich auch nicht«, sagt der Pokorny.

»Die Rosal meinte, dass sich der Waldemar mit der Änderung vielleicht beim Schöberl für die Hilfe der letzten Jahre bedanken wollte und dass die Eiskönigin da wieder einmal ihr kaltes Herz gezeigt hat. Sie hat ihrem Mann gedroht, wenn er das wirklich durchzieht, lässt sie ihn entmündigen und steckt ihn ins Pflegeheim. So ein gemeines Luder! Den eigenen Mann erpressen!«

»Hat die Rosal das Testament gesehen?« Gespannt wartet die Toni auf die Antwort.

»Nein, leider nicht. Die Lieblich will morgen den ganzen Klimbim vom Waldemar zur Caritas bringen lassen, und die Rosal soll ihr beim Ausräumen helfen. Da kann sie in Ruhe stöbern … Äh, also nachschauen. Wer weiß, was sie alles findet. Vielleicht sogar einen Mordplan oder wie sie ihn gegrillt hat.«

»Falls das Testament schon geändert wurde, hätte der Schöberl vom Tod des Lieblich profitiert«, fasst die Toni zusammen.

»Schon, aber erstens wissen wir nicht, ob das wirklich so

ist, und zweitens, ob der Schöberl davon wusste«, konstatiert der Pokorny. »Die Rosal muss das geänderte Testament finden. Vorher ist das reine Spekulation.«

»Trotzdem, die Toni hat schon recht«, schaltet sich die Katzinger wieder ein. »Bei einer Änderung könnte gar der Schöberl den Lieblich gegrillt haben … um schnell abzukassieren! So eine Pflege kann sich ja ewig hinziehen, und Spaß schaut anders aus, gell?«

»Geh, jetzt soll auf einmal der Schöberl der Mörder sein? Ehrlich, Sie zaubern nach Belieben einen Verdächtigen nach dem anderen aus dem Hut. Der Lieblich ist an einem Herzinfarkt verstorben. Einfach so, kann passieren. Ihre Mutmaßungen nehmen langsam groteske Züge an. Kein Mord, aber ein Haufen Mordverdächtige. Am Ende nehmen wir den Holler auch noch dazu. Vielleicht sogar die Bürgermeisterin oder den Fetzer oder … mich.« Ärgerlich wendet sich der Pokorny an die Toni. »Traust du dem Schöberl das wirklich zu? Der ist die Gutmütigkeit in Person und hätte den Lieblich nie und nimmer ermordet.«

»Du hast schon recht. Frau Katzinger, weiß die Rosal, ob der Schöberl von der Änderung wusste?«

Die zuckt bedauernd mit den Schultern. »Leider nein. Hab sie schon drauf angesprochen. Vielleicht findet sie ja morgen was.«

»Ich halte das zwar alles für einen Schmarrn, aber wer weiß, vielleicht kann der Sprengi die Wehli damit beglücken. Ich werde mit ihm reden«, sagt der Pokorny, zahlt die Rechnung, und ab geht es heimwärts.

❊❊❊

Der Herrenabend der Freunde findet wie jeden Dienstagabend im ehemaligen Kuhstall des alten Bauernhofs statt, der zum Wohnzimmer umfunktioniert wurde. Im vorderen Teil des Hofes ist der Bioladen untergebracht, dahinter schließen sich die Wohnräume an. Bis auf das leise Gackern der Hühner im danebenliegenden Hühnerstall ist lediglich das Klacken der

Pokerwürfel zu hören. Aber eine richtige Spiellaune mag heute nicht aufkommen, zu sehr beschäftigt das Trio der letzte Sonntag.

Schließlich durchbricht der Sprengnagl das Schweigen. »Irgendwie hab ich das Gefühl, wir konstruieren uns da wegen der Katzinger ein Gewaltverbrechen zusammen. Nur um der Wehli eins auszuwischen … Ich mag's ja eigentlich nicht zugeben … Aber wäre da nur im Ansatz ein Verdacht auf einen Mordanschlag, dann steckt die Lieblich in ziemlichen Problemen. Eine Million Euro, eine mögliche Testamentsänderung zu ihren Ungunsten, da kommt schon einiges an Motiven zusammen.«

»Konstruieren … Weiß nicht, bei den Informationen sollte sich die Frau Chefinspektorin den Waldemar Lieblich trotzdem genauer anschauen. Schon um sicherzugehen«, meint der Berti.

Der Pokorny schaut zweifelnd zwischen seinen Freunden hin und her. »Aber woher sollte der Sprengi die Informationen haben? Wenn die Fratelli nicht beim Kurstadtlauf dabei war, gab es für ihn keinen Grund, überhaupt mit ihr zu reden, und schon gar nicht über finanzielle Probleme des Ehepaars Lieblich. Die Wehli wird interessieren, wie er an die Informationen über eine mögliche Änderung des Testaments sowie an die Versicherungspolizze gekommen ist und warum er ohne Anweisung die Fratelli dazu befragt.«

»Sie steht nicht auf der Zeugenliste.« Der Sprengnagl winkt ab. »Vergesst es, ich trete mir da sicher keinen Nagel ein.«

»Selbst wennst du es ihr sagen würdest, ohne konkreten Verdacht blamiert sie sich bestimmt nicht mit einem Antrag auf eine Obduktion.« Der Pokorny hebt beschwichtigend die Hände. »Sie wird die trauernde Witwe nicht grundlos nach dem Testament und der Lebensversicherung befragen. Würde ich auch nicht tun. Und ein blauer Funken ohne nachweisbare Verletzungen ist zu wenig.«

»Laut dem Schöberl hat der Lieblich doch einen Herzschrittmacher getragen, oder? Könnte der überhaupt von außen manipuliert werden? Wie soll das gehen?«, fragt der Berti.

»Ja, wenn der blaue Funken Strom wäre, ginge das schon«,

antwortet der Pokorny und fährt schmunzelnd fort: »Die Toni hat mich gestern wegen deinem abartig stinkenden Kraut-Wurzel-Kräuter-Aufguss aus dem Wohnzimmer verbannt. Mützeln gehen wollte ich noch nicht, also hab ich ein bisserl auf Wikipedia recherchiert. Der Volksmund bezeichnet alles, was so rund ums Herz eingepflanzt wird, als Herzschrittmacher, auch wenn es unterschiedliche Implantate gibt. Bei Herzrhythmusstörungen reicht ein einfacher Schrittmacher völlig aus. Wenn der Träger in einen externen Stromkreislauf kommt, brennt allerdings, amateurhaft ausgedrückt, das Kastel quasi durch, die Folgen sind Kammerflimmern. Wenn dann kein Blut mehr durch die Adern fließt, heißt's ohne Defibrillator: Hopp und ab in die Kiste. Wenn der Lieblich allerdings ein Kombigerät, also Schrittmacher plus Defi, eingebaut hat, schaut die Sache ganz anders aus. Der Defi würde das Kammerflimmern durch einen intern ausgelösten Elektroschock beenden und ihm damit das Leben retten. Einfach unglaublich, diese Implantate sind regelrechte Computer, die alles aufzeichnen. Der Arzt legt einfach einen Programmierkopf, also eine Art Gerät zum Auslesen der Daten, drüber und kann ratzfatz kontrollieren, was passiert ist. Ladestatus der Batterie, Stärke der Stromabgabe, alles, was halt wichtig ist.«

»Dann ist aber die Theorie der Katzinger mit dem blauen Funken sowieso Geschichte, also als Todesursache. Selbst wenn die Lieblich ihre Hände tatsächlich im Spiel hatte«, vermutet der Berti.

Der Pokorny schüttelt den Kopf. »Nur, wenn wir den Defi ausschließen können, sonst bleibt sie drin.«

»Eh, aber um zu wissen, was wirklich war, müssten wir den Lieblich aufmachen. Wir drehen uns im Kreis«, sagt der Sprengnagl. »Ohne Obduktion keine Gewissheit, alles nur Mutmaßungen.«

Der Pokorny fächert sich mit dem Spielblock Luft zu – seiner Meinung nach liegt geruchstechnisch noch immer ein wenig Kuh im Raum. »Die Wehli muss den Lieblich obduzieren lassen, ehrlich … Wenn der wegen der Entnahme des Schrittmachers sowieso aufgeschnitten wird, entstehen doch kaum zusätzliche Kosten. Dann ist das Auslesen des Schrittmachers wohl auch keine große Sache mehr.«

»Wie hätte er denn einen Stromschlag kassieren können?«, fragt der Berti hartnäckig weiter. »Sind Kabel am Boden herumgelegen?«

»Jede Menge, aber nicht direkt beim Lieblich. Der Fetzer hatte dem Holler ja den Strom abgedreht. Die Leitung zum Mikro können wir daher ausschließen. Wir haben den Bereich des Tumultes genau vermessen und fotografiert. Sonst war nichts Elektrisches in direkter Nähe.«

»In einer amerikanischen Lieblingsserie von der Toni zeigen forensische Ermittler, mit welchen wissenschaftlichen Methoden Verbrechen aufgeklärt werden. In einer Folge wurde eine junge Frau entführt und mit einem Elektroschocker gequält. Jetzt, wo wir über Strom reden … Der Lichtbogen zwischen den Kontakten von dem Elektroschocker erinnert mich ein wenig an den Katzinger'schen blauen Funken. Kennst du dich damit aus?«

»Ein wenig, wir hatten einmal ein Seminar zum Thema Elektroschocker, auch Taser genannt. In Österreich sind nur Spezialeinheiten, wie zum Beispiel die Wega und die Cobra, mit Elektroschockpistolen ausgerüstet. Nicht jedes Gerät ist tödlich, in Österreich sind Handtaser mit geringer Spannung, die wie ein Rasierapparat aussehen, für jedermann zu kaufen. Daran stirbt aber unter normalen Umständen niemand.«

»Bei der Spannung müsste es aber zu Verbrennungen kommen?«, vermutet der Pokorny.

»Hängt von der maximalen Spannung und der Art des Tasers ab. Auch, wo getasert wurde. Direkt auf der Haut? Über Stoff? Gibt es eine Körperbehaarung? An welcher Stelle am Körper? Hat alles Auswirkungen darauf, ob Brandmale zu sehen sind.«

Jetzt horcht der Berti auf. »Wie sehen die Wunden aus?«, will er wissen. »Wie zwei Punkte im Abstand von zwei bis drei Zentimetern?«

»Gut möglich, wieso?«

»Beim Haidlhof wurden letzten Dezember innerhalb einer Woche zwei Freilandschweine tot aufgefunden.«

»Wie sind die gestorben?«, fragt der Pokorny.

»Keine Ahnung, einer von den Studenten, die dort aushelfen, war bei mir, um Pilze … äh, ja … Der hat mir davon erzählt.«

»Um Pilze zu kaufen, wolltest du sagen, oder? Soso. Herrenpilze, Steinpilze, Parasol oder gar Spitzkegelige Kahlköpfe? Hm. Es ist doch noch gar keine Saison für Pilze. Pass bitte mit deinen depperten Schwammerln auf«, schimpft der Sprengnagl. »Du bringst mich damit noch in Teufels Küche. Wenn die Kollegen vom Suchtgiftdezernat das mitbekommen, brennt dein Hut und meiner gleich mit. Verstehst?«

»Spitzkegelige Kahlköpfe, also narrische Schwammerln, Magic Mushrooms. Da wagst du dich aber weit vor. Ich hoffe, die liebe Karin weiß, wie sie damit umgehen soll?« Der Pokorny schaut den Berti fragend an.

Ja, die beiden Freunde haben recht mit der Warnung. Erst letztes Jahr musste ein Kollege aus der Kriminaldienstgruppe einen unangekündigten Besuch im Bioladen vornehmen. Nicht etwa, um Eier aus Freilandhaltung oder regionale Produkte zu kaufen. Nein, zwecks Kontrolle der Zierpflanzen im Eingangsbereich des Ladens. Ein anonymer Hinweis, sich die zwei Meter hohen, süßlich duftenden Hanfpflanzen anzusehen, führte zu ernsten Diskussionen zwischen den beiden Freunden. Erst nach langen Gesprächen konnte der Sprengnagl den Berti davon überzeugen, dass eine Anzeige wegen Verstoßes gegen das Suchtmittelgesetz schwerere Folgen hätte, als die holländischen Cannabispflanzen mit den herrlich pinken, violetten und feuerroten Blüten einfach zu entfernen. Mit Eigenverbrauch und so braucht er dem Kripobeamten gar nicht erst kommen. Lediglich den Verkauf der Hanfblätter, die ja kein THC enthalten, ließ sich der Berti nicht nehmen … Dass er jetzt seine Produktpalette um halluzinogene Pilze erweitert, bringt den Gruppeninspektor auf die Palme.

»Du Idiot! Gerade ist über die Hanfgeschichte Gras gewachsen – im wahrsten Sinn des Wortes –, da fängst du mit halluzinogenen Pilzen an. Ja, geht's eigentlich noch, willst du wieder

Besuch von meinem Kollegen bekommen? Spinner! Auch wenn du die Schwammerln getrocknet als Tee oder in Tabakform verkaufst, wirkt das Zeug wie LSD.«

Der Berti winkt lachend ab. »Ja, ja. Ich pass schon auf.« Er kommt auf das ursprüngliche Thema zurück. »Der Student hat erwähnt, dass das zweite Schwein am ganzen Körper Brandwunden hatte. Unterschiedlich groß, von oberflächlicher Rötung bis zur offenen Brandwunde. Teilweise wurden die Hautstellen vor der Verbrennung rasiert.«

»Ma, des arme Viech. Tierquälerei vielleicht? Fahrst du morgen hin? Oder soll ich mir das ansehen? Leichte Rötung klingt interessant«, meint der Pokorny.

»Bitte mach du das. Wenn die Wehli mitbekommt, dass ich nach gegrillten Schweinen Ausschau halte … mehr brauche ich dir eh nicht zu sagen. Aber eines kann ich noch machen, dem Dr. Hammerschmied eine WhatsApp schreiben. Wollt ich schon gestern machen.« Er zückt sein Smartphone:

Kannst du bitte in Bad Vöslau bei der Bestattung vorbeifahren und dir die Leiche vom Kurstadtlauf anschauen? Waldemar Lieblich heißt der Verstorbene, suche nach oberflächlichen Hautrötungen wie nach einem Taserangriff. Danke

Wie immer rund um die Uhr erreichbar, kommt vom Hammerschmied umgehend die Antwort:

– *Weiß die Wehli davon? Hab keinen Auftrag erhalten.*
– *Nein, war doch noch nie ein Problem für dich?*
– *Stimmt* ☺ *wieso eigentlich anschauen?*
– *2 mit Taser gegrillte tote Schweine.*
– *Mord?*
– *Wirst du uns sagen. Melde dich bitte danach.*
– *Ok, werde es aber erst nachmittags schaffen. Zurzeit stapeln sich bei mir die Leichen* 😉
– *Sicherer Arbeitsplatz! Bitte asap und schau, dass der Lieblich im Kühlraum bleibt.*
– *Wird schwierig ohne offizielle Beauftragung, versuch mein Bestes.*
– 👍

»Du glaubst also wirklich, dass da was dran sein könnte?«
Der Berti schaut den Gruppeninspektor interessiert an.

»Glauben, glauben. Was weiß denn ich?«, antwortet der
Sprengnagl. »Wenn schon die Wehli nichts unternimmt, möchte
ich zumindest keinen Fehler machen. Besser einmal zu viel obduziert als einen möglichen Mord übersehen.«

Der Pokorny nickt zustimmend. »Hoffentlich schaut sich der
Hammerschmied den Lieblich bald an. Sonst gibt die O-Weh den
Leichnam frei, und die Säue sind umsonst gestorben. Kannst du
rausfinden, bei welchem Kardiologen er in Behandlung war? Der
muss sich zwar auch nach dem Tod an seine ärztliche Schweigepflicht halten … Aber trotzdem, vielleicht kann er dir auf dem
schnellen Dienstweg zumindest sagen, was der Lieblich implantiert hat? Und jetzt reicht's mit dem Tagesgeschäft. Berti, danke
dir trotzdem für deinen Bioaufguss, die Bandeln funktionieren
wieder. Na los, du bist mit dem Würfeln dran.«

Mittwoch, Tag 3

»Waren die narrischen Schwammerln magisch genug?«, fragt der Pokorny die Karin beim morgendlichen Espresso.

»Ein bisschen mehr Schlaf wäre fein«, sagt die Karin und lächelt. »Aber alles geht halt nicht.«

Und das ist tatsächlich eine Besonderheit beim Freund von der Karin. Weil einen die halluzinogenen Pilze sonst eher erden und im Kreis lachen lassen, so wie Cannabis. Die Realität verzerrt sich, Farben, Formen, Kontraste, manchmal erscheinen sie heller, manchmal dunkler, und das viele Stunden lang. Aber vielleicht ist die Flucht in eine andere Welt ja auch das Erfolgsgeheimnis der beiden.

Er nickt. »Weißt du, wo die Katzinger ist?«

»Hm, ab neun Uhr findest du sie immer im Café Sisi, mittags in der Konditorei am Kurpark und danach bei uns. Noch nie vom Katzinger'schen Informationsdreieck gehört?« Die Karin lacht.

»Nicht wahr, ehrlich? Sie geht jeden Tag in drei Caféhäusern Tratsch einsammeln? Daher hat sie also ihre Informationen.«

»Nicht nur. Dazwischen geht sie zu den unterschiedlichsten Friseuren, verbringt Stunden im Wartezimmer diverser Ärzte. Ja, ja. Die ist fix unterwegs.«

»Ein Schlitzohr halt, danke dir, bis später.« Grinsend verlässt er das Café.

***

Weil er die Katzinger am Handy nicht erreichen kann, versucht er es am Festnetz in der Cafe-Konditorei Sisi. Die freundliche Kellnerin verspricht prompt, die alte Frau zu holen.

»Wer stört?«, blafft sie wenig später ins Telefon.

»Ihnen auch einen schönen guten Morgen. Da spricht der Pokorny.«

»Ah, der Herr Sonderermittler. Was gibt's Neues vom Waldemar?«

»Noch nichts Konkretes, aber ich bin an etwas dran.«

»Aha, mach's nicht so spannend, die Melange wird kalt.« Sie hat angebissen.

»Glauben Sie, die Rosal würde der Wehli von der Lebensversicherung und dem Testament erzählen?«

»Nein, auf keinen Fall. Ich hab dir doch gesagt, dass sie bei der Eiskönigin schwarz putzt«, erwidert sie empört. »Ich bring die Rosal sicher nicht ins Gefängnis.«

»Wegen Schwarzarbeit kommt niemand ins Gefängnis. Aber wir brauchen Ihre Hilfe. Niemand glaubt so richtig an Ihre Theorie, aber …«

»Aber was? Glaubst wenigstens du endlich einer weisen alten Frau? Na, red schon!«

»Ich kann es Ihnen nicht sagen. Die Wehli muss die Info wegen der Versicherung und der Testamentsänderung bekommen. Der Waldemar Lieblich liegt im Kühlraum der Bestattung, aber wer weiß, wie lange noch, und dann ist der Zug für Ihre Theorie abgefahren. Also?« Gerade bei der Katzinger ist Hartnäckigkeit gefordert. »Jetzt müssen Sie mir vertrauen.«

»Ich red mit der Rosal. Sie sollte eh bald bei der Lieblich eintreffen. Versprechen kann ich freilich nix. Und jetzt muss ich wieder auf meinen Platz, sonst wird mir die Melange wirklich noch kalt. Und auch wenn kalter Kaffee schön macht, übertreiben möcht ich's mit der Schönheit auf meine alten Tage auch nicht mehr.« Sie kichert in den Hörer und legt auf.

* * *

Um kurz nach zwölf Uhr sitzen die Pokornys mit der Maxime im Gastgarten des Restaurants Bierhof an der Hauptstraße und bekommen, kaum bestellt, schon ihr Essen serviert. Während der Pokorny vor Genuss an seinem im Gulaschsaft schwimmenden Semmelknödel am liebsten ersticken möchte, kaut die Toni lustlos am heutigen Tagesmenü herum. Und das an dem einzigen

Wochentag, wo sie ganztägig in der Bücherei Dienst hat und nur ein rasches Mittagessen runterschlingen kann.

»Die Putenbrust war auch schon einmal zarter.« Sie schiebt den Teller zur Seite und beneidet ihr Bärli wegen seiner Liebe zum ewig selben Menü. Für sie ist es halt fad, jeden Mittwochmittag das Gleiche zu essen. So schaut sie ihm sehnsüchtig beim Schlemmen zu und muss an ihren Schwiegervater denken. Wenn der einmal isst, kann die Welt rundherum untergehen. Zum Glück kennt das Personal die Eigenheiten des Ehepaars Pokorny gut, und die Toni bekommt ohne Worte eine kleine Portion Gulasch serviert. Versöhnlich essen sie schweigend, weil Reden ist, bis der Pokorny fertig gegessen hat, sowieso kaum möglich.

Anschließend gähnt er ausgiebig. »Die Katzinger wird versuchen, die Fratelli zu einem Anruf bei der Polizei zu bewegen. Irgendwie müssen wir Bewegung in die Sache bringen. Erst wenn der Lieblich genau untersucht ist, können wir wieder in Frieden unseren Kaffee trinken. Vorher gibt die Nörglerin nicht auf. Ist schon ein rechter Stress derzeit.«

»Mein armes Bärli. Bist du so unter Druck? Ja, ja, der morgendliche Einkauf in der Annamühle und der ganze Stress mit den Auslieferungen für den Berti schaffen dich schon ordentlich … Also ehrlich, deinen Stress würden sich viele hart arbeitende Menschen einmal wünschen.«

Und recht hat die Toni. Nach dem Verkauf eines geerbten Grundstücks in schöner Hanglage in Baden hätte sie ebenfalls in den Tag hineinleben können, Faulenzen entspricht aber nicht ihrem Naturell. Deshalb genießt sie umso mehr ihre Arbeit in der Stadtbücherei und die gemeinsame Zeit mit Tatjana. Seit sie ihre Buchhandlung veräußert hat, kann sie so ihre Liebe zur Literatur an Kinder und Jugendliche weitergeben. Dass ihr sorgenfrei arbeitsloser Ehemann wegen des derzeitigen Arbeitspensums jammert, passt ihr gar nicht.

Er zwinkert ihr zu. »War nicht so gemeint«, sagt er und hakt sich unter. »Natürlich begleite ich dich zur Bücherei, du ausgebeutete Ehefrau.«

Auf dem Weg dorthin läutet sein Nokia.

»Also, ich hab eine gute, eine mittelgute und eine schlechte Nachricht. Welche willst zuerst hören?«, fragt die Katzinger.

»Bitte! Können S' nicht einfach erzählen, was Sie wissen?«, seufzt er. Weil ums Verrecken kann er es nicht leiden, jemandem etwas aus der Nase ziehen zu müssen. Reden oder den Mund halten ist seine Devise.

»Du Grantscherben bist mir nicht mehr wurscht. Die Infos sind noch brennheiß, da greif ich schon zum Hörer, und dann …«, krächzt sie entrüstet und legt auf.

Die Toni schüttelt den Kopf. »Geh, Willi! Lass sie doch ihre Show abziehen. So ist sie halt! Sei froh, dass sie überhaupt anruft. Also los, ruf sie zurück!«

»Ja, ja«, brummt er und wählt die Nummer der Nervensäge. »Ich werde dich das nächste Mal an deine Großherzigkeit erinnern …«

Die Katzinger hebt gleich beim ersten Klingeln ab. »Schön, dass dich doch interessiert, was ich so weiß … Also, pass auf. Die schlechte Nachricht: Ich hab mich leider geirrt. Die Rosal hilft der Witwe erst morgen beim Ausräumen. Am Mittwoch putzt sie immer beim Weingut Schlossberg, gleich neben den Lieblichs.«

»Hoffentlich nicht auch schwarz!«, murmelt der Pokorny, weil das würde ihn beim Heurigen seines Vertrauens schon treffen.

Entweder hat die Katzinger ihre Ohrstöpsel doch einmal gereinigt oder einfach einen guten Tag. Jedenfalls hat sie das Gemurmel gehört. »Du brauchst gar nicht so flüstern, ich hör alles! Beim Nobelheurigen schwarzarbeiten! Was denkst du denn, nix da! Wenig Geld, dafür aber regulativ angemeldet.« Wieder verblüfft sie mit ihrem umfangreichen Sprachrepertoire. Diesmal unterlässt er eine Richtigstellung. Tut zwar weh, aber es dient der Sache. »Den Eigentümern geht's super, ein Haufen Gäste, mit einem Wort: Der Rubel rollt. Die haben das nicht notwendig. Andererseits hätten es auch die Lieblich und ihr Verblichener nicht notwendig, aber das ist halt Charaktersache … Net wahr?«

Ungeduldig unterbricht er ihre philosophischen Überlegungen. »Die schlechte Nachricht haben wir durch, wie lauten die beiden anderen?«

Kurz ist es ruhig in der Leitung. Die verkalkten Zahnräder knarzen, sie überlegt offensichtlich, ob eine weitere Gesprächsbeendigung wegen wiederholter Gemeinheiten angebracht ist. »Die mittelgute ist, dass der Holler grade von der Wehli hoppgenommen wurde«, lässt sie die Bombe platzen.

»Hopp. Was heißt hopp?«

»Na, verhaftet hat sie ihn! Mit Blaulicht und Tatütata ist die Chefpolitesse angerauscht, und dann haben sie ihn mitgenommen. Er soll die Lieblich geschlagen haben. Vielleicht ist er ja der Mörder?«, raunt sie durchs Telefon. »Täte zu dem Choleriker passen!«

»Wieso glauben Sie jetzt auf einmal, dass der Holler der Mörder ist? Gestern haben S' noch erst auf die Lieblich und dann den Schöberl getippt, wegen der Versicherung. Und jetzt plötzlich der Holler? Ich kenne mich bei Ihnen nicht mehr aus.« Der Pokorny ist ehrlich verwirrt.

»Kann ja sein, oder? Mit der Mörderin Lieblich … es ist ja noch nicht fix, also dass die Eiskönigin ihren Waldemar unter die Erde gebracht hat, gell? Gut, die Versicherung allein ist schon ein hammermäßiges Motiv. Kann man schon gelten lassen.«

»Haben Sie die Rosal schon über den notwendigen Anruf bei der Wehli informiert?«

»Ma, hab ich doch gewusst, dass du mich jetzt damit quälen wirst. Nein, habe ich noch nicht. Mich reißt's mit der ganzen Ermittlerei nur so durch die Gegend.«

Die Toni grinst und zwinkert ihrem Bärli zu. Die Katzinger ist also auch im Stress.

»Wäre wichtig, denn dann weiß auch die Wehli von dem hammermäßigen Motiv«, sagt er und zwinkert zurück.

»Mach ich schon noch. Trotzdem haben der Holler und die Lieblich ständig Streitereien miteinander gehabt. Vielleicht hat er einen dermaßen großen Hass auf die Eiskönigin, dass er ihr den Alten abgemurkst hat. Aus Rache wegen dem Baustopp, geschickt beim Kurstadtlauf … Weil mit einem Ziegel erschlagen oder einmauern wäre ja doch zu auffällig.«

Die Toni hat sich während des Gesprächs eng an den Pokorny angepresst. »Frau Katzinger, das kann nicht sein«, wendet sie ein. »Von dem Baustopp hat er nachweislich erst nach dem Lauf erfahren. Hat die Rosal sonst noch etwas in Erfahrung bringen können?«

»Nicht viel. Sie hat beim Putzen zufällig beim Klofenster rausgeschaut und den Abtransport vom Holler gesehen. Volles Programm von der Wehli war's aber nicht. Weil Achter hat sie ihm keine angelegt. Dafür ist die Rettung mit der Lieblich und dem Schöberl weggefahren. Die Lieblich soll blutüberströmt gewesen sein.«

»Ich hab gewusst, dass die Sache eskalieren wird«, bemerkt der Pokorny.

»Hat die Rosal einen Hausschlüssel der Lieblichs? Sie könnte ja nachschauen gehen, ob alles okay ist im Haus«, schlägt die Toni vor und schiebt grinsend die Lippen nach vorne. »Wer weiß, ob bei dem Streit nicht etwas zu Bruch gegangen ist, Wasser ausläuft, ein Druckkochtopf am Herd steht oder so. Ich glaube nicht, dass die Wehli das gecheckt hat.«

»Hm, ein bisserl kriminelle Energie steckt schon in dir!« Sie hören die alte Frau lachen.

»Ich bin über die Toni auch ganz erstaunt«, ergänzt der Pokorny. »Die Rosal soll sich unbedingt im Arbeitszimmer vom Waldemar umsehen, ganz genau, und in jedes Buch reinschauen. Überall könnte eine potenzielle Gefahr für das Haus schlummern.«

»Alles klar, melde mich, wenn's was Neues gibt … Und natürlich umgekehrt, gell?«, sagt die Katzinger und wird vom Pokorny gerade noch rechtzeitig unterbrochen.

»Stopp! Sie haben bei der Aufzählung auch von einer guten Nachricht gesprochen. Die fehlt mir noch.«

»Ah, ja, siehst, der Stress … Äh, wo war ich? Ah, ja, also der Rosal ist vom Streit noch was eingefallen. Der Waldemar hat die ganze Kohle von seiner Frau, die sie beim Tanzen gescheffelt hat, in Meindl-Aktionen angelegt. Ob das Gutscheine sind, weiß sie nicht, angeblich bündelsicher, was auch immer das heißt, nur jetzt sind s' anscheinend wertlos. Die Eiskönigin hat quasi null eigenes Geld zum Leben. Wenn sie der Waldemar enterbt hätte …« Sie beendet den Satz nicht.

»Hätte die Lieblich ein ernstes finanzielles Problem. Bravo! Das nenne ich ein hammermäßiges Motiv«, jubelt der Pokorny. »Die Rosal muss das der Polizei erzählen. Das ist wirklich wichtig, langsam könnte sich die Schlinge um die Lieblich zusammenziehen.«

»Ja eh, wie gesagt, ich versuch's, also bis demnächst«, beendet die Katzinger gut gelaunt das Gespräch.

»Danke, auf Wiederhören«, verabschiedet er sich kopfschüttelnd und schmunzelt. »Bündelsichere Meindl-Aktionen? Dass ich nicht lache. Die wird wohl mündelsichere Meinl-European-Land-Aktien meinen. – Was machen wir zwei Hübschen jetzt?«

»Also, ich gehe arbeiten … Schon vergessen? Und dir würde eine Bewegungseinheit mit der Maxime nicht schlecht tun«, neckt die Toni ihren Sportmuffel und kennt freilich die Antwort.

»Hm, grade jetzt ist es schlecht. Das schwere Essen … außerdem muss ich noch zum Haidlhof wegen der Schweine«, schnauft er. »Ein andermal.«

✳✳✳

Bei der ehemaligen Jausenstation Haidlhof, am Weg nach Mayerling, befindet sich eine Außenstelle der veterinärmedizinischen Universität Wien. Der Student mit der halluzinogenen Verbindung zum Berti ist aufgrund des selbst gedrehten Joints schnell gefunden und auch sehr gesprächig.

»Unsere Schweine bleiben auch über Nacht auf der Wiese«, erklärt er. »Theoretisch kann jeder ins Gehege rein. Muss lediglich auf den Elektrozaun aufpassen.«

»Gibt's Kameras?« Weil der Tierquäler auf Film würde die Suche nach einem möglichen Mörder freilich erleichtern. Leider ist Weihnachten schon lange vorbei, und so geht der Wunsch an das Christkind nicht in Erfüllung.

»Wofür? Bisher gab es ja noch nie Probleme. Gut, vor meiner Zeit wurde mal ein Schwein gestohlen. Aber massakriert wurde noch keines.« Der Student lacht dämlich und inhaliert kräftig.

Ob die Pilze vom Berti auch verblöden, gilt es noch auszudiskutieren. Könnte aber auch zu viel an Cannabis sein. Weil so idiotisch, wie der Haschbruder dreinschaut, wird er sein Studium wohl nicht in der Mindeststudienzeit abschließen.

»Sind die toten Schweine noch da? Äh, also zum Anschauen?«

»Nein, wo denkst du denn hin, Mann? Die Kadaver sind längst in der Tierverwertung gelandet. Aber Fotos kann ich dir zeigen. Magst sie sehen? Sind aber ziemlich widerlich. Das erste Schwein wurde regelrecht zerlegt.«

Der Pokorny ist zwar über das aufgezwungene Du irritiert, weiß aber, dass er durch den Nebel im Gehirn des Gegenübers nicht durchdringen würde. Außerdem ist der Student sehr auskunftsfreudig, und Fotos sind dem Pokorny sowieso lieber als abgelegte tote Schweine.

Die Fotos sind von guter Qualität, wenn auch grauslich zum Ansehen. Speziell das zweite Schwein muss besonders lange gelitten haben. Der Berti hat nicht übertrieben. Das niedliche Freilandschwein ist nahezu vollständig rasiert, das Maul mit einem Kabelbinder brutal zusammengepresst. Brandwunden in allen Schattierungen, aber auch kaum wahrnehmbare Rötungen. Anscheinend musste das arme Schwein wirklich als Testobjekt für eine unerwünschte Strombehandlung herhalten. Der Pokorny weiß nicht, ob die Intensität des Stromschlages an den Stellen mit den leichten Rötungen tödlich gewesen wäre. Für den Kurzschluss eines hochsensiblen Herzschrittmachers würde es möglicherweise reichen. Klar ist es für den Kiffer easy-cheesy möglich, Kopien der Fotos zu machen. Minuten später, nach dem Verfassen einer Kurznachricht an den Sprengnagl, ist der Pokorny unterwegs zum Bioladen.

Die Textnachrichten vom Pokorny, dem hartnäckigen Smartphone-Verweigerer und Gegner von digitalen Medien wie

WhatsApp, Twitter, Facebook, Instagram et cetera, nerven sein gesamtes Umfeld. Alles, was über eine Phrase hinausgeht, kann nur von nahen Angehörigen und Freunden an guten Tagen verstanden werden. So sind Groß- und Kleinschreibung ebenso wie Zahlen, Punkte, Beistriche oder was sonst noch rasch Klarheit verschaffen könnte, nicht existent. Wenn er nicht die Leerzeichen einstreuen würde, so auf die Schnelle ginge da eine halbwegs verständliche Kommunikation gar nicht.

komm zum berti   hab fotos von den toten schweinen   holler verhaftung   handelt wehli

※※※

»Berti, dein Hinweis auf die Schweine war genial. Schau dir die armen Tiere an. Das kann kein Zufall sein, irgendwer hat die Tiere als Versuchsobjekte missbraucht.«

»Na, geh. Das ist ja wirklich ekelhaft. Hoffentlich waren die wenigstens schon vor der Quälerei tot.«

»Glaube ich nicht, leider, wozu wären sonst die Mäuler mit Kabelbinder fixiert worden? Das ist doch krank!«

Eine SMS vom Sprengnagl ändert die Pläne.

Ich kann nicht weg. Die Wehli verhört gleich den Holler, und ich muss das Protokoll schreiben. Grrr 😠 *melde mich später.*

Der Pokorny schüttelt verärgert den Kopf. »Die Wehli piesackt ihn schon wieder, dabei ist die Schweine-Geschichte wichtiger als die depperte Vernehmung vom Holler. Was soll da rauskommen?«

»Warte, ich fotografiere die Bilder, die kann ich ihm dann whatsappen.« Nur Sekunden später hat der Berti die Schweine digital in die Polizeiinspektion gefunkt.

– *Schick die Bilder an den Hammerschmied. Dann weiß er, wonach er suchen soll.*

– *Ok, Tod durch Stromschlag möglich, habe mit seinem Kardiologen telefoniert, der Lieblich hat einen Herzschrittmacher ohne Defi implantiert.*

Der Berti legt das Handy weg. »Schau an, wir haben vielleicht doch einen Mord durch Stromschlag. Auch wenn ich es bisher nicht geglaubt habe, aber mit den Schweinen und der finanziellen Situation des Ehepaars muss die Wehli zumindest mit der Staatsanwaltschaft Rücksprache halten. Einfach so abtun geht dann nicht mehr. Was meinst du?«

»Ich hoffe, du hast recht. Schön, langsam wird es jedenfalls spannend. Du, ich fahre zur Annamühle, vielleicht weiß die Katzinger was von der Rosal. Baba.«

Er setzt die Maxime in die multifunktionale Transportbox am Gepäckträger und fährt mit seinem E-Bike motiviert zum Café.

❊ ❊ ❊

Um Punkt fünfzehn Uhr trifft der Pokorny dort die Katzinger, und die kann es kaum erwarten, ihm die Neuigkeiten von der Hausbesichtigung der Fratelli zu erzählen.

Sie grinst schelmisch. »Bingo! Jetzt haben wir sie endgültig am Haken. Die Rosal hat wegen Gefahr in Verzug – so sagt das mein Liebling, der Kommissar Eisner im Tatort, immer – das Arbeitszimmer genauestens durchsucht. Warte mal.« Sie winkt der Karin hektisch zu. »Hast du die Bilder von der Rosal schon telegrafiert bekommen? Mach schnell, es pressiert!«

Da man Stammgäste, auch wenn diese manchmal ordentlich nerven, gut und schnell bedient, vertröstet die Karin eine Laufkundschaft und betritt die Terrasse. »Die Fratelli hat mir gerade eine SMS geschickt. Ein Foto von einem Kalendereintrag … Der Waldemar Lieblich hätte zwei Tage nach dem Kurstadtlauf einen Termin beim Notar in Baden gehabt. Wegen einer Testamentsänderung.«

»Na, Pokorny, die Rosal ist ein Hit, gell? Nicht einmal drei Stunden hat sie dafür gebraucht. Jetzt ist alles klar. Die Lieblich hat gesehen, dass der Waldemar Ernst macht, und hat ihn knapp vor dem Notartermin öffentlich gegrillt.«

»Dann soll die Rosal das der Wehli erzählen …«

»Nein, sicher nicht!« Sie klopft energisch mit ihrem Stock

auf den Terrassenboden. »Das ist natürlich topsecret, weil heute putzt sie nur beim Weingut, da geht also mit ›zufällig gefunden‹ gar nix. Und ein Gefahr-in-Verzug möcht ich der Chefpolitesse nicht als Ausrede erzählen. Nur dass du mich verstehst.«

»Dann haben wir ein Indiz mehr, und die Wehli weiß immer noch nichts davon!« Der Pokorny fängt zu grinsen an. »Ich hab eine Idee: Wir könnten ihr die Informationen anonym zukommen lassen. Alles, was wir haben, auf einen Zettel schreiben und dort einwerfen.« Er zeigt zu der hundert Meter entfernten Polizeiinspektion. »In den metallenen dunkelgrünen Postkasten über den Stufen beim Eingang. Auf der rechten Seite.«

Die Karin nickt anerkennend. »Keine schlechte Idee, dann landet der Zettel sicher an der richtigen Stelle.«

»Wir mischen die Wehli im Alleingang auf«, feixt die Katzinger und klatscht in die Hände. »Also los, wer von euch schreibt? Mit meinem Rheuma geht da nix.«

»Ich bring euch was zum Schreiben und einen Zettel. Schreiben geht sich nicht mehr aus, die Kunden werden schon nervös.« Die Karin hebt abwehrend die Hände.

»Alles klar, dann bleib nur mehr ich übrig.« Der Pokorny verzieht das Gesicht. »Wenn die eine Schriftbildanalyse macht, bin ich dran.«

»Ma, Pokorny, bitte! Die Frau Wichtig wird noch froh sein, von dir Post bekommen zu haben.«

»Hm«, murmelt er und kritzelt:

*Der Waldemar Lieblich hat das gesamte Geld der Elisabeth Lieblich in **MEL-Aktien** investiert und verloren. Sie ist praktisch **mittellos** und war von ihm abhängig. Es gibt eine **Lebensversicherung** über eine **Million** zu ihren Gunsten. Das Testament und wahrscheinlich auch die Begünstigung aus der Versicherung sollten aber zu ihrem **Nachteil** geändert werden. Ein **Notartermin** wurde für Dienstag nach dem Kurstadtlauf fixiert. Der Waldemar Lieblich wurde von seiner Frau **getötet**!*

»Du musst noch schreiben, dass die Eiskönigin die Mörderin ist. Fix nämlich!«, insistiert die Katzinger.

»Wenn ich wirklich ›Eiskönigin‹ schreibe, können Sie der Wehli den Brief gleich persönlich übergeben. Weil nur Sie die Lieblich so nennen. Also?«

»Passt schon … Und jetzt wirfst das Brieferl noch brav ein.«

»Nein, das machen Sie, gehbehindert sind Sie ja nicht. Schließlich ist mitgehangen auch mitgefangen. Na los, ich warte hier.«

»Ma, eine alte Frau muss …«, raunzt sie, sieht den unbarmherzigen Blick vom Pokorny und zuckelt seufzend zur Polizeiinspektion. Manchmal gesellt sich zu der besten Idee aber auch eine ordentliche Portion Pech dazu. Eine Hand am Geländer, in der anderen den Stock sowie das anonyme Schreiben, nimmt die Katzinger gerade die erste Stufe in Angriff, als die Tür aufgerissen wird und der Holler herauskommt, gefolgt von der Wehli.

»Jetzt reißen Sie sich aber zusammen«, schnauzt ihn die Wehli an. »Die zweite Tätlichkeit gegenüber der Frau Lieblich innerhalb von nur vier Tagen.«

Der Holler fährt herum und fletscht die Zähne wie eine gereizte Bulldogge. »Dann soll der alte Drachen aufhören, Stuss zu verzapfen. Warum nehmen Sie die nicht einmal mit? Üble Nachrede, Rufschädigung und so weiter. Da hätten Sie genug zu tun, aber Holler-Bashing ist in dieser schönen Gemeinde sowieso an der Tagesordnung. Warum auch nicht von der Polizei, oder?«

»Noch einmal, reißen Sie sich bitte zusammen. Sonst sitzen Sie ein und gehen nicht trotz einer Anzeige auf freiem Fuß nach Hause. Verstanden?«, faucht die Wehli, und ihre Augen werden zu schmalen Schlitzen.

Obacht wäre jetzt angesagt, aber nein, nicht beim Holler. »Na buh. Frau Chefinspektorin, soll ich mich jetzt fürchten?«

»Sie sind unverbesserlich. Sie haben doch schon genug Probleme am Hals, da brauchen Sie keinen Ärger mit mir, glauben Sie mir das ruhig. Sie machen sich das Leben selbst unnötig schwer.«

»Meine Sache. Sonst noch was?«

»Nein, halten Sie sich bloß von Ihrer Nachbarin fern, sonst …«

»Sonst was?« Er schaut die Chefinspektorin erbost an. »Lassen Sie mich in Ruhe, ich muss nachsehen, ob die werte Frau Nachbarin eh auf ihrer Seite des Zaunes geblieben ist.«

»Herr Holler, bitte! Wie soll das enden? Die Eskalationsschraube dreht sich nach oben, Sonntag eine Ohrfeige, heute leichte Körperverletzung und morgen …? Hören Sie auf, so stur zu sein«, ruft die Wehli genervt. Weil ehrlich, so wie sich die Sache zwischen den Streitparteien zuspitzt, kann das nicht gut enden.

»Ja, ja, jeder kriegt, was er verdient. Schönen Tag noch.« Er dreht sich um und läuft fast in die in Schockstarre verharrende Katzinger hinein.

»Oh, Entschuldigung«, grunzt er und ist weg.

Die Wehli ist verärgert und frustriert, erblickt die Botin – und ja, es gibt immer jemanden, der für die Verfehlungen anderer büßt. Weil sie kann viel, die Katzinger, viel reden, viele Speckstangerln essen und so weiter. Aber sich in Luft auflösen, das schafft auch sie nicht. Der Versuch eines geordneten Rückzugs scheitert im Ansatz.

»Ah, die Frau Katzinger. Bringen Sie Post für mich?«, erkundigt sie sich und reißt ihr das nun nicht mehr ganz so anonyme Schreiben aus der Hand. »Wo haben Sie denn diesen Blödsinn her?« Die Wehli lacht laut auf und schüttelt den Kopf.

Und wieder schlägt das Schicksal gnadenlos zu. Die Wehli schaut just in dem Moment auf, als die Katzinger einen Blick zum Pokorny wirft. Zwar täuscht dieser vor, in der Zeitung zu lesen, aber die Wehli durchschaut das. »Eh klar, der Freizeitpolizist macht sich wieder wichtig.« Sie schnauzt die Überbringerin an: »Sie warten hier, ich lade den kreativen Autor dieses Science-Fiction-Schreibens zu uns ein.« Sie mustert argwöhnisch die rheumatischen Finger der Botin. »Weil mit Ihren Händen hätten Sie so was nicht hinbekommen.« Die Entrüstung der Katzinger wischt sie vom Tisch und klatscht dreimal hintereinander.

81

»Herr Pokorny, kommen Sie doch bitte mal rüber zu uns«,
ruft sie und winkt. Um dem Nachdruck zu verleihen, unterstreicht sie ihren Wunsch mittels Zwei-Finger-Pfiff, der dem
Verfasser des Schriftstücks durch Mark und Bein fährt.

»Ja, werte Frau Chefinspektorin. Womit kann ich der Staatsgewalt dienen?«, fragt er wenig später sarkastisch.

»Sag ich Ihnen gleich, kommen Sie einfach rein. Der Sprengn-
nagl ist auch da, setzen wir uns auf einen gemütlichen Plausch
zusammen. Schließlich sollen doch alle auf dem gleichen Stand
sein.«

Nicht gerade heimelig wird die angespannte Situation durch
den ihm angebotenen kargen Sitzplatz im Vernehmungszimmer.
Knapp sechs mal sechs Meter roter Linoleumboden, altersgraue
Wände, ein leichter Schweißgeruch von langjährigen Verhör-
aktivitäten hängt in der Luft. Dazu noch die harten Holzsessel,
am Boden fixiert. Sie wirft dem Sprengnagl das Schreiben auf
den Tisch. »Na, was sagen Sie dazu, Kollege?« Ohne jede Frage
unterstellt sie ihrem Mitarbeiter, dass er da nichts Neues liest.

Der ist natürlich auch nicht dumm. Er stellt sich trotz der
Neuigkeiten über die MEL-Aktien ahnungslos und zuckt schein-
heilig mit den Schultern. »Frau Katzinger, wo haben Sie diese
Informationen her?«

Die erblasst ob des offensichtlichen Verrats und stammelt:
»Äh, ich, also wir … das ist gemein! Eine alte Frau so zu ver-
arschen. Pokorny, du wolltest doch auch …« Doch der Angesprochene unterbricht die unglückliche Gesprächseröffnung
durch einen Tritt auf ihren Hallux.

»Was wollte er auch? Sie können offen reden. Ich bin das Auge
des Gesetzes, mir können Sie vertrauen«, säuselt die Wehli.

Alles hätte sie ihr erzählt, die enttäuschte Botin des anonymen Schreibens, alles! Vor lauter Ärger über den Pokorny
und den ihrer Meinung nach bestens informierten Sprengnagl.
Aber mit der falschen Freundlichkeit und der Schleimerei hat die
unsympathische Chefinspektorin alle Chancen auf eine Anzeige
wegen Behinderung der Staatsgewalt verspielt. Wobei hier zu
hinterfragen wäre, was überhaupt behindert werden sollte. So

schluckt die Katzinger im Dienste der guten Sache ihren Ärger runter, schickt den Verrätern abwechselnd tödliche Blicke und antwortet: »Äh, nix …«

»Nichts also, na gut. Was sollte das dann werden?« Sie wedelt mit dem Schreiben vor den Augen der Katzinger herum.

»Hören S' damit auf«, sagt die ungehalten. »Mir wird ganz schwindlig.«

»Dann los! Hopp, hopp!«

Bei der anschließenden Beichte erzählt die Katzinger mit vor Ärger knirschenden Zahnprothesen von der anonymen Informantin, dem blauen Funken und der Boshaftigkeit der Lieblich. Die Blicke, die sie während der ungewollten Schilderung dem Autor des Schreibens sendet, lassen für später nichts Gutes erahnen.

»Pokorny, Sie hängen da mit drinnen. Ohne Sie kein Schreiben, nicht wahr? Wie kommen Sie eigentlich dazu, eigenständig Befragungen durchzuführen und mir ins Handwerk zu pfuschen? Gehen Sie lieber mit Ihrem Hund Gassi und mischen Sie sich nicht in polizeiliche Ermittlungen ein.«

Die persönliche Abneigung gegenüber dem Pokorny rührt vom letzten Ball der Bezirkspolizeikommandatur Baden. Die beiden Freunde hatten sich an dem denkwürdigen Abend den ausgezeichneten Veltliner, den ein Reporter vom Kronenblatt laufend nachschenkte, gut schmecken lassen, und irgendwann wurde der Freizeitpolizist gesprächig. Die Toni war an besagtem Abend krank, sonst hätte sie die Demontage der Wehli durch ihren Ehemann sicherlich verhindert. Mit schwerer Zunge – der Sprengnagl war bereits auf dem roten Plüschsofa im ersten Stock des Casinogebäudes eingeschlafen – erzählte der weinselige Pokorny im Foyer vor dem großen Festsaal besagtem Reporter vom Versagen der Wehli bei der Soko Friedhof. Dass er und der Sprengnagl eigene Ermittlungen durchgeführt und der Wehli den entscheidenden Hinweis, den sie als irrelevant ansah, auf ein Post-it geschrieben und auf ihren Computer geklebt hätten. Der Chefinspektorin war das leutselige Verhalten des Reporters gegenüber dem schwankenden Pokorny aufgefallen, daher konnte sie leicht erschließen, was der Auslöser für den vernichtenden Zeitungsartikel am folgenden Tag war, in dem das Fehlverhalten einer gewissen O-Weh bei der Soko breitgetreten wurde. Allein der Informantenschutz durch den Reporter verhinderte ein Verfahren wegen Verleumdung.

Schon deshalb hätte die Toni auch jetzt auf intensiveres Nachdenken und Kontrolle seines großen Mundwerks gedrängt, aber leider ist sie wieder nicht anwesend.

»Schauen S', Frau Chefinspektorin«, antwortet er gereizt und mit heftig wackelnden Ohren, »erstens wusste ich gar nicht, dass es schon polizeiliche Ermittlungen gibt, denn genau das wollten wir mit dem Schreiben erreichen. Zweitens, selbst wenn es welche gibt: Wir sind am Sonntag bei der Schlägerei glücklich ohne Blessuren weggekommen und interessieren uns einfach dafür, was wirklich passiert ist. Ich kann reden, wann, wo und mit wem ich will. Das Schreiben können Sie unter Erfüllung staatsbürgerlicher Pflicht einordnen. Klar könnten wir auch den Kopf in den Sand stecken, aber da reicht ja wohl Ihrer aus, oder? Der Tote liegt seit Sonntag im Kühlfach der Bestattung Lagrange. Heute ist Mittwoch! Was haben Sie bisher in der Sache ermittelt? Sie reden von einem natürlichen Tod und haben sich das Umfeld der Lieblich gar nicht angesehen. Oder wussten Sie von der Million und der Testamentsänderung? Nein, natürlich nicht. Interessiert Sie ja nicht, schnell den Deckel drauf … So wie damals in St. Pölten! Wollen Sie wieder einmal einen wichtigen Hinweis …«

Mit hochrotem Gesicht und angeschwollener Halsschlagader schlägt die Chefinspektorin mit der flachen Hand auf den Tisch. »Halten Sie verdammt noch einmal Ihr loses Maul! Haben Sie verstanden? Ich entscheide, was wichtig ist und was nicht. Ich! Vor der Vernehmung des Holler war ich noch bei der Lieblich im Spital. Eigentlich wollte ich nur wegen der Anzeige mit ihr reden, dann hat sie mir freiwillig von der Lebensversicherung erzählt. Freiwillig! Geht das in Ihr Zivilistenhirn hinein? Wäre nicht besonders schlau, wenn sie wirklich ihren Ehemann getötet hat. Und falls doch, wie hätte sie das bewerkstelligen sollen? Mit dem magischen Funken? Der Gemeindearzt hat auch keinerlei Auffälligkeiten an der Leiche festgestellt. Ohne den geringsten Hinweis auf ein Gewaltverbrechen mach ich mich vor der Staatsanwaltschaft sicher nicht lächerlich, ich habe schließlich noch was anderes zu tun. Und eines noch«, faucht sie und rückt auf zwei Zentimeter an ihn heran: »Schieben Sie mir *nie* wieder den Fehler Ihres Freundes in die Schuhe. Sonst mache ich Sie fertig. Sie werden vor mir keine Ruhe mehr haben. Verstanden? Und ich werde sehr genau beobachten, ob Sie mir reinpfuschen. Alles klar, Sie Freizeitpolizist?«

Während der Wutanfall der Wehli die Katzinger um fünf Zentimeter schrumpft, lässt der Pokorny die Explosion über sich hinwegrauschen, ohne mit der Wimper zu zucken. »Werden Sie den Lieblich nun obduzieren lassen, oder negieren Sie weiterhin alle merkwürdigen Umstände um seinen Tod?«

»Sie wollen einfach keine Ruhe geben, oder? Wissen Sie was, ich werde Sie jetzt einfach …« Da wird die Wehli durch einen speziellen Anrufton des Handys vom Sprengnagl unterbrochen. Der Gruppeninspektor steht auf personalisierte Klingeltöne, er hat bei seiner Frau Sandra »Love Is In The Air«, beim Pokorny »Helden von heute« und beim Dr. Hammerschmied Ennio Morricones Instrumentalmusik abgespeichert. Und so weiß halt auch die Wehli, dass bei »Spiel mir das Lied vom Tod« der Gerichtsmediziner anruft. Sie fordert ihn mit Handgesten zum Abheben auf und stellt sich ganz knapp zu ihm hin.

»Äh, ja, wer spricht?«, stellt der Sprengnagl sich dumm, nicht wissend, wie er aus der Nummer wieder rauskommen soll.

»Ja, wer wird da wohl sprechen? Der liebe Onkel Doktor, der sich gerade in der Bestattung die höchstwahrscheinlich angegrillte Leiche von eurer Laufveranstaltung ansieht.«

»Äh, ja und …«, stottert der Sprengnagl und sieht sich bereits Strafmandate ausstellen.

»Was soll das …? Kannst du nicht reden?«

Die Wehli deutet dem Sprengnagl, weiterzureden, aber auf Lautsprecher zu schalten.

»Äh, ja also … Die leitende Ermittlerin hört mit …«

»Hammerschmied, hier Wehli«, unterbricht sie das Gestammel. »Wie kommen Sie dazu, die Leiche ohne Anordnung der Staatsanwaltschaft zu obduzieren? Haben Sie sonst nichts zu tun, oder ist es ein Gefallen für den Gruppeninspektor Sprengnagl?«

»Werte Frau Chefinspektorin, weshalb regen Sie sich so auf? Erstens habe ich die Leiche nicht obduziert, sondern lediglich oberflächlich betrachtet, zweitens können Sie Ihrem Kollegen dankbar sein. Wahrscheinlich hat er damit Ihren Hintern gerettet. So, wie es aussieht, könnte der Waldemar Lieblich aufgrund von Herzkammerflimmern, verursacht durch einen Elektroschock, verstorben sein. Ich habe Kollegen in den USA kontaktiert und von dort Obduktionsberichte über Opfer nach Taserangriffen erhalten. Die Hautrötungen sehen ident aus, bestätigen kann ich das freilich erst, wenn ich die Leiche offen hab. Also, wie geht es jetzt weiter? Soll ich schnippeln oder nicht?«

»Aber an der Leiche waren doch keine Spuren zu sehen!«, stellt sie erstaunt fest.

»Das ist richtig, am Tatort wurden die sichtbaren Hautrötungen der Herzdruckmassage vom Schöberl zugeordnet. Durch die Krafteinwirkung auf den Brustkorb nicht ungewöhnlich. Außerdem hat der Schöberl bei seinen Reanimationsversuchen einen Ring getragen, mit dem er dem Lieblich postmortal oberflächliche Hautverletzungen zugefügt hat. Auf den Fotos von dem Schweinemassaker waren aber auf den bemitleidenswerten Tieren ähnliche Hautrötungen zu sehen wie in den Berichten der Kollegen. Also könnte da gut und gerne jemand die Auswirkung eines Tasers getestet …«

»Moment, Moment, Moment«, unterbricht die Wehli den Hammerschmied. »Was für ein Schweinemassaker? Von welchen Tests reden Sie, verdammt noch einmal?« Aufgebracht schlägt sie, zunehmend in Rage, mit beiden Händen auf den Tisch.

Schweigen auf der anderen Seite der Leitung bedeutet, dass der Sprengnagl übernehmen soll. »Warten Sie, ich zeige Ihnen, was er meint.« Er wischt ein paarmal über das Display seines Handys und zeigt ihr die WhatsApp vom Berti. »Hier, auf dem

Bild sehen Sie die Rötungen bei den Schweinen, die sind mit denen vom Lieblich vergleichbar …«

»Woher haben Sie die Fotos? Ich glaub, ich spinn! Stecken Sie denn alle unter einer Decke?« Mit feuerrotem Kopf schaut sie in die Runde, viel fehlt nicht mehr zum Ausbruch des Vulkans.

Der Pokorny räuspert sich. »Ich bin mit dem Berti, also mit dem Herrn Braun, in Großau zusammengesessen und hab ihm von dem blauen Funken der Katzinger erzählt.« Er grinst die Verteidigerin der Wahrheit verhalten an. »Und dass dann halt Verbrennungen zu sehen sein müssten, wenn an der Theorie wirklich was dran wäre. Da hat der Berti von zwei toten Schweinen am Haidlhof erzählt, die Brandwunden am ganzen Körper hatten. Als hätte irgendjemand an ihnen Tests durchgeführt, vielleicht mit einem Taser. Der Berti hat die Bilder dem Sprengnagl gesendet …«

»Und ich dann dem Hammerschmied. So, jetzt ist es raus. Vielleicht sollten Sie den Lieblich zur Sicherheit doch obduzieren lassen«, schlägt der Sprengnagl vor und verbeißt sich aufgrund der heiklen Situation ein Grinsen.

Die Wehli schaut die Anwesenden finster an. »Hammerschmied, ich bin unterwegs zu Ihnen. Das muss ich mir anschauen. Warten Sie auf mich!«, blafft sie ins Samsung, legt für den Sprengnagl auf und atmet zweimal tief durch. »Verschwinden Sie beide aus meinen Augen. Wenn Sie sich noch einmal in polizeiliche Ermittlungen einmischen, sind Sie fällig, alles klar? Und Sie, Sprengnagl, hopp, hopp, wir haben noch einen gemeinsamen Weg. Da können Sie mir in Ruhe alles erzählen, was sich so hinter meinem Rücken abgespielt hat. Also, los geht's!«

❖❖❖

Zurück beim Café Annamühle, weiß der Pokorny nicht so recht, wie er den Verrat an der Katzinger wieder ausbügeln kann. War kein wirklich feiner Zug von ihm, ihren Hallux zu malträtieren.

»Und jetzt, liebe Frau Katzinger, lade ich Sie auf eine Melange und ein Speckstangerl ein. Weil die Wehli ist schon supermühsam gewesen.« Er gibt sich fröhlich und versucht, die Situation runterzuspielen.

Nach der frostigen Stimmung und der abgestandenen Luft in der Polizeiinspektion tut die warme Maisonne gut auf der Haut, der Duft der Zitronenminze bei der angrenzenden Apotheke »Zum Erlöser« sollte eigentlich die Laune der beiden Besucher in die Höhe treiben. Leider entleeren sich dunkle Gewitterwolken des Ärgers über dem Verräter.

»Weißt was? Du kannst mich mal kräftig am Arsch lecken. Das war fies von dir und vom Sprengnagl. Machts euch in die Hose vor der Wehli … Männer … alle Weicheier«, grantelt die Katzinger, und das völlig zu Recht.

»Tut mir leid, ehrlich. Ich habe Ihre Theorie später sogar verteidigt. Was hätte ich denn tun sollen?«, sagt der Pokorny entschuldigend und ahnt, dass es ihn einige Speckstangerln und Melangen kosten wird, um das wieder hinzubiegen.

Die Katzinger winkt nur ab, zündet sich eine Zigarette an, zieht tief durch und hustet sich den restlichen Ärger aus der Lunge. Als die Augen wieder trocken sind und der bräunliche Auswurf im speckigen Taschentuch verstaut ist, lächelt sie sogar ein wenig. »War schon auch ein ordentliches Pech mit dabei. Ma, wie eine Gazelle bin ich über die Stufen hinauf … Muss die depperte Chefpolitesse grad da die Tür aufreißen? Wenn die jetzt nicht kapiert hat, was Sache ist, dann kann ihr niemand mehr helfen.«

»So wie es aussieht, haben Sie mit Ihrer Vermutung, dass der Waldemar Lieblich getötet wurde, tatsächlich recht. Die Wehli kommt um eine Obduktion nicht mehr herum. Nur der Herzschrittmacher kann letztendlich zeigen, was passiert ist.«

»Ja, ja, vielleicht glaubst du einer alten Frau in Zukunft mehr«, grummelt sie und hebt tadelnd eine Hand. »Ich bin nicht bescheuert und weiß, was ich gesehen hab.«

»Ist ja schon gut. Kennen Sie eigentlich den Herrn Grantler genauer? Der muss doch aus dem obersten Stock etwas gesehen haben?«

»Den Paradeiser-Werfer vom Hotel Stefanie? Klar, den alten

Suderanten kennt doch jeder, also, außer dir halt. Gut, dass du mich darauf ansprichst, hätt ich fast vergessen. Der wäre aus oben am Juchhe natürlich der Jackpot gewesen, leider ist dem vor Neugierde die Brille runtergefallen. Gestern hat er mich im Café Sisi angejammert, weil mit seinem grünen Stein im Aug sieht er nur mit seiner Spezialbrille was. Ein Jammer, blind wie ein Maulwurf hilft dir auch die Top-Aussichtsposition nichts.«

»Das war wahrscheinlich die Brille, die beim Lieblich gelegen ist. Wirklich blöd«, stimmt er zu.

Trotz seines Restärgers vom Stelldichein mit der Wehli huscht ihm beim Anblick der Toni dann doch ein Lächeln über sein Gesicht. Mittlerweile ist es nach achtzehn Uhr, und sie hat Dienstschluss.

Sie küsst ihn. »Na, immer noch beim Schlemmen? Ein wenig Bewegung würde dir schon guttun. Wolltest du nicht zu den Freilandschweinen und dann zum Berti fahren?«

»Alles schon erledigt, Zuckerschnecke. Brauchst nicht lachen, aber heute war's wirklich stressig.«

»Dann erzähl, los«, nickt sie aufmunternd und blickt auf die Uhr.

»Das ist eine lange Geschichte, die erzähl ich dir später. Nach dem ergebnisreichen Tag knöpfen wir uns lieber als Abschluss noch den Fetzer vor«, sagt er motiviert. Die Toni staunt nicht schlecht über die Verwandlung ihres faulen Ehemanns.

Doch sie verzieht das Gesicht. »Bärli, eigentlich wollte ich gerade nach Hause und noch eine kleine Runde laufen gehen. Das passt mir jetzt gar nicht ins Konzept.«

»Dann lass halt einmal dein Training aus«, seufzt der Sportmuffel theatralisch. »Dafür erzähl ich dir auf dem Weg zu ihm von den armen Freilandschweinchen und dem Wickel mit der Wehli von vorhin.«

»Probleme mit der Wehli, oje, Willi, hast du dein Mundwerk wieder nicht einfangen können?« Sie hängt sich kopfschüttelnd bei ihm ein.

Die Katzinger klopft mit ihrem Stock auf den Terrassenboden. »Na, geht's noch? Bleibts da, ihr zwei. Ich will da schon mitreden. Schließlich …«, sie hebt drohend ihren Stock in die Richtung von Pokorny, »hab ich noch was gut bei dir.«

»Später, wir melden uns später. Jetzt entführe ich Ihnen meine Toni. Lassen S' das Speckstangerl und Ihren Kaffee auf meine Rechnung schreiben. Baba.«

»Ja, ja, du mich auch«, grunzt sie enttäuscht und schaut den Pokornys verärgert nach. »Mit einer alten Frau kannst das ja machen … Pfff.«

✳✳✳

Es sind zwar nur knapp zwei Kilometer zum Gemeindebau, aber die haben es in sich, und das Gulasch ist längst noch nicht verdaut. Ähnlich dem Waldweg steigt die Lange Gasse steil bergan, schon nach kurzer Zeit schnauft der Pokorny wie eine alte Dampflokomotive. Der anfängliche Redefluss versiegt zusehends, bei der Hälfte legen sie – er dankt an dieser Stelle der Stadtgemeinde – auf einer Bank eine Pause ein. Nach fünf Minuten kann er wieder normal atmen, und so setzen sie ihren Weg fort.

Die Toni staunt nicht schlecht über die Entwicklung im wahrscheinlichen Mordfall Waldemar Lieblich. »Dann hat die Katzinger wirklich recht gehabt.«

»Ja, und wir haben ihr den Funken nicht geglaubt«, stimmt er zu.

»Deswegen war sie so verärgert. Das kann ich gut verstehen. Zuerst wird sie nicht ernst genommen, und dann lasst ihr sie vor der Wehli im Stich. Willi …«

»Ja, ist schon gut, ich habe mich eh entschuldigt. Ah, schau, wir sind da.« Er ist froh, das für ihn ungünstig verlaufende Gespräch beenden zu können. Tatsächlich wird der alte, aber schmucke Gemeindebau durch eine riesige Parteiflagge der linksliberalen Piratenpartei verunstaltet.

Die drei Rufzeichen hinter dem »Fetzer!!!« auf dem Namensschild wirken nicht unbedingt einladend. Am Badplatz war der Pokorny mehr auf die Flugbahn der Eier konzentriert als auf den Fetzer. Sonst wären ihm unter der Baseballkappe sicherlich die Tattoos, der Nasenring sowie das Augenbrauen- und das Lippenpiercing aufgefallen. Den eigenen Körper dermaßen zu verunstalten, noch dazu mit meist skurrilen Motiven, dafür hat der Pokorny wenig Verständnis. Und der Radikalinski, wie ihn die Katzinger genannt hat, kommt beim Fetzer schon durch. Weil ehrlich, wer lässt sich freiwillig eine Faust auf die rechte Halsseite und ein Spinnennetz inklusive Netzeigentümerin auf die andere Seite stechen? Da ist doch irgendetwas schiefgelaufen, so in der Familie halt. Gut, in der Kindheit ist dem Pokorny in der Wiener Per-Albin-Hansson-Siedlung, einer Massensiedlung mit großteils fünf- bis achtgeschossigen Fertigteilblocks, so manch seltsamer Einwohner untergekommen, aber Tattoos waren damals noch nicht in Mode.

»Was?« Der Fetzer nuschelt aufgrund des Lippenpiercings und der Stahlperle in der Zunge.

»Dürfen wir kurz reinkommen?«, fragt die Toni.

»Nein!«

»Wir würden gerne mit Ihnen über den Sonntag reden«, unterstützt sie der Pokorny. »Warum Sie mit Eiern nach dem Holler geworfen haben.«

»Und?«

Eines ist beiden klar – wenn einem Gesprächspartner die Worte so aus dem Mund tropfen, wird es echt zäh. Wie der Charakterkopf Fetzer die Gegner des Umbaus bei der Demo mitreißen konnte, ist schwer nachzuvollziehen.

Um etwas Schwung in die Unterhaltung zu bekommen, steigt die Toni frontal ein. »Haben Sie den Waldemar Lieblich am Badplatz ermordet?«

»Wieso?«

»Wieso, wieso, wieso? Sind Sie geistig benachteiligt oder bloß ein ignoranter Vollpfosten?«, blafft der Pokorny. Weil ehrlich, wenn der nicht ordentlich Gas bekommt, müssen sie vor der Tür kampieren.

Mit seiner Einschätzung liegt er völlig richtig, der Fetzer braucht den Gegenwind. Er runzelt die Stirn, tritt zur Seite und lässt die Pokornys eintreten. Wobei es den beiden reicht, das launige Gespräch im Vorzimmer fortzuführen und nicht wie angeboten im Wohnzimmer. Die Mischung aus Schweiß, kaltem Rauch, abgestandenem Bier und Pizza Quattro Formaggi würde ihnen dort vermutlich schlicht die Luft zum Reden nehmen.

»Also, waren Sie es, der den Lieblich umgebracht hat?«, fragt die Toni hartnäckig nach.

»Warum sollte ich?«

»Weil Sie die Gelegenheit und ein Motiv hatten?«, pariert sie. »Nieder mit der … Wie war das noch? Ah ja … Nieder mit der Kapitalistensau, oder?«

Der Fetzer lehnt sich präpotent lächelnd an den Türstock zum Wohnzimmer. »Hat der Alte nicht einen Herzinfarkt gehabt?«

»So wie es aussieht, wurde der Lieblich mit einem Stromschlag getötet«, antwortet der Pokorny. »Sie waren mittendrin und hatten ein Stromkabel in der Hand, damit die Möglichkeit, den Lieblich zu töten und es gleich ihrem Widersacher, dem Holler, in die Schuhe zu schieben. Ratzfatz sind Sie alle Ihre Probleme am Badplatz los.«

»Mittendrin schon … Also, eigentlich wollte ich dem Holler, der Kapitalistensau, ein paar saftige Watschen geben. Da war der Schöberl aber schneller. Das mit dem Stecker hat sich ergeben. Die alte Zwatzl hat mir das Stromkabel gezeigt, aber den Stecker habe ich, gleich nachdem ich den Holler stummgeschaltet hatte, fallen lassen. Außerdem war ich viel zu weit weg vom Lieblich. Warum soll ich einen Unschuldigen umbringen und dann hoffen, ich könnt dem Holler einen Mord, von dem keiner weiß, dass es diesen überhaupt gibt, in die Schuhe schieben? Das glauben Sie ja selber nicht, oder?«

Die Toni übergeht den Einwand. »Wo war die Lieblich, während sich die zwei geprügelt haben?«

»Na, die hat sich um ihren Mann gekümmert, ihn … Also … Sie wissen, wie ich das meine. Vorher ist der Schöberl keinen Schritt von seiner Seite gewichen, und wie der dann beschäftigt war, hat die Lieblich übernommen … Und …«

»Was ›und‹?« Die Toni wird ungeduldig.

»Nichts ›und‹, weg war sie plötzlich.« Verächtlich winkt er ab. »Keine Ahnung, wohin. Dann hat die Polizei durchgegriffen, und aus war's mit der Demo.«

Der Pokorny schaut ihn ungläubig an und mag sich nicht vorstellen, wie grausam die Situation für den Waldemar Lieblich gewesen sein muss. »Sie hat ihren Mann einfach im Rollstuhl zurückgelassen?«

»Was die macht, ist mir scheißegal. Auch, ob sie ihren Alten abserviert hat oder nicht. Aber ja, die hat ihn einfach zurückgelassen.«

Die Toni schüttelt irritiert den Kopf. »Haben Sie verstanden, was die Lieblich dem Holler zugeschrien hat? Bevor er ausgerastet ist und ihr die Ohrfeige verpasst hat? Weil schließlich war das ja der Anfang vom Ende des Kurstadtlaufes.«

»Ja. Das war ordentlich abgefahren. Sie hat dem Holler den baldigen Konkurs gewünscht und dass er sich dann aufhängt, so wie sein Vater. Eine Erlösung wäre das für die Menschheit. So ähnlich halt, den genauen Wortlaut weiß ich nicht mehr. Und dann ist der Holler voll ausgezuckt und hat ihr eine gepfeffert. Der Rest ist Geschichte.«

»Ist Ihnen sonst noch etwas aufgefallen?«, fragt der Pokorny.

»Nur, dass mich die Zwatzl für blöd hält und glaubt, ich hätte nicht bemerkt, dass sie mir Eier gestohlen hat. Echt arg drauf, die Alte. Klaut mir faule Eier. Egal, der Holler hat es verdient. Und jetzt auf Wiedersehen, mein täglicher Blog gegen das beschissene Bauprojekt wartet auf Ihre neuesten Informationen. Danke dafür!« Mit einem schiefen Grinsen schiebt er die beiden bei der Eingangstür hinaus.

Wieder im Freien, holen beide tief Luft und freuen sich, in Bad Vöslau zu leben. Der Wald mit seinen Schwarzföhren und dem Duft nach ätherischen Ölen, einfach ein Traum. Der Pokorny legt seiner Liebsten die Hand um die Schulter, und heimwärts geht es in Richtung Doppelhaushälfte.

»Toni, den Fetzer können wir abhaken. Dem einen Mord anhängen zu wollen ist wirklich weit hergeholt, da hat er schon

93

recht. Wir sollten die Lieblich fragen, was passiert ist. Sie war wahrscheinlich die Letzte, die ihren Mann lebend gesehen hat. Nach der Schlägerei ist sie dann desorientiert auf einer Bank beim Eingang zum Bad aufgefunden worden.«

»Und kann sich an nichts erinnern. Da stimmt doch was nicht. Ihr Mann sitzt im Rollstuhl, und statt mit ihm aus dem Chaos zu flüchten, lässt sie ihn stehen und setzt sich alleine auf eine Bank? Unfug. Nie und nimmer würde die ihren Mann zurücklassen … Es sei denn …« Sie zieht die Augenbrauen zusammen. »Es sei denn, sie hat das alles absichtlich getan. Das würde einen Sinn ergeben. Einen Herzpatienten im Rollstuhl inmitten einer Schlägerei zurückzulassen ist eine gute Möglichkeit, ihn unauffällig …«

»… ihn unauffällig loszuwerden und die Lebensversicherung zu kassieren«, vollendet der Pokorny den Satz. »Hoffentlich meldet sich der Sprengi noch«, ergänzt er bestürzt.

Zu Hause angekommen, erinnert ihn die Toni an die Katzinger. »Hast du ihr nicht versprochen, dass wir …?«

»Schon … Aber morgen ist auch noch ein Tag, und nach dem Essen möchte ich noch Wikipedia konsultieren.« Gähnend lässt er sich auf die Wohnzimmercouch fallen. »Vielleicht finde ich raus, ob ein legaler Taser ausreicht, um einen Schrittmacher zu manipulieren. Die Infos vom Sprengi waren dürftig. Was gibt's zum Essen? Nach der ganzen Fragerei bin ich ordentlich hungrig.«

»Tja, mein müder Krieger. Nachdem du mittags beim Gulasch ordentlich zugelangt hast, wird es jetzt nur mehr eine Kleinigkeit«, erwidert die Toni mit schelmischem Zwinkern.

Gegen dreiundzwanzig Uhr ist der Sprengnagl dann doch schneller als der müde Krieger, der seine Rechercheambitionen bis zum akustischen Wecken durch eine WhatsApp-Nachricht aufgeschoben hat.

Der Waldemar Lieblich wird morgen obduziert! ☻

Donnerstag, Tag 4

Nach der frohen Botschaft vom Sprengnagl war bei den Pokornys lange nicht an Schlaf zu denken. Zu aufgewühlt waren beide, die Obduktion würde nun tatsächlich stattfinden und endlich Licht ins Dunkel des möglicherweise lahmgelegten Herzschrittmachers bringen. Rechercheambitionen zum Taser wollten trotzdem keine mehr aufkommen. Um sich auf andere Gedanken zu bringen, nutzten sie gleich die Zeit, galt es doch schon länger, die neueste Errungenschaft von (en)joytoy aufzuhängen. Die Relax-Latex-Liebesschaukel für müde Heimwerker, mit verstellbaren Sitzwinkeln und dehnbarer Deckenaufhängung. Garantiert ohne Weichmacher, schadstofffrei, atmungsaktiv und sehr, sehr hautfreundlich. Das alles natürlich erst dann, wenn sie auch fix und fertig montiert ist. Die Toni hatte sich da nicht lumpen lassen und gleich das Premiummodell mit Sprachsteuerung gekauft. Trotz ihrer beider handwerklichen Unfähigkeit war das Objekt der Begierde schnell montiert, und bis zwei Uhr morgens wurde dann nach allen Regeln der Kunst entspannt.

***

Der Pokorny lässt sein E-Bike zu Hause und schlendert nach der kurzen, aber erfolgreichen Nacht gut gelaunt Richtung Café Annamühle. Die Maxime genießt ausgiebig den nachbarschaftlichen Informationsaustausch entlang des Weges. Also ob der ewig betrunkene Maier seinen Schäferhund geschlagen, der Rottweiler wieder mit dem Pitbull gestritten hat und ähnlicher Hundetratsch, den es an Laternen, Bäumen und Zäunen zu erschnuppern gibt. Erst nach ausgiebigem hündischen Zeitunglesen betritt der Pokorny gegen sechs Uhr dreißig das Lokal. Nach der erotischen Nacht stört ihn nicht einmal die mürrische Dagmar mit ihrem »Hm, hm« als Aufforderung zur Bestellung.

In der Erinnerung schüttelt er ungläubig den Kopf über die Gelenkigkeit der Toni. Sich in dem engen, glatten und feuchten Latexkorb noch um dreihundertsechzig Grad drehen zu können, ohne abzurutschen, war eine echte Meisterleistung. Mit einem zufriedenen Grinser stellt er fest, dass sich die Yogastunden der allerbesten Ehefrau der Welt auszahlen, ihm reicht, solange er unter dem Tuch liegen kann, allemal sein E-Bike.

Dann reißen ihn zwei Dinge nahezu zeitgleich aus seinen feuchten Tagträumen. Die Dagmar versteht sein gedankenverlorenes Kopfschütteln als Ablehnung ihrer Frühstücksvorschläge und klopft mürrisch auf die Verkaufstheke. Und als wäre das nicht schon genug, piept sein Nokia, und das heißt um diese Zeit nichts Gutes. Für Ergebnisse zum Innenleben des Waldemar Lieblich ist es wohl noch zu früh.

Morgen, Pokorny, die Toni muss heute bitte meine Schicht übernehmen. Ich muss zum Arzt, bin gegen 12.00 Uhr zurück. Sorry, danke und Bussal, Tatjana

»Na, geh«, grummelt er in seinen Dreitagebart und überlegt mit hängendem Kopf vor der Theke, wie er das der Toni beibringen soll. Zeitiges Aufstehen ist für sie ein Gräuel, fängt sie doch sonst am Donnerstag erst um zehn an.

Mitten in seinem inneren Dialog dringt ein bockiges »Hm, hm!« zu ihm durch. Er schaut irritiert auf und sieht, wie die Dagmar mit dem Kinn zu den Semmerln hindeutet. Er nickt schweigend, nimmt sein Frühstück, zahlt und verlässt das Café … Mit Blick auf die bevorstehende Überbringung der schlechten Nachricht ist ihm die Lust auf seinen morgendlichen Espresso vergangen. Kaum draußen, grantelt er die Maxime an. »Die Dagmar ist noch schlimmer als ich. Nix reden kann auch irgendwann zu laut sein.«

Kurz nachdem die Toni verschlafen und mürrisch das Haus verlassen hat, kommt vom Sprengnagl eine SMS:

– Obduktion wegen Dringlichkeit schon um 9.00 Uhr in der Pathologie in Baden. Treffen wir uns um 12.00 Uhr in der Bücherei?

– gut ich sag es der toni
– Ok

***

Da der Arztbesuch der Tatjana länger dauert, hängt die Toni auf die Bitte vom Sprengnagl ein Schild an die Eingangstür zur Bücherei: »Wegen Arztbesuch erst ab 13.00 Uhr geöffnet«.

Dann lässt der Gruppeninspektor die Bombe platzen. »Wir ermitteln jetzt offiziell im Mordfall Waldemar Lieblich. Der Hammerschmied hat mit dem Kardiologen den Schrittmacher entnommen und an ein Monitoringsystem angehängt. Und nun ist es amtlich, dass der Lieblich durch ein künstlich herbeigeführtes Kammerflimmern gestorben ist. Als Tatwaffe tippt er, nach Beratung mit den ausländischen Kollegen, zu neunundneunzig Prozent auf einen Taser. Der Lieblich ist keines natürlichen Todes gestorben, und er hatte ohne einen zusätzlich eingebauten Defi keine Chance, den Angriff zu überleben. Die Reanimationsversuche durch den armen Schöberl waren sinnlos. Im Gegenteil, dadurch hat er uns nur die Arbeit erschwert und etwaige Spuren vernichtet … Meint neuerdings die Wehli, um aus der Nummer mit der natürlichen Todesursache rauszukommen.«

»Die hat auch gar keinen Genierer«, sagt der Pokorny fassungslos. »Wenn die nur einmal einen Fehler zugeben könnte …«

»Bitte hör mit der ewig gleichen Leier auf. Das zwischen dir und der Wehli läuft nicht rational ab. Vergiss es«, mahnt ihn die Toni.

Der Pokorny brummt verstimmt, und seine Ohren beginnen zu wackeln. Weil vor seinem Freund zurechtgestutzt zu werden, das passt ihm gar nicht.

»Weiß die Lieblich schon Bescheid?«, fragt die Toni den Sprengnagel.

»Ja, wir sind gleich vom Hammerschmied zur Lieblich gefahren und haben sie damit konfrontiert.«

»Und, wie hat sie darauf reagiert?«, will der Pokorny wissen.

»Gar nicht. Wie gelähmt hat sie gewirkt. Wir wollten uns

im Haus umsehen, der Schöberl hat das verhindert. Die Sissy brauche jetzt ihre Ruhe, und ohne Durchsuchungsbefehl gebe es kein Schnüffeln. Da er auch nicht auskunftsfreudig war, sind wir wieder los. Die Wehli hatte uns für heute Morgen angekündigt, da war die Lieblich allerdings noch immer nicht ansprechbar. Die Wehli hat sie für morgen, neun Uhr, auf die Inspektion geladen.«

»Wir müssten die beiden getrennt voneinander befragen. Zu zweit geht da nix weiter«, stellt der Pokorny fest. »Was ist, wenn du den Schöberl, sagen wir … für fünfzehn Uhr zum Posten bestellst? Neue Erkenntnisse, zweckdienliche Befragung, bla, bla, bla. Dann könnten wir in der Zwischenzeit zur Lieblich fahren.«

»Ob das funktionieren wird?«, überlegt die Toni skeptisch. »Die Wehli könnte auf die Idee kommen, die Lieblich auch gleich vorzuladen.«

»Keine Ahnung, aber dass die Lieblich körperlich angeschlagen scheint, hat die O-Weh vorhin gesehen, und sie legt aufgrund eures Schreibens einen Gang zu. Die finanzielle Situation der Lieblich könnte ein Tatmotiv sein. Eines noch: Sie geht davon aus, dass ich über eure Ermittlung informiert war, und beobachtet genau, was ich mache, mit wem ich rede und so weiter. Für sie ist jetzt Schluss mit lustig, jede weitere Einbindung von Zivilisten«, er zeichnet Gänsefüßchen in die Luft, »ist strikt untersagt. Eine Dienstanweisung vor Kollegen als Zeugen. Sie wird euch daher in den nächsten Tagen öfters begegnen.«

»Schon gut, wir kennen die Frau Chefinspektorin zur Genüge.« Die Toni schmunzelt. »Oder, Bärli? Wir reißen uns zusammen und passen auf, was wir reden.«

»Ja, ja«, brummt der Pokorny.

»Gut, dann los, die Katzinger wartet sicher schon auf uns.«

»Und wird euch ausfratscheln. Bitte überlegt, was ihr erzählt. Wenn die nicht dichthält, weiß es morgen ganz Vöslau.«

Der Pokorny hebt beschwichtigend die Hände. »Schau, ohne die Blaue-Funken-Theorie hätte sich der Hammerschmied den Lieblich gar nicht näher angesehen. Nur wegen der Hartnäckigkeit der Katzinger und ihren Informationen über die MEL-Aktien, die Lebensversicherung und die Testamentsänderung hab ich mir überhaupt die Schweine angesehen und über Schrittmacher recherchiert. Letztendlich war alles zusammen ausschlaggebend für die Obduktion, oder? Und jetzt, wo feststeht, dass es tatsächlich Mord war, willst du sie außen vor lassen? Ist nicht dein Ernst, oder?«

»Hm, denk einfach nach, was du ihr erzählst, und versuch, mich irgendwie rauszuhalten. Weißt eh, auf Strafzettelverteilen steh ich nicht so.«

»Passt. Melde dich bitte, wenn das mit dem Schöberl geregelt ist. Wir geben dir Bescheid, sobald wir von der Lieblich wegfahren.«

Der Sprengnagl winkt zum Abschied und fährt los, um den Schöberl zur Polizeiinspektion zu bestellen.

***

Die Toni legt ihre makellose Stirn in Falten. »Vielleicht wäre es besser, mit der Katzinger nur zu telefonieren. Da können wir das Gespräch kurz halten, falls sie böse auf uns ist. Schließlich haben wir ihr einen Rückruf versprochen.« Sie nimmt ihr iPhone zur Hand und wählt.

»Wer dort?«, wird sie keifend begrüßt. Die Toni kann sich gut vorstellen, wie die alte Frau verärgert, mit dem Stock wild fuchtelnd, die anderen Caféhausbesucher gefährdet und mit ihren gepunkteten Espadrilles wütend auf den Boden stampft. Wie groß der Ärger tatsächlich ist, wird der Toni erst bei der Begrüßung klar. »Was kann ich für Sie tun … Frau Pokorny?« Seit ewigen Zeiten redet sie die beiden konsequent mit Du an, jetzt einfach auf Sie zu wechseln lässt keinen Raum für Interpretationen offen.

Da Angriff oft die beste Verteidigung ist, gaukelt die Toni Unwissenheit vor. »Sind Sie auf uns böse? Wieso?«

»Wieso, wieso, wieso?«, grunzt die Katzinger verärgert. »Die Frage kann nicht ernst gemeint sein, oder? Seite an Seite bin ich gestern mit Ihrem Ehegatten durch die Hölle gegangen …

Also nicht ganz, weil er sich wie ein feiger Wurm hinter mir versteckt hat, wurscht. Jedenfalls haben wir die Frau Chefpolitesse dank meiner ... scharfen Beobachtungsgabe ...« Sie macht eine Kunstpause, gefüllt mit einem tiefen Zug von ihrer Zigarette, und krächzt: »Haben wir die Wehli ordentlich ins Schleudern gebracht ... Dann fährt die mit dem Sprengnagl zum Leichenschnipsler hin, und für mich ist plötzlich Funkstille. Blöd bin ich nicht, gell! Der Pokorny hat von seinem Spezl sicher noch was gehört und ... Und ich kann in der Zwischenzeit ruhig in meinem Wohnmobil vermodern. Oder wie?«

»Aber ...«, versucht die Toni zu erklären.

»Nix ›aber‹, das ist echt gemein.«

Die Toni seufzt genervt. »Sie haben recht, wie können wir das wiedergutmachen?«

»Hm, was ist jetzt rausgekommen? Leg alles auf den Tisch, dann sag ich, Schwamm drüber. Also, Toni, red!« Die Katzinger ist von der Sie- in die Du-Straße eingebogen.

Der Pokorny gibt der Toni ein Daumen-hoch.

»Wie soll ich es sagen, Sie sind ein inoffizieller Teil der Ermittlungen geworden.«

»Echt jetzt?«, flüstert die Katzinger gespannt.

»Ja, weil Sie recht hatten. Von Anfang an, mit Ihrer Theorie, meine ich. Der Waldemar Lieblich ist tatsächlich umgebracht worden. Und zwar durch ein künstlich herbeigeführtes Kammerflimmern. Ihr blauer Funken könnte von einem Elektrotaser stammen.«

»So einem Folter-Dings aus Amerika? Warum kommt ihr nicht in die Annamühle? Dann könnts ihr mir das ausführlich erzählen«, fordert sie ungeduldig.

»Das geht jetzt nicht. Wir haben einen quasiinoffiziellen Auftrag erhalten. Wir fahren zur Lieblich, mal schauen, was sie uns erzählt.«

»Macht sie fertig! Die Eiskönigin hat ja jetzt fix als Grillmeisterin agiert. Super Alibi, weil ein Eiszapfen durchs Herz wäre zu auffällig gewesen, hihi!« Sie amüsiert sich prächtig über ihren eigenen Witz. »Ich werde sofort dem Rosal telegrafieren, sie soll beim Putzen nach dem Grillwerkzeug suchen. Pfiat Gott, auf Wieder…«

Doch sie wird von der Toni unterbrochen. »Frau Katzinger, bitte … Die Informationen sind geheim, Sie dürfen niemand davon erzählen, nicht einmal der Rosal. Der Sprengnagl steht unter Beobachtung und bekommt sonst echte Probleme, okay?«

»Was glaubst denn von mir? Ich bin doch keine Tratschen, ich muss jetzt auflegen.«

Und schon ist die Leitung tot.

Der Pokorny, der Ohr an Ohr das Gespräch mitgelauscht hat, grinst. »Keine Tratschen – wer, wenn nicht sie? Ich bring mein Radl nach Hause und hol dich mit dem Escort ab. Der Sprengi wird sich bald melden, und dann geht's los. Bin schon echt neugierig … Auch wie die Lieblich nach dem gestrigen Auszucker vom Holler aussieht.«

✳✳✳

Die Pokornys warten bei der Waldandacht auf die Nachricht des Gruppeninspektors. Ohne Verständigung durch den Sprengnagl fährt der Schöberl um kurz vor fünfzehn Uhr von seinem Haus weg.

Der von der Toni entworfene Schlachtplan sieht wie folgt aus: »Wir müssen herausfinden, ob die Lieblich über ihre finanzielle Situation Bescheid wusste und warum sie der Wehli freiwillig von der Versicherungspolizze erzählt hat, nicht aber von der Testamentsänderung. Ihr finanzieller Ruin wäre nämlich, wie die Katzinger richtig sagt, ein hammermäßiges Motiv. Eines noch, mein Bärli … die Lieblich ist nicht verpflichtet, mit uns zu reden. Deshalb gehen wir sensibel und vorsichtig auf sie zu. Ein bisschen Druck, damit sie plaudert, aber nicht zu viel. Wir müssen wissen, ob sie wirklich so eiskalt ist, ihren Mann mitten in dem Getümmel mit einem Taser zu töten.«

»Ja, der Tratsch der Katzinger sollte reichen, sie aus der Reserve zu locken.«

»Ja, aber … vorsichtig«, ermahnt sie ihn mit erhobenem Zeigefinger und läutet an der Tür. »Falls dir meine Wortwahl seltsam vorkommt – das gehört alles zur Taktik, nicht wundern.«

Durch die Sprechanlage ertönt ein nasales »Jaaa?«.

»Hallo, Frau Lieblich! Da ist die Toni Pokorny. Mein Mann ist auch da. Wir kennen uns vom Besuch beim Franz. Wir haben von der brutalen Attacke des Baumeisters Holler gegen Sie erfahren, und ich bin ehrlich gesagt schockiert. Gewalt gegen Frauen, wie abscheulich! Wie geht es Ihnen?«

»Schlecht geht es mir, schlecht! Aber kommen Sie doch herein.«

Der Pokorny schenkt seiner Liebsten einen bewundernden Blick. Wie sie die Eiskönigin mit ein paar flockig leichten Sätzen aufgetaut hat, ist schon bemerkenswert.

Als die Lieblich die Haustür öffnet, hält sich die Toni die rechte Hand vor den Mund. »Um Gottes willen! So ein Verbrecher! Ich bin erschüttert!«, ruft sie und betont ihr Entsetzen mit der linken Hand auf ihrem Brustkorb.

Wenn die Lieblich von sich nicht so eingenommen wäre, hätte sie bei all der Anbiederei der Toni den Braten schon gerochen. Gut, eine Ballkönigin wird die Lieblich mit diesen optischen Einschränkungen – ein blaues Auge und aufgeplatzte Lippen – in nächster Zeit kaum werden, aber das Entsetzen der Toni ist schon übertrieben. Weil wie ein Boxer in der Schlussrunde sieht sie halt doch nicht aus. Eher so ein bisschen, als wäre sie zu scharf ums Eck gebogen und hätte ein Stück Mauerputz mitgenommen.

»Schlimm, richtig? Ja, dabei wollte ich heute Abend zu einem Liederabend in den Kursalon gehen. Darauf hab ich mich so gefreut – und jetzt! Schauen Sie, wie ich aussehe. So gehe ich sicher nirgends hin. Da mache ich mich doch zum Gespött der Leute! Da würden sich einige in Vöslau diebisch freuen, die Elisabeth Lieblich so am Boden zu sehen. Aber kommen Sie doch bitte weiter.« Sie führt die beiden in ein großes Wohnzimmer, das vom Boden bis zur Decke mit dunkelroten Samttapeten ausgekleidet ist und von einem riesigen schwarzen Ledersofa mit zwei Fauteuils und einem ovalen Rauchglastisch dominiert wird. Im Hintergrund steht auf einem Podest ein verhüllter Klavierflügel. »Der Holler ist ein Mörder, er hat meinen Mann am Gewissen. Hoffentlich sperren die den lebenslänglich ein! Der ist ja hochgefährlich. Gott sei Dank war der Franz da, sonst wäre ich wahrscheinlich auch tot!« Ihre Stimme steigt mit jedem Wort um eine Oktave höher.

Mit einem raschen Blick zwischen den Pokornys wird klar, die Botschaft über die gestrige Freilassung des Holler ist der Lieblich noch nicht bekannt. Er dürfte den Rat der Wehli befolgt haben und schnurstracks nach Hause gefahren sein.

»Wieso glauben Sie, dass Ihr Mann ermordet wurde? Die Ärzte gehen doch von einem Herzinfarkt aufgrund der Stresssituation aus«, blufft der Pokorny.

»Aber … ich …« Die Lieblich zögert und schaut zu Boden.

»Was ›aber‹?«

Sie zieht die Augenbrauen zusammen, setzt sich und bietet den Pokornys ebenfalls einen Sitzplatz an. »Die Ärzte gehen wirklich davon aus, dass er einfach so gestorben ist?«

»Anscheinend schon«, antwortet die Toni. »Haben Sie denn gesehen, was passiert ist?«

»Nein … Ich weiß nicht, auf einmal war der Waldemar fort, ich bin zu einer Bank geflüchtet. Zuerst hab ich geglaubt, er hätte sich gerettet, aber wie er dann dort am Boden … Wahrscheinlich hat ihn der Holler bedroht, und er hat daraufhin einen Infarkt erlitten.«

»Trauen Sie dem Holler das wirklich zu?«

»Was geht Sie das eigentlich an?« Die Lieblich schaut sie irritiert an und rutscht vor auf die Kante des Fauteuils.

»Es gibt da so Gerüchte«, greift die Toni den Katzinger'schen Tratsch auf, »dass Sie Ihren Mann loswerden wollten. Wie gesagt, nur Gerüchte.«

»Und Sie wollen wissen, ob da was dran ist?«

»Wenn Sie so direkt fragen, ja!«

»Ihn loswerden … dummes Geschwätz, es gibt viele, die uns neidig waren und hinter unserem Rücken schlecht geredet haben. Pah, ich liebe meinen Mann, und dass er jetzt tot ist … Natürlich waren die letzten Jahre anstrengend. Er konnte so gut wie gar

103

nichts mehr selber machen. Haben Sie nicht auch schon einmal gesagt: Den oder die würde ich am liebsten umbringen?« Da beide vorsichtig nicken, fühlt sie sich bestätigt und fährt fort: »Na, sehen Sie. Trotzdem haben Sie hoffentlich niemanden umgebracht.«

Beide schütteln den Kopf. »Nur angenommen, die Ärzte irren sich und es wurde bei Ihrem Ehemann doch nachgeholfen … Können Sie ausschließen, dass jemand anders als der Holler der Mörder ist?«, fragt die Toni.

»Nein, außer dem Holler fällt mir niemand ein.«

»Der Schöberl zum Beispiel?«

»Sie meinen, er könnte … Warum sollte mein Schwager dem Waldemar was antun? Er ist ein guter Freund von uns, wir kennen ihn schon ewig. Meine Schwester ist vor knapp dreißig Jahren gestorben. Seitdem lebt er, mehr oder weniger, neben und mit uns. Die Grenzen verschwimmen manchmal ein wenig.«

»Ein guter Freund! Mehr nicht? Das glauben Sie doch selber nicht?« Der Pokorny steigt frontal in das Gespräch ein und erntet irritierte Blicke beider Frauen.

»Was soll das! Ich habe meinen Mann sehr geliebt.« Die Lieblich steht auf, und die Toni befürchtet schon, frühzeitig aus dem Gespräch entlassen zu werden. Bereits nach wenigen Minuten hat ihr Bärli den besprochenen Plan verworfen und läuft als Elefant durch den Porzellanladen, mit null Ahnung, wann Einfühlungsvermögen gefordert ist.

Und der Pokorny hört nicht auf zu bohren. »Der Schöberl ist Ihr Mann fürs Grobe. Ich seh doch, wie er auf Sie aufpasst, als Schutzschild fungiert. Und vor dem Tod Ihres Mannes hat er ihn auch noch gepflegt. Denken Sie wirklich, der macht das nur aus Hilfsbereitschaft?«

»Was meinen Sie damit?« Jetzt ärgert sich die Lieblich wirklich und stemmt die Hände in die Hüften.

»Na, das mit dem Franzl und der Sissy. Und dann nennt er seinen Hund auch noch Romy. Das klingt ganz nach einer Romanze. Der will mehr. Hundert Prozent!«

»Und wenn schon! Dass er mich Sissy nennt, geht mir auf die

Nerven. Sissy! Was für eine einfältige Verunglimpfung meines Namens. Ich bin die Elisabeth! Der Franz steigert sich da in was rein. Falls er glaubt, nur weil der Waldemar tot ist, kommt er zum Zug … Nein, da täuscht er sich aber gewaltig. Der Waldemar hat es hinter sich und ich auch. Soll ich mir denn gleich wieder ein neues Problem umhängen? Noch dazu mit einem Pfleger? Unmöglich! Ich würde mich zur Lachnummer machen.« Sie lacht sarkastisch. »Nein, niemals!«

Kurz herrscht Stille, die Pokornys müssen diese Offenbarung, die den Schöberl doch überraschen würde, erst selbst verdauen.

Die Lieblich dreht sich um. »Kommen Sie mit. Ich zeige Ihnen ein paar Bilder aus der Vergangenheit.« Sie führt die Pokornys in ein Nebenzimmer, das an ein Museum erinnert. Die Wände sind über und über mit Bildern zugepflastert. Einige zeigen die Lieblich, vielleicht fünfundzwanzig Jahre alt, mit einer anderen jungen Frau. »Das ist meine Schwester Helene. Wir waren damals berühmt. The famous Lieblich-Twins, ja, das war unser Künstlername. Wir haben in Europa auf allen großen Bühnen getanzt. Es war eine wunderschöne Zeit. Dann starb Helene, und aus war es mit dem Sprung nach Amerika und mit meiner Karriere. Kurz zuvor hatte ich meinen Mann kennengelernt. Waldfried Pschistranek, was für ein unmöglicher Name. Damit hätte er nie eine Karriere als Tenor gemacht. Waldfried Pschistranek! Ein Wahnsinn, oder?«

Da gibt ihr der Pokorny recht. Ehrlich, denken sich manche Eltern bei der Auswahl des Vornamens gar nichts? Da kommst du als unschuldiges Wesen zur Welt und bekommst von deinen ach so stolzen Eltern Namen verpasst, mit denen möchte man, kaum geboren, am liebsten wieder den Weg zurück antreten. Da sind die Erzeuger gnaden- und du selbst machtlos. Sie stecken dich in lebenslange Geiselhaft, machen dich zum allgemeinen Gespött oder hängen dir mit Kevin, Justin, Chantal gleich mal eine vermeintliche Lernschwäche und Verhaltensauffälligkeit um den Hals. Gut, gegen einen Familiennamen ist kein Kraut gewachsen. Der bleibt an dir kleben, oder du zahlst für die Namensänderung eine fette Geldspende an Vater Staat. Natürlich kann das Namensfiasko auch durch eine Heirat bereinigt werden, und so wird dann halt aus einem Pschistranek ein Lieblich, und der Waldemar statt dem Waldfried fällt dann gar nicht mehr auf.

»Sie hätten doch auch alleine weitertanzen können«, meint die Toni. »Weshalb haben Sie aufgehört?«

»Meine Schwester Helene war ein Jahr jünger. Wegen unserer Ähnlichkeit hatten alle geglaubt, wir sind Zwillinge, und das ließ sich auch gut verkaufen. Ein Zwilling alleine ist weniger als die Hälfte wert ...« Die Lieblich verstummt und schaut ins Leere.

»Sind Sie das mit Ihrem Mann?« Der Pokorny deutet auf eine Sammlung von Hochzeitsbildern. »Sie waren eine wirkliche Schönheit!« Er kommt sogar direkt ins Schwärmen. Natürlich meinte er das als Kompliment. Nur ist er halt hinsichtlich der Gefühlswelt vieler Frauen und ihrer Angst vor dem Altern nicht auf dem letzten Stand. Er hat schon recht. Die Lieblich war früher eine Schönheit. Unter dem engen weißen spitzenbesetzten Brautkleid zeichnen sich weibliche Kurven an den richtigen Stellen ab. Wer weiß, wie oft sich die Lieblich dieses Bild schon angesehen und den vergangenen Zeiten nachgeweint hat. Das taillierte Kleid ist ihr mittlerweile um mehrere Jahrzehnte zu eng, die ganze fröhliche Ausstrahlung der jungen Braut ist Vergangenheit, und zurückgeblieben ist eine verhärmte gealterte Frau mit kalten Augen.

In dieses emotionale Wespennest hat der Pokorny gerade ahnungslos hineingestochen und damit zwei Probleme ausgefasst. Erstens: Wie kann er bloß einer einstigen Schönheit so grausam vor Augen führen, was sie selbst kaum mehr zu leugnen vermag, nämlich dass ihre besten Jahre schon länger zurückliegen? Zweitens: Der Plan einer zurückhaltenden Befragung geht in diesem Moment, da ist sich die Toni sicher, endgültig den Bach hinunter. Weil mehr Porzellan zerschlagen als gerade eben, das geht kaum mehr. Der Pokorny ist dermaßen von der jugendlichen Schönheit fasziniert, dass er gar nicht mitbekommt, wie die Lieblich weiß wie die Wand wird und die Toni leise schnaubt. Irgendwann ist es ihm aber doch zu still, und er kapiert, dass

ihm da wohl wieder einmal die Zunge zu locker gesessen ist.
»Äh, also, ich meinte natürlich nicht …«

Wie jetzt aus dem selbst verschuldeten Schlamassel wieder
rauskommen? Weil »Sie sind ja immer noch schön« wird die
Situation auch nicht mehr retten. So versucht er vorsichtig, auf
neutralen Boden zurückzukommen. »Hm. Und dann haben Sie
was gemacht? Ich meine, Sie haben aufgehört zu tanzen, und
dann?«

Die Lieblich hat die verbale Ohrfeige noch immer nicht verdaut und sammelt sich gerade wieder. »Ich … So eine Frechheit!
Ich sollte Sie rauswerfen, Sie gefühlloses Mannsbild!«

»Entschuldigen Sie meinen Mann. Er denkt manchmal nicht
nach, ehe er redet. Sie sind noch immer eine wirklich sehr schöne
Frau. Die Zeit vergeht halt leider, geht uns allen so.« Die Toni
hat sich wieder gefangen und wirft dem Pokorny einen grantigen
Blick zu. »Sie hätten sicher auch alleine Karriere machen können.
Komplett aufzuhören, das muss ein Wahnsinn gewesen sein!«

»Ich wollte nicht mehr. Ohne Helene … Es war mir alles zu
viel!«, flüstert die Lieblich mit feuchten Augen.

»Hm, hm!«, hüstelt der Pokorny und beugt sich zur Toni.
»MEL … Versicherung … Testament.«

Die Toni fängt vorsichtig an: »Ich hätte da noch eine Frage an
Sie, aber ich weiß nicht, wie ich es sagen soll …« Der Lieblich
jetzt, nachdem der Pokorny sie ordentlich beleidigt hat, einen
Mord aus finanziellen Gründen zu unterstellen ist wahrlich
keine gute Idee.

»Fragen Sie schon. Solange Ihr Mann den Mund hält«, fordert die vormalige Schönheit sie auf und ignoriert den Pokorny
komplett.

Der hat kapiert: Jetzt reden nur mehr die Frauen miteinander.
Sonst: Abgang!

»Es soll eine Lebensversicherung geben, und Sie stehen als
Begünstigte drinnen. Es geht um eine Million Euro, sobald Ihr
Mann stirbt. Wissen Sie von der Versicherung?«

»Sicher weiß ich davon. Mein Mann und ich haben vorein-
ander keine Geheimnisse gehabt. Das habe ich auch der arro-

ganten Polizistin im Spital erzählt. Ohne dass sie mich danach gefragt hat. Warum interessiert Sie das? Glauben Sie, ich bin an seinem Tod schuld?«

Die Toni verzieht keine Miene. »Dann ist Ihnen sicher auch bekannt, dass Ihr Mann sein Testament ändern wollte. Zugunsten des Schöberl und eines Vereins.«

Die Lieblich blickt gedankenversunken auf ein in Schwarz-Weiß gehaltenes Foto aus besseren Tagen. Das Ehepaar Lieblich, glücklich lächelnd vor der Basílica de la Sagrada Família in Barcelona. Sekunden vergehen, bevor sie mit heiserer Stimme verneint.

»Nein?«, fragt die Toni verwundert. »Ihr Mann vereinbart einen Notartermin zwecks Änderung des Testaments zu Ihrem Nachteil, und Sie wollen davon nichts …«

Bevor sie den Satz vollenden kann, ertönt vom Nachbargrundstück ein gewaltiger Schepperer. Die Lieblich springt wie von der Tarantel gestochen auf, läuft auf die Terrasse hinaus und schreit: »Franz! Beim Verrückten ist schon wieder Wirbel, hilf mir bitte!«

»Der Schöberl ist gerade weggefahren«, sagt der Pokorny und kassiert wegen der Verletzung seiner Schweigepflicht einen giftigen Blick von der Lieblich.

»Eh klar, wenn ich den Franz einmal brauche, ist er nicht da. Wahrscheinlich führt sich der Mirkojevic, der Vorarbeiter vom Holler, mal wieder auf. Das müssen Sie sich vorstellen! Sogar aus dem Gefängnis heraus will er mich noch fertigmachen und hetzt den Vergewaltiger auf mich.« Sie gibt dem Pokorny, der plötzlich wieder akzeptiert, nein, eher nur geduldet oder zumindest gebraucht wird, ein Zeichen. »Kommen Sie mit? Alleine hab ich Angst!«

»Lieblich, Sie Drachen! Jetzt reicht es mir endgültig! Kommen Sie sofort her«, schreit der Holler von der Baustelle herüber. Er sieht sein Hassobjekt mit den Pokornys näher kommen und grinst süffisant. »Ah, da ist sie ja, sogar mit Verstärkung. Fürchten Sie sich leicht vor mir?«

Die Lieblich wirkt irritiert. »Wieso sitzen Sie nicht im Gefängnis, wo Sie hingehören? Muss noch mehr passieren, damit ich endlich Ruhe vor Ihnen habe? Und was ist das schon wieder?« Sie schaut auf den ausgeleerten Kübel und die kaputten Bierflaschen in ihrem Garten. »Sind Sie schon wieder betrunken, oder was? Geben Sie Ruhe, oder soll ich die Polizei rufen?«

»Sie deppertes Weibsbild.« Er winkt mit mehreren Schriftstücken vor den Augen der Lieblich hin und her.

»Was ist das? Hören Sie auf, Sie Prolet!«

»Prolet schimpft mich die dumme Kuh! Ehrenbeleidigung vor Zeugen!« Er zeigt auf die Pokornys. »Sie haben das gehört, die hat Prolet zu mir gesagt.«

»Stimmt ja auch.« Sie deutet mit dem rechten Zeigefinger auf die Glasscherben. »Dauernd besoffen, eine traurige Gestalt sind Sie, einfach jämmerlich.«

»Hören Sie doch auf! Da! Schauen Sie, was ich mit der Post erhalten habe. Wegen dreizehn Zentimetern Überschreitung der Bauhöhe des Nebengebäudes hat das Bauamt einen Baustopp verhängen müssen. Angeblich ein anonymer Hinweis … Sie miese Denunziantin! Jetzt kann ich mir den Weiterbau aufzeichnen. Und, sind Sie endlich zufrieden? Und da«, er zeigt ihr einen Vogel, »eine Anzeige wegen Beschäftigung illegaler Arbeitskräfte und noch eine wegen sexueller Belästigung! Angeblich wieder durch den Mirkojevic. Sind Sie komplett irre? Was hat Ihnen der Tschusch denn getan? Hä?«, schreit er, und seine Gesichtsfarbe wechselt bedrohlich ins Dunkelrote.

Die Lieblich dreht sich zur Toni. »Sehen Sie, was ich meine? Zum Proleten kommt gleich ein Rassist dazu. Wie der über seine Arbeiter spricht. Das geht ja direkt in Richtung Verhetzung!«, zündelt sie munter weiter.

»Treiben Sie's nicht zu weit. Hören Sie?«, knurrt der Holler. »Überspannen Sie den Bogen nicht. Wo ist denn Ihr persönlicher Diener und Leibwächter, der Schöberl? Ha! Sie können von Glück reden, dass sich der am Sonntag eingemischt hat, sonst …«

»Sonst was? Drohen Sie mir vor Zeugen? Am Sonntag ist mein Mann verstorben. Wahrscheinlich haben Sie ihn umgebracht … Sie Mörder!«

Die Situation droht nun endgültig zu eskalieren. Nur die Anwesenheit der Pokornys sowie der hüfthohe Bretterverschlag verhindern einen weiteren Ausraster vom Holler. »Sie sind das Letzte! Dass Ihr Alter tot ist, passt Ihnen doch perfekt in den Kram«, brüllt der Holler. »Wahrscheinlich haben Sie das Chaos genutzt und ihn erledigt, oder? Der Schöberl lenkt mich ab, da ist es doch ein Leichtes, Ihrem todkranken Ehemann Sterbehilfe zu leisten. Sie Arme, auf einer Bank hat man Sie dann ganz verstört gefunden. Ha!«

Mut kann man nicht kaufen. Die Toni legt der Lieblich sanft eine Hand um die Schulter und wendet sich an den Holler. »Beruhigen Sie sich. Sonst kriegen Sie noch einen Herzinfarkt.«

»Beruhigen soll ich mich? Die zerstört meine Existenz! Dauernd erfindet sie irgendwelche Geschichten. Die blöde Kuh hab ich so was von satt!«

»Willi, du redest mit dem Herrn Holler. Ich gehe mit der Frau Lieblich zurück ins Haus. So bringt das nichts!« Sie schnauft durch und lässt ihren geliebten Ehemann mit einem Augenzwinkern im Kriegsgebiet zurück. Er hebt die Schultern, und sein Blick spricht Bände. *Bist du wahnsinnig? Mich mit dem Idioten alleine zurücklassen. Den zerreißt es gleich, und du jagst mich ins Feuer!*

Aber es hilft nichts. Die Toni schickt ihm ein Busserl, zurück bleiben die beiden Männer, die nicht wissen, wie ihnen geschieht. Gerade noch in der Eskalationsphase, geht dem Holler sprichwörtlich die Luft aus. Er greift sich ans Herz und sinkt zu Boden. Der Pokorny hingegen wechselt von der Phase des Entsetzens ansatzlos in Panik hinüber. Sein letzter Erste-Hilfe-Kurs liegt schon sehr lange zurück, und nach dem Lieblich braucht er jetzt keinen weiteren Herztoten mehr.

»Atmen Sie langsam ein und aus. Nicht, dass Sie mir da jetzt krepieren«, ruft er aufgeregt.

Der Holler fingert aus der Brusttasche seines Hemdes einen Nitrospray heraus und gibt sich einen ordentlichen Schuss. Nur langsam beruhigt er sich.

»So ist es gut. Tief ein- und ausatmen.« Der Pokorny kramt

verschüttete Erinnerungen aus dem Kurs ans Tageslicht. Weil gut zureden war da jedenfalls dabei. »Was läuft da zwischen Ihnen und der Lieblich? So einen Hass hab ich noch nie erlebt.«

»Was wollen Sie von mir? Gehen Sie doch rüber zu dem Drachen, sie hat ihr Ziel, mich ins Grab zu bringen, bald erreicht.« Er lehnt sich an den Holzzaun, betrachtet den Himmel und flüstert müde: »Die hat Ihnen sicher schon nette Geschichten über mich erzählt! Stimmt's?«

»Dass Sie ein Schwein sind und sie ohne den Schöberl schon tot wäre«, fasst der Pokorny kurz, aber bündig zusammen.

»Mehr nicht? Es redet doch die ganze Gegend über die Kapitalistensau! Dabei will ich eigentlich nur was Gutes tun und den Badplatz modernisieren.«

»Nichts für ungut, aber wie ein Samariter schauen Sie mir nicht aus … Warum wollten Sie eigentlich das architektonische Juwel schleifen und durch ein riesiges Appartementhaus ersetzen? Das würde doch das Gesamtkunstwerk des Platzes zerstören, und das Naturdenkmal, die Platane, müsste weg. Können Sie nicht innerhalb des bestehenden Denkmalschutzes umbauen?«

»Nein, da ist kein Geld zu machen. Zu wenige Einheiten, nicht rentabel … Egal, wenn es mit den Demonstrationen so weitergeht, kann ich das Projekt sowieso vergessen, und dann ist es aus und vorbei. Ich hab schon viel zu viel Geld hineingesteckt; wenn das schiefgeht, bin ich ruiniert. Und glauben Sie mir, die Lieblich arbeitet mit Hochdruck daran. Dabei ist ihr das Appartementhaus eigentlich egal, sie will sich nur an mir rächen und mein Leben ruinieren.« Er kämpft sich mühsam auf die Beine und deutet auf den Rohbau hinter sich. »In Wahrheit geht es ihr um mein Grundstück, das sie haben will. Die Lieblich hat ihren früheren Nachbarn dermaßen vergrault, dass er an mich verkauft hat, nur um ihr eines auszuwischen. Obwohl ich davon nichts wusste, will sie mich jetzt fertigmachen.«

»Sie meint, Sie hätten ihren Mann getötet.«

»Die spinnt ja, warum hätte ich das tun sollen? Der arme Narr war mit seiner Frau eh genug gestraft. Eher würde ich ihr den Hals umdrehen.« Er lächelt zum ersten Mal. »Das würde

111

einiges erleichtern. Aber ihr Mann … der hatte mit seinen Herzproblemen sowieso ein Ablaufdatum. Deshalb wird sie ihn auch mitgenommen haben, bei so viel Aufregung ist ein Infarkt ja nichts Außergewöhnliches.«

»Sie wissen noch gar nicht, dass der Lieblich umgebracht wurde?«

»Was … Wie … Nein, was heißt umgebracht? Ich dachte, der ist an einem Herzinfarkt gestorben?«, sagt er entsetzt schnaufend und nestelt wieder an seinem Nitrospray.

»Nein, sein Herzschrittmacher wurde vermutlich mit einem Elektrotaser manipuliert«, antwortet der Pokorny und wartet auf die Reaktion.

»Ein … Elektrotaser, bitte nicht, das kann nicht sein …«

»Wieso kann das nicht sein?«

»Weil ich … War es wirklich ein Elektrotaser? Sind Sie ganz sicher, dass er nicht einfach so gestorben ist?« Der Holler wird bleich um die Nase, Schweißperlen laufen ihm den Hals hinunter.

»Nein, die Polizei ermittelt in einem Gewaltdelikt. Die Tatwaffe ist zwar noch nicht gefunden worden, aber irgendwer hat die Gunst der Stunde genutzt und den Waldemar Lieblich kaltblütig unter Strom gesetzt.«

An den Bretterzaun gelehnt, nimmt der angeschlagene Baumeister einen weiteren Stoß vom Nitrospray und lässt den Kopf mit geschlossenen Augen sinken. »Ein Taser, ich bin erledigt.«

»Wieso erledigt?« Der Pokorny wartet gespannt auf eine Antwort. »Geht's bei der Streiterei wirklich nur um das Grundstück?«

Der Holler seufzt. »Nein, natürlich nicht. Dazu kommen noch die üblichen Nachbarschaftsstreitereien, die beim Bauen entstehen. Baggern, stemmen, bohren, was halt so anfällt, ich bin ihr zu laut, halte mich nicht an die Bauvorschriften, mache alles dreckig, meine Arbeiter sind auch nicht gerade die leisesten … ständig mäkelt sie herum. Sie ist ein neidiges, selbstsüchtiges altes Weib, das in einem hässlichen alten Haus wohnt. Schauen Sie doch hin. Abgewohnt bis in die letzte Ritze. Trotzdem waren

die zu geizig, Geld in die Hand zu nehmen und die Ruine zu
sanieren. Schon bei der Baubesprechung hat sie mir Schwierigkeiten gemacht. Ich hab gleich gewusst, die ist mühsam. Aber
so was hätte ich mir nicht träumen lassen. Ich hab in meinem
Leben schon viele Projekte umgesetzt und dabei genug Zores
gehabt! Aber das hier geht in meine persönlichen Legenden
ein.«

»Na ja. Ein Unschuldslamm sind Sie aber auch nicht gerade.
Am Sonntag arbeiten, höher bauen als erlaubt, ich meine, dreizehn Zentimeter sind nicht viel, aber trotzdem illegal.«

Der Holler läuft rot an. »Und deswegen gleich einen Baustopp? Was mischen Sie sich überhaupt in meine Angelegenheiten ein? Sind Sie der Anwalt der Lieblich? Passt eh, alle gegen
mich. Jetzt schieben wir ihm auch noch den Mord am Waldemar
in die Schuhe. Spielt ja keine große Rolle mehr.«

»Ich bin nicht der Anwalt der Lieblich. Der Schöberl ist nicht
da, und deshalb konnten wir endlich mit der Lieblich alleine
reden. Dank Ihrem Ausraster und den Verletzungen der Lieblich sind wir mit ihr leicht ins Gespräch gekommen.«

»Hat sie die Arme gespielt? Um was ging es denn diesmal?«

»Bisher haben wir immer nur Geschichten über die Lieblich
erzählt bekommen. War an der Zeit, einmal mit ihr persönlich
zu reden und uns ein eigenes Bild zu machen.«

»Und, gefällt es Ihnen?«

»Die Bilder von früher, ja. Das Hochzeitsfoto hätten Sie sehen
sollen …« Der Pokorny nickt bewundernd. »Nicht schlecht!«

»Ja, sie soll ein geiler Hase gewesen sein. Zurückgeblieben
ist eine verbitterte alte Frau, die ihre Nachbarn quält.«

»Können Sie sich mit ihr nicht irgendwie einigen?« Der
Pokorny klettert schnaufend über den Zaun und sieht eine riesige Aushubgrube. Unweit des Rohbaus eilen mehrere Arbeiter
hin und her, sie legen große Stahlgitter in die Grube, die mit
Verschalungen ausgekleidet ist. »Wofür sind die Gitter?«

»Das sind Betonstahlmatten. Laienhaft ausgedrückt: für die
Festigkeit des Betons. Ohne diesen Stahl könnte der Beton das
Gewicht nicht tragen.« Der Holler greift nach einem circa fünf-

113

zig Zentimeter langen Stahlstück, das neben dem Bretterzaun liegt, und reicht es dem Pokorny.

Der wiegt die zwei Zentimeter dicke Stange in der Hand. »Ganz schön schwer!«

»Ja, und das ist nur ein kleiner Teil aus der Matte.«

»Was wird das in der Grube?«

»Ein Naturpool.«

»Der ist ja riesig.« Mit staunendem Blick geht der Pokorny bis an den Rand des Lochs.

»Knapp hundertfünfzig Quadratmeter Wasseroberfläche mit einem Regenerationsbereich, kein Chlor. Das Wasser reinigt sich von selbst, neueste Technik«, sagt der Holler lächelnd, und ja, er kann auch nett sein.

»Wahnsinn! Was kostet der Pool, wenn er fertig ist?«

»Die Feinplanung habe ich noch nicht gemacht. Kunden können mit hunderttausend Euro aufwärts rechnen. Preis nach oben offen.«

»Bist du deppert. Wer kann sich so was leisten?« Ungläubig lässt der Pokorny den Blick schweifen. Von einem Naturpool träumt er seit Jahren. Bei den Kittenberger Erlebnisgärten hat er schon einige Favoriten ausgemacht. Klein, aber fein, knapp zwanzig Quadratmeter Wasserfläche, ausgelegt mit Natursteinen, umrandet von Gräsern und plätschernden Wasserspielen. Ein Projekt, von dem er die Toni erst überzeugen muss, die von einer zweiten Badewanne nichts hält. Entweder ein vernünftiger Pool zum Schwimmen oder gar keiner.

»Sie würden sich wundern, was sich manche Bauherren leisten können oder zumindest haben wollen. Bei dem Projekt am Badplatz würde ich neben das Appartementhaus einen genialen Schwimmteich bauen mit einem Unterwassertunnel zum Naturbecken des Thermalbades. Mit der Bürgermeisterin schon akkordiert, wird eine wirklich coole Sache. Meine Firma steht und fällt mit dem Projekt … Auch die Finanzierung meines eigenen Hauses hängt davon ab. Wenn ich das Appartementhaus nicht bald bauen kann, muss ich Konkurs anmelden. Und die Lieblich unternimmt alles, um das zu beschleunigen. Ich hasse sie aus tiefster Seele!«, stöhnt er und lehnt sich wieder an den Bretterzaun.

»Dann bauen Sie ihr doch auch so einen Pool. Vielleicht gibt sie dann Ruhe. Neid ist in Österreich ja ein weitverbreitetes Phänomen. Wenn's am Nachbargrundstück schön plätschert, und sie sitzt daneben in ihrem alten Haus, das ist schon arg. Wer weiß?«

»Die Idee hatte ich auch schon«, stöhnt der Holler genervt. »Aber wenn die mein Leben zerstört, dann zerstöre ich ihres auch. Ich hab dann nichts mehr zu verlieren, weil noch einen Konkurs schaffe ich sowieso nicht mehr.«

»Irgendwie geht's immer weiter«, beruhigt der Pokorny.

»Nein!« Er schüttelt den Kopf. »Nein! Exakt heute um achtzehn Uhr fällt im Gemeinderat die Entscheidung. Ich bin guter Dinge, die Bürgermeisterin ist am Sonntag hinter mir gestanden. Heute wird bei der Sitzung über meine Zukunft entschieden. Entweder geht der Bau so durch, oder ich kann zusperren und dann …«

»Was ›dann‹?«

Der Holler winkt ab und stößt sich vom Zaun ab. »Ich muss jetzt weitermachen. Die Bodenplatte gehört heute noch betoniert, gleich kommt der Mischer.«

»Dürfen Sie trotz des Baustopps überhaupt weiterarbeiten?«

»Der bezieht sich nur auf den Rohbau samt Nebengebäude. Den Pool baue ich unabhängig davon und dann halt früher. Die Baustelle darf nicht stehen, und morgen fahr ich auf Urlaub. Vielleicht wird's der letzte, wer weiß?«

»Wo geht's denn hin?«

»*Bella Italia*. Familienurlaub, wie jedes Jahr!« Er verabschiedet sich und deutet seinen Leuten, schneller zu arbeiten.

***

Die Toni weiß, was die Lieblich jetzt braucht. Verständnis von Frau zu Frau und natürlich Holler-Bashing! Und davon nicht zu wenig, schließlich stellt sie der Lieblich – die sie erst zweimal gesehen hat – ziemlich intime Fragen.

»Jetzt ist mir klar, wieso Sie mit dem nicht alleine reden wollen. Ich bin richtig froh, dass wir bei Ihnen waren, der hätte Sie wieder verprügelt. Ein Wahnsinn!«, sagt sie und legt der Lieblich eine Hand auf die Schulter. »Geht es wieder? Keine Angst. Auch wenn der Willi manchmal nicht nachdenkt, auf den Holler passt er schon auf.«

Die Lieblich setzt sich auf die Couch im Wohnzimmer. »Wissen Sie, es war hier immer eine friedliche Gegend, und dann kommt der Prolet daher und macht Wirbel ohne Ende.«

Die Toni denkt an die Zeit in Wien zurück. Was da teilweise für Irre durch die Gegend gelaufen sind, ohne Rücksicht auf die Mitbewohner, die haben gelärmt, gestritten, und wenn sich die Pokornys einmal beschwert haben, wurden sie angepöbelt. Umso schlimmer muss es sein, wenn man wie die Lieblich jahrzehntelang in einer ruhigen Gegend wohnt, und dann kommt ein Holler daher und macht Stress.

»Wir sind vorhin unterbrochen worden. Nach meiner Frage, ob Sie von der Testamentsänderung wussten, haben Sie lange gezögert und dann verneint. Das glaube ich Ihnen nicht! Seien Sie ehrlich. Ich kann mir nicht vorstellen, dass Ihr Mann mit seiner schweren Erkrankung so etwas vor Ihnen verschweigen konnte!« Mit verwunderter Miene hebt sie den Kopf.

»Was geht Sie das eigentlich an?« Die Lieblich steht auf. »Gehen Sie jetzt, bitte!«

So leicht wird sie die Toni nicht los. Die bleibt sitzen und hofft, mit einem ausgelegten Köder im Gespräch zu bleiben. »Das bleibt unter uns, aber die Polizei vermutet, dass Sie Ihren Mann vorsätzlich getötet haben. Die Chefinspektorin wird Sie dazu befragen. Ich persönlich traue Ihnen so eine brutale Tat nicht zu. Reden Sie mit mir, vielleicht kann ich Ihnen helfen.«

Wieder überlegt die Lieblich lange, scheint das Für und Wider abzuwägen. Schließlich atmet sie tief durch und setzt sich erneut auf die Couch. »Sie verstehen das nicht …« Ihre Stimme wird leiser, bis sich lediglich die Lippen bewegen.

»Was verstehe ich nicht?« Jetzt flüstert die Toni ihrerseits.

»Die Bühne und der Glamour waren alles für mich!« Die

Lieblich nimmt eine kleine Fernbedienung von dem messing-farbenen Beistelltisch und drückt auf einen der beiden Knöpfe. Neben dem eingemotteten Klavier rollen zwei Teile der samtenen Wandverkleidung seitlich auseinander, dahinter verbirgt sich ein lebensgroßes Bild der Lieblich-Twins, eingefasst mit einem goldfarbenen Rahmen, bestückt mit weiß und rot glitzernden, echt wirkenden Edelsteinen. Die beiden Schwestern sehen nebeneinander tatsächlich wie eineiige Zwillinge aus. Offensichtlich wurde das Bild bei einer Bambi-Verleihung in Berlin aufgenommen. »So sah mein Leben vor knapp dreißig Jahren aus, bis Helene verunglückt ist. Und dann änderte sich auf einmal alles. Ich habe aufgehört zu tanzen und mich um die Karriere meines Mannes gekümmert. Waldemar Lieblich hier, Waldemar Lieblich dort. Der gefeierte Star, der von seiner Frau unterstützt wird.«

»Und das hat Ihnen gereicht? Nach der Karriere mit Ihrer Schwester?«

»Nein! Ja! Ich weiß nicht. Es war eine schöne Zeit mit meiner Schwester. Da haben Sie recht … Und der Waldemar … der wollte, gleich nachdem wir uns kennengelernt hatten, dass ich meinen Beruf aufgebe. Eine Revuetänzerin, so hat er mich abschätzig bezeichnet, passe nicht zu seinem gesellschaftlichen Status, und er verdiene doch genug. Noch heute denk ich mir, er hat mich damals hauptsächlich wegen meines Namens geheiratet und weil er eine Sekretärin brauchte. Er war immer viel unterwegs. Auftritte, Premierenfeiern und so weiter.« Sie berührt vorsichtig ihre geschwollenen Lippen und stöhnt verbittert. »Nie ging es um mich, immer nur um ihn.«

Die Toni hat das Gefühl, am richtigen Weg zu sein. Die Ich-liebe-meinen-Mann-Fassade bröckelt langsam.

»Aber wieso haben Sie sich das gefallen lassen? Das mit Ihrer Schwester muss ein Alptraum gewesen sein. Ich mag mir das gar nicht vorstellen. Wäre Helene nicht stolz auf Sie gewesen, wenn Sie alleine weitergetanzt hätten?« Die Lieblich schweigt und sitzt wie versteinert kerzengerade am Rand der Couch. »Frau Lieblich! Reden Sie mit mir! Eine Schönheit wie Sie und dann sind Sie nur noch die Sekretärin Ihres Mannes … Das kann doch nicht leicht gewesen sein!«

»Hören Sie auf!« Die Lieblich schließt die Augen, fängt zu summen an und schaukelt mit dem Oberkörper vor und zurück. »Nein! Ich höre nicht auf. Sie standen auf dem Höhepunkt Ihres Ruhms, wunderschön und erfolgreich! Auch ohne Ihre Schwester hätten Sie noch eine glänzende Karriere hinlegen können. Welche Verschwendung, dass Sie wegen Ihres Mannes aufgehört haben.« Damit legt die Toni ihren letzten Trumpf auf den Tisch. Wenn die Lieblich jetzt weiter schweigt, kann sie nur mehr nach Hause fahren. »Hatten Sie es nicht satt, dass der Herr Opernstar Ihr gesamtes Geld verspekuliert und Sie zu seiner Sekretärin und Haushälterin degradiert hat? Ich würde ihn dafür hassen!«

Die Lieblich hört auf zu schaukeln und presst die Lippen zusammen, dicke Tränen rinnen ihr langsam über die Wangen. Dann strafft sich ihr Rücken, mit wutverzerrtem Gesicht kreischt sie: »Das verdammte Arschloch hat mir mein Leben ruiniert! Zuerst hat er mir meine Karriere versaut und dann mein Geld verspekuliert. Nach dem Ende meiner Laufbahn hätte ich gern ein Kind bekommen. Alles nicht möglich, dem Herrn Pschistranek war seine Karriere wichtiger. Seine Stimme! Eine Jahrhundertstimme hat man sie genannt, und dann ist sie verstummt. Jahrelange Überlastung der Stimmbänder, er glaubte ja, unentbehrlich zu sein. Verkühlungen, Halsschmerzen und trotzdem immer wieder Auftritte, nie hat er sich eine Pause gegönnt. Der Preis war hoch: zwei Herzinfarkte, dann der Herzschrittmacher, die Stimme wurde flach und ausdruckslos, die Kritiken immer schlechter. Er veränderte sich, wurde aggressiv und hat mich geschlagen. Ich hatte alles für ihn aufgegeben und war, da ohne finanzielle Mittel, von ihm abhängig. Jetzt bin ich endlich frei! Der kranke Mistkerl hat bekommen, was er verdient. Mehr nicht … Und es ist gut so. Es tut mir nicht leid um ihn.«

»Haben Sie ihn umgebracht?«

»Glauben Sie wirklich, ich würde Ihnen das sagen? Mit der

Million aus der Lebensversicherung geh ich auf Weltreise. Seine letzten Tage hat sich der arme, kranke Waldemar wahrscheinlich schöner vorgestellt. Natürlich wusste ich von der geplanten Testamentsänderung. Das hat das Fass zum Überlaufen gebracht. Mein Leben ein weiteres Mal kaputtmachen lassen – sicher nicht. Wahrscheinlich hätte er mich auch als Begünstigte aus der Versicherung gestrichen, der Idiot. Und dann den Schöberl erben lassen, wie lächerlich ist das denn!« Sie kichert bösartig. »Aber jetzt hat es der Waldemar ja hinter sich und kann keinen Blödsinn mehr machen. Gott sei Dank noch rechtzeitig.« Sie legt die Fernbedienung zurück auf den Messingtisch und steht auf.

Die Toni erhebt sich ebenfalls. »Wissen Sie eigentlich schon, dass Ihr Mann obduziert wurde? Sein Herzschrittmacher wurde vorsätzlich durch einen Stromschlag außer Betrieb gesetzt, er wurde definitiv ermordet.«

»I… Ihr Mann hat vorhin gesagt, dass die Ärzte …«, stammelt die Lieblich und erbleicht.

»Haben Sie Ihren Mann beim Kurstadtlauf mit einem Elektrotaser getötet?«

Die Lieblich zögert und zuckt mit den Schultern. »Und wenn … Was dann?« Sie dreht sich um, geht voraus ins Vorzimmer und öffnet die Haustür. »Bitte verlassen Sie jetzt sofort mein Haus.«

Die Toni gibt sich nicht geschlagen. »Sie haben meine Frage nicht beantwortet.«

»Sie haben schon viel zu viel gefragt!« Damit beendet die Lieblich endgültig das Gespräch und schiebt die aufdringliche Besucherin bei der Tür hinaus.

Die Toni hatte während der Schaukelphase der Lieblich die Zeit genützt und dem Pokorny eine SMS gesendet:
Treffpunkt beim Auto!

⁂

Weil halt Männer meist kürzer reden als Frauen, ist der Pokorny um einiges früher fertig und nutzt die Gelegenheit, mit der Zwatzl zu plaudern, die gegenüber wohnt. Sie ist gerade dabei, eine verdreckte, randvolle Biomülltonne vor ihr Gartentor zu ziehen. Ihre Frisur erinnert ihn frappant an den früheren Prinz-Eisenherz-Haarschnitt von Angela Merkel, nur halt in Grau. Von ihrer Stirn tropfen dicke Schweißtropfen auf ihre in Tarnfarben gehaltene Schürze.

»Kann ich Ihnen helfen?«, bietet er an und ist froh, einen leichten Gesprächseinstieg zu haben.

»Äh, also … ja, danke«, schnauft sie, schaut aber trotz des freundlichen Angebots wenig begeistert drein. Eher so, als wäre sie beim Stehlen der Sonntagszeitung erwischt worden.

Beherzt packt der Pokorny an und zieht an der Biotonne. Nichts, absolut nichts – keinen Millimeter bewegt sich die Tonne von der Stelle. Er versucht es noch einmal und keucht: »Haben Sie die mit Beton vollgemacht, oder was? Ich kann die ja … pfff … kaum bewegen und …«, krächzt er und freut sich über zehn Zentimeter Landgewinn.

»Nein, lassen Sie nur, ich mach das schon«, fährt die Zwatzl dazwischen und lehnt sich auf den Deckel der Tonne. »Was wollen Sie von mir?«

»Wieso haben Sie beim Kurstadtlauf den Holler mit Eiern beworfen?«

Die Zwatzl gibt sich schweigsam. Dann dreht sie die Biotonne um hundertachtzig Grad und zieht sie zurück zum Gartentor. Er staunt nicht schlecht. Gut, er war schon mal fitter, aber dass die Zwatzl die Tonne dermaßen leicht um die eigene Achse bewegt, wurmt ihn dann doch. Ja, er sollte mehr auf sich achten und halt nicht nur Veltliner stemmen.

»Ich hab Sie was gefragt! Wieso haben Sie dem Fetzer Eier geklaut und den Holler damit beworfen?«, beharrt er und wüsste zu gerne, was die Zwatzl in der Tonne verbirgt.

Da wegen des Projekts am Badplatz sowieso halb Vöslau etwas gegen den Holler hat, wählt sie folgerichtig den unverfänglichen Weg. »Wegen dem Umbau des Cafés. Das soll so bleiben, wie es ist. Die Kapitalistensau macht unsere schöne Gemeinde kaputt«, plappert sie Teile des Fetzer'schen Lamentos nach.

»Nur wegen dem Appartementhaus führen Sie so einen Zinnober auf? Und das soll ich Ihnen glauben? Ich meine, Sie sind doch weit weg vom Schuss, und wie die Besitzerin einer Jahreskarte fürs Thermalbad schauen Sie auch nicht aus«, stellt er fest und mustert die Zwatzl in ihren Bundeswehrstiefeln und dem grobstoffigen Trainingsanzug unter der Hausschürze.

»Sonst noch was Witziges auf Lager? Falls nein, ich hab noch zu tun«, knurrt sie und macht Anstalten, die Biotonne endgültig wieder in ihren Garten zu verfrachten.

»Wenn Sie schon zum Holler nix sagen wollen, vielleicht dann was zur Elisabeth Lieblich? Ein Ei von Ihnen hat sie nur knapp verfehlt.« Er sieht ihren finsteren Blick zum gegenüberliegenden Haus der Witwe. »Wie finden Sie das Verhältnis der Elisabeth Lieblich zum Holler?«

Bei dem Wort »Verhältnis« wird die Zwatzl dann doch noch redselig. Es hat halt jeder so seinen persönlichen Knopf, und wenn man den findet und drückt, läuft es prima mit der Beichte.

»Die Lieblich ist eine ganz ausgebuffte Schlampe«, erzählt sie und sieht den verwunderten Blick vom Pokorny. »Ja, ja, die führt die Männer der Reihe nach vor. Egal, ob den Schöberl, den Holler, den Mirkojevic und vor allem den Kratojevic … Der war überhaupt ein armer Kerl.«

»Ein armer Kerl?«, motiviert der Pokorny sie zum Weiterreden und entdeckt auf rustikale Art das intime Detailwissen der Zwatzl.

»Die Lieblich hat den Kratojevic regelrecht fertiggemacht. Direkt neben der Baustelle hat die sich mit ihrem Silikonbusen und gespreizten Beinen nackt in ihre Hängematte gelegt und den armen Tschuschen aufgeilt. Zwar ist sie nicht mehr ganz taufrisch, aber für den Hackler hat's gereicht. Als sich der dann schlussendlich beim Maschendrahtzaun einen runtergeholt hat, war die Polizei schneller da, als der geile Bock sein bestes Stück wieder einpacken konnte.«

Während dieser Ausführungen wird der Pokorny rot wie ein

überreifer, saftiger Paradeiser, weil so direkt und unverblümt den Intimbereich der Lieblich umgehängt zu bekommen, damit hat er nicht gerechnet.

Freilich sieht das die Zwatzl und fängt diebisch zu grinsen an. »Und dann hat sie der Polizei gesteckt, dass der Holler den Kratojevic dazu angestiftet hat. Arg, oder? Rufmord nennt man das, gell?«

»Woher wissen Sie das alles?«

Die Zwatzl zuckt nur mit den Schultern. »Ich halt einfach die Augen offen.«

»Und da sehen Sie …?«

»Ja, das und vieles mehr. Der Holler hat also viele Gründe, die Lieblich fertigzumachen … Nicht nur die Streitereien wegen dem Baulärm. Was geht Sie das eigentlich an?«, fragt sie misstrauisch, und ihre Augen verengen sich zu schmalen Schlitzen.

»Schauen S', mir ist das eigentlich wurscht. Die Polizei ermittelt wegen dem Todesfall Waldemar Lieblich …«, lässt er den Satz offen.

Und plötzlich hat es die Zwatzl mehr als eilig, sie verzieht das Gesicht. »Ah … äh, ja, also ich muss jetzt aber wirklich weiterarbeiten. Schönen Tag noch!« Keuchend läuft sie vor der Biotonne her, zurück in ihren Garten.

»Äh … ja, danke«, verabschiedet sich der Pokorny kopfschüttelnd.

✳✳✳

Auch nach dem zweiten Gespräch hat er immer noch einen satten Vorsprung auf die Toni und wartet, wie per SMS instruiert, brav bei seinem Ford Escort, bis sie schließlich auftaucht. Nach dem Motto »Du erzählst mir deins und ich dir meins!« werden zwischen den Pokornys die wichtigen Infos ausgetauscht. Eines ist dem Pokorny klar: Die Verwandlung der Lieblich in eine Furie, eine römische Rachegöttin, hätte er mit seiner rüpelhaften Art allemal verhindert.

»Willi, ich bin echt froh, dass es bei uns ruhiger zugeht. Die

Hanifl ist schon ein Quälgeist, aber im Vergleich zu diesem Nachbarschaftsdrama ist das gar nichts.«

Der Quälgeist, also die Dorothea Hanifl, ist die Doppelhausnachbarin der beiden und eine unglaubliche Nervensäge. Ständig quatscht sie den Pokorny zu, missbraucht ihn für irgendwelche Hilfsarbeiten, keift wegen jedes Lackerls von der Maxime. Und was macht die Toni? Beim Erscheinen der Hanifl verschwindet sie mit einem Augenblinzeln, wie die bezaubernde Jeannie früher im Fernsehen. Trotzdem, gegen den Krieg der Nachbarn hier in der Bogengasse ist das halt doch nur Kindergeburtstag.

»Unglaublich«, fährt sie fort, »dass erwachsene Menschen so miteinander umgehen können.«

»Die Zwatzl ist auch nicht viel besser. Bei der hab ich das Gefühl, sie spioniert der Lieblich und dem Holler nach. Weil das mit dem Kratojevic und seiner Solovorführung kann sie von ihrem Grundstück aus nicht gesehen haben. Traust du der Lieblich zu, dass sie ihren Mann gegrillt hat?«

»Grillen, geh, red nicht so grauslich, mir reicht schon die Katzinger!«, sagt sie und rümpft die Nase. »Die Lieblich ist zum Schluss dermaßen ausgezuckt, in so einem Zustand würde ich ihr alles zutrauen. Aber ihren Mann vor allen Leuten mit einem Taser umzubringen … das ist eine andere Gewichtsklasse. Was anderes: Ich habe ehrlich geglaubt, ich dreh durch mit dir. Fast hätte sie uns rausgeworfen! Wir haben doch vereinbart, behutsam vorzugehen – und dann beleidigst du die Lieblich dermaßen.«

»Ja, eh, hast ja recht. Aber so hast du wenigstens gegen die Männer wettern können. Und das hat dir schlussendlich doch geholfen, oder?«

»Du immer mit deinen Ausreden!« Die Toni seufzt. »Ohne den Wirbel mit dem Holler hätte sie uns wahrscheinlich vor die Tür gesetzt. Ob der wirklich was mit dem Tod vom Waldemar Lieblich zu tun hat?«

»Was hätte er davon? Nix, außer Ärger! Und davon hat er mit der Eiskönigin schon genug. Nein, glaub ich nicht. Ich kann mir auch nicht vorstellen, dass der Kratojevic da drinhängt …

Das musst du dir vorstellen: Tag für Tag schwer arbeiten und nebendran zieht die Lieblich einen Softporno ab.« Er grinst verhalten. »Der Holler hat ordentlich Stoff gegeben. Das Eis, auf dem sich die Lieblich bei ihm bewegt, ist sehr dünn. Wenn das mit dem Appartementhaus schiefgeht …«

Die Toni verzieht das Gesicht und nickt. »Wir sollten übrigens schauen, dass wir wegkommen, sonst laufen wir noch dem Schöberl über den Weg. Ewig wird ihn der Sprengi auch nicht beschäftigen können. Ah, ja … fahr du, ich ruf ihn an.« Sie zückt ihr iPhone.

»Hallo, Sprengi, ich hab dich auf Lautsprecher gestellt. Wir sind unterwegs, ist der Schöberl noch da?«

»Er ist vor fünf Minuten weggefahren. War der Holler auf der Baustelle?«

»Ja, er ist noch immer dort. Wir waren gerade im Gespräch mit der Lieblich, da ist er unter anderem wegen des Baustopps ausgezuckt und hat gewütet. Der Willi hat sich um ihn gekümmert, ich um die Lieblich.«

»Na, schau an, unser Superbulle beruhigt das Rumpelstilzchen.« Der Sprengnagl lacht. »Wie weit würden die beiden gehen, nur um einander eins auszuwischen? Die Lieblich ist gehässig und versucht, den Holler fertigzumachen. Der revanchiert sich mit ein paar Watschen, aber könnte er deswegen den Waldemar Lieblich umgebracht haben? Wäre andererseits die Lieblich fähig, ihren Mann zu töten?«

»Dazu kennen wir die beiden zu wenig. Empathie ist bei ihr wenig vorhanden, die fröhliche Witwe wollte auf einen Liederabend gehen … vier Tage nach dem Tod ihres Mannes. Am Ende des Gesprächs hat sie zwar verraten, wie schlecht die Ehe lief. Aber reichen die Verletzungen, Demütigungen und das Geld für einen Mord?«, fragt die Toni zweifelnd.

»Na ja, in meiner Laufbahn wurden Ehepartner schon für weniger abserviert«, entgegnet der Sprengnagl mit seiner langjährigen Erfahrung in der Einsatzgruppe Leib und Leben.

Die Toni überlegt weiter. »Der Holler hatte meiner Meinung nach keinen Grund, den Waldemar Lieblich umzubringen. Wenn allerdings der Gemeinderat die Bausperre heute nicht aufhebt, schmeißt der Holler die Nerven weg, und wer weiß, was er dann tut!« Sie schaut den Pokorny fragend an, der ruft ins Mikrofon: »Stimmt das mit der Anzeige wegen sexueller Belästigung der Lieblich durch Arbeiter vom Holler? Die Zwatzl meinte, da war was und dass die Lieblich das provoziert hätte.«

»Ja, mehrmals sogar, auch so eine hässliche Geschichte. Zuletzt mit dem Mirkojevic, obszöne Gesten. Ärger war die Sache mit dem Kratojevic, der vor ihren Augen onaniert hat. Der Holler hat das zuerst abgestritten und gemeint, der Kratojevic wäre an diesem Tag gar nicht auf der Baustelle gewesen. Der Schöberl hat naturgemäß die Aussage der Lieblich bestätigt, also war's wieder zwei gegen einen. Ein paar Tage später sind dann Fotos mit Tagesdatum aufgetaucht, die den Kratojevic an diesem Tag auf der Baustelle zeigten. Mit geöffnetem Hosentürl … Zu leugnen gab es da nicht mehr viel, und in den eigenen Garten kann sich die Lieblich legen, wie und wann sie will. So zumindest hat sie bei der Befragung argumentiert.«

Die Toni verzieht angewidert das Gesicht. »Von wem kamen die Bilder?«

»Wissen wir nicht genau, wurden in den Postkasten bei der Polizeiinspektion eingeworfen.« Er lacht bei der Erinnerung an den Vortag. »Jedenfalls hat der Kratojevic wegen der Bildbeweise eine Anzeige wegen sexueller Belästigung bekommen, der Holler eine Anzeige wegen falscher Zeugenaussage, beide kamen im Endeffekt mit einer Geldstrafe davon.«

»Was war mit dem Schöberl?«, erkundigt sich die Toni.

»Nichts, keine neuen Erkenntnisse. Er ist erschüttert, dass der Waldemar Lieblich umgebracht wurde und er ihn nicht mehr reanimieren konnte.«

Der Pokorny zuckt mit den Schultern. »Bis zu dreihundertfünfzigmal pro Minute schlägt das Herz bei Kammerflimmern, da hilft nur ein Defi, mit Reanimieren geht da nix mehr … Irgendwie makaber, hätte ihn der Mörder noch einmal getasert, hätte der neuerliche Elektroschock das Kammerflimmern möglicherweise beendet und ihm unabsichtlich das Leben gerettet.«

»Kann der Schöberl was mit dem Tod vom Lieblich zu tun haben?«, fragt die Toni.

»Der Schöberl? Nein, glaub ich nicht! Der ist freundlich und hilfsbereit, kennt das Ehepaar Lieblich seit ewigen Zeiten. Wieso sollte der den Lieblich umbringen? Und selbst wenn, ihn dann wiederzubeleben ergibt keinen Sinn«, stellt der Sprengnagl fest.

»Stimmt. Sag, die Zwatzl ist irgendwie komisch drauf«, meint der Pokorny. »Ich wollte ihr beim Rausstellen der Biomülltonne helfen und …«

»Die war sauschwer, oder?«

»Äh, ja … und reinschauen hat sie mich auch nicht lassen.«

»Die Alte hat einen Schuss, ich muss ihr wieder einmal die Mitarbeiter vom Bauhof schicken. Die gräbt sicher wieder an ihrem Bunker und füllt die Tonne randvoll mit Erde und Steinen und noch anderem Klumpert an. Illegale Entsorgung von Sondermüll nicht auszuschließen.«

»Komische Figur«, meint der Pokorny.

»Ja, die stammt aus der ehemaligen DDR, ihr Vater war bei der Stasi. Wir vermuten, die Bilder damals waren von ihr. Aber sie hat das natürlich abgestritten, und eine Hausdurchsuchung hätten wir wegen der Sache nicht bekommen.«

»Würde ich ihr zutrauen. Von ihrem Grundstück hab ich den Zaun jedenfalls nicht gesehen. Die muss näher dran gewesen sein, sonst hätte sie das nicht so genau mitgekriegt.«

»Es gibt Gerüchte, dass sie mit der Ausrüstung ihres Vaters die Gegend verwanzt und überall Kameras montiert hat. Bisher konnten wir ihr nichts nachweisen.«

»Was hat sie euch über die Schlägerei beim Kurstadtlauf erzählt? Erst hat sie Eier geworfen, dann war sie plötzlich weg.«

»Sie hat nichts gesehen, nichts gehört und ist lediglich vor lauter Angst früher gegangen.«

»Wie geht es jetzt weiter?«, will die Toni wissen.

»Es geschehen noch Zeichen und Wunder. Abschließend die gute Nachricht zum Tag: Die Wehli hat sich nach dem Quasi-Hinauswurf bei der Lieblich noch unterwegs zur Inspektion mit der Staatsanwältin in Verbindung gesetzt, um einen Hausdurchsuchungsbefehl zu bekommen. Deshalb lassen wir auch den für abends angekündigten Besuch aus und befragen sie morgen.«

»Mit Gefahr im Verzug wird die Wehli nicht argumentiert haben, oder?«

Der Pokorny antwortet für seinen Freund: »Schwer, die Versicherungssumme ist bekannt, das Auskunftsersuchen wurde dem Notar schon übermittelt. Außerdem, wenn es was zu beseitigen gab, ist das längst passiert.«

»So argumentiert auch die Wehli. Sie hat die Staatsanwältin auf ihrer Seite, bei gutem Wind haben wir den Hausdurchsuchungsbefehl morgen am Tisch«, erklärt der Sprengnagl. »Die Frau Chefinspektorin möchte kein Risiko mehr eingehen.«

Die Toni lacht. »Na, so etwas. Jetzt, wo der Mord bewiesen ist, wird ihr die Luft doch zu dünn.«

»Schaut ganz so aus. Nach dem derzeitigen Erkenntnisstand kann sie die trauernde Witwe jedenfalls nicht mehr mit Samthandschuhen angreifen.«

»Na bitte, dann wird's ja morgen wieder spannend. Kommst du später noch zum Berti?«, fragt der Pokorny den Sprengnagl.

»Nein, die O-Weh braucht mich noch. Vielleicht melde ich mich telefonisch, sonst morgen. Bis dann, servus!«

✳✳✳

Recht zufrieden mit der Entwicklung der Geschichte wirft die Toni einen Blick auf die Uhr und wird hektisch. »Was … schon so spät? Lass mich bitte bei der Haarwerkstatt aussteigen. Ich bin mit der Conny verabredet.«

»Warst du nicht erst letzte Woche beim Friseur? Oder hab ich was übersehen?« Er schaut sie von der Seite her an und ist verwirrt. Bei ihm reicht alle vier Wochen ein Besuch, der sich stetig zurückbildende Haaransatz muss schließlich vorsichtig behandelt werden. Ständiges Herumfuhrwerken richtet da nur Schaden an.

»Nein, hast du nicht. Ich lass lediglich für Recherchezwecke ein bisschen die Spitzen schneiden.« Die Toni zwinkert ihm zu und streicht sich durch die schulterlangen hellbraunen, mit blonden Strähnen durchzogenen Haare. »Die Conny arbeitet dort schon ewig, vielleicht kennt sie die Lieblichs.«

Vor der roten Ampel am Schlossplatz schnappt sie sich ihre Handtasche und öffnet die Autotür. »Warte, ich steig gleich da aus und schau noch bei der Doris rein. Vielleicht hat sie beim Kurstadtlauf fotografiert. Gehst du noch auf einen Espresso?«

Er schaut auf die Uhr. »Eher nicht. Mir schwirrt der Kopf, und auf die Katzinger hab ich heute keinen Bock.«

»Das gibt Probleme. Ganz wie du willst, dann bis später. Bussi!«

»Bussi!«, ruft er ihr nach und ist unschlüssig, wie es für ihn weitergeht. Das Café Annamühle ist wegen der alten Frau schon ausgeschieden, aber die Hanifl und deren Nörgeleien wegen des ewigen Unkrauts im Garten der Pokornys braucht er auch nicht. Deshalb bietet sich eine Fahrt nach Großau an. »Was ist, Maxime, willst noch zum Berti fahren?«

Das Hundesabbern beim Gedanken an die stinkenden Kekse vom Berti lässt keinen Zweifel offen. Daheim parkt er den heiß geliebten dreißig Jahre alten Ford Escort – ein Geschenk von seinem Vater und sein bisher einziges Auto – neben dem Mini Cooper der Toni, steigt auf sein E-Bike, und schon sind die beiden unterwegs nach Großau.

✽✽✽

Er hätte sich nicht gedacht, dass ihm so ein Fehler noch einmal passieren könnte. Ganz wie ein Anfänger, wie bei der ersten Ausfahrt mit seinem E-Bike. Stolz war er darauf, so stolz, dass er den Ratschlag vom Berti bezüglich des Akkus in den Wind geschlagen hat. Dabei hätte ein Blick in die Betriebsanleitung schon gereicht, um die Funktionsweise seines E-Bikes zu verstehen. Den Bosch-Akku ganz und nicht nur zehn Minuten aufladen, brav mittreten und nicht von Anfang an gleich die höchste Unterstützungsstufe wählen. Immer größer wurde damals die Kluft zwischen eigener Trittleistung und Beanspruchung des

Akkus, und so kam, was kommen musste: Zehn Kilometer von der heimatlichen Steckdose entfernt war der Akku leer, und nur mit Müh und Not schaffte er es mit den vierundzwanzig Kilo Aluminium nach Hause.

Und daran hat sich ein Jahr später auch nichts geändert. Also weder an der Fitness noch an den vierundzwanzig Kilo. Zum Glück sind es nur ein paar Kilometer leicht ansteigender Feldweg, trotzdem tropft er – sein hellblaues Baumwollhemd ist am Rücken komplett nass – beim Berti den Tresen im Laden an. »Sag einfach nichts, ich hab's bis hier oben!« Er hält die abgewinkelte Hand zehn Zentimeter über seinen Kopf.

Die Begrüßung seines Freundes fällt entsprechend der Situation etwas unterkühlt aus. »Mir auch, schau, was du aufführst, da.« Der Berti wirft ihm ein Geschirrtuch hin. »Wisch das weg und schwitz bitte draußen fertig. Ich komm gleich nach.«

»Du, ich bin eh schon grantig. Wie ein Volltrottel komm ich mir vor und kann auf deine Anpflaumerei gerne verzichten.« Der Pokorny nimmt das Tuch, wischt nachlässig über den frisch geölten Naturholztresen und verlässt maulend den Laden. Vor der Eingangstür steckt er sein E-Bike zum Aufladen an und wankt mit zittrigen Beinen zu der Bank unter der Laube, die von einem dunkelvioletten Blauregen berankt wird.

Der Berti setzt sich mit zwei Gläsern Apfelsaft gespritzt zu seinem Freund und drückt ihm eines davon in die Hand. »Übrigens, schöne Grüße von der Katzinger, sie meinte, du hast noch einen Anruf bei ihr offen.«

»Heute nicht mehr. Ich fahr nur mehr nach Hause, duschen.«

»Freilich, aber mir erzählst du schon, was bei der Lieblich los war. Laut der Katzinger sitzt die Witwe schon mit einer Pobacke im Gefängnis.«

»Die Plaudertasche … Na ja, andererseits hat nur sie an die Grillerei beim Waldemar Lieblich geglaubt«, sagt der Pokorny und erzählt dem Berti, was sich seit gestern zugetragen hat.

Und weil es schon wegen des Akkus länger dauert und der Bioladen für die Beagelin unwiderstehlich riecht, stupst sie den Pokorny an. »Nicht betteln, nein, es gibt jetzt nix zum Fressen.«

Doch den Augen der Maxime kann er noch weniger widerstehen als denen von der Toni. Er schnauft durch und schaut zum Berti. »Gibst ihr bitte ein Ökokeksi?«

»Ökokeksi! Du bist und bleibst ein Depp. Das sind astreine Vollkornroggenkekse. Von Bauern aus der Region, komplett bio, ohne Spritzmittel und so. Statt Palatschinken täten dir die …«

»Ja, ja. Mir reicht's schon, wenn die Toni nach ihrem Lauftraining bei deinen Keksen zulangt! Dann hat sie wieder Verstopfung und quält mich die halbe Nacht mit ihren Blähungen!«

Maxime hat die zwei Kekse gleich im Flug inhaliert und ist bereit für weitere Bio-Köstlichkeiten. Der Pokorny stoppt die kulinarischen Liebesbekundungen. »Aus, Maxime! Jetzt ist genug. Platz!«

»Die Wehli muss gestern nach eurer Offenbarung ordentlich geschäumt haben.« Der Berti lacht. »Da wäre ich gerne dabei gewesen.«

»War natürlich ärgerlich für sie. Leichter wird's da für den Sprengi sicher nicht.«

»Was meinst du, wie lange geht das mit dem Holler noch gut?«

»Zumindest bis heute um achtzehn Uhr.«

»Gemeinderatssitzung?«, vermutet der Berti und trinkt einen Schluck von seinem selbst gepressten Apfelsaft.

»Ja, nachdem ihn die Bürgermeisterin schon mit dem Baustopp in der Bogengasse verladen hat, bin ich mir nicht sicher, ob das mit seinem Appartementhausprojekt durchgewunken wird. Ich glaube eher, dass die Bürgermeisterin nach dem Tod vom Waldemar Lieblich und bei den ständigen Problemen zwischen dessen Frau und dem Holler kalte Füße bekommt, und dann …« Der Pokorny lässt den Satz offen, kostet den Saft und nickt anerkennend.

Der Berti runzelt die Stirn. »Dann müsst ihr auf den Holler aufpassen, weil er die Lieblich für die negative Stimmungsmache verantwortlich machen könnte. Wenn das so weitergeht, schlagen sich die noch gegenseitig ihre Schädel ein.«

Und von so was kann der Pokorny ein Lied singen. Also

nicht direkt in Verbindung mit eingeschlagenen Köpfen, aber
hart war es damals in Wien allemal. In der riesigen Wohnhaus-
anlage gab es Streit ohne Ende. Die Nachbarin der Pokornys ließ
ihren Dobermann mitten in der Nacht in die frei zugänglichen
Vorgärten anderer Mieter kacken. Je unbeliebter der Nachbar,
desto höher und näher wurden die Kothaufen des fünfundvierzig
Kilo schweren Rüden platziert. Bei den Pokornys war es, nach
einem Besuch vom Sprengnagl mit seinen Wiener Kollegen, bis
zum Umzug nach Bad Vöslau kotfrei. Andere Nachbarn hatten weniger gute Beziehungen, sie installierten als letzte Maß-
nahme – ähnlich der Zwatzl – Wildtierkameras und überführten
die Übeltäterin. Dann gab es ordentlich Zoff, von wegen Recht
am eigenen Bild und was das für eine Frechheit sei, eine Kamera
zu installieren. Es folgten wechselseitige Sachbeschädigung, Vor-
spiegelung falscher Tatsachen, Verleumdungsklagen und vieles
mehr. Oft genug musste die Polizei schlichten, auch die eine
oder andere Anzeige wegen eines blauen Auges war dabei.

»Wenn die Wehli während der Hausdurchsuchung bei der
Lieblich was Belastendes findet, kann der Holler sein Haus in
Ruhe fertig bauen«, vermutet der Pokorny.

Dass der Holler sein Haus ohnehin nicht mehr in Ruhe fertig
bauen würde, konnte er zu diesem Zeitpunkt nicht ahnen.

∗∗∗

Die große Pinnwand im Fotostudio Doris Mitterer ist zugepflastert mit Fotos vom Kurstadtlauf, mehr als dreihundert Bilder
stehen zur Auswahl. Einziges Manko: Das letzte geknipste Bild
zeigt die Lieblich beim Werfen des Holler-Kompotts auf den
Baumeister, danach reißt die Fotoserie ab. Aber die gegenseitige
Abneigung der Kontrahenten, der Zorn und der Hass sind auf
den gestochen scharfen Bildern gut eingefangen.

»Sind das alle Bilder, die du gemacht hast?«, wundert sich die
Toni.

»Ja, leider. Ich war plötzlich mitten im Getümmel, und irgendwer hat mir die Kamera aus der Hand geschlagen.« Die

Doris lässt den Kopf hängen. »Meine neue Kamera ist bloß noch Schrott. Alles wegen dem verdammten Appartementhaus.«

»Dann muss ich im Web suchen. Heutzutage wird doch alles mit dem Handy gefilmt und auf Facebook und Co. hochgeladen.«

»Viel Glück dabei, ich habe selbst gegoogelt und Hunderte Bilder und Videos gefunden. Sogar eine Aufnahme, wo der Schöberl den Holler würgt … Auch der Abtransport der Leiche wurde gefilmt und online gestellt, aber rein gar nichts, wo zu erkennen ist, was mit dem Lieblich passiert ist. Viele der Handgreiflichkeiten sind von Flaggen der Piraten verdeckt worden.«

»Weißt du, ob die Silke auch fotografiert hat?«

»Nein, sie war krank, deshalb bin ja ich eingesprungen.«

»Danke dir, vielleicht haben ja der Willi und ich mehr Glück bei der Suche.« Die Toni verabschiedet sich und ist schon unterwegs zur Conny in die auf der Hochstraße gelegene Haarwerkstatt.

✳ ✳ ✳

Was die Toni ihrem Liebsten verschwiegen hat: Ein paar Strähnchen nachfärben zu lassen geht sich, neben dem Schneiden der Spitzen, schon noch aus. Schließlich sind die Haare schnell geschnitten, und nur zum Plaudern und Kaffeetrinken kann die Toni innerhalb der Öffnungszeiten nicht vorbeikommen.

Während die Friseurin ihres Vertrauens die Farbe anrührt, fragt die Toni: »Kennst du eigentlich die Elisabeth Lieblich?«

»Die frischgebackene Witwe?« Die Conny zieht überrascht die Augenbrauen nach oben und fährt – nach dem zustimmenden Nicken der Toni – fort: »Klar kenn ich die. Die war früher bei uns schneiden, Dauerwelle, Farbe, halt das ganze Programm. Supermühsam! Jedes Mal hat ihr was nicht gepasst, vor allem beim Färben gab es immer was zu meckern. Irgendwann hat es der Chefin dann gereicht. Sie hat der Lieblich nahegelegt, sich ein anderes Friseurgeschäft in Vöslau zu suchen. Da war die dermaßen sauer, dass sie aufgestanden ist und ohne ein weiteres

Wort das Geschäft verlassen hat. Seitdem war sie nicht mehr bei
uns.« Sie grinst und flüstert: »Was uns nicht leidtut!«

»War ihr Mann auch bei euch?«

»Der Waldemar? Nein, ich glaube, der wollte wegen der
ewigen Nörgelei seiner Frau nicht zum selben Friseur gehen.
Furchtbar, was da passiert ist, der arme Mann! Eine Kundschaft
hat mir erzählt, er soll vom Blitz erschlagen worden sein, eine
andere schwört, die Lieblich hätte ihren sterbenskranken Mann
absichtlich im Tumult mit ihrem Halstuch erstickt. Anbieten
kann ich dir noch Erwürgen; und von der Katzinger eine Grillerei. Weißt du, was wirklich passiert ist?«

Die Toni weiß, wo und wann sie sich zurückhalten muss,
weil wenn es wo einen Umschlagplatz für Klatsch und Tratsch
gibt, dann in Friseursalons. Jeder kennt jeden, Gerüchte machen
schnell die Runde, und wenn die über verschlungene Wege die
Wehli erreichen, bekommt der Sprengnagl richtig Probleme.
Deshalb wiegelt sie ab. »Nichts Genaues. Wir haben gerade bei
ihr vorbeigeschaut, die ist keine Spur traurig. Vier Tage nach
seinem Tod wollte sie einen Liederabend besuchen.«

Während die Conny eine Haarsträhne einpinselt und in Alu-
folie packt, erzählt sie der Toni eine persönliche Geschichte.
»Ich weiß, was du meinst. Sie erinnert mich ein wenig an meine
Tante, die war auch so empathielos. Grausame kalte Augen, ein
aufgesetztes Lächeln. Knapp vor dem Tod meiner Mutter hat
sie meinen Onkel dazu gebracht, die letzten Weihnachten weg-
zufahren, statt mit seiner schwer kranken Schwester zu feiern.
Das Miststück wollte sich angeblich nur mehr um sich selbst
kümmern und nicht mehr ausgenützt werden. Lächerlich, dabei
hat sie selbst die Familie bloß ausgenützt und bei Festen nie
ihren dicken Hintern bewegt. Genauso war die Lieblich. Kalt-
herzig, falsch, geizig beim Trinkgeld und immer unzufrieden.
Im Grunde ein armer Mensch.«

»Und ihr Mann hat sich das freiwillig angetan?« Die Toni
versteht die Welt nicht mehr, wie kann man sich nur eine solche
Frau aussuchen? Bloß wegen des Namens setzt man sich doch
nicht lebenslang ins Ehegefängnis.

133

»Schau, er war einfach ein guter Kerl und wollte sie nach dem Tod ihrer Schwester nicht fallen lassen. Als gefeierter Star wusste er genau, wie es seiner Frau nach dem Karriereende ging. Ihr war das zu wenig, sie wurde verbittert, streitsüchtig und verbreitete Lügen über ihren Mann. Er soll sie geschlagen haben und dergleichen. Meine Putzfrau weiß allerdings anderes zu berichten, er hat sich ihre Lügen zu Herzen genommen und wurde krank.«

»Heißt deine Putzfrau zufällig Fratelli?«

»Nein, meine kommt aus der Slowakei. Bis vor einem Jahr war sie bei den Lieblichs putzen, hat aber wegen der schlechten Bezahlung und der Launen der Lieblich aufgehört. Und … du weißt wirklich nichts, oder …?«

»Schau, Conny, sei mir nicht böse, aber ich kann dir nicht mehr erzählen. Sonst gibt es Ärger mit der Chefinspektorin, die in dem Fall ermittelt. Das Einzige, was ich sagen kann, ist: Er wurde definitiv ermordet.« Eilig wechselt sie das Thema: »Sag … Wie geht es deinen Kindern?«

::*

Als die Toni bei der Haustür hereinschneit, weiß sie freilich, wie ihr Bärli reagieren wird. Und tatsächlich. »Toni! Die Spitzen sind ein Wahnsinn, so schön geschnitten!«

»Mein Ehemann ist ein witziges Kerlchen …« Sie grinst. »Nichts Neues betreffend der Lieblich, kalt und herzlos, die Zusammenfassung von der Conny. Die Katzinger hat mich währenddessen drei Mal angerufen. Zum Glück hab ich auf lautlos geschaltet.«

»Und? Hat sie eine Nachricht hinterlassen?« Der Pokorny ahnt die Antwort schon im Voraus.

»Was glaubst du denn? Die hat die Box komplett zugetextet. Wie es bei der Lieblich war. Ob wir den Holler gesehen haben. Was der Sprengi über den Schöberl gesagt hat. Wann wir endlich den Schöberl befragen und so weiter. Du, ich bin … Ich kann sie heute nicht mehr …« Die Toni versucht alles, um den notwendigen Rückruf abzuwimmeln, hat die Rechnung aber ohne den Pokorny gemacht.

»Nicht einmal daran denken. Nein, mir reicht's für heute, außerdem will sie ja mit dir reden!« Er lässt sich demonstrativ erschöpft auf die Couch fallen.

»Na super! Jetzt bleibt es wieder an mir hängen. Pass auf: Ich schreibe ihr einfach eine SMS, dafür suchen wir im Internet noch nach Fotos und Videos vom Kurstadtlauf«, schlägt sie vor und erzählt ihm vom Besuch bei der Doris. »Ehrlich, ich kann mir das nicht vorstellen, sechshundert Leute und online kein brauchbares Material, so was gibt es nicht. Also?«

»Das ist glatte Erpressung, aber gut. Dann schreib ihr halt: ›Gibt nichts Neues, morgen wissen wir mehr, Rest dann persönlich!‹ So würd ich's schreiben.«

»Du bist witzig. Wenn ich ihr das schreibe, dann kommt sie noch heute Abend persönlich bei uns vorbei! ›Gibt nichts Neues‹. Was soll denn das heißen? Nach dem Tag! Du bist mir echt eine Hilfe.«

»Was gibt's denn zum Essen?«, fragt er mit einem sehnsüchtigen Blick in die Küche.

»Lenk nicht ab, sonst gibt es nur Knäckebrot mit Magerkäse. Nichts als Essen im Kopf.«

Es ist eine zähe Angelegenheit, die mehr als hundert Videos und sicherlich tausend Fotos zu sichten. Als ihnen zwischenzeitlich die Geduld ausgeht, gönnen sich die Pokornys eine rasche Mahlzeit, Schinken-Käse-Toasts. Die Toni: zwei Stück Vollkorntoast, fettreduziert und laktosefrei. Der Pokorny: die Weizenvariante mit zusätzlich Spiegelei, Speck und Zwiebel. Und das in dreifacher Ausführung. Trotzdem ist die Ausbeute bis auf ein verdächtiges Video über den Obmann der Piraten mager. Der Fetzer hat den Elektrostecker nicht einfach – wie von ihm erzählt – fallen gelassen, sondern diesen zum Lieblich hingeworfen. Bevor die Szene durch eine wehende Fahne seiner Mitstreiter verdeckt wurde, ist zu sehen, wie der Lieblich panisch die Hände in die Höhe reißt. Dann kommt der Filmer anscheinend selbst in Bedrängnis, und das Video reißt unvermittelt ab.

Die Toni lädt das Video auf ihr Handy und schickt dem Sprengnagl eine WhatsApp auf sein privates Handy:

Das musst du dir ansehen. Der Fetzer war doch näher beim Lieblich, als er uns erzählt hat.

Bei der Katzinger einigen sie sich schließlich auf:

Liebe Frau Katzinger! Es ist alles in Ordnung. Morgen erfolgt die Hausdurchsuchung bei der Lieblich. Streng geheim, bitte niemandem verraten. Wir reden mittags mit dem Schöberl. Liebe Grüße, Toni.

Freitag, Tag 5

Gegen acht Uhr ist das Nokia vom Pokorny aufgeladen und eingeschaltet, schon macht es nervig piep, piep: vier Anrufe in Abwesenheit!»Sicher die Katzinger, nicht einmal in Ruhe frühstücken lässt sie uns«, raunzt er. »Nach der Bla-bla-Nachricht geht sie jetzt mir auf den Geist.« Aber nein, die Katzinger ist es nur einmal, dafür gleich dreimal der Gruppeninspektor, leider ohne Nachricht.

»Dreimal der Sprengi, hm, und ich kann ihn nicht erreichen.« Er runzelt die Stirn und legt nach dem Verbindungsabbruch sein Nokia zur Seite.

»Er wird sich schon melden«, nuschelt die Toni mit einem Stück Semmerl im Mund. »Was sagt die Katzinger?«

»Na ja, stimmungstechnisch läuft's zwischen uns derzeit nicht so gut«, seufzt er.»›Kruzitürkn, büselt der faule Sack immer noch‹, hat sie im Auflegen gekeift. Ich klär das später in der Annamühle.«

»Bärli, so einfach kannst du es dir nicht machen. Los, ruf sie an, sonst musst du deinen Espresso zukünftig ohne mich trinken. Weil das Gezeter höre ich mir sicher nicht an.«

»Na geh«, grantelt er. »Das wird zach.« So unrecht hat er nicht. Schließlich haben die beiden die Katzinger gestern mit der SMS ganz schön kurzgehalten. Die Toni hat zur Sicherheit gleich das iPhone, die Türglocke und das Licht im Haus ausgeschaltet und die Autos um die Ecke geparkt. Nur falls die alte Frau auf die Idee kommt, persönlich detaillierte Antworten einzufordern. Wäre nicht das erste Mal, dass sie ungeladen vor der Tür steht. Freilich weiß die Toni, wie mühsam und langatmig der Canossa-Gang ihres Liebsten sein wird. Ein Busserl auf die Wange, augenzwinkernd ein abschließendes Daumen-hoch, schnappt sie sich den neuesten Provinzkrimi von Rita Falk und macht es sich auf der Terrasse gemütlich.

Tatsächlich redet sich die Katzinger ordentlich in Rage. »Ah!

Der Herr Pokorny! Schön, dass du meine Nummer noch kennst. Bin ja nur ich, gell? Mit mir kannst ja so umgehen und leere Versprechungen machen. Das nächste Mal dann ohne mich, dann schauts mal, wie weit ihr kommts.«

»Beruhigen Sie sich. Ich erzähl ja schon.« Kurz bevor der Akku dann wieder leer ist, hat er alle Fragen beantwortet, und sie ist zufrieden.

»Na siehst, geht doch! Zwar ein bisserl langatmig, aber besser als nix!«, bemerkt sie gut gelaunt.

Er verdreht die Augen. »Sie haben mich doch ausgefratschelt, und jetzt bin ich langatmig?«

»Ist schon gut! Ich muss sagen, ich bin schon ein wengerl stolz auf euch! Tipptopp, wie ihr das gemacht habt, sogar ohne meine Hilfe. Aus euch wird noch was. Wirklich!«

»Das klingt ja fast wie ein Lob! Und das aus Ihrem Munde. Das muss ich mir gleich aufschreiben. Hm, heute ist der …«

»Jetzt übertreib nicht. Sonst halt ich's wie der Triptrop-Toni, der Itaker, dieser Spaghettifresser, der nicht einen deutschen Satz rausbekommen hat.« Die Stille am anderen Ende der Leitung ist der Katzinger dann zu wenig an Bestätigung durch den Pokorny. »Jetzt schaust wahrscheinlich grad ins Narrenkasterl und verstehst nur Bahnhof, oder? Den musst du doch kennen! Der hat gesagt: ›Ich habe fertig!‹«

»Natürlich kenne ich den Trapattoni. Die Interviews des Fußballtrainers, der sogar einmal Red Bull Salzburg trainiert hat, sind legendär.« Er versucht, das Gespräch zu beenden. »Sehen wir uns am Nachmittag?«

»Da verstehen wir uns grad wieder halbwegs, und schon würgst mich ab«, raunzt sie und legt grußlos auf.

»Die macht mich noch wahnsinnig.« Ein Blick auf die Uhr – Zeit für die panierte Scholle beim Billa, danach die Mittagsrunde bei der Waldandacht mit anschließendem Besuch beim Schöberl.

✳✳✳

Schon von Weitem sehen sie die kreisenden Blaulichter von Polizei, Rettung und Feuerwehr, die Zufahrt zur Bogengasse wird von einem quer stehenden Streifenwagen blockiert. Die Pokornys ignorieren die wachsamen Blicke der Polizisten und fahren bis zum Parkplatz bei der geschlossenen Gastwirtschaft Waldandacht.

»Was war das jetzt? Für einen Streit zwischen der Lieblich und dem Holler ist da zu viel los«, mutmaßt die Toni.

»Nix Gutes jedenfalls. Das Motorrad der Frau Chefinspektorin steht vor der Baustelle vom Holler. Was machen wir jetzt? Zum Schöberl können wir nicht runtergehen. Wenn uns die Wehli sieht, wird sie uns sicher angranteln und wegschicken«, vermutet er zu Recht. Ihr bei einem Polizeieinsatz direkt in die Quere zu kommen muss ja nicht sein, also heißt es, Vorsicht walten zu lassen.

»Ob die grantig ist oder nicht, ist mir jetzt egal. Ich möchte wissen, was da los ist! Hast du den Sprengi gesehen?«

»Nein, wahrscheinlich hat er deshalb keine Zeit zum Telefonieren. Weißt was, gehen wir zu der Stelle, wo wir den Streit zwischen dem Holler und der Lieblich gesehen haben. Maxime lassen wir im Auto. Los!«, drängt er zum Aufbruch.

Die Idee hatten schon zwei andere Beobachter, die dem Pokorny bei der Demonstration beim Kurstadtlauf wegen ihrer Gehhilfen aufgefallen sind. Er grinst. »Die zwei hab ich am Sonntag als Zuschauer gesehen. Die waren dort mit Personal aus dem Pflegeheim unterwegs.«

»Dann los.« Die Toni schmunzelt. »Sie scheinen zutraulich zu sein, einer winkt uns schon.«

Bei den Rollatoren angekommen, nickt der kleinere zur Begrüßung und stellt sich als Ludwig vor. Wie sein Partner, der Heini, stützt er sich auf einen für Outdooraktivitäten ausgerüsteten Rollator mit extrabreiten Rädern und tiefem Profil. »Auch neugierig?«, fragt er lächelnd und kratzt sich den nahezu kahlen Schädel, der von einem struppigen weißen Haarkranz umrandet wird. Unter der birnenförmigen, fleischigen Nase wächst ein dichter weißer Schnurrbart.

139

»Guten Tag, die Herren«, begrüßt die Toni die beiden Schau-
lustigen, die sie auf jenseits der achtzig schätzt. »Wissen Sie, was
da unten los ist?«

Der Heini, zwei Köpfe größer als sein Kollege, buschige
graue Augenbrauen, gleiche Frisur, nur in der grauen Ausführung, und mit einer Hakennase bewaffnet, schaut durch
ein Fernglas und nuschelt, als hätte er seine Dritten zu Hause
vergessen: »Irgendwas liegt in der Grube vom Holler. Wenn
nicht so viele herumstehen täten, dann wüsste ich schon, was
das ist.«

»Mit dem Operngucker sieht der Heini wie ein Adler«, sagt
der Ludwig. Freilich versteht er den verwunderten Blick der
Pokornys. »Auf unsere alten Tage kriegen wir nicht viel zu sehen, und meistens ist es halt auch weit weg.«

»Und deshalb spazieren Sie praktischerweise gleich mit einem
Fernglas durch die Gegend?« Die Toni legt den Kopf schief.

Der Heini schnauft. »Wollen Sie vielleicht einmal durch-
schauen? Ist doch nicht schlecht, dass wir zufällig eines dabei-
haben, oder?«

»Ja, gerne!«

Er gibt ihr schief grinsend das Fernglas und rollt zur Seite.

»Was ist, siehst du was?«, fragt der Pokorny gespannt und
drängt den Ludwig zur Seite.

»Na hallo!«, schimpft der Heini. »Passen Sie gefälligst auf!«

»Entschuldigung.« Der Pokorny versucht die Wogen zu glät-
ten.

»Wenn's so eilig ist, dann sagen Sie halt was. Was, wenn der
Ludwig hinfällt und sich den Oberschenkel bricht? Dann ist es
aus mit ihm! In dem Alter …«

»Pst, aufhören zu streiten!«, sagt die Toni besänftigend. »Ich
sehe die Wehli und … Da ist auch der Sprengi. Daneben stehen
noch zwei Männer in weißen Overalls.«

»Könnte der Alterbauer Michael sein, der Leiter der Tatortgruppe. Gib mal her!« Mit ungeduldigen Handbewegungen fordert der Pokorny die Toni auf, ihm das Fernglas endlich auszu-
händigen.

»Woher kennst du den Alterbauer?« Sie reicht ihm das Fernglas, freilich ungern.

»Von Tatortfotos, die mir der Sprengi gezeigt hat … Hm, also … der eine ist wirklich der Alterbauer … Schau, schau, der Hammerschmied ist auch da. Das bedeutet nichts Gutes, ohne Anforderung durch die Wehli kommt der nicht noch einmal ungefragt nach Vöslau. Auch nicht für den Sprengi.«

»Und was ist in der Grube? Sehen Sie was?«, brummt der Heini. Weil wen der Pokorny von irgendwann kennt, interessiert ihn genau null.

»Nein, nur, dass zwei Mitarbeiter vom Alterbauer grad eine Maschine abseilen. Schaut aus wie eine riesige Flex … Ich habe einen Bericht der ASFINAG gesehen, damit schneiden sie Betonplatten auf …«

»Geben S' her, ich war früher am Bau.« Der Ludwig reißt dem Pokorny ohne Rücksicht auf Verluste das Fernglas quer über die Nase runter.

»Aua, sind Sie verrückt?«

»Seien Sie kein Weichei! Wir sind im Einsatz«, keppelt ihn der Heini an. »Siehst du was, Ludwig?«

»Hm. Ja, das war ein bisschen laienhaft ausgedrückt, aber er hat recht. Das ist ein Betonfugenschneider mit einer Diamantscheibe, Durchmesser ein Meter zwanzig. Solche Maschinen haben wir für Reparaturarbeiten auf Straßen verwendet. Egal ob Beton oder Asphalt, bis zu fünfzig Zentimeter tief schneidet die Scheibe durchs Material, wie durch Butter. Aber … jetzt, da beim Holler … keine Ahnung, wofür.« Er gibt dem finster dreinschauenden Pokorny das Fernglas zurück und zuckt entschuldigend mit den Schultern.

»Wozu brauchen die einen Betonfugenschneider? Der Holler hat doch gestern Abend erst betoniert? Die machen ja die Bodenplatte kaputt«, wundert sich die Toni.

»Ja, die wollte er noch vor seinem Urlaub fertig haben.« Der Pokorny nickt bestätigend. »Die wollen anscheinend was aus dem Beton rausschneiden! Aber was? Kruzitürkn!« Er kurbelt wild an der Schärfeneinstellung herum. »Ich krieg's nicht

141

schärfer hin.« Irgendwann stößt auch das beste Fernglas an seine Grenzen, zeitgleich passiert das Unglaubliche.

Es rieselt ihm eiskalt über den Rücken runter, denn er hat so eine Szene einmal in einem Kriegsfilm gesehen. Ein Scharfschütze beschießt von einem Turm aus feindliche Soldaten, da sieht er durch sein Zielfernrohr einem gegnerischen Scharfschützen quasi ins Auge. Dass sich das in einem Kriegsfilm nur für einen gut ausgehen kann, versteht sich von selbst. Dass ihn die Wehli jetzt aber von unten mit einem Fernglas anstarrt, ist zwar wegen der Chefinspektorin grundsätzlich bedrohlich, aber zum Glück halt nicht lebensgefährlich.

Er sieht, wie die Wehli das Fernglas weglegt, kurz mit dem Sprengnagl redet und sarkastisch durch ein Megafon ruft: »Achtung, Achtung, eine Durchsage! Wir begrüßen die Familie Pokorny und freuen uns auf ihren Besuch in der Bogengasse.«

Die Toni schaut den Pokorny fragend an. »Was redet die Wehli da …?«

»Die Wehli hat mit einem Fernglas raufgeschaut und mich gesehen. Und jetzt sollen wir runterkommen. Die spinnt ja, das machen wir sicher nicht!«, bockt er.

»Herr Pokorny!«, brüllt jetzt die Wehli. »Bewegen Sie sofort Ihren Arsch zu mir runter und geben Sie den beiden Muppets das Fernglas zurück. Die brauchen das noch fürs Ausspionieren der anderen Heimbewohner. Na los! Oder soll ich Sie holen lassen?«

Die beiden Pflegeheimbewohner laufen rot an und bewegen ihre Rollatoren vor und zurück, ganz so, als würden die sonst am Boden anwachsen.

Der Ludwig, der scheinbar von einer Sekunde auf die andere stocktaub geworden ist, formt mit einer Hand am Ohr einen Trichter und dreht sich zum Pokorny hin. »Was hat sie gesagt?«

»Gesehen hat sie uns, und jetzt sollen wir runterkommen.« Der Pokorny schüttelt verärgert den Kopf.

»Dann müssen Sie das auch machen. Gesetz ist Gesetz!« Der Heini ballt die rechte Hand zur Faust. »Folgen Sie lieber, die Chefinspektorin ist eine ganz Scharfe, bei der wirst du ratzfatz eingesperrt. Die kenne ich aus dem Heim. Das letzte Mal, wie sich die Traude aus dem vierten Stock gestürzt hat, Krebs im Endstadium, traurig, traurig … Da hat sie uns aufs Ärgste verhört!«

»Eine Frechheit war das. Als hätten wir die Traude runtergeworfen!«, erzählt der Ludwig aufgeregt. »Dabei hat die Wehli den Selbstmord doch nur aufgrund unserer hartnäckigen Beobachtungen mit dem Fernglas aufklären können. Trotzdem hat die uns wie Spanner behandelt.«

Der Heini nickt zustimmend. »Er hat recht. Die sperrt Sie sonst gleich ein.« Er deutet den Weg entlang. »Da ist ein schmaler Weg hinunter. Mit unseren Rollis schaffen wir den wahrscheinlich nicht.« Beide machen trotzdem Anstalten, es zu versuchen. Weil was haben sie noch zu verlieren, außer im Pflegeheim »Achtzehn Uhr – Licht aus und gute Nacht«?

Die Toni verstellt ihnen blitzschnell den Weg, nicht dass die Muppets noch trotz passabler Ausstattung auf lustige Ideen kommen und ein Rollator-Downhill-Race versuchen. »Bleiben Sie lieber da, der Weg ist steil, und mit Ihren …«

Beide nicken traurig. »Los, gehen Sie schon, von unten haben Sie sowieso einen besseren Blick auf die Grube«, ermutigt sie der Heini.

Der Pokorny reicht ihm das Fernglas zurück. »Machen wir, und danke dafür!«

Von unten tönt ein völlig überflüssiges »Ich gebe Ihnen genau eine Minute Zeit, dann schicke ich einen Kollegen rauf!«.

»Frau Chefinspektorin, bitte! Wir sind gleich da!«, ruft die Toni hinunter, und schon sind sie unterwegs. Weil recht haben die Muppets jedenfalls, am Grundstück sehen sie sicher mehr als vom Weg oben.

Unten angekommen, nimmt sie die Wehli in Empfang und schnauzt: »Was machen Sie da oben? Beim Kurstadtlauf mittendrinnen und jetzt … Sie beide haben ein Gespür dafür, wenn es wo interessant wird, oder?«

Die Ohren vom Pokorny fangen zu wackeln an, kein gutes

Zeichen. Weil die Wehli mit ihm auch kein normales Wort reden kann!

»Was wollen Sie von uns, Wehli? Wir können dort oben stehen wie jeder andere auch.«

»Für Sie ›Frau Chefinspektorin Wehli‹, und die Fragen stelle ich. Es ist kein Zufall, dass Sie da oben waren, oder?« Sie legt den Kopf schief und schaut den Pokorny aus zusammengekniffenen Augen unverwandt an. »Na, was ist, hat der Sprengnagl verraten, wo es etwas Interessantes zum Spionieren gibt?«

Die Toni räuspert sich. »Werte Frau Chefinspektorin. Wir gehen dort oben fast täglich unsere Mittagsrunde mit der Maxime. So auch heute. Ich finde, Sie übertreiben es mit der Ausübung der Staatsgewalt schon ein wenig.«

»Was Sie finden, kümmert mich nicht. Mich stört, dass sich Ihr Mann ständig dort herumtreibt, wo ich meine Arbeit zu machen habe und wo auch sein Spezl, der Sprengnagl, in der Nähe ist, verstehen Sie?«

Die Toni zuckt mit den Schultern. »Was ist denn eigentlich passiert?« Während sie die Frage stellt, huscht ihr Blick zur Grube. Die Wehli ist schneller und verstellt ihr mit einem Schritt die Sicht. »Sie kennen doch die Frau Lieblich?«

»J… ja, schon! Warum?«, will der Pokorny wissen.

»Wann haben Sie sie das letzte Mal gesehen?«

Um weiteres Ungemach zwischen ihrem Bärli und der Chefinspektorin zu vermeiden, antwortet die Toni: »Gestern am Nachmittag. Wir wollten von der Frau Lieblich hören, wie es ihr geht, nach dem Übergriff durch den Holler.«

»Woher wissen Sie von dem Vorfall?«

»Wir haben das zufällig wo aufgeschnappt. Willi, weißt du, wo das war? Ich kann mich nicht erinnern.«

»Zufällig gehört. Soso«, fährt die Wehli harsch dazwischen. »Vielleicht vom Sprengnagl?« Nachdem beide verneinen, setzt sie fort: »Haben Sie zufällig auch den Holler besucht?«

»Werte Frau Chefinspektorin, von dem Auszucker vom Holler haben wir zufällig gehört, der Besuch bei der Lieblich war geplant, aber …«

»Was ›aber‹?«

»Also, den Holler haben wir gestern auch gesprochen … Aber das war wirklich wieder …« Die Toni macht eine entschuldigende Miene.

»Zufällig? Mir reicht es langsam mit den Zufällen.«

»Der Holler ist während unseres Gesprächs mit der Lieblich ausgezuckt, was hätten wir Ihrer Meinung nach tun sollen?«, mischt sich der Pokorny ein.

Die Wehli macht einen Schritt zum Sprengnagl und flüstert ihm ins Ohr. Genau diesen halben Meter nutzt die Toni aus, mit ein paar schnellen Schritten steht sie vor der Grube. Und was sie da sieht, gefällt ihr gar nicht. Ein Mitarbeiter der Tatortgruppe ist gerade damit beschäftigt, entlang einer vorgezeichneten Linie mit der gewaltigen Diamantscheibe der Baumaschine den Beton aufzuschneiden. Circa drei Meter lang, einen Meter breit. Innerhalb der Linien ist nicht viel zu sehen. Also, bis auf die Spitzen von zwei Damenschuhen im vorderen sowie einem blutigen Stumpf am hinteren Teil. Die Toni spürt, wie sich ihr Magen zusammenzieht. »Issst … das da eine Nase? Mir wird übel.«

Die Wehli zieht die Toni ruppig am Arm von der Grube weg. »Bleiben Sie von meinem Tatort weg. Wehe, Sie speiben mir auf die Leiche! Eine Verunreinigung kann ich gar nicht brauchen.«

Jetzt kennt die Wehli, trotz ihrer zwischenmenschlichen Differenzen mit dem Pokorny, diesen nicht so wirklich. Weil wenn es seiner Toni schlecht geht, dann hat sogar die Polizei samt Chefinspektorin keinen Auftrag, Tatortverunreinigung hin oder her! »Geht's noch, oder was? Sie haben uns wie Lakaien runterbeordert, und jetzt schnauzen S' meine Ehefrau an?«, grantelt er die Wehli an.

»Was wird das jetzt?« Sie lächelt und zückt ihr Notizbuch. »Beamtenbeleidigung. Sonst noch was?«

Bevor der Pokorny nachsetzen kann, schaltet sich der Sprengnagl ein und führt die Toni an den Schultern vorsichtig von der Grube weg. Eine gute Idee, denn der Pokorny lässt sich ablenken und stockt mit dem Frontalangriff auf die Wehli.

Die Chefinspektorin selbst macht die deeskalierende Maß-

145

nahme wieder zunichte. »Brav hat mir der Kollege den Tatort abgesichert, und jetzt macht er einen auf Krisenintervention.«

Der Sprengnagl vermeidet jeden Blickkontakt mit ihr, er redet beruhigend auf die Toni ein. »Komm, atme tief ein und aus. Ganz langsam.«

»Ist das … die Lieblich?«, fragt sie und bewegt schnell den Kopf hin und her, als würde das grausige Bild dadurch verschwinden.

»Wissen wir nicht. Die Lieblich ist nicht in ihrem Haus, aber anhand der Schuhe und der zierlichen … Nase handelt es sich höchstwahrscheinlich um eine weibliche Leiche.«

»Wo ist der Rest … der Nase?« Die Toni spürt, wie sich ihr Magen verkrampft, sie beginnt zu würgen und konzentriert sich darauf, den gerade verzehrten Salat mit gebratenen Putenstreifen bei sich zu behalten.

Die empathiebefreite Wehli stellt sich vor die Toni hin. »Na, den Rest wird das Hundsviech vom Schöberl gefressen haben.« Sie schüttelt den Kopf. »Baustellenabsicherungen brauchen wir ja heutzutage genauso wenig wie eine Tatortabsicherung, nicht wahr, Herr Kollege? Sonst hätte das Hundsviech nicht mein Beweisstück auffressen können.«

»Für die Baustellenabsicherung bin ich nicht zuständig. Was ist denn los mit Ihnen?«, fragt der Sprengnagl gereizt.

Die Wehli übergeht den Einwand und schaut den Pokorny mitleidig an. »Na, alles ein bisschen viel für die werte Frau Gemahlin.«

Aber was die Chefinspektorin kann, schafft auch der Pokorny ganz leicht. »Was ist in Ihrem Leben eigentlich schiefgelaufen? Sind Sie grundsätzlich ein Ungustl, oder müssen Sie nur vor Ihrer Mannschaft die Starke spielen?« Er schaut die anwesenden Tatortermittler der Reihe nach an. Während er ein weiteres Stück Vernunft wegschmeißt, rückt er näher an die Wehli heran. »Reden Sie meine Toni nie wieder so an! Verstanden?«

Und ja, natürlich versteht ihn die Wehli. War ja auch klar und deutlich. Mit einem schnellen Schritt steht sie vor dem Krawallmacher und hält diesem wutentbrannt Daumen und

Zeigefinger, zwei Zentimeter voneinander entfernt, vor die Augen. »So knapp stehen Sie vor ernsten Problemen! So knapp! Verstanden? Und das ist jetzt kein Spaß mehr! Wenn Sie auch nur ein weiteres Wort sagen, ein einziges, egal, ob als Verteidiger Ihrer Frau oder als Retter der Nation, dann lass ich Sie mit Achter auf dem Rücken auf die Polizeiinspektion bringen. Mein Leben geht Sie einen Scheißdreck an!« Sie wendet sich an den Sprengnagl. »Bringen Sie Ihren Freund zur Vernunft, oder ich verhafte ihn hier auf der Stelle! Hopp! Gehen Sie mir alle aus den Augen und halten Sie sich zu meiner Verfügung. Ich bin mit Ihnen noch nicht durch!«

»Lia, ist schon gut. Der Sprengnagl passt auf, dass sich die zwei nicht davonmachen«, mischt sich der Alterbauer ein. Die beiden Männer kennen sich von der Polizeischule, trotzdem hat der Leiter der Tatortgruppe den Spagat geschafft, einer der wenigen Vertrauten der Chefinspektorin zu werden.

Sie schaut den Alterbauer, den Einzigen, der die Chefinspektorin Ottilia Wehli mit »Lia« anreden darf, genervt an. »Du immer mit deinen Vermittlungsversuchen. Ich weiß nicht, was du dich da einmischen musst.«

»Schau, die können doch nichts dafür, dass wir da eine Leiche aus der Betonplatte herausschneiden müssen. Also lass sie leben!«

»Michl, du Gutmensch.« Sie deutet dem Sprengnagl »Abgang!« und widmet sich wieder der Leiche in der Grube.

Selbst der Pokorny erkennt jetzt, wann es genug ist, und nickt dem Alterbauer dankbar zu. Dann nimmt er zärtlich den Kopf der Toni zwischen die Hände. »Geht's dir besser? Alles wird gut.« Er küsst sie auf die Stirn und streichelt ihr sanft über den Rücken. Sein Freund führt die beiden zum Grundstück der Lieblich. Da die Eigentümerin vorerst noch unbekannten Aufenthaltes ist, setzen sich die drei ungefragt auf ihre Terrassensessel.

Der Sprengnagl schaut den Pokorny flehend an. »Bitte, reiß dich zusammen. Die Wehli wartet nur auf einen Grund, um uns echte Schwierigkeiten zu machen.«

»Depperte Gurken«, grummelt der Pokorny leise vor sich hin. Mittlerweile hat sich die Toni halbwegs gefangen. »Das Blut … Was ist mit der Nase passiert?« Es schüttelt sie vor Ekel, und sie kämpft wieder mit dem Würgereiz.

Der Sprengnagl sagt in mitfühlendem Ton: »Wahrscheinlich hat sich die Nase ein … Marder oder eine Katze geholt, weil, die Romy war das sicher nicht. Hunde fressen kein menschliches Fleisch.«

»Die Wehli hat nix in den Händen und labert nur Stuss daher«, schimpft der Pokorny. »Natürlicher Tod, bla, bla. An ihrer Stelle würde ich den Mund halten.«

»Genau deshalb macht sie uns die Hölle heiß, Willi. Eben weil sie wenig vorzuweisen hat. Verstehst du?«

»Die Toni hat recht. Die Wehli weiß, sie hat den Fall zu sehr schleifen lassen. Es ist müßig, ›Was wäre, wenn‹ zu spielen, aber mit ein bisschen mehr Engagement hätte sie den Tod von der Lieblich möglicherweise verhindern können.«

»Sie hat's echt versemmelt. Sie hätte den Waldemar Lieblich früher obduzieren lassen sollen, dann hätte die Hausdurchsuchung schon längst stattgefunden, und die Lieblich würde statt in der Fundamentplatte im Gefängnis festsitzen«, fasst der Pokorny zusammen.

»Habt ihr die Leiche entdeckt?«, will die Toni wissen.

»Nein«, antwortet der Sprengnagl. »Die Romy ist dem Schöberl ausgebüxt und unter dem Holzzaun durch auf das Grundstück vom Holler gelaufen. Als sie mit blutverschmierter Schnauze zu ihm zurückgekommen ist, hat er nachgesehen.«

Ob die Toni ihre blasse Gesichtsfarbe heute noch wegbekommt, ist unklar. Gerade beginnt es in ihrem Magen wieder zu rumoren.

»Danach hat der Schöberl auf der Inspektion angerufen. Die Kollegen haben mich zu Hause erreicht und auch die Wehli verständigt. Nun macht sie die Hausdurchsuchung erst nach dem Tod der Lieblich. Und natürlich versucht sie, irgendwie aus dem Schlamassel rauszukommen, und schiebt anderen die Schuld zu.«

»Wo ist der Schöberl?«, schaut sich der Pokorny um. »Der muss ja völlig am Ende sein?«

»Der ist vor der Grube zusammengebrochen und hat gestammelt, die Lieblich hätte auch solche Schuhe. Der Notarzt hat ihm ein Beruhigungsmittel gespritzt, jetzt schläft er tief und fest. Heute können wir den nicht mehr vernehmen. Ich hoffe nur, er tut sich nichts an. Könnt ihr vielleicht später nach ihm schauen? Natürlich inoffiziell.«

»Jetzt versteh ich auch, wieso der Hammerschmied da ist – wegen der Leiche«, sagt der Pokorny.

»Ja«, bestätigt der Sprengnagl. »Die Wehli hat nach Erstbesichtigung der Leiche mit der Staatsanwältin telefoniert, und die hat den Hammerschmied in Baden in der Konditorei Gasser erwischt.«

»Brauchst du uns noch?« Die Toni schnäuzt sich und steht auf. »Sonst schauen wir zum Schöberl hinüber.«

Der Sprengnagl zuckt mit den Schultern und wirft einen Blick zum Tatort. »Ich denke nicht.«

Quer über die Baustelle meldet sich die Wehli. »Stopp, stopp, stopp. Die zwei waren beim Kurstadtlauf dabei, die müssen wir schon noch befragen, nicht wahr? Warten Sie, ich komme rüber.«

»Na geh, was will sie denn jetzt noch?«, brummt der Pokorny. Die Toni zieht ihn zärtlich an den Schultern zu sich. »Bitte ärgere dich nicht wieder. Willi, schau, du wackelst jetzt schon mit den Ohren, und dabei ist sie noch nicht einmal …«

»Was bin ich noch nicht einmal?«, fragt die Wehli. Sie wird von einer uniformierten Polizistin eskortiert. Wahrscheinlich, damit im Falle eines weiteren Wutausbruchs vom Pokorny eine unabhängige Zeugin vor Ort ist.

Die Toni bleibt ihr die Antwort schuldig. »Bitte, stellen Sie Ihre Fragen. Wir möchten nach Hause.«

»Kannten Sie den toten Waldemar Lieblich?«

»Nur vom Sehen beim Kurstadtlauf«, antwortet der Pokorny genervt. »Warum fragen Sie uns das?«

»Weil Sie zufällig gerade hier sind und die vom Kollegen

Sargnagl bisher durchgeführte Befragung zu den Ereignissen rund um den Kurstadtlauf eher dürftig ausgefallen ist.«

»Sie haben mich gerade Sargnagl genannt«, stellt der Sprengnagl ärgerlich fest. »Liebe Frau O-Weh, das war sicher ein Missverständnis, so wie gerade von mir, oder?«

An der Wehli perlt sowohl die Kritik als auch die Namensverunglimpfung ab wie Wasser von einer Lotusblüte. »Ist Ihnen bei der Veranstaltung etwas aufgefallen?«, fragt sie. »Wo war die Frau Lieblich, wo der Schöberl und wo der Holler?«

Den Pokorny fuchst das Verhalten der Chefinspektorin. »Ich habe Ihrem Kollegen schon erzählt, was ich gesehen habe, nämlich gar nix. Da waren Dutzende Menschen, mehr oder weniger ineinander verkeilt. Der Schöberl, die Lieblichs und der Holler waren in dem Pulk mit den ganzen Piratenfahnen überhaupt nicht zu sehen. Nein, beim besten Willen, Sie müssen Ihre Arbeit schon selbst machen.«

»Die Katzinger hat bei ihren Turnübungen am Brunnenrand die Kamera leider größtenteils verdeckt. Sehr schade, weil wir sonst einen direkten Blick auf den Lieblich gehabt hätten. Gut zu sehen ist freilich, wie Sie, lieber Herr Pokorny, fast vom wütenden Mob erdrückt und nur dank der Kraft der Liebe gerettet wurden. Am Brunnenrand torkelnd, mit Ihrem Hund auf dem Arm, und dann kommt Ihre Heldin und rettet Sie. Ja, ja, wenn wir Frauen nicht wären.«

Der Pokorny beißt sich auf die Lippen und fixiert als Deeskalationsmaßnahme eine am Waldrand stehende – als Naturdenkmal deklarierte – dreihundert Jahre alte Schwarzföhre. Er atmet tief durch, zur Sicherheit übernimmt die Toni: »Wir haben gestern Abend im Internet ein wenig recherchiert und sind auf ein interessantes Video gestoßen. Kennen Sie wahrscheinlich schon – der Fetzer, wie er einen Stecker nach dem Lieblich wirft. Vielleicht sollten Sie sich den vorknöpfen und uns in Ruhe lassen. Wir können Ihnen wirklich nicht weiterhelfen. Dürfen wir jetzt gehen?«

»Nein, nein. Noch bin ich mit Ihnen nicht fertig. Was ich mir anschaue und wen ich mir wann vorknöpfe, ist schon meine

Sache. Noch einmal zurück zu gestern. Wann genau waren Sie bei Lieblich, beim Holler und … Nein, der Schöberl war ja nicht da.« Ihre Augen verfinstern sich, sie legt den Kopf zur Seite und mustert den Sprengnagl. »Wann gestern?«, fragt sie, ohne den Blick von ihrem Kollegen zu nehmen.

»Ungefähr fünfzehn Uhr wird es gewesen sein«, antwortet die Toni.

»Na, so ein Zufall, lieber Herr Gruppeninspektor. Zufällig war genau zu dieser Zeit der Schöberl bei uns. Fünfzehn Uhr, da haben die beiden aber wirklich Glück gehabt, nicht wahr? Fast wären Ihre Freunde nämlich vor einem leeren Haus gestanden, also, wenn wir die Frau Lieblich auch vorgeladen hätten, was wir aber dank Ihrer Fürsorge nicht getan haben. Wollen Sie drei mich eigentlich für blöd verkaufen?« Sie wirft mit zusammengekniffenen Augen einen eisigen Blick in die Runde.

Nicht auf jede Frage erwartet man eine Antwort. Wenn aber so gar keiner etwas sagt, schaut man recht schnell alt aus.

Die Ohren vom Pokorny wackeln wieder. »Wollen Sie uns jetzt alle verhaften, oder sollen wir uns über das gestrige Gespräch unterhalten?«

Die Wehli schweigt und wedelt ungeduldig mit der Hand.

Die Toni fängt an. »Wir waren also gestern am Nachmittag bei der Lieblich. Mitten im Gespräch hat der Holler nebenan zu randalieren begonnen und ihr gedroht.«

»Er hat mir erzählt, dass um achtzehn Uhr der Gemeinderat über das Appartementhaus entscheidet und damit auch über sein Leben«, schaltet sich der Pokorny ein. »Und dass ihm bei einer negativen Entscheidung alles wurscht wäre, weil er ohne das Projekt in den Konkurs muss.«

»Wissen Sie, wie die Sitzung ausgegangen ist? Die Lieblich wurde doch, wie es scheint, in der Nacht der Gemeinderatssitzung getötet«, meint die Toni, die den Schock des Leichenfundes mittlerweile verdaut hat. »Vielleicht wusste der Holler, wie die Entscheidung ausgefallen ist, und …«

Die Wehli massiert sich mit Daumen und Zeigefinger die Schläfen, denkt nach und antwortet: »Soviel ich weiß, ergeht die Entscheidung schriftlich. Er kann davon also noch nichts gewusst haben.«

»Fragen Sie ihn danach!«, schlägt die Toni vor.

»Kann ich leider nicht, er ist nicht zu Hause. Der Dodge RAM steht vor der Tür, der Kleinbus ist, laut den Nachbarn, aber weg.«

Der Pokorny hilft ihr auf die Sprünge. »Mit dem wird er auf Urlaub gefahren sein. Er hatte gestern noch mächtig Stress mit dem Betonieren der Bodenplatte.«

»Woher haben Sie diese Information?«

Mitten in die nette Unterhaltung langt bei der Toni eine SMS ein.

Stimmt das mit der Leiche beim Holler? Erwarte euch asap zu einer Lagebesprechung in der Annamühle! Grüße, Katzinger

Sie zeigt dem Pokorny die SMS und grinst. »›Asap‹! Die Nachricht hat sie nicht selbst geschrieben.«

»Etwas Wichtiges?«, erkundigt sich die Wehli.

»Privat!«, stellt die Toni fest. »Wie war Ihre letzte Frage?«

»Woher Ihr Mann das mit dem Urlaub vom Holler weiß?«

»Der Holler hat mir bei unserem Gespräch von seinem vielleicht letzten Urlaub erzählt«, sagt der Pokorny. »Keine Ahnung, was er damit gemeint hat. Jedenfalls wollte er noch in der Nacht mit seiner Familie nach Italien fahren.«

»Sonst noch was?« Allmählich wird die Chefinspektorin ungeduldig.

»Nur, dass die Lieblich wohl keine Möglichkeit ausgelassen hat, ihm das Leben zur Hölle zu machen«, ergänzt die Toni. »Darf ich Sie was fragen?«

»Wenn es sein muss«, antwortet die Wehli ablehnend und massiert sich erneut die Schläfen.

»Haben Sie Kopfweh? Sie wirken so blass.«

Die Wehli nickt gequält. »Der Föhn, verdammt. Ahhh. Mir zerreißt es gleich den Schädel … Und dann die Leichen, die Vöslau zupflastern.«

»Sie Arme.« Die Toni verzieht trotz des angespannten Gesprächsverlaufs mitfühlend das Gesicht. »Hm.«

»Was ›hm‹?«

»Bis wann wissen Sie, ob die Leiche tatsächlich die Lieblich ist?«

»Hängt vom Hammerschmied ab, derzeit liegen eine Menge Leichen bei ihm im Kühlfach.« Die Wehli blinzelt und legt den Kopf schief. »Soll ich Sie anrufen, wenn ich was weiß?«

»Das wäre wirklich sehr nett von Ihnen, meine Nummer ist …«

Sie wird rüde unterbrochen. »Schau ich aus wie ein Auskunftsbüro? Schon mal was von Nachrichtensperre gehört? Das ist hier keine Pipifaxveranstaltung, sondern eine Mordermittlung, nicht wahr, Herr Kollege? Und daran halten wir uns alle!«

Die Toni bleibt hartnäckig. »Liebe Frau Chefinspektorin, werden Sie das Haus der Lieblich nun durchsuchen oder nicht?«

»Haben Sie nicht verstanden? Ich sag Ihnen gar nichts mehr.«

»Die Pokornys haben uns einige wichtige Informationen geliefert«, sagt der Sprengnagl versöhnlich, um das peinliche Getue der Wehli zu beenden. »Wir haben nicht reagiert, und es ist mehr als wahrscheinlich, dass die Leiche die Lieblich ist. Die beiden kennen den Schöberl gut und haben sich bereit erklärt – natürlich nur, wenn das für Sie okay ist –, heute Abend noch nach ihm zu sehen. Sollten wir da nicht ein bisschen netter sein? Wäre doch gut, wenn sie informiert wären, ob die Leiche die Lieblich ist oder nicht. Der Schöberl ist psychisch nicht gut aufgestellt. Eine dritte Leiche brauchen wir bestimmt nicht am Tisch.«

Der Pokorny staunt nicht schlecht. Sein Freund kann ja gegenüber der Wehli auch diplomatisch agieren! Indem er die Fehler der Polizei verallgemeinert, lässt er ihr genug Luft, um das Gesicht zu wahren.

»Wissen Sie, was …? Egal.« Die Wehli winkt entnervt ab. »Der Holler wird zur Fahndung ausgeschrieben, und Sie befragen die Mitarbeiter von ihm. Wann sie mit dem Betonieren fertig waren, ob sie was beobachtet haben und so weiter. Die

Herren Mirkojevic und Kratojevic schauen Sie sich besonders genau an. Los! Ich werde gegen achtzehn Uhr beim Schöberl vorbeifahren. Wenn er dann noch nicht vernehmungsfähig ist, können Ihre Freunde, in Gottes Namen, abends zu ihm.« Sie dreht sich zu den beiden um. »Wenn er Ihnen etwas erzählt, gehe ich davon aus, dass Sie mir das umgehend mitteilen werden … Und was wir hier besprochen haben, sind ermittlungsrelevante Informationen, die Sie bitte für sich behalten. Halten Sie sich zu meiner …«

»… Verfügung«, ergänzen die Pokornys zweistimmig den Vortrag.

»Na dann. Sprengnagl, Sie kommen mit und … Ihnen noch einen guten Tag«, brummt sie abschließend und wechselt zum Tatort zurück.

Der Schöberl schläft tief und fest und wird dies, laut dem Hammerschmied, noch länger tun. Der Arzt händigt den Pokornys nach Rücksprache mit der Chefinspektorin den Hausschlüssel aus, und die beiden beschließen, das unausweichliche Gespräch mit der Katzinger mit einem Kaffee zu verbinden.

✳✳✳

Als die Pokornys beim Café Annamühle eintreffen, rümpft die alte Frau die Nase, schiebt die verschmierte Brille zu den Nasenflügeln hinunter und schielt über den Rand. »Dass ihr auch noch daherkommt. Ewig wart ich schon auf euch. Stimmt das mit der Leiche im Loch vom Holler? Ist es die Lieblich? Hat ihn die Kieberei schon verhaftet? Na, was ist? Sakrahaxn!«, keppelt sie ohne Begrüßung los.

Während die Toni mit einer Engelsgeduld alle Fragen beantwortet, schweigt der Pokorny und wackelt jedes Mal mit den Ohren, wenn der Name »Wehli« fällt.

Und die Katzinger gibt ihm da recht. »So ein blöder Trampel. Die soll froh sein, dass irgendwer ihre Arbeit macht. Na, die wird schön schauen, wenn sie die Beweise findet. Der Sprengnagl soll ihr die Aktionsgutscheine unter die Nase reiben. Die zweite Leiche hat die Chefpolitesse am Gewissen, ohne Frage selbst verbockt!«

»›Am Gewissen‹ ist ein bisschen hart ausgedrückt«, findet die Toni.

»Trotzdem hätt's die Wehli verhindern können. Und mit dem Wissen musst auch erst mal ruhig schlafen können.« Sie schaut die Pokornys mit gerunzelter Stirn an. »Die Eiskönigin ist für mich fix die Mörderin vom Waldemar. Aber wer hat sie einbetoniert? Ihr Verblichener wird ja wohl nicht auferstanden sein und als Zombie Rache üben. Bleibt uns nur der Holler über, gell? Ist der schon verhaftet worden, der Mörder?«

Die Toni schüttelt den Kopf. »Sie sind recht schnell mit Ihren Schuldzuweisungen. Es gibt viele Hinweise, die auf die Lieblich als Mörderin schließen lassen. Allein die finanziellen Angelegenheiten des Ehepaars würden ein gutes Motiv abgeben, sind aber kein Beweis. Den muss die Wehli jetzt schon selbst suchen. Ein Motiv ja, ein Beweis nein.«

»Leichter ist die Aufklärung des Mordes am Waldemar Lieblich durch den Tod seiner Frau jedenfalls nicht geworden«, stellt der Pokorny fest.

Alle schweigen und rühren gedankenverloren in dem von der Dagmar ebenso schweigend servierten Espresso, im Cappuccino und in der Melange, mit einer Extraportion Schlagobers. Heute hat sich die Katzinger ihre Melange zusätzlich mit Zimt und Schokoladenstreusel bestellt. Sie löffelt schmatzend die cremige Kalorienbombe in sich hinein und lächelt dabei wie ein kleines Kind mit einem Eis in der Hand.

»Schau, ein Wahnsinn, gar nicht fett, das Schlagobers, richtig fluffig. Hmmm«, schwärmt die Katzinger, kommt dann aber wieder aufs Thema zurück. »Andererseits hat's mit der Leiche wenigstens die Richtige erwischt, also wenn die Einbetonierte wirklich die Eiskönigin ist.« Mit der Ansage erdet die Katzinger die Anwesenden. »Wie geht's jetzt weiter?«

»Die Toni und ich fahren später noch beim Schöberl vorbei. Der Dr. Hammerschmied hat ihn schlafen gelegt, und der

Sprengnagl möchte, dass wir heute noch nach ihm schauen. Nicht, dass der sich was antut.«

»Ma! Der Arme. Ich versteh richtig, wie es dem jetzt gehen muss. Wie mein Ferdl damals …«

»Toni, schick dem Sprengi eine Nachricht. Er soll sich melden, wenn's was Neues gibt«, unterbricht der Pokorny die Erinnerung der alten Frau.

»Nicht grad die feine Art, wie die Engländer sagen. Du hast deine Toni, sei froh, und ich hab niemand, und dass dich die Erinnerungen einer alten Frau einen Dreck interessieren … Das tut schon weh, weil was bleibt mir denn sonst noch? Jetzt, wo mein Ferdl gut zwanzig Jahre tot ist? Ha? Nicht viel!«

Er legt ihr freundschaftlich eine Hand auf die Schulter. »Ihr Gatte muss schon ganz was Besonderes gewesen sein. Wissen Sie was, schicken Sie dem Sprengnagl doch die … Nachricht. Da ist die Nummer, der Toni haben Sie vorhin auch eine gesendet … Sogar asap.«

Die Katzinger wird rot und sucht nach der Maxime. »Na, wo ist es denn heute? Ihr Hunderl?«

»Im Auto, damit's nicht zu dick wird«, antwortet er. »Los, jetzt machen S' schon.«

»Tät ich ja eh. Aber wie schaut das denn aus? Hä? Du hast doch mit ihm geredet, und jetzt soll ich nachfragen? Was denkt sich denn der dann über dich? Also, Toni, mach schon. Du bist auch viel geschwinder mit deine Fingerln als ich.«

Nach einem Blick auf ihre rheumatischen Altweiberhände erbarmt sich die Toni:

Melde dich, wenn es was Neues gibt, danke.

»Und jetzt?«, fragt die Katzinger.

»Ich muss los in meine Yogastunde. Bussi, bis später, Bärli. Auf Wiedersehen, Frau Katzinger.« Sie lässt die Maxime schweren Herzens aus dem Auto, schaut den Pokorny streng an und düst los zum Yogastudio in der Kammgarnfabrik.

Kaum dass die Toni weg ist, passiert, was sie befürchtet hat. Die Katzinger bestellt bei der Dagmar ein Speckstangerl für sich und eines für die Beagelin. In Anbetracht der letzten Stunden drückt der Pokorny ein Auge zu. Eingesperrt im Auto, musste die Maxime mitansehen, wie ihre Freundin Romy vom Tierarzt zwecks Untersuchung mitgenommen wurde. Quasi zur Kontrolle, ob die Hündin nicht doch ein wenig Nase im Verdauungstrakt mitschleppt oder andere Beweismittel inhaliert hat. Die aufgeregte Meute da draußen und die beste Freundin weg, Stress pur für die Beagelin. Aber dank der Katzinger, dem Speckstangerl und dem weichherzigen Pokorny nimmt der Tag noch eine gute Wendung.

Schweigend beobachten beide, wie die Maxime das Speckstangerl in Sekunden verschlungen hat. Die Katzinger schaut den Pokorny grinsend an und zieht ihn am Arm zu sich. »So, jetzt sind nur mehr wir zwei da? Hä, hast noch ein bisserl Zeit …?«

»Äh … Warum?« Als dann aber das Wort »Ferdl« aus ihrem Mund purzelt, reißt er plötzlich doch einen Mörderstress auf, befreit sich aus der Umklammerung der Katzinger und schnappt sich die Maxime. Und schon steht die Witwe allein da.

✳✳✳

Beim Berti ist heute der Teufel los. Seine getrockneten Magic Mushrooms sind der Renner in der Stadtgemeinde.

»Bei dir steppt ja heute der Bär. Verkaufen sich die Schwammerln leicht so gut?«

»Was heißt gut? Demnächst ist wieder Großauer Blunzenkirtag, und da wollen die Einheimischen versorgt sein«, antwortet der Berti und gießt heißes Wasser über ein mit getrockneten Pilzen gefülltes Sieb.

»Damit sie den Kirtag ertragen, oder was?«

»Gusto und Watschen sind verschieden! Die einen werfen die Schwammerln ein, um den Kirtag irgendwie zu überstehen, den anderen kann er nicht lang genug dauern. In gehaltvoller Menge getrunken, verlierst du dein Zeitgefühl.«

»Wo kriegst du das Klumpert eigentlich her?«

»Vorsicht, mein Freund. Da bin ich heikel. Ich verkaufe kein Klumpert, alles selbst gezogen. Wenn du nicht so ein Feigling wärst, würdest du einmal probieren. Die Toni trinkt eh so gerne meine Tees.« Er klopft seinem Freund auf die Schulter und grinst. »Und die Toni tät sich ordentlich freuen, vielleicht klappt's dann ja endlich bei euch!«

Das mit dem Klappen ist bei den Pokornys so eine Sache. Die Toni feiert nächstes Jahr ihren Vierziger, und das Ticken ihrer biologischen Uhr wird lauter. Der Pokorny ist in dieser Hinsicht taub auf beiden Ohren, seiner Meinung nach reicht die Maxime allemal aus.

Dieses Argument hat er aber nur einmal in die Diskussion eingebracht. Bei aller Liebe zwischen den beiden gibt es für ihn da nichts zu gewinnen. Zwei Wochen Zuckerentzug, Wohnzimmercouch und eine tieftraurige Toni haben gereicht, um ihm die Ernsthaftigkeit der Lage vor Augen zu führen. Wenn es also sein soll, wird es passieren, und damit kann auch er mittlerweile gut leben. Dass die Toni jetzt aber in immer kürzeren Zeitabständen neues Spielzeug bei (en)joy-toy einkauft, setzt ihn allerdings gewaltig unter Druck.

Der Pokorny zuckt mit den Schultern und wechselt das Thema. »Beim Holler liegt eine Leiche einbetoniert in der Bodenplatte, wahrscheinlich die Lieblich. Die Wehli war am Tatort und hat uns behandelt, als wären wir die Mörder.« Der Laden leert sich gerade, deshalb können die Freunde in Ruhe plaudern.

»Was hast du dir erwartet?« Der Berti schaut ihn verwundert an. »Freudenkundgebungen, weil ihr sie wieder einmal am falschen Fuß erwischt habt? Solange es um die Polizeiarbeit geht, wird sie immer ein Aug auf euch haben. Meldet sich der Sprengi nach der Durchsuchung bei dir?«

»Ich hoffe schon. Aber die Wehli beobachtet leider jeden Schritt von ihm, er muss aufpassen.«

Gerade kommt ein Schwung Fußballer rein und schnappt sich die Kanne Tee.

»Da, nimm mit.« Der Berti überreicht ihm ein Jutesackerl. »Ihr fahrt doch noch zum Schöberl, er soll sie reiben und als Tee trinken, wird ihm guttun.«

»Spinnst du? Wer weiß, wie er darauf reagiert? Nicht, dass

mir der dann ins freigelegte Betonbett reinspringt. Nein, nein! Lass die mal schön da«, sagt er und legt dem Berti die narrischen Schwammerln wieder auf das Verkaufspult.

»Botschaft angekommen. Übrigens, die Karin hat angerufen. Die Katzinger braucht für ihre Hühneraugen was zum Einschmieren. Da.« Er tauscht die Schwammerln im Sackerl gegen einen weißen Tiegel. »Lass sie von mir lieb grüßen.«

»Natürlich! Hoffentlich schmiert sich die Katzinger ihre Füße nicht gleich vor der Annamühle ein. Geld kassier ich gleich?«

»Nein, brauchst nicht. Sie soll die Creme mal testen.«

»Gut. Also noch viel Spaß mit den Schwammerln, und pass auf, weil zu viel ist zu viel, baba.«

»Sagt der spaßbefreite Spießer Nummer eins aus Gainfarn. Servus!« Der Berti schmunzelt und winkt zum Abschied.

∗∗∗

Völlig erledigt von dem anstrengenden Tag, beschließen die Pokornys, die Spätnachrichten um zweiundzwanzig Uhr ausnahmsweise zu schwänzen und den Schlaf dem Bildungsauftrag vorzuziehen. Gerade wie die Toni das Licht abdreht, schreit sie laut: »Mein Gott! Willi, wir haben auf den Franz vergessen! Komm, auf …«

»Geh, Toni! Der schlaft sicher noch, und ich bin saumüde.« Postwendend verschwindet sein Kopf unter dem Polster.

»Nichts da. Willst du schuld sein, wenn sich der was antut? Aus Liebeskummer vielleicht? Ha!« Da sich der Pokorny taub stellt, schickt sie noch ein dramatisches Schnauben nach. Mehr an Adrenalin braucht er zum Wachwerden nicht mehr, schlagartig ist er putzmunter.

∗∗∗

Beim Schöberl angekommen, klopfen sie vorsichtig an. Keine Reaktion. Die Toni nimmt den Schlüssel aus der Hosentasche und sperrt die Tür auf.

»Franz, bist du wach? Wir haben versprochen, vorbeizu-
schauen.«

Bis auf das Ticken einer Uhr ist kein Laut zu hören.

»Hallo, Franz!«, versucht sie es noch einmal und spürt, wie
sich ihre Nackenhaare aufstellen, sie befürchtet das Schlimmste.
Wieder keine Reaktion, lediglich ein diffuser Lichtschein, der
aus einem Raum am Ende des langen Vorzimmers dringt.

Sie schleichen vorsichtig bis zum Eingang des Raumes, der
sich als Küche entpuppt, und atmen erleichtert auf. Zum Glück
ist nichts passiert. Der Schöberl sitzt am Rand einer dunkelbrau-
nen, mit Flecken übersäten Bauernecke vor einer Wodkaflasche
und kippt, mit einem Seufzer, gerade ein volles Achtelliterglas
in sich hinein.

»Ich bin froh, dass … du noch …«

»Noch lebst, meinst?«, flüstert der Schöberl und lässt den
Kopf sinken. Neben dem Glas steht ein übervoller Aschenbe-
cher, in dem eine angezündete Zigarette vor sich hin glimmt.

Der Pokorny nickt, und die Toni krächzt mit trockener
Stimme: »Wir haben uns schon Sorgen um dich gemacht.« Sie
setzt sich gegenüber vom Schöberl hin und legt ihm eine Hand
auf den Unterarm. »Wie geht es dir?«

»Magst du auch einen?«, fragt der Pokorny die Toni, setzt
sich und schenkt sich unaufgefordert einen doppelten Wodka
ein. Sie verneint, weil irgendwer muss ja noch fahren, und wenn
ihr geliebter Ehemann jetzt beschließt, sich vor Erleichterung
zu betrinken, bleibt ihr nichts anderes über, als trocken zu
bleiben.

Der Schöberl zuckt mit den Schultern und hält ihm sein
Achtelliterglas hin. »Mir auch«, grunzt er und schaut dabei ins
Narrenkasterl. »Mach's voll!«

»Franz, das bringt doch nichts, dich so zu betrinken. Und seit
wann rauchst du? Noch dazu so einen Mist. Mentholzigaretten
sind doppelt giftig. Willst du dich kaputtmachen?«

»Und wenn, was dann? Ohne die Sissy ist mir eh alles egal!«
Der Schöberl hebt das Glas. »Auf die Sissy.« In einem Schluck
leert er das Glas, schüttelt angewidert den Kopf und nimmt

einen langen Zug von der Zigarette. Er hustet, langsam laufen ihm Tränen über die unrasierten Wangen hinunter. Und wieder einmal ist es gut, dass die Toni immer Taschentücher dabeihat. »Da, Franz, nimm!«

»Was ist denn eigentlich passiert? Der Sprengnagl hat uns erzählt, dass du … also, die Romy … die … Leiche entdeckt hat?« Der Pokorny legt ihm mitfühlend die Hand auf die Schulter.

Der Schöberl schnäuzt sich geräuschvoll, es dauert eine Weile. »Ich wollte mit der Romy die Morgenrunde gehen. Bei der Haustür ist sie mir weggelaufen, zur Baustelle rüber. Ich hab sie gerufen, und sie kam … Ihr Maul war voll Blut, da bin ich ihr nach und …«

»… hast die Leiche gefunden. Ein Alptraum, ich hätte mich bei dem Anblick fast übergeben.« Die Toni macht ein angeekeltes Gesicht.

»Wart ihr auch da?«, fragt der Schöberl und runzelt die Stirn.

»Ja«, sagt der Pokorny. »Wir wollten mittags unsere Runde drehen, die Wehli hat uns gesehen und zu sich runterbeordert. Dann haben wir die … also, die Leiche im Betonfundament gesehen. Grauenhaft! Dann sind wir zu dir, aber du hast tief und fest geschlafen.«

Der Schöberl nickt zaghaft. »I… ich hab noch die Polizei gerufen, und dann weiß ich nichts mehr.«

»Und seit wann ertränkst du dich im Wodka?«, erkundigt sich die Toni besorgt.

»Weiß nicht …«

»War die voll?« Mit hochgezogenen Augenbrauen hebt der Pokorny die Wodkaflasche in die Höhe und schüttelt sie.

Der Schöberl nimmt ihm die Flasche ab, schenkt sich nach und trinkt das Glas erneut mit einem Schluck aus. Er stiert vor sich hin. Dann hebt er die Hand und deutet zur Baustelle hinüber. »Beim Holler … in der Grube, das ist die Sissy. Da kann die bescheuerte Chefinspektorin beschwichtigen, was sie will. Ganz sicher, die Schuhe kenn ich, die hat sie im Jänner beim Ball angehabt … aus Paris, vom Waldemar. Meine Sissy ist tot, ich weiß es!« Er gießt das Glas noch einmal voll.

Die Toni schaut den Pokorny verzweifelt an. Wenn der Schöberl in dem Tempo weitertrinkt, fällt er gleich vom Sessel. Ihr wird die Kehle eng, mit feuchten Augen steht sie auf und geht zum Küchenfenster. Trotz der Tränen, die ihr langsam über die Wangen hinunterlaufen, ist sie von dem grandiosen Ausblick beeindruckt. Wie von Tausenden Sternen beleuchtet liegt das südliche Wiener Becken an diesem windstillen und klaren Abend vor ihr. Weit reicht der Blick, im Nordosten Baden mit dem herrlich beleuchteten Casino, weiter östlich am Horizont, knapp vor dem Leithagebirge, die rot blinkenden Warnlampen der hundertfünfunddreißig Meter hohen Windräder. Die Gegend wirkt friedlich, kaum vorstellbar, dass zwei Grundstücke weiter eine Leiche lag.

Der Pokorny übernimmt jetzt das Ruder, die Toni braucht mit ihrem Taschentuch eine kurze Auszeit. »Die Leute von der Tatortgruppe haben die Leiche aus dem Beton rausgeschnitten und mitgenommen. Wenn es wirklich die Lieblich ist, dann befindet sie sich jetzt in der Pathologie in Baden oder auf der Gerichtsmedizin in Wien.«

»Wer sollte sonst in der Grube liegen?«, meint der Schöberl und starrt ins Narrenkasterl. Mittlerweile hat er auf dem Rand der Eckbank eine bedenkliche Schieflage eingenommen. »Die Naaa…se war zierlich, wie die von der Sissy. Herrgott, warum tust du mir das an? Zuerst die Helene und jetzt die Sissy!«, ruft er und schlägt mit der Faust auf den Tisch, die Wodkaflasche wankt bedrohlich. Die Romy, die auch einen harten Tag hatte, jault auf und verkriecht sich unter der Bauernecke.

»Gab's gestern noch Streit zwischen der Sissy und dem Holler? Hast du was gehört? Die Wehli hat dem Sprengnagl Sprechverbot erteilt, wir wissen also nicht, was los ist«, sagt der Pokorny.

Der Schöberl schaut ihn mit glasigen Augen an. »Warum wart ihr gestern bei der Sissy? Am Nachmittag, das ist doch ni… nicht eure Zeit?«, nuschelt er, seine Zunge wird mit jedem weiteren Schluck schwerer.

»Ich habe den Willi überredet, nach der Lieblich zu sehen, wie es ihr nach der Attacke vom Holler geht.« Die Toni schwindelt, ohne rot zu werden. »Wir haben zuerst bei dir angeläutet, aber du warst nicht zu Hause. Dann sind wir zu ihr gegangen.«

»Dann habt ihr ja gesehen, was der Scheißkerl der Sissy angetan hat?« Ermuntert durch das Nicken der Pokornys, fährt er fort: »Ich hab der Polizei hundertmal gesagt, wie gefährlich der Choleriker ist … Die haben die Sissy auf dem Gewissen. Verstehts?«, lallt er und stiert von der Toni zum Pokorny und wieder zurück. »Der Mörder hätt schon lang eing'sperrt g'hört. Und jetzt hat er's g'schafft. Zuerst der Waldemar und dann die Sissy … Beide is er los! Keiner regt sich mehr auf … Der kann machen, was er will. Super, oder?« Er nimmt einen tiefen Zug, hustet und drückt die Zigarette angeekelt aus. »Wie in einem Psychofilm. Zuerst drohen, dann ein paar Watschen und zum Schluss … abmurksen.« Er reibt sich die Augen und bemerkt nachdenklich: »Der hat auch den Waldi am Gewissen, ja, ja! Und dann war's bei der Sissy ganz leicht …«

»Die Wehli sucht schon nach ihm«, verrät ihm der Pokorny.

»Is er weg? Abg'haut?« Der Schöberl runzelt die Stirn und gafft ihn fragend an.

»Nein, ein Kurzurlaub in Italien, jedenfalls wird nach ihm gefahndet.«

»Die Polizei, alle Hirnis …« Der Schöberl stützt das Kinn auf die aufgestellten Hände.

»Du hast also keinen Streit gehört?«, bohrt der Pokorny nach. »Wehrlos wird sich die Lieblich nicht in den Beton gelegt haben.«

»Weiß nicht, vielleicht … keine Ahnung. Der Sprengnagl hat mich gestern am Posten ewig angelabert. Auch wegen dem Waldi … Der hätt besser den Holler einsperren sollen, nicht mich schikan…ieren … Vielleicht hätt ich's verhindern können, und die Sissy würd noch leben.«

»Gar nichts hättest du verhindern können. Umgebracht wurde sie ja irgendwann in der Nacht«, stellt die Toni fest. »Wann bist du eigentlich von der Polizeiinspektion nach Haus gefahren?«

Der Schöberl starrt sie lange schweigend an. Seine Augen sind rot unterlaufen, entweder von zu wenig Schlaf oder vom Wodka. »Das is mir jetzt zu blöd. Jetzt kommst du mir auch mit so depperten Fragen daher, wie die Kieberei. Willst mich aushorchen, oder glaubst leicht, ich war's? Ich glaub, ich spinn!«, schreit er plötzlich und schlägt mit beiden Fäusten auf den Tisch. Die Wodkaflasche fällt um, und der spärliche Rest ergießt sich über den Tisch. »Meine Sissy is tot, und du verdächtigst mich?«, brüllt er mit hochrotem Gesicht. Fahrig deutet er mit den Händen zwischen der Toni und dem Pokorny hin und her. »Schleichts euch … Raus!« Er stemmt sich in die Höhe, torkelt und fällt hin.

»Franz, bitte!« Die Toni versucht ihm aufzuhelfen, der Schöberl schlägt nach ihr und verfehlt sie nur knapp.

»Lass mich in Ruhe …« Als er auch die Hilfe vom Pokorny mit halbherzigen Schlägen abwehrt, verlassen beide schweigend und verwirrt das Haus.

Zu Hause dauert es noch lange mit dem Einschlafen, erst der Weißburgunder vom Brunngassenheurigen und Schachls bester Veltliner helfen beim Verdrängen dieses alptraumhaften Tages.

Samstag, Tag 6

Und wieder gibt es keine Ruhe im Eheleben der Pokornys. Es ist wie verhext, wie schon am Vortag läutet auch heute um neun Uhr das Nokia.

»Fixlaudern«, schimpft der Pokorny verärgert. Am Wochenende mag er seine Ruhe und mit der Toni ausgedehnt frühstücken.

Die allerbeste Ehefrau der Welt beißt gerade genüsslich in ihr frisches Semmerl mit der selbst gemachten Mödlinger Marillenmarmelade ihrer Mutter. »Vielleicht der Sprengi?«

Der Pokorny schüttelt widerwillig den Kopf und hebt ab. »Wer stört am Samstagvormittag meine heilige Ruhe?«

»Äh, also … Ich bin es, der Schöberl. Wegen gestern … Ich hab mich danebenbenommen, tut mir leid, aber es war alles zu viel für mich«, sagt er matt.

»Vergiss es, Franz. Ich bin froh, dass du dich meldest. Der Tag gestern war eh zum Vergessen.« Der Pokorny ist erleichtert, weil sie beim Schöberl offenbar doch noch die Kurve bekommen haben. Entweder war der gestern wodkatechnisch schon schwer angeschlagen, oder er hat eine dicke Haut. Jedenfalls ist sein Zorn wie weggeblasen.

»Ja! Aber ob der heutige Tag besser wird, weiß ich nicht. Die Wehli hat sich für elf Uhr angekündigt«, sagt er.

»Oje, die Wehli, am Vormittag. Na, prost Mahlzeit. Pass bloß auf, was du sagst.«

»Die Wehli hat mich gestern wie einen Schwerverbrecher behandelt. Hast du vielleicht Zeit? Ich möcht mit ihr nicht alleine reden.«

»Das ist jetzt schon ein bisserl kurzfristig«, meint der Pokorny zögernd, aber seine verdrießliche Miene hellt sich blitzartig auf. »Weißt, eigentlich wollte ich mit der Toni ins Fitnesscenter gehen, aber wenn du mich dringend brauchst, dann kann ich ja schlecht Nein sagen, nicht wahr? Ich bin gegen zehn Uhr fünfundvierzig bei dir, bis dann.«

165

Er legt auf und erntet einen grimmigen Blick seiner Liebsten. Der Toni ist natürlich sofort klar, dass ihr Bärli hier gerade die Pest mit der Cholera getauscht hat. Weil die Wehli einem Training im Top-Fit vorzuziehen, das zeigt deutlich, wie negativ der Pokorny sportlichen Aktivitäten gegenübersteht. »Geh, Toni, jetzt schau halt nicht so drein. Du hast ja gesehen, wie fertig der war. Jetzt ist er nicht einmal mehr böse auf uns und braucht halt meine Hilfe. Soll ich da Nein sagen? Auf den Wochenmarkt gehe ich fix mit«, säuselt er und hofft auf mildernde Umstände.

Es ist Samstag, und die Toni lässt sich ihr Frühstück nicht vermiesen. »Schau, Bärli, wenn du dich nicht bewegst, müssen wir uns halt noch gesünder ernähren. Jederzeit können wir noch eine zusätzliche Gemüseeinheit einstreuen, denk an die Langsamschwimmer. Also, ganz wie du willst.«

In der letzten Ausgabe von »Die moderne Frau von Heute« hat sie einen Artikel gelesen, der auf verkümmerte und inaktive Spermien sportfauler Männer im fortgeschrittenen Alter verweist, besagte »Langsamschwimmer«. Sprich, mehr Fitness würde nicht nur sein Cholesterin senken, sondern auch die trägen Spermien ihres Bärlis durcheinanderschütteln und flott machen. »Denk dran, der Markt hat nur bis dreizehn Uhr offen.«

»Das schaffen wir schon, warte auf mich. Lang kann das beim Schöberl ja nicht dauern«, schnauft er und drückt der immer noch genervt dreinschauenden Toni ein Busserl auf die Wange.

✳✳✳

Um knapp vor elf Uhr läutet der Pokorny an der Eingangstür vom Schöberl. »Wie geht's dir heute?«, fragt er ihn, der – passend zum gestrigen Wodkakonsum – recht angeschlagen aussieht.

»Geht so. Schlecht ist mir.« Der Schöberl greift sich auf den Magen und schenkt einem kleinen Bäuerchen die Freiheit. »Entschuldige, aber …«

Der Pokorny winkt ab. »Macht nix. Kein Wunder, dass dir heute schlecht ist, bei dem, was du gestern gesoffen hast. Wodka aus dem Achtelliterglas. Hast du überhaupt noch ins Bett gefunden?«

»Aufgewacht bin ich im Bett, wie ich …« Er wird durch heftiges Klopfen unterbrochen.

»Polizei! Machen Sie auf!«, fräst sich die rasiermesserscharfe Stimme der Chefinspektorin durch die Eingangstür.

Der Schöberl öffnet, lässt die Wehli und den Sprengnagl herein und schlurft voraus in die Küche. Quasi als »Guten Morgen« schaut die Wehli den Pokorny gleich einmal finster an. »Sie schon wieder. Ein Zufall, oder?«, sagt sie erbost und blickt ihren Kollegen an.

Der zuckt mit den Schultern. »Von mir hat der Pokorny nichts erfahren.«

»Aber von mir. Wollen Sie vielleicht was zum Trinken? Kaffee, Tee, Wasser, Wodka?« Der Schöberl schaltet die Espressomaschine ein. »Pokorny?« Der nickt, während die Gesetzeshüter auf Verköstigung verzichten.

Die Wehli deutet auf den unerwünschten Besucher. »Hat Sie der da gegen mich aufgehetzt?«

»Hätte er denn einen Grund dafür?«, entgegnet der Schöberl.

»Was machen Sie dann hier, Herr Pokorny?«

»Ich stehe dem Herrn Schöberl bei. Man weiß ja nie, was Sie sich so zusammendichten, nicht wahr?«

Nur mühsam reißt sich die Chefinspektorin zusammen. »Gehen Sie, sofort! Wir möchten mit dem Herrn Schöberl reden. Alleine!« Sie deutet zum Ausgang.

Der Hausherr widerspricht energisch: »Der Pokorny bleibt da. Sonst sag ich kein Wort.« Er hält ihr die Hände hin. »Verhaften Sie mich ruhig, aber er bleibt da.«

»Sind in dem Kuhdorf alle narrisch? Sprengnagl, sagen Sie auch was und stehen S' nicht wie ein Ölgötze herum.«

Der verdreht die Augen, schnauft durch und erwidert entschlossen: »Vielleicht sollten Sie es einfach einmal mit einem freundlichen Gespräch versuchen. So von Mensch zu Mensch. Wenn Sie Ihren Gesprächspartnern immer gleich mit dem Allerwertesten ins Gesicht springen, wird das nichts werden.« Er bemerkt den verständnislosen Blick der Wehli. »Sie wissen gar nicht, was Sie anrichten, oder? Die Leute sind froh, mit der Polizei so wenig wie möglich zu tun zu haben. Wenn wir wo auftauchen, befürchten die meisten, dass sie Ärger bekommen. Wenn Sie dann auch noch Ihr sympathisches Wesen einbringen, geht gar nichts mehr. Also halt in diesem Kuhdorf, wie Sie zu sagen pflegen.«

»Wo kommen Sie denn eigentlich her? Aus unserer Gegend sicher nicht!«, stellt der Pokorny fest.

»Was geht Sie das an? Aber bitte, gegen Ihr Kuhdorf, also Ihre Gemeinde …«

»Stadtgemeinde!«, rufen die drei Männer im Chor.

»… dann halt Stadtgemeinde. Dagegen ist Gänserndorf eine Großstadt.«

Während der Kaffee hinunterläuft, googelt der Schöberl nach der Einwohnerzahl ihrer Heimatgemeinde. Seit vor Jahren in Gänserndorf der Safaripark geschlossen wurde, hat sich die Einwohnerzahl gewaltig dezimiert. »Also, Frau Chefinspektorin, Gänserndorf ist ebenfalls eine Stadtgemeinde mit nahezu gleich vielen Hauptwohnsitzen wie Vöslau. Nämlich circa zwölftausend«, sagt er und stellt die Espressi auf den Küchentisch.

»Und ehrlich, die Gegend hier ist mir allemal lieber«, legt der Pokorny nach, »ich war schon ein paarmal in Ihrer Gegend. Gänserndorf … hm, gut, kann man mögen. Aber das ewig gleiche, flache, öde Umland, da möcht ich nicht einmal begraben sein. Nix gegen das Gemüse dort, super Sache, aber rein von der Landschaft ist halt schon noch Luft nach oben.«

»Wissen Sie was? Halten Sie einfach Ihr loses Mundwerk, sonst nehm ich Sie gleich beide mit. Mir fallen sicher auch an Sie noch ein paar Fragen ein. So mit Blaulicht und Handschellen … einfach präventiv … hm. Wenn Sie schon dableiben, dann seien Sie wenigstens ruhig!«

Der Pokorny zieht mit Daumen und Zeigefinger einen imaginären Zippverschluss vor seinen lächelnden Lippen zu und lehnt sich abwartend zurück.

»Also, Herr Schöberl! Nachdem wir jetzt unsere Wohnsituation geklärt haben, erzählen Sie bitte, was Sie am Donnerstagabend mitbekommen haben«, fragt sie relativ freundlich.

Und wie vorhergesagt wird der Einheimische, bei entsprechender Behandlung, auch gesprächig. Er schaut den Sprengnagl lange an. »Ihr Mitarbeiter hatte mich für fünfzehn Uhr vorgeladen. Wegen dem Streit mit dem Holler und dem Tod vom Waldemar Lieblich.«

Die Wehli winkt ungeduldig ab. »Ja, wissen wir! Was war später, als Sie heimgekommen sind? Wann war das?« Und freilich ist der Pokorny auf die Antwort gespannt. Die Wehli kann der Schöberl, noch dazu im relativ nüchternen Zustand, nicht so leicht rauswerfen wie gestern die Pokornys.

»Wann ich vom Posten weg bin, weiß ich nicht mehr genau, hm.«

»Die Befragung war laut Protokoll um sechzehn Uhr dreißig beendet!«, hilft sie ihm auf die Sprünge.

»Und dann … Dann bin ich …« Er schaut gedankenverloren zum gegenüberliegenden Lausturm, einem Wahrzeichen der Weingemeinde Sooß. 1892 von Weingutsbesitzer Schlumberger zum Geburtstag seiner Frau Sophie erbaut, wirkt das Gebäude wie eine Melange aus Schlösschen, Kirche und Burg und fügt sich malerisch in die Weinberge und den dahinterliegenden Schwarzkiefernwald ein. Der Sage nach wurde die letzte Reblaus in einem Weinfass unter dem Lausturm begraben.

»Dann sind Sie was? Wenn es geht, bitte in ganzen Sätzen. Ich habe nicht ewig Zeit! Sind Sie gleich nach Hause gefahren?« Sie wird sichtlich ungeduldig. Schließlich gilt es, in zwei Mordfällen zu ermitteln, und die Plauderstunde hier sollte nicht zu lange dauern.

»Ich glaub ja, dass sich die letzte Reblaus in Wirklichkeit versteckt hat«, flüstert der Schöberl abwesend. »Manchmal beneide ich sie richtig … um die Ruhe.« Er bemerkt den entgeisterten Blick der anderen. »Entschuldigen Sie, wie war die Frage?«

Die Wehli verdreht die Augen. »Ob Sie nach der Befragung direkt nach Hause gefahren sind?«

»Ich bin von der Polizeiinspektion runter zum Café Sisi, dann zum Billa und anschließend nach Hause. Warum fragen Sie?«

»Ich stelle hier die Fragen! Haben Sie die Lieblich an dem Abend noch gesehen?«

»Gegen achtzehn Uhr war ich bei ihr zum Essen. Die Sissy kann ... konnte phantastisch gut kochen. Lachscarpaccio als Vorspeise, dann Saibling mit Petersilerdäpfel. Später noch ...«

»Hören Sie! Die Speisekarte im Restaurant Lieblich interessiert mich nicht. Nur, von wann bis wann Sie dort waren«, schnauzt die Wehli.

»Na, die Bananenschnitte aus dem Café Sisi hätte Ihnen sicher geschmeckt. Ein Hammer, wunderbar cremig«, schwärmt er über die landesweit bekannte Kalorienbombe.

»Noch ein Wort übers Essen und ich nehme Sie doch mit auf die Polizeiinspektion.«

Das mit dem Essen ist bei der Wehli so eine Sache. Ständig im Stress mit den Zeugen, den Mördern, den Kollegen und nicht zuletzt mit sich selbst, bleibt für gesunde Ernährung nicht viel Zeit. Im Laufe ihrer Jahre im LKA hat sie eine chronische Gastritis aufgerissen und verträgt keine fetten Speisen mehr. Wenn dann der Schöberl von der superguten, geilen Bananenschnitte aus der Cafe-Konditorei Sisi zu schwärmen beginnt, schmeißt die Chefinspektorin verständlicherweise die Nerven weg.

»Also! Wann sind Sie weg von ihr?«, bohrt sie hartnäckig weiter.

»Vielleicht gegen neunzehn Uhr dreißig? Genau weiß ich das nicht mehr.« Der Schöberl ärgert sich über die rüde Behandlung. Dagegen war die Befragung durch den Sprengnagl eine nette Plauderstunde. »Bin ich leicht verdächtig, oder was?«

»Niemand ist verdächtig. Wir ermitteln ...«

»In alle Richtungen«, beendet der Pokorny lächelnd den Satz. »Haben Sie eigentlich gestern das Haus der Lieblich durchsucht?«

»Unterbrechen Sie meine Vernehmung nicht!«, herrscht ihn die Wehli an und wendet sich wieder dem Schöberl zu. »Wir befragen alle, die mit der Lieblich zu tun haben, und da fallen Sie mir als unmittelbarer Nachbar natürlich als Erster ein. Haben Sie danach noch was von ihr oder vom Holler gehört?«

»Beim Holler ist bis zu den Rosenheim-Cops gelärmt worden. Ich hoffe, der Irrsinn hat dort bald ein Ende.«

Und ja, die Wehli kann auch lächeln. Zumindest bei der Erwähnung der bayrischen Cops. »Gab es wieder Streit?«

»Gab es immer, auch gestern nach dem Essen. Aber wenn die Rosenheim-Cops laufen, möcht ich meine Ruhe haben.« Er überlegt und wird nachdenklich. »Vielleicht hätte ich verhindern können, dass der Holler sie …«, flüstert er.

»Wir wissen noch nicht, ob die zweite Streitpartei wirklich der Holler war. Wir fahnden nach ihm«, beteiligt sich jetzt auch der Sprengnagl am Gespräch.

»Haben Sie gestern das Haus durchsucht?« Der Pokorny bleibt beharrlich.

Bevor sie antworten kann, mischt sich der Sprengnagl ein. »Ja, haben wir, und was glaubst du, was wir gefunden haben?«

Der Pokorny grinst über das ganze Gesicht. »Ich vermute, die Versicherungspolizze und das Testament?«

Die Wehli unterbricht die informative Plauderei der beiden Freunde. »Kollege, Sie sind jetzt mal ruhig. Pokorny, Sie dürfen hier zwar gerne den Babysitter vom Herrn Schöberl spielen. Aber was wir gestern bei der Durchsuchung gefunden haben, braucht Sie nicht zu interessieren. Verstanden?«

Leider ist der Pokorny – wenn es um die Wehli geht – beratungsresistent und ignoriert die Anweisung. »Während ich mit dem Holler gesprochen hab, ist die Lieblich vor der Toni ausgezuckt und hat gezeigt, was sie wirklich von ihrem Mann gehalten hat. Er habe ihr Leben zerstört, ihr Geld verspekuliert, und sie sei froh, dass er bekommen hat, was er verdient. Gut möglich, dass sie ihn umgebracht hat! Wenn Sie bei ihr also einen Taser gefunden haben, ist die Mörderin vom Waldemar Lieblich durch Sie postum überführt worden. Gratuliere! Für die Lieblich halt ein bisserl zu spät, nicht wahr?« Der Pokorny testet damit wieder einmal aus, wie weit er gehen kann. Eines Tages, das weiß er, wird er den Bogen überspannen, bis dahin schöpft er aus dem Vollen.

Die Kieferknochen der Wehli knacken, und ihre Halsschlagader schwillt an, als würde sie gleich platzen. »Sie kommen noch
in meine Gasse. Das verspreche ich Ihnen hiermit feierlich, und
dann gnade Ihnen Gott! Wenn Sie mir alle Indizien früher auf
den Tisch gelegt, also mit der Polizei kooperiert hätten, ja, dann
könnte die Frau Lieblich vielleicht noch leben.«

Er kann es kaum glauben, aber die Wehli versucht allen Ernstes, sich abzuputzen.

»Wir müssen überprüfen, wer nach der Lieblich erbberechtigt
ist. Kinder hat sie, soviel ich weiß, keine gehabt. Wer bekommt
denn jetzt das Haus und das Geld?«, überlegt der Sprengnagl
laut, um Entspannung in die heikle Situation zu bringen.

Die Wehli nickt wider Erwarten zustimmend. »Auch, ob
das Testament wirklich geändert wurde. Das bringt mich auf
etwas.« Sie beugt sich näher an den Schöberl heran. »Wussten
Sie, dass der Waldemar Lieblich sein Testament ändern wollte
und Sie, neben einem Künstlerverein, geerbt hätten? Laut einer
anonymen Zeugin gab es darüber einen heftigen Streit zwischen
dem Ehepaar.«

»Schwachsinn! Warum hätte er das tun sollen? Außerdem
hab ich alles, was ich zum Leben benötige. Der Waldemar war
schon immer sehr großzügig zu mir, Geld spielte bei ihm keine
Rolle, und meinen Vierundzwanzig-Stunden-Service ließ er sich
was kosten. Ich brauche nichts zu erben, aber …«

»Was ›aber‹?«, fragt ihn die Wehli.

»Angenommen, es gibt wirklich eine Testamentsänderung
und der Holler weiß davon. Dann könnte er den Waldemar
erledigt haben, um den Mord der Sissy, die ja dann angeblich
nichts mehr erben würde, in die Schuhe zu schieben. Guter Plan,
die Polizei ermittelt aber in eine andere Richtung … Er wird
ungeduldig und nimmt sich seine Gegnerin …«

»Wie kommen Sie auf so was? Da dichten Sie sich jetzt was
zusammen. Noch einmal fürs Protokoll: Sie sind um sechzehn
Uhr dreißig von der Inspektion weg, erst zum Café Sisi, dann
zum Billa und von circa achtzehn Uhr bis neunzehn Uhr dreißig bei der Lieblich. Dann haben Sie ab zwanzig Uhr fünfzehn

bayrische Aufklärungsarbeit bewundert und sind wann schlafen gegangen?«

»Gegen dreiundzwanzig Uhr, wie immer.«

»Danke, das war es vorerst, meine Herren. Auf Wiedersehen.«

✳✳✳

Während der Pokorny nach Hause fährt, bekommt er eine SMS. Natürlich ist er korrekt und liest die SMS nicht beim Fahren. Vor Kurzem erst hat das Verkehrsministerium eine Statistik herausgebracht – unglaublich, was die Lenker so alles während des Fahrens aufführen. Mit dem Handy in der Hand telefonieren geht heutzutage ja schon als normal durch. E-Mails, SMS, WhatsApp, manche schminken sich beim Fahren, andere wiederum machen Dinge, die eigentlich in das jeweilige Spaßzimmer gehören würden.

Deshalb bleibt er bei nächster Gelegenheit stehen und liest die SMS vom Sprengnagl.

– *Ich komme gegen 12.00 Uhr zu euch. Infos von der Hausdurchsuchung und der Obduktion. Bis dann*
– *12 30 uhr sind vorher am wochenmarkt*
– *Alles klar*

✳✳✳

Um kurz nach zwölf Uhr dreißig läutet der Sprengnagl an der Tür, die Toni öffnet. »Komm rein. Wir sind gerade zurück vom Einkaufen.«

»Hab gehört, der Wochenmarkt kommt gut an.«

»Sehr gut sogar. Hervorragende Qualität aus der Region, was willst du mehr? Die Gojibeeren vom Lackner, vorher noch zur Gewusst-wie-Drogerie Prokopp und zum Genussladen Klapotez«, erzählt die Toni.

Für den Pokorny ist das Kulinarikdreieck der Toni freilich zweitrangig, wartet er doch gespannt auf die angekündigten Informationen. »Was ist bei der Durchsuchung rausgekommen?«

»Ich hab nur kurz Zeit, die Wehli quält mich und ist wegen deiner mangelnden Kooperation nicht wirklich besser drauf.« Er schmunzelt und zwinkert zur Toni hinüber. »Ja, ja, dein Bärli hat es ihr ganz ordentlich besorgt, der Frau Chefinspektorin. Da hätte nicht viel gefehlt … Aber egal, pass halt ein wenig auf.«

»Hast du sie schon wieder …?« Die Toni schaut ihr Bärli ernst an.

Der Pokorny echauffiert sich. »Geh, die hat wieder nur Blödheiten verzapft.«

»Du und dein vorlauter Mund. Irgendwann wirst du deswegen noch ordentlich Probleme bekommen, weil du auch nicht und nicht eine Ruhe geben kannst«, sagt sie und seufzt.

»Wir warten noch auf die restlichen Ergebnisse. Fest steht jedenfalls, dass es sich bei der Leiche um die Elisabeth Lieblich handelt. Sie war schon vor dem Einbetonieren tot. Multiple Schädelfrakturen durch Schläge auf den Hinterkopf, keine Abwehrspuren.«

»Der Schöberl hat also recht gehabt, der Arme«, flüstert die Toni. »Dann muss sie ihren Mörder gekannt und ihm vertraut haben.«

Der Sprengnagl nickt. »Wäre möglich.«

»Aber dann war es wer anderer als der Holler. Weil dem hätte sie sicher nicht vertraut!«, stellt sie fest.

»Muss sie ja nicht zwangsläufig«, meint der Pokorny. »Was ist, wenn sie neugierig war und zur Baugrube hinübergeschlichen ist? Dort wurde sie dann überrascht und niedergeschlagen. Von wem auch immer. Sie muss ihren Mörder nicht unbedingt gekannt haben.«

»Kann alles sein. Fakt ist, dass sie mit einem Rohr oder einer Stange erschlagen wurde. Wahrscheinlich aus Eisen oder Stahl, Genaueres wird uns die Spusi sagen können.«

»Teile von den Stahlmatten liegen beim Holler zur Genüge herum. Braucht er zum Betonieren, ein Stück davon hat er mir gegeben. Ganz schön schwer. Ich hab mich noch gewundert, wie die Arbeiter die Matten schleppen können.«

»Auf einer dieser Stangen auf der Baustelle sind Verfärbungen zu sehen, könnte Blut sein. Wird gerade analysiert, Bericht folgt. Der Alterbauer arbeitet mit höchster Wehli-Priorität …« Der Sprengnagl betont die Wichtigkeit der Untersuchung und zeichnet beidhändig Gänsefüßchen in die Luft. »Morgen sollten wir erfahren, ob die Verfärbung Blut von der Lieblich oder doch nur Farbe ist und ob Fingerabdrücke vorhanden sind.«

»Was habt ihr denn bei der Hausdurchsuchung gefunden?«, fragt die Toni gespannt. Weil zu diesem Thema hat sich der Sprengnagl bisher ausgeschwiegen.

»Den üblichen Kram, Bücher, Unterlagen, Bilder, DVDs et cetera. Das muss gesichtet werden.«

Der Pokorny ist enttäuscht. »Kein Testament?«

»Oh doch! Das Originaltestament lag im Tresor im Büro vom Waldemar Lieblich. Viel, viel spannender ist die Kopie der Testamentsänderung, die wir im Kamin gefunden haben. Da wird tatsächlich ein Künstlerverein namens …«, er blättert in seinem Notizbuch, »Coming Home als Erbe eingesetzt.«

»Und, erbt der Schöberl?«, fragt die Toni neugierig.

»Wissen wir nicht. Wir haben die Anfrage schon an die Notariatskammer weitergeleitet. Die Kopie war teilweise verbrannt, ganz so, als hätte die Lieblich Beweisstücke vernichten wollen. Was ihr nicht gelungen ist, sonst hätten wir auch den Hinweis auf die vermutliche Tatwaffe nicht gefunden.« Er schaut die beiden grinsend an und lässt die Bombe platzen. »Ganz hinten im Kamin lag die angekohlte Bedienungsanleitung für einen Elektrotaser, illegal aus den USA importiert, hohe Spannung, gut als Tatwaffe geeignet. Erste Tests lassen den Schluss zu, dass die vorhandenen Brandmale beim Waldemar Lieblich damit verursacht wurden … wahrscheinlich auch die von den Schweinen.«

»Ich glaub, ich spinn«, sagt der Pokorny. »Jetzt ist es amtlich – die Katzinger hat mit ihrem blauen Funken recht gehabt, die Eiskönigin hat ihren Waldemar umgebracht. Ich pack's nicht.«

»Ja, schaut fast so aus«, bestätigt der Sprengnagl. »Hoffentlich finden wir noch Fingerabdrücke von der Lieblich auf der Betriebsanleitung, dann haben wir sie postum überführt.«

»Du meinst, sie muss nicht zwingend die Mörderin sein?«, will die Toni wissen.

»Ohne Fingerabdruck können wir ihr nichts beweisen.« Der Pokorny kratzt sich nachdenklich am Kopf. »Du hast gesagt, die Kopie ist teilweise verbrannt gewesen? Wie schauen die Verbrennungen aus?«

»Die Bedienungsanleitung wurde auf ihr A3-Format auseinandergefaltet, die untere Hälfte ist komplett verbrannt, bei der Testamentsänderung hat sich der Brand bogenförmig von beiden Seiten ausgebreitet. Erinnert mich ein bisschen an die Form einer Sanduhr.«

»Seltsam ... Hm ... Brände breiten sich zumeist von einer Stelle aus. So, wie du das beschreibst, passt das bei der Betriebsanleitung. Die Testamentsänderung scheint von zwei Stellen aus gebrannt zu haben«, resümiert der Pokorny.

Der Sprengnagl hebt irritiert die Augenbrauen. »Glaubst du, die Fundstücke wurden absichtlich angezündet, dann gelöscht und dort platziert?«

»Na ja, der Schöberl würde das dem Holler zumindest zutrauen. Hat er auch der Wehli gesagt.«

Die Toni zweifelt an der Theorie. »Dann wäre wohl nur die Betriebsanleitung in den Kamin gelegt worden, von der Kopie der Testamentsänderung hat der Holler nichts gewusst. Das reimt sich der Schöberl zusammen.«

»Stimmt auch wieder, warten wir, was der Alterbauer herausfindet. Dann sehen wir ja, wo die Lieblich überall ihre Finger draufgehabt hat«, sagt der Sprengnagl. »Die Laboruntersuchungen laufen.«

Der Pokorny denkt an die gute Nachricht der Katzinger. »Gibt es Hinweise wegen der Aktienverluste?«

»Kontoauszüge, Verträge, Dividendenausschüttungen ... Buchhaltungskram haben wir tonnenweise gefunden, da müssen sich die Kollegen erst durchackern.«

Neugierig erkundigt sich die Toni: »Und was ist mit dem Holler? Habt ihr den schon?«

»Der kommt morgen Abend aus Italien zurück. Die Wehli

hat zwar Amtshilfe von den Kollegen in Italien beantragt. Aber nur pro forma, weil der Holler schneller wieder in Österreich ist, als die Itaker zum Telefon greifen.« Der Sprengnagl grinst. »Ohne den Holler werdet ihr mit den Ermittlungen wohl nicht weiterkommen«, vermutet die Toni.

»Zumindest wird er uns einiges zu erzählen haben. Tut mir leid, ich muss jetzt los. Eines noch: Die Fratelli war bei unserem Besuch bei der Lieblich sehr zugeknöpft, aber vielleicht bekommt die Katzinger noch was aus ihr raus? Servus.«

Der Pokorny lächelt die Toni an. »Weißt was, das Wetter ist so fein, fahren wir zur Annamühle. Dann bringen wir das mit der Katzinger gleich hinter uns.«

Eigentlich sind die Pokornys nur wochentags in ihrem Stammcafé anzutreffen. Am Wochenende wird pausiert, da backen sie Semmerln und Kipferln aus dem Tiefkühler auf.

»Bärli, wenn du schon Ausreden zum Völlern suchst, dann gehen wir zumindest eine kleine Runde und schauen zum Abschluss nach der Katzinger.« Sie klopft ihm zärtlich auf sein Bäuchlein, und nach dem Busserl auf die Wange kann er sowieso nur mehr im Kreis grinsen.

Da nach ihrem Spaziergang um fünfzehn Uhr von der Katzinger weit und breit nichts zu sehen ist, setzen sich die beiden an einen der Tische auf der Terrasse.

Die Toni kneift die Augen zusammen. »Da schau, auf der anderen Straßenseite … der Fetzer. Ich glaube, der sucht uns.«

»Dann können wir ihn gleich zu dem Video ausfratscheln. Bis die Wehli das findet, haben wir den Fall gelöst.«

Der Fetzer winkt und überquert die Straße. Wieder fragt sich der Pokorny, wie so jemand Menschen motivieren kann. Unrasiert, ein von Kaffeeflecken übersätes ärmelloses Netz-T-Shirt, abgerissene Jeans, die den Blick auf – mit germanischen Runen tätowierte – Waden ermöglichen. Jetzt, am geheiligten Wochenende, stört er ohne ein Wort zur Begrüßung ihre Zweisamkeit, setzt sich unaufgefordert und kommt gleich zum Thema.

177

»Wegen Ihrer Frage, wo der Holler beim Kurstadtlauf gewesen ist …«

»Ja?«, meint der Pokorny und ekelt sich vor dem Schweißgeruch, der aus den üppig behaarten Achselhöhlen strömt.

»Na, die beiden Lieblichs, der Holler und der Schöberl standen eng beieinander und … Sie haben doch was von einem Elektrotaser erzählt. Ich bin mir ziemlich sicher, dass beim Holler was gezüngelt hat, vielleicht so was.«

»Gezüngelt? Geht's ein bisserl genauer?«, fragt der Pokorny gereizt.

»Gezüngelt, geblitzt, irgend so etwas halt. Nur kurz, dann gab's ja schon Zoff mit dem Schöberl, und die Lieblich war weg.«

Die Toni schaltet sich ein: »Das haben Sie sicher schon der Polizei erzählt?«

»Schau ich aus wie ein Freund der Polizei? Mit denen red ich nicht. Ich bin froh, wenn ich die nicht sehen muss. Diese Vollkoffer helfen der Kapitalistensau beim Zubetonieren von Vöslau. Da muss doch einer was unternehmen«, erwidert er aggressiv.

Die Toni schaut ihn an. »Und was sollen wir mit dieser Information machen?«

»Mir egal, ich wollte Sie nur wissen lassen, dass der Holler was mit der Sache zu tun hat, mehr nicht.« Er macht Anstalten, aufzustehen.

»Einen Moment noch, wo Sie schon da sind. Wir haben da ein interessantes Video von Ihnen.« Der Pokorny nimmt das iPhone der Toni und spielt das vorbereitete Video ab. »Sie haben den Stecker nicht einfach fallen gelassen, sondern absichtlich auf den Lieblich geworfen … und jetzt ist er tot. Die Polizei wird bald bei Ihnen anklopfen. Was ist in dem Tumult wirklich passiert?«

Der Fetzer wird blass und rutscht nervös an die Sesselkante vor. »I… ich wollte dem profitgeilen Baumeister den Stecker an die Birne knallen … Ich muss jetzt …« Er steht auf und schlurft gußlos davon.

Die Toni schaut ihm entgeistert nach. »Was war das jetzt? Verpetzt der seinen Widersacher?«

»Schaut fast so aus. Ich sag's dem Sprengi, der soll sich den Fetzer vorknöpfen. Der war nach dem Video ordentlich blass um die Nase. Glaubst du, dass er den Waldemar Lieblich mit dem Stecker umbringen wollte?«

»Vielleicht war es ein Unfall?«, meint die Toni. »Ich brauche jetzt Bewegung, Bärli, kannst du bitte fragen, wo sich die Katzinger herumtreibt?«

Klar kann das ihr Bärli, er steht auf, geht hinein zur Theke, zahlt und erkundigt sich nach dem Stammgast.

»Am Samstagnachmittag ist sie immer beim Seniorenbingo im Jakobusheim«, erklärt die Karin grinsend. »Kaffee, Kuchen mit viel Schlagobers und jede Menge tolle Preise.«

Der Pokorny kennt das aus dem Pensionistenheim seiner Oma. Für einen Euro gibt es eine Karte mit fünfundzwanzig Zahlenfeldern. Wer als Erster eine Reihe fertig hat und »Bingo!« schreit, gewinnt von Klopapier über Waschmittel, Kaffee und Süßigkeiten alles, was halt im Seniorenleben wichtig ist. In Wirklichkeit geht es nur um das Gewinnen. Hauptsache, vor den anderen im Ziel. Und endlich spielt es einmal keine Rolle, ob man mit oder ohne Gehhilfe unterwegs ist.

Als er aus dem Café kommt, wartet die Toni schon vor dem Eingang und meint: »Der Fetzer will den Holler wahrscheinlich nur anschwärzen. Vor ein paar Tagen war er recht schweigsam, jetzt ist ihm wohl eingefallen, wie er seinem Gegner etwas anhängen kann.«

Der Pokorny nickt. »Da könnte was dran sein. Ich schreib dem Sprengi jedenfalls eine Nachricht … Äh, mach du das, Toni, du bist schneller.«

»Und ich sag bald Katzinger zu dir, ehrlich. Dein Delegieren geht mir auf die Nerven«, zischt sie, schnappt dann aber doch ihr iPhone und sendet dem Sprengnagl eine WhatsApp:

– Der Fetzer war gerade im Café. Meinte, der Holler könnte den Lieblich getasert haben. Fake News? Video gezeigt, war not amused, sollte Wehli sehen, tschüss

– Der Denunziant. Schick mir das Video bitte noch einmal, offiziell aufs Diensthandy. Ich find im Web nichts, und die Wehli macht Druck. Ich melde mich Montag wieder. Morgen hab ich, so Gott, äh die Wehli will, frei. Servus
– OK, Video ohne Text aufs Diensthandy
– 👍

Bei dem Wort »tschüss« in der Nachricht von der Toni reißt es den Pokorny. Das ist so eine Sache mit ihm und der Sprache. Er ist nahezu fanatisch im Kampf gegen die Zersetzung der »österreichischen Sprache«, also des österreichischen Deutsch, durch das deutsche Deutsch der geografischen Nachbarn. Er doziert gerne: »Nichts entzweit uns Österreicher und Deutsche mehr als die gemeinsame Sprache.« Und das stimmt schon. Weil »tschüss« statt »auf Wiedersehen«, »Sahne« statt »Schlagobers«, »Tunke« statt »Soße« tun ihm, in Wien aufgewachsen, direkt körperlich weh. Sein Liebling: »lecker«. Ja, da ist er überhaupt gnadenlos, weil schon der von ihm verehrte Otto Schenk im Kabarett mit Michael Niavarani gesagt hat: »lecker«, das geht gar nicht. Maximal bei »Arschlecker« … Die Toni findet das maßlos übertrieben. »Andere Länder, andere Ausdrücke«, so ihre pragmatische Sicht der Dinge. Aber so ist er halt, der Pokorny, und dabei ist hier noch nicht einmal seine Abneigung gegen die englischen Ausdrücke in der Nachricht erwähnt.

»Recht hat er«, meint der Pokorny und streckt die Hände durch, bis es im Rücken knackt. »War eine ziemlich stressige Woche, ich bin auch froh, morgen Ruhe zu haben. Auch vor der Katzinger, die heute Bingo spielt. Oder gibt's noch was zum Recherchieren?«

»Heute nicht mehr, gehen wir noch eine Runde mit der Maxime, und dann entspannen wir uns einfach … Ich habe oben schon alles vorbereitet …« Dabei lächelt sie so unanständig, dass der Pokorny schon beim letzten Schluck Espresso zum Schwitzen anfängt.

Sonntag, Tag 7

Unnötig zu erwähnen, dass es gestern Abend intensive Bastelarbeiten im Spaßzimmer gegeben hat und die Pokornys wieder einmal spät eingeschlafen sind. Gut zu wissen, dass der Sonntag Ruhe und Entspannung bringt.

Gut ist der Tag bis um zehn Uhr und zur ersten Seite der Wochenendbeilage im Kurier. Endlich einmal in Ruhe, ohne Stress, im Bett faulenzen, nebenbei die Zeitung lesen, also einfach ganz entspannt in den Tag gleiten. Doch von einer Minute zur anderen ändert sich im Haus Pokorny alles. Die Türglocke schrillt, nach der kurzen Nacht und dem Fläschchen Frizzantino heute besonders aufdringlich. Bevor die gute Stimmung zunichtegemacht wird, erbarmt sich der Pokorny, stapft verärgert runter zur Eingangstür und öffnet. Durch einen lauten Wortwechsel neugierig geworden, tapst die Toni die Stufen hinunter und glaubt, ihren Augen nicht zu trauen. Im Wohnzimmer stehen, neben dem Hausherrn und der bellenden Maxime, die Wehli – zum Ärger der Hausfrau noch dazu mit dreckigen Motorradstiefeln – und der Sprengnagl. Und als wäre das nicht schon genug, trägt ihr Bärli Handschellen am Rücken. Und zwar nicht die angenehm gepolsterten von der Toni, sondern die kalte und harte Ausführung aus Stahl. Hinter dem Rücken der Wehli hebt der Sprengnagl entschuldigend die geöffneten Hände.

Völlig perplex schaut die Toni zwischen den Anwesenden hin und her. »Träume ich, oder was ist da los?«

»Die glaubt, ich hab die …«, stammelt der Pokorny.

Die Wehli fällt ihm ins Wort. »Ob Sie noch träumen oder nicht, entzieht sich meiner Kenntnis. Ausschauen tun Sie jedenfalls noch so. Ihren werten Herrn Gemahl muss ich leider zu einer Vernehmung auf die Inspektion mitnehmen.« Sie schubst den Pokorny zur Tür, hat freilich aber nicht mit der Toni gerechnet, die rasch bei der Eingangstür den Durchgang blockiert.

»Schubsen Sie meinen Ehemann nicht so herum«, ruft sie

empört. »Warum trägt mein Mann Handschellen? Sprengi, was soll das?«

»Der Kollege kann Ihnen jetzt auch nicht helfen. Ich habe Ihrem Mann ja schon gesagt, dass er eines Tages in meine Gasse kommt«, erwidert die Wehli süffisant.

Der Sprengnagl verzieht seufzend das Gesicht. »Die Frau Chefinspektorin hält den Pokorny für dringend tatverdächtig, die Elisabeth Lieblich erschlagen zu haben. Deshalb nimmt sie ihn zur Befragung mit auf die Inspektion.«

»Was … Wie? Was heißt, er soll die Lieblich erschlagen haben? Sind Sie komplett verrückt geworden?«

»Wollen Sie mitkommen und ihn trösten? Wie Sie wollen. Ihr Mann hat seine Finger an der falschen Stelle gehabt.« Sie sieht den fragenden Seitenblick, den die Toni dem Pokorny zuwirft. Der zuckt nur mit den Schultern, und die Wehli meint spöttisch: »Keine Angst. Die andere Frau kann Ihnen nicht mehr gefährlich werden.«

Die Toni ärgert sich nur schwer, sie ist fast immer ein Sonnenschein, blendend aufgelegt und damit der ausgleichende Teil in der Ehe der Pokornys. Nach einer langen, intensiven Samstagnacht liebt sie ihr gemeinsames ausgedehntes Frühstück mit ihrem Bärli im Bett. Frisch aufgebackene Semmerln und Kürbiskernweckerl, heute mit feinster Brombeermarmelade bestrichen, und dazu einen cremigen Cappuccino mit geraspelter Schokolade. Und das alles mag sie sich nicht verderben lassen. Genug ist genug, auch wenn es die Polizei ist. In einem höflichen, aber umfassenden Rundumschlag erklärt die Toni der Wehli unaufgefordert, was sie von ihr hält, und erstellt dabei eine Art Persönlichkeitsprofil der Chefinspektorin. Sie sei voreingenommen, stelle persönliche Abneigungen vor dienstliche Verpflichtungen und drangsaliere untadelige Gemeindebürger. Ohne die Informationen der halben Vöslauer Bevölkerung würde sie immer noch im Dunkeln tappen, hätte sich eine Leiche erspart und müsste Angst vor einem weiteren Disziplinarverfahren haben. Wenig später waren auch die Achter vom Sprengnagl in Verwendung, kurz darauf saßen beide Pokornys auf der Rückbank des Streifenwagens und wurden im kostenlosen Shuttleservice zur Befragung mitgenommen. Unnötig zu sagen, dass die halbe Siedlung schon durch die Polizeistreife und die im Stand laufende BMW der Wehli angelockt worden ist und die Bewohner, je nach Zu- oder Abneigung, entweder »Geschieht ihnen recht! Die glauben eh, was Besseres zu sein!« oder »Polizeiliche Willkür! Lasst die Pokornys sofort frei!« rufen.

✳✳✳

Auf der Polizeiinspektion angekommen, werden die beiden erkennungsdienstlich erfasst und erleben damit zum ersten Mal das demütigende Prozedere der Abnahme von Fingerabdrücken, Profilfotos, seitlich sowie frontal, und was halt sonst bei Schwerverbrechern an Formalitäten so abläuft. Sonst nicht so eitel, hofft die Toni, auf den Fotos wenigstens halbwegs vernünftig auszusehen. Die Aufnahmen bleiben ja für ewig im EKIS, also im elektronischen kriminalpolizeilichen Informationssystem, gespeichert, und die Wehli hatte den beiden kaum Zeit für ihre Morgentoilette gelassen. Duschen, Föhnen und Schminken in zehn Minuten war einfach nicht möglich. Auch nicht für die Toni, die meist auf gerade einmal fünfunddreißig geschätzt wird. Der Pokorny nimmt das gelassen, holt er doch oft genug mit wirrem Haar das Frühstücksgebäck. Allen Anwesenden ist klar, dass die Chefinspektorin mit dem Einkassieren der beiden die ihr entgegengebrachten Frechheiten abarbeitet. Letztlich sitzt die leitende Ermittlerin der Abteilung Leib und Leben als verlängerter Arm des Gesetzes auch auf dem längeren Ast.

Die Wehli fährt das volle Programm. Derselbe Verhörraum wie beim letzten Besuch, diesmal mit einem Aufnahmegerät. Anwesende Personen: die Pokornys und eine anonyme Exekutivbeamtin zum Bewachen der Tür zum Verhörraum. Zehn Minuten später stoßen auch der Sprengnagl und die hämisch grinsende Wehli dazu.

»Was soll der Unfug? Dürfen Sie das überhaupt? Ohne Grund Fingerabdrücke abnehmen und uns fotografieren?« Missmutig schaut die Toni auf ihre schmutzigen Fingerkuppen und weiß freilich, dass heutzutage die Abdrücke zumeist eingescannt werden und nur besonderen Lieblingen noch die althergebrachte Methode zugemutet wird. »Kann ich mir wenigstens die Hände …«

»Die Polizei darf alles, wir sind die Guten«, unterbricht sie die Wehli. »Und nein, die Hände können Sie sich jetzt nicht waschen.«

Der Toni ist das Grinsen längst vergangen, sie schaut sich im Raum um. »Das ist wie in einem schlechten Film. Sie glauben doch nicht im Ernst, dass mein Mann die Elisabeth Lieblich umgebracht hat? Das ist doch bloß, weil Sie meinen Mann nicht leiden können.«

Die Wehli schaltet übertrieben langsam das Aufnahmegerät ein, spricht die Namen der Anwesenden, Tag und Uhrzeit ins Mikrofon. »Ja, Sie haben recht, werte Frau Pokorny. Der Film ist wirklich schlecht. Wir haben auf einem Stück Stahl, an dem Blut von der Lieblich klebt, einen Fingerabdruck von Ihrem Mann gefunden. Das ist doch wohl Grund genug, ihn mitzunehmen, nicht wahr, Herr Pokorny? Sie sind so ruhig. Sind Ihnen die dummen Sprüche vergangen?«, spöttelt sie.

Er schaut sie verwundert an. »Sie haben mir die Fingerabdrücke doch gerade erst abgenommen. Wie wollen Sie die so schnell abgleichen?«

»Tja, ich hab schon längst das Bekennerschreiben analysieren lassen. Neben den Nikotinpranken der Katzinger gibt es da noch andere Fingerabdrücke. Dumme Sache, genau die sind auch auf der Tatwaffe drauf. Da Sie der Autor des literarischen Ergusses sind, war ich mir sicher, dass es Ihrer ist. Und … tatsächlich, jetzt hochoffiziell und druckfrisch für Sie, hundert Prozent Übereinstimmung. Eigentlich könnte ich Ihnen jetzt sogar einen DNA-Abstrich abnehmen. Mordverdacht rechtfertigt das allemal. Hm.« Sie wirft ein Blatt mit Fingerabdrücken auf den Tisch und grinst schon wieder, diesmal in der Version schadenfroh.

»Der Holler hat mir auf der Baustelle eine rostige Stange in die Hand gedrückt. Wir haben über das Betonieren von seinem

Pool gesprochen. Wie das Blut von der Lieblich gerade auf diese Stange gekommen ist, weiß ich nicht«, knurrt er die Chefinspektorin an. »Bei aller gegenseitigen Ablehnung – glauben Sie ehrlich, dass ich die Lieblich einbetoniert habe? Aus welchem Grund? Was soll mein Motiv sein? Hä?«

Der Sprengnagl mischt sich ein. »Pokorny, wir müssen dich dazu befragen. Auf der persönlichen Eskorte hat die Frau Chefinspektorin bestanden.« Er schaut seinen Freund eindringlich an und schüttelt genervt den Kopf. »Wie oft hab ich dir schon gesagt, dass du rechtzeitig ruhig sein sollst?«

Die Wehli horcht auf. »Was haben Sie ihm wie oft gesagt?« Ihr Blick huscht zwischen den beiden Männern hin und her und bleibt letztendlich bei ihrem Kollegen hängen. »Wenn ich Ihnen draufkomme, dass Sie schon wieder mit Ihrem Spezl über unsere Fälle geredet haben, dann sind Sie fällig«, zischt sie.

Der Sprengnagl schaltet betont langsam das Aufnahmegerät aus, beugt sich zu ihr und blafft: »Bei allem Respekt, Sie reden nur Schwachsinn. Dass der herzkranke Lieblich beim Kurstadtlauf dabei war, hat Sie nicht wirklich stutzig gemacht, meinen Hinweis haben Sie ignoriert. Eine persönliche Frage – hätten Sie das beim Kommandanten auch gemacht? Egal, Sie haben ja noch eine Chance erhalten, letzten Mittwoch, nur hat's halt mit der Obduktion wieder einen Tag gebraucht, und die Hausdurchsuchung ist sich leider auch nicht mehr ausgegangen. Circa dreißig Stunden nach unserem gemeinsamen Gespräch mit dem Hammerschmied ist die Lieblich erschlagen worden.« Er deutet auf die Pokornys, die betont unauffällig Boden und Decke des Verhörraums mustern. »Der Pokorny ist unschuldig, das wissen wir beide. Wie auch immer, die Exekutive hat jedenfalls nicht reagiert. Ob Sie mir wieder einmal einen Fehler unterstellen wollen, ist nebensächlich, denn wer, glauben Sie, springt, wenn das an die Öffentlichkeit kommt, über die Klinge? Die ewig gescheit daherredende großkopferte Frau Chefinspektorin, die keiner mag, oder der von ihr ständig runtergemachte Gruppeninspektor, mit dem die Vorgesetzte noch ein Ding offen hat? Von den Zeugen für Ihr Versagen rede ich erst gar nicht. Na?«

Sie ist während der Kuschelphase mit dem Sprengnagl merklich ruhiger geworden. Weiß um die Nase räuspert sie sich. »Herr Pokorny, wo waren Sie am Donnerstagabend zwischen zwanzig und dreiundzwanzig Uhr?«

»Wo ich war? Natürlich zu Hause.«

Die Wehli schaut die Toni an. »Und Sie können das sicher bestätigen?«

Die Toni erkennt sofort die Zwickmühle, in der sie sich befinden. Klar waren sie zu Hause, aber der Wehli zu verraten, dass sie trotz ihres Verbots weiterrecherchiert haben, ist ein konfliktträchtiges Alibi. Also lügt sie, ohne mit der Wimper zu zucken. »Natürlich. Mein Ehemann und ich waren zu Hause und haben die Rosenheim…«

Die Wehli unterbricht und verzieht das Gesicht, als hätte sie in eine Zitrone gebissen. »… Rosenheim-Cops geschaut, Sie auch?« Als die Toni nickt, murmelt sie: »Das ist ja wie ein Virus in dem Kaff!«

Der Pokorny ist wieder einmal mit dem Mund schneller als mit dem Hirn: »Toni, die haben wir doch aufgezeichnet, wegen der Videos und Fotos vom Kurstadtlauf …« Zu spät erkennt er seinen Fehler.

Die Toni schließt die Augen, wird zuerst blass und dann rot im Gesicht. Ob wegen der Dummheit ihres geliebten Ehemanns oder wegen der falschen Zeugenaussage, spielt dabei keine Rolle. Zum Glück hat der Sprengnagl das Aufnahmegerät nicht mehr eingeschaltet.

»Wie war das? Sie haben trotz polizeilicher Anweisung weiterrecherchiert? Hab ich mich nicht klar ausgedrückt? Was soll ich denn noch machen, damit Sie aus meinem Leben verschwinden?«, fährt sie den Pokorny an und schaltet mit einem wütenden Seitenblick zu ihrem Mitarbeiter das Aufnahmegerät wieder ein.

»Was Sie noch machen sollen? Aufhören, uns wie Verbrecher zu behandeln, und endlich selbst gescheit ermitteln«, antwortet der Pokorny.

Der Sprengnagl vergräbt sein Gesicht in seinen Handflächen und brummt: »Bitte, lass es gut sein.«

»Herr Kollege! Lassen Sie es lieber gut sein. Bis den zwei Herrschaften einfällt, wie es wirklich war, werden wir sie wohl hier noch ein bisschen schmoren …« Die Wehli wird durch eine Schreierei im Eingangsbereich der Polizeiinspektion unterbrochen. Sie steht auf und eilt zur Tür. »Ich werde wahnsinnig! Was für ein Pensionistenzirkus ist das jetzt?«

Tja, und mit dem Pensionistenzirkus hat sie irgendwie auch recht. In dem knapp zwanzig Quadratmeter großen Foyer steht die Katzinger und fuchtelt mit ihrem Stock, lautstark unterstützt von weiteren jenseits der durchschnittlichen Lebenserwartung stehenden Pensionisten. Der Eingangsbereich zu den Büros ist lediglich durch eine ein Meter hohe Doppelschwingtür begrenzt und wird von einem Streifenbeamten gesichert. Nicht, dass die Krawallmacher auf die dumme Idee kommen, die Inspektion zu stürmen.

»Lassen Sie sofort die Pokornys frei. Wieso sollten denn grad die zwei die Eiskönigin gemeuchelt haben? Los, sofort freilassen!« Lautstark skandiert die begleitende Mannschaft: »Lasst sie frei! Lasst sie frei!« Auf einem mit zittrigen Greisenhänden bemalten, überdurchschnittlich abgelegenen Leintuch steht: »Nieder mit der Kieberei!!! Freiheit für die Pokornys!!!«

Die Wehli baut sich vor der Schwingtür auf. »Was soll das werden? Ein Vöslauer Greisenaufstand?« Sie schaut sich um und sieht lauter alte Bekannte. »Ah! Die beiden Muppets haben sich eingefunden. Sogar die Frau Fratelli und auch die Frau Sollinger sind da! Also … was ist das?«

»Na, was wohl!«, schnaubt die Katzinger. »Lassen S' die zwei raus aus dem Kittchen. Sonst geh ich in die Medien und hetz Ihnen die Presse auf den Hals. Da werden Sie schön aus den Augen schauen, Frau Polizistin, dann im vorzeitigen Ruhestand! Jawohl! Net wahr, Leute?« Sie dreht sich zum Unterstützungskomitee um, die durch das unhandliche Leintuch ermüdeten Hände fahren hektisch nach oben. Alle skandieren laut: »Lasst sie frei! Lasst sie frei!«

Die Chefinspektorin wirkt erschöpft und hält sich die Augen zu. »Madonna, hilf mir! In diesem Kaff werde ich noch verrückt.«

187

Laut »Buuuhhh, buuuhhh!« rufend fahren der Ludwig und der Heini mit ihren Rollatoren energisch auf die Wehli zu.

»Sprengnagl!«, schreit sie entnervt. »Bringen Sie die Gruftis ins Pflegeheim zurück. Sofort!«

»So eine Frechheit! Gruftis sind wir noch lange nicht! Die Sollinger lebt mit ihren fünfundachtzig noch allein mit den Pferden, gell, Herta?«

Die Katzinger linst hinüber zu der rüstigen Großbäuerin, die ihr nervöses Kopfnicken dank der Tabletten ihres Hausarztes halbwegs unter Kontrolle hat. »Und ich rock meinen Wohnwagen noch ohne Hilfe!«, drischt sie mit dem Stock im Stakkato auf den amtlichen Boden. »Und die zwei jungen Herren mit den Rollautos sind auch noch fix unterwegs.« Der Ludwig und der Heini nicken bestätigend und bewegen mit finsterer Miene ihre Gehhilfen bedrohlich vor und zurück. »Also, lassen Sie die Pokornys jetzt frei oder nicht?«, fragt sie mit zusammengekniffenen Augen.

Die Wehli weiß nicht, ob sie lachen oder weinen soll. Klar hält sich der ortsansässige Gruppeninspektor dezent im Hintergrund, kann sich ein breites Grinsen aber nicht verkneifen. Quasi null Unterstützung für sie. Kaum zu glauben, aber die fünf Alten pfeifen sich überhaupt nichts. Die Chefinspektorin steht knapp vor einem weiteren Ausraster.

»Ich glaube, ich spinn! Sind wir hier im Theater, oder was? Los, los! Raus hier, bevor ich neben der Zelle für die Pokornys noch eine für alte Widerstandskämpfer eröffne. Los, ab mit Ihnen!«, poltert die Wehli.

Plötzlich wird die angelehnte Eingangstür aufgestoßen, und eine bekannte Stimme krächzt durch den Vorraum der Inspektion. Eine, die den Pokorny unter normalen Umständen gewaltig nervt. »Er kann es nicht gewesen sein. Er … Sie waren zu Hause … Beide. Ich habe am Donnerstag beobachtet … also, rein zufällig gesehen, wie er gegen siebzehn Uhr nach Hause gekommen ist und … auf pseudo ein bisserl Unkraut gezupft hat … Unter uns, der könnte schon mehr tun. Das Unkraut wuchert bis zu mir herüber«, raunzt die nervige Doppelhausnachbarin.

»Frau Hanifl! Was hat der Pokorny an dem Tag zwischen zwanzig und dreiundzwanzig Uhr gemacht?« Der Sprengnagl wirkt erfreut und sieht, wie die Wehli mit versteinertem Kinn die Nachbarin anstarrt. Schneller, als ihr lieb ist, könnte ihr kleiner Rachefeldzug zu Ende sein.

»Also, wie erwähnt, zuerst hat er mehr recht als schlecht Unkraut gezupft. Dann ist die Frau Pokorny nach Hause gekommen, gegessen haben sie Schinken-Käse-Toasts mit Spiegelei, Speck und Zwiebel, drei für den Pokorny, zwei für seine Gattin, die allerdings auf die fetten Beilagen verzichtet hat. Dann sind sie bis spät in der Nacht vorm Computer gehockt. Nicht einmal die Rosenheim-Cops haben sie geschaut. Unter uns … Ihre deutschen Kollegen verhaften wenigstens immer die richtigen Mörder und nicht, seien S' mir nicht böse, so ein Hascherl, das keiner Fliege was zuleide tun kann.«

Beim »Hascherl« sind die beiden mittlerweile unbewachten Pokornys unbemerkt aus dem Verhörraum geschlichen. Gehört haben sie freilich alles, aber als sie den Haufen alter Widerstandskämpfer im Foyer demonstrieren sehen, spüren sie das ganze Programm von Gefühlen in sich: von belustigt über Ärger wegen dem Hascherl bis zu Tränen gerührt. Da stellt sich doch glatt eine wahre Pensionisten-Armada der Exekutive entgegen. Gut, die haben nicht mehr so viel zu verlieren, aber trotzdem.

Der Sprengnagl übergeht die hundertprozentige Aufklärungsrate der TV-Kommissare und schaut die Hanifl ernst an. »Noch einmal fürs Protokoll. Hat einer von beiden nach zwanzig Uhr das Haus verlassen?«

Sie schüttelt entschieden den Kopf. »Nein, sicher nicht, das wüsste ich.«

Der Pokorny ist natürlich hocherfreut über das Alibi, andererseits fragt er sich auch beunruhigt, was die Hanifl noch so alles sieht. Auch ihr persönliches Näheverhältnis zur Zwatzl wäre zu hinterfragen, weil wie es ihr möglich war, von ihrem Haus aus zu sehen, was er und die Toni gegessen haben, will in sein Hirn nicht hinein.

189

Die Wehli schaut die Entlastungszeugin entnervt an. »Frau Hanifl, wenn Sie mir jetzt mit einem falschen Alibi für Ihren Nachbarn daherkommen, reicht's mir endgültig.« Klar ist die Wehli mittlerweile mit ihrem Latein am Ende. Ein letzter, verzweifelter Versuch: »Überlegen Sie gut, was Sie sagen. Ich frage nur einmal: War Herr Pokorny am Donnerstag in der Zeit von zwanzig bis dreiundzwanzig Uhr die ganze Zeit zu Hause?«

»Ja!« Die Hanifl nickt eindringlich. »Er ist in einer Tour zum Kühlschrank gegangen und hat sich was zum Mampfen geholt. Dabei hat der eh schon so einen Bauch! Und gleich neben dem Kühlschrank ist seine Naschlade, wo er die Milka-Schokolade hortet.«

Die Wehli unterbricht die kulinarischen Enthüllungen der Nachbarin. »Ja, ja, schon gut!« Sie wirft einen strengen Blick in die Runde. »Wenn Sie alle augenblicklich verschwinden, entlasse ich die Pokornys nach Hause.«

Jubel brandet auf, das Leintuch wird zusammengefaltet. Die Wehli wendet sich gereizt an die ehemaligen Verdächtigen. »Und Sie halten sich …«

»… zu Ihrer Verfügung. Natürlich, gerne«, vollendet die Toni den Satz, schenkt der Wehli ihr bezauberndstes Lächeln und hängt sich bei ihrem Bärli ein. Zusammen mit der lautstarken Anhängerschaft verlassen sie die Polizeiinspektion.

Die Wehli schnauft enttäuscht und schaut den Sprengnagl an. »Ein Irrenhaus … Äh ja, also eigentlich Ihr Irrenhaus. Gott sei Dank nur Ihres!« Sie lächelt zynisch. »Weil ich hab ja in Vöslau kein Grundstück gefunden, nicht wahr!«

Ja, und genau diese Grundstückssache heizt die Abneigung der Wehli gegenüber ihrem Kollegen noch weiter an. Längst strafversetzt, waren beide an einem bestimmten Grundstück interessiert, eintausend Quadratmeter Bauland, Südlage, malerisch zwischen Schwarzföhren gelegen, mit kolossalem Ausblick auf die gegenüberliegenden Weinberge. Dank persönlicher Seilschaften und einer kräftigen Schwarzgeldzahlung hat der Sprengnagl vom Obmann des Triestingtaler Immobilienverbandes, dem Karl Mochacek, den Zuschlag erhalten. Die Wehli hat durch die Finger geschaut und hat nun einen weiteren Grund, ihren Kollegen zu piesacken.

***

Klar wird nach dem entbehrlichen Zwischenfall mit der verhärmten Chefinspektorin im Café Annamühle mit den freigelassenen Pokornys ordentlich abgefeiert. Mineralwasser, Cola, Kaffee, also die ganze Bandbreite der erlaubten Drogen für medikamentös abgefüllte Greise.

»Von wem wussten Sie von der Befragung auf der Polizeiinspektion?«, erkundigt sich die Toni bei der Katzinger. Weil für sie steht ohne Frage fest, dass die Idee für die Geriatrie-Demo nur von der alten Frau ausgegangen sein kann.

»Na, von wem wohl? Sonntag komm ich extra wegen der frischen Kaisersemmerln zeitiger ins Café. Die Dagmar hatte grade meinen Stammtisch hergerichtet und gesehen, wie ihr von der Wehli aufs Revier gebracht worden seids. Und da war schnelles Handeln notwendig, stimmt's? Die Rosal hat heute übrigens frei, und jetzt, wo sie da ist, könnts gleich mit ihr reden.« Sie winkt der Fratelli. »Geh, Rosal, erzähl, was du am Donnerstag bei der Lieblich gesehen hast!« Grob zieht sie ihre Informantin am Arm zum Tisch. »Ich habe euch ja erzählt, dass die Rosal bei der Lieblich putzt und ihr helfen sollte, die Sachen vom Waldemar wegzuräumen. Ihr Alter war noch nicht einmal unter der Erde, und die wollte sein Klumpert schon loswerden. Eiskönigin halt. Na los, erzähl«, fordert sie ihre Freundin mit dem Stock zum Reden auf.

»Aus dem Ausräumen ist nichts geworden. Die Polizei war schon gegen acht Uhr bei der Frau Lieblich und wollte mit ihr reden.« Die Fratelli schnauft gespielt durch. »Aber die gnä' Frau war nicht in der Lage dazu, angeblich war sie zu erschüttert. Lächerlich, sie wollte einfach nicht mit denen reden. Deshalb waren die auch schnell wieder weg, jedenfalls hat ihr die Polizistin verboten, etwas an den Sachen vom Waldemar zu verändern. Die hat mit ihren Motorradstiefeln das ganze Vorzimmer dreckig gemacht. So einen Schmutz ins Haus zu bringen, dabei hat es die letzten Tage überhaupt nicht geregnet … Erst beim Nachhausegehen ist mir eine Dreckspur vom Grundstück der Frau Zwatzl zur Baustelle hinüber aufgefallen.«

»Warum ist das jetzt wichtig?«, fragt die Toni.

»Jetzt wart doch einmal«, brummt die Katzinger. »Ma, Rosal, die jungen Leute haben's immer so eilig.«

Die Fratelli nickt und verzieht das Gesicht. »Ich bin dann zur Baustelle hinüber und hab mit den Arbeitern geplaudert. Die haben mir erzählt, dass schon öfters Erde, Steine, kaputte Fliesen und sonstiger Müll illegal auf der Baustelle vom Herrn Holler entsorgt wurden. In der Nacht, weil sonst wüssten ja die Arbeiter, von wem der Müll ist.«

»Die Zwatzl – und ich hätte ihr fast bei der nächsten Fuhre geholfen!« Der Pokorny lacht schallend. »Deswegen war ihr das so peinlich. Die muss die Biotonne bis oben angefüllt haben, war jedenfalls sauschwer.«

»Aber untertags wird sie ja wohl nicht weitermachen«, sagt die Toni.

»Kann ich mir auch nicht vorstellen. Vielleicht war das die Vorbereitung für die Fuhre in der nächsten Nacht?«, mutmaßt der verblüffte Pokorny und schaut die anderen an. »Das war dann in der Nacht, in der die Lieblich einbetoniert wurde.«

»Hab ich ja immer gesagt, das DDR-Relikt ist nicht ganz koscher«, stellt die Katzinger fest und zaubert aus dem Stand eine neue Verdächtige aus dem Hut. Fast so, als wäre es egal, wer für die Leichen in Vöslau verantwortlich ist. Hauptsache, eingesperrt, Fall gelöst. »Ja, ja, die hat die Lieblich hingemetzelt, kattapum zack, eine über die Rübe und ab ins Fundament. Die Stasimörderin.«

»Sie sollten Kriminalromane schreiben. Jeden Tag ziehen Sie einen neuen Mörder aus Ihrem Zauberhut«, bremst die Toni die Verdächtigungen der mörderflexiblen Autorin in spe ein.

Der Pokorny unterbricht aufgekratzt das Scharmützel. »Interessieren würde mich, ob die Biotonne am nächsten Tag leer war. Dann hätten wir den Beweis, dass die Zwatzl in der Mordnacht auf der Baustelle war.« Weil die Eierwerferin aus Ostdeutschland hatten sie weder beim Waldemar noch bei der Elisabeth Lieblich auf der Rechnung.

»Pfff. Und was machen wir jetzt? Die Politesse kann mich mal … Ich red mit der sicher nicht mehr«, plustert sich die Katzinger auf. Sie haut mit der Faust auf den Tisch, das Schlagobers schwappt über den Tassenrand und bekleckert ihre Espadrilles. Normalerweise wären die Schuhe durch die Beaglezunge in einer Nanosekunde blitzblank geputzt worden. Aber leider muss die arme Maxime – dank des Escortservice durch die Polizei – zu Hause auf den Rest ihrer Meute warten. Die Toni grinst und ignoriert den grimmigen Blick der Katzinger.

»Ich auch nicht, obwohl die Spuren aus der Biotonne mal mit dem Müll auf der Baustelle verglichen werden sollten, hm«, sagt der Pokorny nachdenklich.

Ein Blick in die Runde der Gesprächsteilnehmer stellt klar: Keiner will mehr mit der Chefinspektorin reden.

»Wie wär es mit einem anonymen …«, macht die Toni einen Vorstoß, wird aber von der Katzinger und dem Pokorny vehement und wie aus einem Mund unterbrochen.

»Nein, sicher nicht. Kein anonymes Schreiben mehr. Davon haben wir genug!«

»Bitte, lasst mich ausreden! Ich meinte einen anonymen Anruf.« Die Toni schmunzelt angesichts des dramatischen Aufschreis der beiden.

»Und wer soll den Anruf bitte schön machen? Wir – ich kann da auch für deinen Mann reden – sicher nicht. Der Auftritt vom letzten Mittwoch reicht uns, oder?« Die Katzinger schaut zum Pokorny, der heftig nickt. »Na bitte. Das machst dann schon selber, gell!«, grunzt die Katzinger und klopft mit dem Stock bestätigend auf den Boden.

»Schick dem Sprengi eine Nachricht«, schlägt der Pokorny vor. »Über die Biotonne hab ich schon mit ihm geredet, er kann das problemlos überprüfen. Wäre nicht das erste Mal.«

– Laut der Fratelli könnte die Zwatzl in der Mordnacht ihre Biotonne beim Holler ausgeleert haben! Es gab am nächsten

*Tag Dreckspuren zwischen den Grundstücken. Die Zwatzl
als Mörderin oder Zeugin? Falls du nachfragst: Nein, wir
erzählen es der Wehli nicht* 😌
– Ja, ja, versteh schon, danke für die Info
»So, jetzt kann sich die Exekutive der Zwatzl annehmen«,
meint die Toni.

»Dann lassen wir's für heute gut sein. Meine Herrschaften«,
ruft der Pokorny und schaut die versammelte Demo-Mannschaft
an, »wir wollen uns noch einmal recht herzlich bedanken. Ihr
seids ein Wahnsinn und … auch an die Frau Hanifl ein Dankeschön.« Er schaut die Lieblingsnachbarin mit einem schiefen
Lächeln an. Nachbarn sind ja trotzdem wichtig, ob man sie jetzt
mag oder nicht.

Es folgen wechselseitige Verabschiedungen, und dann löst
sich die Versammlung, rollend, humpelnd oder gehend, auf.

»So, Willi! Wir haben uns jetzt ein feines Essen beim Brucknerhof verdient. Die Brigitte und der Gerhard haben seit heute
ausgesteckt.«

»Phantastische Idee! Eine Blunzen hab ich schon lange nicht
mehr gegessen!«, jubelt er in freudiger Erwartung.

»Seit dem letzten Mal Ausstecken halt. Willst du nicht einmal
die …«

»Nein! Ich bleib bei meiner Blunzen und mag nix anderes
versuchen. Du immer mit deiner Abwechslung«, raunzt er. Und
recht hat er, im Bierhof bleibt er ja auch beim Gulasch, weshalb
sollte er im Brucknerhof etwas anderes essen als seine heiß ge-
liebte Blunzen …

Montag, Tag 8

Die Nachrichtensperre der Wehli ist beim Sprengnagl angekommen. Keine SMS, keine WhatsApp, kein Anruf, rein gar nichts Neues über die Causa prima. Weil auch die Karin beim Espresso keine Neuigkeiten zu bieten hat, vergeht der Vormittag ereignislos. Der Pokorny holt die Toni mittags von der Bücherei ab, und nach einer kurzen Lagebesprechung beschließen sie, die Mittagsrunde mit einem Besuch beim Schöberl zu verbinden. Wer, wenn nicht er, weiß, was sich in der Zwischenzeit getan hat?

Schon von ihrem bevorzugten Aussichtspunkt aus sehen sie, dass die Baustelle leer und verlassen der Dinge harrt. Kein emsiges Baggern, Bohren oder sonstiger Lärm, der die Nerven der Anrainer in Schwingungen versetzen könnte. So hätte es sich die Lieblich immer gewünscht, und jetzt musste sie sich erst ins Betonbett legen, damit es ruhig wurde.

»Wieso werkt da keiner?«, wundert sich die Toni.

»Fragen wir den Schöberl. Vielleicht hat die Wehli den Holler schon einkassiert und die Baustelle geschlossen.«

Der Schöberl, mit der Romy ebenfalls auf Mittagsrunde, hat seine letzten Worte gehört. »Ja, der sitzt schon seit gestern. Den Mirkojevic hat sie um sieben Uhr auf der Baustelle abgepasst. Er wollte noch in den Wald flüchten, sie am Motorrad hinterher, weit ist er nicht gekommen. Die anderen Arbeiter hat sie nach einer kurzen Befragung nach Hause geschickt. Deshalb ist es heute ruhig in der Bogengasse.«

»Wo hat sie den Holler erwischt?«, fragt der Pokorny.

»Gestern am Abend stand der Dodge am Hauptplatz in Traiskirchen neben der Pestsäule, angeblich hat sie ihn beim Pastaessen in der Pizzeria Pierino festgenommen. Noch nicht mal zu Hause angekommen, wird er vor allen Leuten verhaftet.«

»Woher weißt du das?«

»Ich stehe gerne zeitig auf und werkel im Garten. Da ist es noch ruhig, die Luft riecht phantastisch nach Wald und frisch gemähter Wiese. Irgendwer muss sich ja um den Garten der Sissy kümmern, keine Ahnung, wie es da jetzt weitergeht. Die Forsythien sind abgeblüht, ich wollte gerade die Hecke auf der Seite zur Baustelle schneiden. Der Mirkojevic ist ein bisschen derrisch, deshalb war es leicht mitzuhören.« Er grinst und zuckt mit den Schultern. »Er hat gefragt, wo sein Chef ist. Sehr zum Gelächter der Mannschaft hat sie ihm von der peinlichen Verhaftung erzählt und ihn anschließend in den Streifenwagen geschubst.«

»Warum hat sie ihn mitgenommen?«, möchte die Toni wissen.

»Weil er ihr nicht erklären konnte, weshalb er abhauen wollte. Ich bin so froh, dass der Holler endlich hinter Gittern ist. Die sollen ihn gleich ganz wegsperren, den Mörder!«, meint er abschätzig.

»Es schaut nicht gut aus für ihn, das stimmt schon. Aber dass er sie fix ermordet hat, ist noch nicht bewiesen«, widerspricht der Pokorny. Weil gerecht ist er bis in die letzte Faser seines Leibes und nicht, so wie die Katzinger, auf Vorverurteilung aus. Auch hat ihm der Holler selbst als Unsympathler leidgetan. Alle gegen einen. Aber trotzdem, dass der cholerische Baumeister jetzt erst einmal inhaftiert ist, geht schon in Ordnung.

»Willst du den Mörder leicht verteidigen, oder was?« Verärgert irrt der Blick vom Schöberl zwischen den Pokornys hin und her. »Ihr habt doch gesehen, wie er sich aufgeführt hat. Er hat gedroht, sie umzubringen, jetzt hat er es wahr gemacht!« Bei den letzten Worten füllen sich seine rot unterlaufenen Augen mit Tränen. »Das Schwein hat mir meine Sissy weggenommen, und dafür soll er büßen!« Ihm rinnen Tränen über den Stoppelbart. Und erst jetzt fällt den beiden auf, dass der Schöberl seit dem Tod der Lieblich rein optisch abgebaut hat. Kamm und Rasierer sind ebenso auf Urlaub wie die Waschmaschine, der penetrante Schweißgeruch weist außerdem auf eine Auszeit der Seife hin. Am Freitag ist das dem Pokorny nicht aufgefallen. Zusammenfassend gesagt lässt sich der Schöberl gerade ordentlich gehen, und mit dem Wodka sollte er auch kürzertreten. Weil dass er jetzt über die Leine der Romy stolpert und hart auf dem Waldboden aufprallt, ist eindeutig dem Wodkakonsum geschuldet. Der gehört seit dem Tod der Lieblich anscheinend zu seinen Grundnahrungsmitteln, und dass der Schöberl Wodka wie Wasser trinken kann, haben die Pokornys erst vor Kurzem live miterlebt.

»Franz, komm, steh auf.« Die Toni hilft ihm beim Aufrappeln und putzt ihm die schmutzige Jacke ab. Zur Ablenkung erzählt sie ihm von dem sonntäglichen Theater auf der Polizeiinspektion.

»Danke, Toni! Die haben euch echt aufs Revier mitgenommen? Ja, spinnen die denn? Die kriegen wohl gar nichts auf die Reihe. Ah!«, brummt er und reibt sich den Rücken. »Ich werde dann mit der Romy wieder zurückgehen.«

»Du, Franz, eines noch. Hast du in der Mordnacht die Zwatzl am Grundstück der Lieblich oder bei der Baustelle gesehen?«

Der Schöberl runzelt die Stirn. »Die Zwatzl? Wieso?«

»Die weiß einfach über alles Bescheid. Und gerade in der Nacht, wo die Lieblich gestorben ist, könnte sie ihren Müll beim Holler entsorgt haben und auch die …«

»Die Sissy umgebracht haben? Wieso sollte sie? Nein, das …«, der Schöberl wischt sich über das Gesicht, »das war schon der Holler. Die Zwatzl ist eine Denunziantin, ja, aber ich glaub, keine Mörderin … Wobei, wer kann schon in andere Leute reinschauen?« Er beugt sich ächzend zu der Dackeldame hinunter und tätschelt ihr den Kopf. »Komm, wir gehen nach Hause, bist eh auch schon müde, oder?« Die Romy sieht das freilich anders, sie würde lieber mit der Maxime eine Runde spielen.

Der Schöberl winkt. »Wenn es was Neues gibt, bitte meldet euch.« Er dreht sich um und schlurft retour in Richtung Waldandacht.

»Und jetzt?« Die Toni schaut unschlüssig. »Was machen wir jetzt? Ich kann ja schlecht den Sprengi anrufen und nach dem Holler fragen. Wenn die Wehli mithört, bekommt er Probleme.«

»Schreib ihm eine Nachricht. Das ist unverfänglich und geht akustisch hoffentlich unter«, schlägt der Pokorny vor.

197

»Einen Versuch ist es wert.« Die Toni nickt und hofft, der Sprengnagl hat seinen WhatsApp-Ton leise geschaltet. Sonst reißt ihm die Wehli das Handy schneller aus der Hand, als er lesen und löschen kann.

Wurde der Holler verhaftet? Was ist los? Komm bitte abends vorbei, sind ab 18.00 Uhr zu Hause

»Bis achtzehn Uhr ist noch eine Zeit lang hin.« Die Toni blickt auf die Uhr. »Ich brauche dich eh nicht zu fragen, ob du mitkommst zum Shoppen?«

Der Pokorny schüttelt so heftig den Kopf, wie wenn er links und rechts Ohrfeigen bekommen würde. Shoppen ist für ihn die Hölle schlechthin. Tausende Leute wuseln auf der Jagd nach Schnäppchen durch schmale, verschachtelte Gänge in den Bekleidungsgeschäften. Die Gier nach den ohnehin schon fast kostenlosen, menschenausbeutenden Chinaklamotten kann er nicht verstehen, auch nicht, dass ihn die Toni – wegen seiner angeblich altmodischen Hemden – immer wieder nötigt, sie zu begleiten.

Schlimmer ist für ihn nur der männliche Alptraum mit vier Buchstaben: IKEA … Elendslang zieht sich der vorgegebene Pfad durch das riesige Möbelhaus, vorbei an Schlafzimmer, Küchen und anderen wahr gewordenen Wohnträumen. Ihm unbekannte gelb gewandete Mitarbeiter duzen ihn vertraulich, tausend unnötiger Schnickschnack zum Wohnen muss in die Hand genommen und begutachtet werden.

»Dachte ich mir schon«, sagt sie schmunzelnd. »Ich borg mir dein Auto aus. Bis später, bin gegen drei viertel sechs zu Hause.«

Er grinst spitzbübisch. »Fürs Einkaufen lasst du dein Spinning sausen? Tsss! Da wird es nix werden mit dem Harzberglauf.«

»Erstens ist die Susi krank, und die Stunde fällt aus. Zweitens muss sich mein Bärli rein fitnessmäßig keine Sorge um seine Ehefrau machen. Pass lieber auf dich selber auf.« Sie klopft ihm aufs Bäuchlein, gibt ihm ein dickes Busserl und ist unterwegs ins Shoppingparadies in Wiener Neustadt.

Allein gelassen streichelt er zärtlich seinen Wohlstandsspeck um die Hüften. »Maxime, was das Frauerl da plappert, ist schon maßlos übertrieben. Aber gut, wäre doch gelacht, fahren wir halt mit niedrigster Unterstützung zum Berti, reicht allemal als sportliche Aktivität.«

∗∗∗

Überraschenderweise sitzt der Gruppeninspektor unter der Laube neben dem Bioladen und kostet gerade zwei mögliche neue Verkaufsschlager. Einen Cappuccino aus selbst gerösteten Bohnen eines Bekannten aus Trumau sowie in nachhaltiger Landwirtschaft erzeugte Bio-Haferkipferl.

Aus seinem abendlichen Treffen mit den Pokornys wird nichts. Gerade noch rechtzeitig ist ihm eingefallen, dass heute der Sprengnagl'sche Hochzeitstag gefeiert wird und er den Abend besser mit seiner Frau Sandra verbringen sollte. Da er vor wenigen Minuten die Tischreservierung für achtzehn Uhr dreißig im Steaklokal El Gaucho in Baden bestätigt bekommen hat, genießt er entspannt den Kaffee. Skeptisch betrachtet er allerdings die Haferkipferl, die auch der Pokorny steinhart und fad schmeckend findet. Da der Berti aber dermaßen schwärmt und von einer gewaltigen Umsatzsteigerung phantasiert, bringt es der Pokorny nicht übers Herz, sie stehen zu lassen, und kaut verhalten darauf herum.

Dem Sprengnagl geht es ähnlich, als Polizist greift er aber eher durch. »Sei mir nicht böse, Berti, aber die Kipferl kannst selber essen. Die stauben mir beim Mund raus.«

Der Berti winkt ab, hat er sich doch im Grunde seines Herzens von den beiden nichts anderes erwartet.

»Jetzt erzähl schon«, fordert der Pokorny den Sprengnagl auf. »Was ist bei den Verhören vom Holler und vom Mirkojevic rausgekommen?«

Beide schauen ihn gespannt an. »Der Holler hat ausgesagt, dass er am Donnerstag die Betonplatte fertig gemacht und gegen neunzehn Uhr die Baustelle verlassen hat. Dann ist er direkt nach Hause und gegen drei Uhr morgens, wegen dem Verkehr, mit seiner Familie nach Bibione gefahren.«

»Das war alles?« Der Pokorny wundert sich.

»Ja! Von seiner Seite schon. Allerdings hat er bei der Uhrzeit gelogen. Laut der Nachbarn ist es auf der Baustelle erst gegen zwanzig Uhr fünfzehn leise geworden.«

»Was sich manche Leute merken«, sagt der Berti staunend. »Zwanzig Uhr fünfzehn, auf die Minute genau?«

»Na ja, du hast ja keinen Fernseher … Beginn des Hauptabendprogramms …«

»Die Rosenheim-Cops?«, wirft der Pokorny ein.

»Richtig! In der bayrischen Gegend fühlt sich der geborene Österreicher wohl. Und wenn dann bis knapp vorher auf der Baustelle noch gelärmt wird, bekommen die Nachbarn ordentlich Stress. Der Hausbesitzer von der Nebengasse hat mit den Arbeitern gegen zwanzig Uhr heftig diskutiert, kurz darauf war es dann ruhig. Der Holler selbst hat den Streit geschlichtet, er kann daher nicht schon um neunzehn Uhr nach Hause gefahren sein. Außerdem ist er dort erst gegen dreiundzwanzig Uhr angekommen.«

»Woher wisst ihr das?«, fragt der Pokorny.

»Wir haben seine Frau gesondert befragt. Die hat von der Zeitangabe ihres Mannes nichts gewusst, deshalb erachten wir ihre Aussage als glaubwürdig.«

»Und, wie hat er darauf reagiert?«

»Ein plötzlicher Gedächtnisverlust, er könne sich nicht mehr genau an die Zeit erinnern und habe beim Steinbruch auf einem Bankerl über sein Leben nachgedacht. Angeblich will ihn seine Frau wegen der finanziellen Schwierigkeiten verlassen.«

Der Pokorny zieht die Augenbrauen zusammen. »Welches Bankerl?«

»Was weiß ich, er hat von einem phantastischen Ausblick nach Großau gefaselt. Warum fragst du?«

»Ah, nur so.« Dem Pokorny rieselt es kalt über den Rücken hinunter, er weiß genau, von welchem Bankerl die Rede ist. Und ja, es ist ihm irgendwie peinlich, weil er selbst schon mehrmals auf genau diesem Bankerl über sein Leben nachgedacht hat. Aber das ist nun wirklich nicht ermittlungsrelevant, deshalb winkt er ab.

»Warum denkt er nach dem Betonieren der Bodenplatte über sein Leben nach?«, wundert sich der Berti.

»Vielleicht ist wegen dem Appartementhaus doch was durchgesickert. Die Wehli hat heute von der Bürgermeisterin das Protokoll von der Gemeinderatssitzung bekommen. Die Aufhebung der Bausperre wurde abschlägig behandelt. Es gab zu viele Anrainerproteste, die Stimmung ist seit dem Tod vom Waldemar Lieblich sowieso am Boden, und die Schwierigkeiten rund um die Baustelle vom Holler haben die Politiker hellhörig werden lassen. Zustände wie in der Bogengasse braucht am Badplatz keiner. Die haben einfach kalte Füße bekommen und den Holler ein zweites Mal fallen gelassen. Fakt ist, er hat für den Zeitraum von zwanzig bis dreiundzwanzig Uhr kein Alibi, und genau in diesem Zeitfenster …«

»… wurde die Lieblich erschlagen!«, vollendet der Pokorny den Satz.

Der Sprengnagl nickt. »Ohne seinen Anwalt verweigert er aber die Aussage. Die Wehli ist auf tausend!« Er grinst schadenfroh.

»Glaubt sie, dass er's war?«

»Es geht um Fakten, nicht darum, was sie glaubt. Er hat bei der Zeitangabe gelogen, hat kein Alibi, seine Fingerabdrücke sind auf der Stange. Dazu noch die ständig wiederkehrenden Tätlichkeiten gegenüber dem Opfer. Übrigens hat die Wehli gestern die Hanifl noch einmal in kleiner Runde befragt, wegen deines Alibis. Eure Nachbarin ist bei ihrer Aussage geblieben. Deshalb sind nur mehr die Fingerabdrücke vom Holler ermittlungsrelevant.«

»Weiß der Holler von seinen Fingerabdrücken auf der Stange?«, erkundigt sich der Berti.

»Die Wehli möchte sich den Trumpf für das Gespräch mit dem Anwalt aufheben. Für eine vorläufige Festnahme reicht die Lüge beim Alibi. Dazu kommt noch der dringende Verdacht,

201

er könnte den Waldemar Lieblich getötet haben.« Er versucht noch einmal, dem Biokipferl vom Berti etwas abzugewinnen. Zwecklos, er schüttelt sich und schiebt angewidert den Teller zur Seite.

»Wieso soll er den Lieblich umgebracht haben? Das ergibt doch keinen Sinn«, meint der Pokorny. Dermaßen kann er sich im Holler nicht geirrt haben.

»Es kommt noch dicker. Der Alterbauer hat mit seiner Mannschaft vor einer Stunde sein Haus durchsucht und in der Garage den Taser gefunden, der zu der Bedienungsanleitung im Kamin der Lieblich passt. Versteckt hinter einem Stapel Reifen.«

»Dass der Holler so blöd ist, hätte ich mir nicht gedacht«, sagt der Berti überrascht. »Der tötet den Lieblich während der Rangelei mit dem Schöberl, steckt den Taser ein, wartet am Tatort seelenruhig auf die polizeiliche Erstbefragung, und dann versteckt er diesen in seiner Garage hinter einem Reifenstapel? Nein, so dämlich ist der nicht. Wenn er der Täter wäre, hätte er den Taser verschwinden lassen.«

»Du vergisst, dass die Polizei lange von einer natürlichen Todesursache ausgegangen ist«, erwidert der Pokorny. »Es bestand also keine ersichtliche Gefahr für ihn, warum sollte er den Taser entsorgen? Außerdem heben Täter oft Beweise oder Tatwaffen auf. Sie können oder wollen sich davon nicht trennen, und manchmal wird ihnen das zum Verhängnis.«

»Stimmt, kommt in jedem schlechten Film vor, aber in der Realität? Aber gut, dann liegen alle Karten am Tisch. Wann kommt sein Anwalt?«

»Der kommt erst morgen von einer Auslandsreise zurück und wird gegen Mittag erwartet. Erst dann wird sich der Holler weiter zu den Vorwürfen äußern. Die Analyse wegen der Fingerabdrücke und Hautpartikel am Taser laufen noch. Bis Daten vorliegen, steht der Holler unter zweifachem Mordverdacht«, erklärt der Sprengnagl. »Die Wehli belässt ihn in der PI Traiskirchen … Weißt eh, wir sind ja zu dumm dafür. Alles Weitere entscheidet dann die Staatsanwältin.«

»U-Haft?«, vermutet der Pokorny.

»Bei den Zukunftsaussichten haut er sonst ab. Ich würde mich
an seiner Stelle nach Japan vertschüssen«, sagt der Berti.

»Und uns wieder alleine lassen?«, beklagen seine Freunde im
Gleichklang.

Das mit dem Alleinlassen ist schon ein wenig übertrieben.
Der Berti kennt den Sprengnagl und den Pokorny seit der gemeinsamen Zeit am Realgymnasium in Wien-Favoriten. Von der
ersten Klasse an waren sie beste Freunde, ein kongeniales Trio.
Die Schwächen des Einzelnen wogen die Stärken der anderen
auf. Der Sprengnagl – groß und sportlich – verschaffte sich und
seinen Freunden Respekt. Berti war der erklärte Schwarm aller Frauen: Einnehmend fesch, durchschnittlich intelligent und
mit einem ausgezeichneten Schmäh hatte er jede Menge Frauen
im Bett, wovon auch seine beiden Freunde profitierten. Der
Pokorny dagegen war das Hirn der Truppe. Unsportlich und
leicht übergewichtig schaffte er das Gymnasium im Spaziergang.
Die Schularbeiten seiner Freunde schrieb er gleichzeitig mit den
eigenen. Nach der Matura inskribierte der Berti in Japanologie
und verliebte sich in eine Japanerin, die ein Auslandssemester in
Wien absolvierte. Er schmiss sein Studium hin, wanderte nach
Japan aus und hinterließ zwei traurige Freunde.

»Geh bitte, muss ich mir das mein restliches Leben lang an-
hören?«, stöhnt der Vaterlandsverräter.

»Dann red nicht so einen Stuss«, sagt der Sprengnagl.

Der Pokorny verzieht das Gesicht und kommt auf das eigent-
liche Thema zurück. »Mit dem Holler stimmt was nicht. Auf
der einen Seite stellt er sich dumm an und versteckt den Taser in
seiner Garage, auf der anderen Seite legt er mit der Betriebsanleitung im Kamin von der Lieblich geschickt eine falsche Fährte.
Das passt doch überhaupt nicht zusammen, oder irre ich mich
da?«

»Wer weiß schon, was in dem seinem Hirn vorgeht«, antwortet der Sprengnagl.

»Was anderes«, sagt der Pokorny. »Warum wollte der Mirkojevic eigentlich von der Baustelle abhauen?«

»Angeblich wegen der neuerlichen Anzeige der Lieblich.

Wie die Wehli am Motorrad angedüst ist, sind ihm die Nerven durchgegangen. Meines Erachtens hätte er wegen seiner Scherereien und der Anzeige der Lieblich allen Grund, einen Grant auf sie zu haben, aber sie deswegen gleich zu erschlagen wäre schon überzogen. Außerdem geben sich die Arbeiter wechselseitig Alibis, die müssen wir noch überprüfen.« Der Sprengnagl steht auf. »Bis die Spuren ausgewertet sind, schauen wir uns zur Sicherheit noch die Zwatzl, den Fetzer und den Schöberl an. Ich muss los, es gibt vor meinem T-Bone-Steak im El Gaucho noch einiges an Papierkram zu erledigen«, stellt er fest und schmatzt in Vorfreude auf das heutige Abendmahl.

»Die Zwatzl wegen der Biotonne, den Fetzer wegen des Videos und der Aussage über den Holler beim Kurstadtlauf, korrekt?«, fasst der Pokorny zusammen. »Aber warum den Schöberl?«

»Bei aller Abneigung gegen meine Chefin, ich kann nicht ständig gegen sie arbeiten. Und so schwer es mir auch fällt, das einzugestehen, aber sie hat recht«, sagt der Sprengnagl. »Der Schöberl ist ein netter Kerl, hilfsbereit, hat die Lieblichs immer unterstützt ... Ja, stimmt. Er erbt aber auch eine Menge Geld, deshalb dürfen wir ihn nicht aus den Augen verlieren. Ob wir wollen oder nicht.«

»Was hat sie zu dem Video gesagt?«, will der Pokorny wissen.

»Sie wird es sich anschauen und den Fetzer dazu befragen. So, jetzt muss ich aber wirklich gehen.« Als wollte die Wehli dem Nachdruck verleihen, rockt auf seinem Samsung der ihr zugedachte Klingelton seiner Lieblingsband Seiler und Speer mit »Herr Inspektor« durch den Laden: »Tuad ma lad, Herr Inspektor, owa davon was i nix, a wann i wissat, wos i was, owa des wissat i jetzt nicht ...« Schweren Herzens unterbricht er den Song und nimmt das Gespräch an. »Jawohl, Frau Chefinspektorin. Bin gleich da, der Magen hat Nachschub gebraucht.«

Nahezu zeitgleich läutet das Nokia, die gut gelaunte Toni ist dran. »Bist du noch beim Berti?«

»Ich wollte gerade aufbrechen und zur Annamühle fahren«, antwortet er vorsichtig.

»Planänderung, ich brauche dich zu Hause. Du musst eine Menge probieren …« Er hört sie lachen. »Was ganz Besonderes zum Kuscheln ist auch dabei … Bis gleich, Bussi.«

»Ja, ja, schon gut. Dann muss die Katzinger wohl bis morgen warten. Bussi.« Er winkt dem Berti, schnappt sich die Maxime – die freudig die angebissenen Vollkornkipferl der beiden Verweigerer verschlungen hat – und bricht auf.

Dienstag, Tag 9

Gegen neun Uhr meldet sich der Sprengnagl. »Sorry, dass ich störe, es ist ein Fiasko, der Holler ist aus dem Krankenhaus geflüchtet. Die Wehli hat eine Fahndung rausgegeben. Wir waren schon bei der Baustelle, aber Fehlanzeige. Ein Kollege ist zur Überwachung dortgeblieben, für den Fall, dass er dort auftaucht.«

»Wieso aus dem Krankenhaus?«, staunt der Pokorny. »Der Holler sitzt doch in der PI Traiskirchen fest?«

»Ja, eh, bis sieben Uhr, dann hat ihm seine Frau ein frisches Gewand sowie die Scheidungspapiere gebracht. Kurz danach ist er auf der Inspektion mit Verdacht auf Herzinfarkt zusammengebrochen und von der Rettung nach Baden ins Krankenhaus gebracht worden.«

»Wundert mich nicht, der wäre ja letzten Mittwoch auf der Baustelle fast krepiert«, sagt der Pokorny.

»Vielleicht hat er auch damals nur Theater gespielt, der Infarkt von heute war jedenfalls vorgetäuscht. Sonst hätte er nicht aus einem Fenster des Behindertenklos flüchten können.«

»Was macht der Holler ausgerechnet in den einzigen Toiletten, wo die Fenster komplett geöffnet werden können?« Die Toni kann sich gut an den Skandal um das neu gebaute Krankenhaus in Baden erinnern. Sehr zum Ärgernis der Mitarbeiter und Patienten können im gesamten Gebäudekomplex die Fenster nur gekippt werden. Wieso das gerade auf den Behindertentoiletten anders umgesetzt wurde, ist genauso ein Geheimnis wie die explodierenden Kosten für das neue Krankenhaus.

»Er wurde von den Sanitätern nach dem Infarkt in einen Rollstuhl verfrachtet, der ist aber für ein Standardklo zu sperrig, deshalb das Behindertenklo. Die Kollegen warteten vor der Tür, und nachdem sich der Holler nicht rührte, wurde die Tür von dem Portier geöffnet. Leeres Klo, Fenster offen, Holler weg!«, fasst der Sprengnagl die Blamage der Polizei zusammen.

»Aber wie ist er von dort weggekommen?«, fragt die Toni.
»Wahrscheinlich mit der Badner Bahn«, vermutet der Pokorny.
»Die Station ist ja direkt vor dem Haupteingang. Ein Taxi wird
ihm zu riskant gewesen sein, über die Funkzentrale kann leicht
festgestellt werden, welcher Fahrer ihn mitgenommen haben
könnte.«
»Taxi haben wir schon gecheckt, bis dreißig Minuten nach
seinem Verschwinden gab es in der näheren Umgebung keine
Fuhren. Wir gehen also auch von einer Flucht per Bahn aus«,
bestätigt der Gruppeninspektor. »Die Wehli hätte den Holler
gleich nach Wiener Neustadt bringen sollen. Dann hätte ihm
auch seine Frau nicht so einfach die Scheidungspapiere über-
reichen können. Du, wir hören uns später. Ich kann heute nicht
zum Pokerabend kommen, siehst eh, was los ist, leider. Wennst
vom Holler was hörst, ruf mich an, danke. Servus.«

Die Toni muss wegen des von ihr organisierten Vortrags – »Süß-
getränke: die schlimmsten Zuckerfallen« – schon gegen zwölf
Uhr in der Bücherei sein. Vor der Übersiedlung nach Bad Vöslau hat sie mehrere Jahre eine eigene Buchhandlung in Möd-
ling betrieben und quartalsweise in der Nähe gelegene Schulen
besucht, um die Kinder für Literatur zu begeistern. Während
der Lesungen fiel ihr auf, wie die Schüler literweise gezuckerte
Getränke konsumierten. Seither wird sie nicht müde, Kinder
und deren Eltern bei Lesungen über die Wichtigkeit gesunder
Ernährung zu informieren. Heute steht der Besuch einer vierten Klasse des Gymnasiums in Gainfarn an, da gilt es, bestens
vorbereitet zu sein.

***

Gegen elf Uhr setzt der Pokorny die Beagelin in die Transportbox am E-Bike und fährt zum Schöberl. Leider umsonst.
Trotz hartnäckigen Läutens und Klopfens wird die Haustür
nicht geöffnet. Dafür keift ihn die Zwatzl in ihrem tarnfarbe-
nen Trainingsanzug von gegenüber an. »Der Schöberl ist nicht

zu Hause, was wollen S' denn vom ihm? Hat er Ihnen letzten Freitagabend was verschwiegen? So besoffen, wie der war, hä?« Der Pokorny dreht sich verwundert um. »Wissen Sie, wo er ist?«

»Seit seine Sissy einbetoniert wurde, schmeißt er sich schon vormittags auf sein E-Bike und kurvt im Wald herum, zurück kommt er irgendwann am Nachmittag. Was er dort treibt, weiß ich nicht.« Sie schaut mitleidig auf das Modell vom Pokorny. »Sein Bike ist halt schnittiger, kein altersbedingter Tiefeinsteiger und ohne das peinliche Hundekofferl am Gepäckträger, ha. Und ehrlich, die Farbe erinnert mich ein bisserl an einen Laubfrosch, muss man halt wollen, hm.«

Das tut jetzt schon weh. Die Toni hat ihm zum Fünfundvierziger beim hiesigen Fahrradgeschäft Kreuzer ein Komfort-E-Bike gekauft, damit er sich mehr bewegt, und ja, es macht ihm mittlerweile riesigen Spaß … Gut, die Farbe ist Hellgrün metallic und hätte etwas dezenter ausfallen können, aber einem geschenkten Gaul schaut man bekanntlich nicht ins Maul. Er hat sich schnell daran gewöhnt, ebenso wie an das fehlende Oberrohr im Rahmen, kann er doch so wesentlich eleganter auf den bequemen Sattel aufsteigen, der ihm in Verbindung mit der beweglichen Sattelstütze maximalen Komfort bietet und seinen Bandscheiben gute Dienste leistet. Was ihn besonders freut: Der unter dem Gepäckträger versteckte Akku enttarnt seine Unsportlichkeit nicht auf den ersten Blick. So fährt er bei schönem Wetter fast täglich mit seinem »Radl« – er verweigert aus bekannten Gründen beharrlich das englische Wort »E-Bike« – durch die Gegend. Die hinten montierte Transportbox ist eigentlich für die Auslieferung der Biospezialitäten seines Freundes gedacht, aber wenn die Zeit drängt, muss die Maxime in der Box Platz nehmen. Mörderpeinlich für die Arme, aber wer kümmert sich schon um das Seelenleben einer Beagelin?

»Und das sehen Sie so genau? Ich meine, wann der Schöberl wegfährt und wiederkommt?« Er staunt einmal mehr über die Neugier der Nachbarin und denkt an die Hanifl.

»Bin ja nicht blind! Oder wollen Sie mir leicht unterstellen, ich spioniere die Leute aus?«, fährt sie ihn an.

»Gar nix will ich Ihnen unterstellen.«

»Na, dann passt's ja eh! In der Nachbarschaft muss man schon aufeinander aufpassen. Da sehe ich halt auch, was der Schöberl so macht …«

»Was macht er denn so, der Schöberl?«

»Gar nichts … Ich meine, wann er kommt und geht, seh ich halt.«

»Aha. Sonst nichts?«

»Nein, sonst nichts. Ich hab übrigens schon länger vermutet, dass der Holler der Mörder ist.«

»Wieso das?« Er wartet gespannt auf die Antwort und denkt an die offene Frage bezüglich der Biotonne.

»Na, wer denn sonst? Die Polizei hat auch so dumm gefragt. Es wundert mich, dass der die feine Madame nicht schon viel früher erschlagen hat …«, bemerkt sie und kratzt sich ausgiebig am Kinn.

»Haben Sie den Holler heute schon gesehen? Er ist in der Früh aus dem Krankenhaus in Baden verschwunden.«

»Nein, alles ruhig auf der Baustelle.« Sie zieht die Mundwinkel nach oben. »Ah, deshalb rennen die Bullen wie aufgescheuchte Hühnchen durch die Gegend. Die glauben ja, ich bemerke nicht, dass sich einer von ihnen im Rohbau versteckt hat. Die spinnen schon, der Mörder wird doch nicht so blöd sein und zum Tatort zurückkommen. Und ja, weil Sie jetzt so ungläubig schauen, im Fernsehen passiert das natürlich oft. Weil da ist der Mörder auch immer ein unglaublicher Depp.«

Bei »aufgescheuchte Hühnchen« zaubert es den Pokorny ordentlich. Bei der Zwatzl blitzt manchmal durch den österreichischen Dialekt ihre ostdeutsche Vergangenheit durch. Niemand würde in Österreich »Hühnchen« sagen, sondern immer Huhn oder im Osten gar Hendel. Ob sie ihm aufgrund der Sprache oder ihres freundlichen Wesens unsympathisch ist, weiß er nicht, wahrscheinlich eine Kombination von beidem. Andererseits gibt es für einen geborenen Wiener nichts Lustigeres, als wenn jemand aus Deutschland versucht, österreichischen Dialekt zu sprechen. Daher bemüht er sich abschließend redlich, nicht zu lachen. Was zählt, ist der Versuch, stimmt schon, aber die Zwatzl ist zu erfahren und erkennt das sofort.

»Was ist da jetzt lustig, hä?«

»Entschuldigen Sie, hat nichts mit Ihnen zu tun. Ist Ihnen sonst noch etwas aufgefallen?« Da hat er gerade noch die Kurve bekommen. Schließlich ist die Zwatzl über die Vorgänge in ihrer unmittelbaren Umgebung bestens informiert, und es gilt, die Informationsquelle bei Laune zu halten.

»Hm, da war schon was. Vorhin ist beim Waldweg bei der Hecke, da, wo Sie mit Ihrer Frau immer auf die Baustelle runterstarren, ein rotes Auto langsam vorbeigerollt. Ärgstens hab ich mir gedacht, ärgstens. Dort ist doch absolutes Fahrverbot. Aber bevor ich die Polizei rufen konnte, war das Auto futsch.« Sie sieht enttäuscht aus, vermutlich wegen der verlorenen Chance, jemanden zu vernadern.

Woher sie das mit dem Runterstarren weiß, möchte er gar nicht wissen. Jedenfalls wird ihm die Zwatzl langsam unheimlich, und die Sache mit der Biotonne ist noch immer offen.

»Wann war das genau?«

»Warten Sie, da muss ich überlegen. Hm … Also der Schweinebraten war schon im Rohr, die Kartoffelknödel hab ich grade fertig gerollt gehabt … Übrigens ein Rezept von meiner Mutter, ein Traum … Äh, wo war ich?«

Nur mühsam kann sich der Pokorny zusammenreißen, die Zwatzl nicht zu schütteln, um das bisschen Hirn der ostdeutschen Wichtigtuerin zusammenzubeuteln. Weil ehrlich, wenn die noch länger braucht, kann er sich gleich vor Erschöpfung zu dem Polizisten in den Rohbau legen. Maxime spürt, dass ihr Herrchen Hilfe braucht, und bellt die Zwatzl laut an.

»Ist schon gut. Kurz nach zehn Uhr wird es gewesen sein. Genauer weiß ich es nicht. Halten Sie ja Ihren Köter zurück.«

Mehr braucht sie nicht zu sagen, die Maxime fängt zu knurren an, nur unterbrochen durch lautes Bellen.

»Maxime! Aus!«, ruft der Pokorny, aber eigentlich tut es ihm leid. Die Zwatzl mit angstgeweiteten Augen retourtaumeln zu sehen hat schon was.

Die fängt sich freilich nach der Bändigung der Maxime schnell wieder. »Ihr Hund ist genauso ein … Äh ja, also halt wie die Romy vom Schöberl. Nicht einmal in der Nacht gibt das Vieh eine Ruhe. Letzten Donnerstag, Gott sei Dank waren die Rosenheim-Cops schon vorbei, hat der Dackelverschnitt noch nach einundzwanzig Uhr gebellt ohne Ende. Hätte ich ein Gewehr gehabt …«

»Warum hat die Romy gebellt? Haben Sie was gesehen? War da noch wer?«, fragt er nervös im Stakkato. Schließlich redet die Zwatzl gerade über die Zeit, als der Hinterkopf der Lieblich mit der Mordwaffe Bekanntschaft machte und sie anschließend in das Betonfundament des Naturpools gestoßen wurde.

»Äh, das waren aber jetzt viel Fragen auf einmal. Wie war das noch einmal?« Sie runzelt die Stirn und zieht die Augenbrauen zusammen.

Der Pokorny schließt die Augen und atmet tief durch. »Haben Sie in dieser Nacht irgendwen am Grundstück vom Holler gesehen?«

»Nein … Es war ja dunkel.«

»Dann haben Sie auch nicht gesehen, warum die Romy gebellt hat?«

»Hm«, sagt sie zögerlich und räuspert sich.

»Ich würde es als Ihre Staatsbürgerpflicht betrachten, zum Nachbarn rüberzuschleichen und zu schauen, was der armen Romy fehlt. Schließlich hätte auch dem Schöberl was zugestoßen sein können, nicht wahr?« Diesmal nimmt er die Zwatzl mit dem richtigen Schmäh, und die wahre Kunst ist, dass sie das nicht bemerkt.

»Eh. Hab ich mir auch gedacht. Bin ja eine Tierliebhaberin, ›Vier Pfoten‹ und so. Natürlich war ich leise und habe mich nicht verraten. Was würden sich die Nachbarn leicht denken, wenn ich mitten in der Nacht bei ihnen herumspionieren tät?« Sie nickt ihm verschwörerisch zu, so als wäre der Pokorny auch bei der Stasi gewesen.

211

»Ja, ja, das haben Sie genau richtig gemacht«, säuselt er ein-
fühlsam, und da sieht man wieder, wenn er will, kann er schon
ein richtiger Charmeur sein. »Was haben Sie gesehen?«

»Wenig, wenig, trotz des Nachtsichtge… Äh, jedenfalls hab
ich halt noch näher hinmüssen. Da waren die Lieblich, der Schöberl, der Holler und haben wild diskutiert. Leider hat mich das
blöde Hundsvieh gerochen und gekläfft wie wahnsinnig. Fast
wär ich erwischt worden. – Dann hätte mich der Holler wahrscheinlich auch einbetoniert!«, ruft sie entsetzt, als habe sie erst
jetzt den Ernst der Situation erfasst.

»Wissen Sie, was dann passiert ist? Ist der Holler weggefahren
oder nicht?«

»Das Hundsvieh hat keine Ruhe gegeben und ist mir bis zu
meiner Gartentür nachgerannt. Keine Ahnung, was dann passiert
ist. So, und jetzt muss ich mich um meine Hühnchenbrust in
Orangensoße kümmern, mir rinnt schon beim Gedanken daran
das Wasser im Mund zusammen.« Sie beginnt gleich zu schmat-
zen. »Also. Auf Wieder…«

Trotz der neuerlichen Verwendung des Wortes »Hühnchen«
besinnt sich der Pokorny seiner Aufgabe. »Eines noch, Frau
Zwatzl…«

»Was denn noch?«, brummt sie genervt.

»Was war denn in der Biomülltonne, die Sie letzte Donners-
tagnacht in die Baugrube geleert haben? Die war sauschwer,
und am nächsten Tag war sie leer.« Letzteres ist ein ungenierter
Bluff.

»Äh, so ein Blödsinn, die war am nächsten Tag noch voll. Es
war ja beim Holler so viel los, ich konnte die Steinbrocken vom
alten Bunker nicht… Äh…« Nun erst erkennt sie die missliche
Lage, in die sie sich gebracht hat. »Äh… Guten Tag noch!« Mit
einem kurzen Winken verschwindet sie im Haus.

»Danke, Ihnen auch«, sagt er und schüttelt unmerklich den
Kopf. Dann schlendert er weiter, vielleicht gibt es ja noch andere
Zeugen.

Freilich hat sich bei der Zwatzl trotz der Vorfreude auf ihr
Mittagessen die Lust aufs Spionieren nicht gelegt. Schließlich

212

läuft das Federvieh ja nicht mehr fort und nach der Biotonnen-Anfrage vom Pokorny heißt es doppelt aufpassen.

»Die Häuser neben meinem stehen leer, da brauchen Sie gar nicht anläuten.« Er dreht sich um, sieht aber niemanden. So schnell kann die Zwatzl nicht wieder aus dem Haus geschlichen sein und sich als Baum oder Komposthaufen getarnt haben. Unauffällig lässt er seinen Blick kreisen, und dann rieselt es ihm – angesichts von so viel Unverfrorenheit – kalt über den Rücken hinunter. In der großen Trauerweide, neben ihrem Gartentor, ist doch tatsächlich eine Videokamera mit Bewegungssensor montiert. Jetzt nur nicht die Nerven verlieren, weil wenn die Zwatzl mitbekommt, dass er die Kamera entdeckt hat, ist diese schneller abmontiert, als er den Sprengnagl darüber informieren kann. Er ruft also ein freundliches Dankeschön in Richtung Komposthaufen, geht zu seinem E-Bike zurück und fährt zum Parkplatz des Weingutes Schlossberg. Von dort aus kann die Stasinachbarin vom Schöberl den Pokorny nicht telefonieren sehen. Hoffentlich.

»Habt ihr die Zwatzl, die gegenüber vom Schöberl wohnt, schon vernommen?«, schnauft er, als sein Freund abhebt.

»Sicher, aber die hat nichts gesehen. Warum fragst du?«

»Die Zwatzl hat am untersten Ast einer Trauerweide eine Kamera im Baum versteckt und war am Abend, an dem die Lieblich erschlagen worden ist, spionieren. Der Holler, die Lieblich und der Schöberl standen gegen einundzwanzig Uhr zusammen beim betonierten Pool und haben heftig diskutiert. Ihr müsst euch die Schnüfflerin noch einmal vorknöpfen, nehmt auch die Kamera mit. Vielleicht ist ja was drauf.«

»Was wir mit der Zwatzl schon für Probleme wegen ihrer Videokameras gehabt haben. Immer wenn wir aufgrund einer Anzeige bei ihr waren, waren keine Kameras zu sehen. Ihre direkten Nachbarn sind wegen ihrer Bespitzelungen sogar ausgezogen und versuchen seit einer Ewigkeit vergeblich, die Häuser zu verkaufen.«

»Ich würde auch wegziehen! Du, wenn die Zwatzl tatsächlich ihren Bauschutt in der Mordnacht beim Holler ausgeleert hat, war sie näher an der Grube dran, als sie grade erzählt hat, dann …«

Er wird vom Sprengnagl unterbrochen: »Dann könnte die Zwatzl etwas beobachtet haben oder sogar …«

»Die Lieblich getötet haben«, vollendet der Pokorny den Satz. »Mit fehlt zwar das Motiv, aber wie der Schöberl gesagt hat, kannst in niemanden reinschauen. Was weiß ich, was in der Stasitante vorgeht.«

»Ich schick wen zur Befragung vorbei.«

»Beeilt euch! So, wie die aufgestellt ist, hört sie vielleicht euren Funk ab, anders kann die ihr Zeugs nicht so schnell verschwinden lassen. Die Kamera am Baum wird nicht die einzige gewesen sein.«

✳✳✳

Auf dem Weg zurück rinnt dem Pokorny bei dem Gedanken an das Huhn in Orangensoße dermaßen das Wasser im Mund zusammen, dass er spontan beim Billa hält und sich zwei fette Käse-Leberkäse-Semmerln kauft. Mit einer gehörigen Portion schlechtem Gewissen sitzt er am Parkplatz unter einer weiß blühenden Robinie und schlingt das ungesunde Mittagessen hinunter. Damit die arme Maxime nicht zu sehr leidet, hat sie als eine Art Verbrüderung eine Knackwurst bekommen. Da kommt die allerbeste Ehefrau der Welt gerade ihrem Bildungsauftrag nach, und währenddessen arbeitet sich ihr Bärli unbemerkt die Cholesterinleiter nach oben. Auch der Verzicht auf jedwede elektrische Unterstützung auf dem Weg zum Café Annamühle würde ihm bei der Toni auch keine Pluspunkte mehr bringen.

✳✳✳

Als der Pokorny um vierzehn Uhr beim Café ankommt, ist der Stammplatz der Katzinger verwaist. Verwundert geht er zur Theke. »Wo ist denn die Katzinger?«

»Beim Dr. Gimborn, wegen dem Geschwür am Fuß. Weißt eh, das Kettenrauchen. Irgendwann büßt man dafür.«

Die Gewebeverletzungen an den Schienbeinen der Katzinger sind hauptsächlich dem starken Zigarettenkonsum geschuldet. Dazu kommen noch die kulinarischen Sünden, beginnend bei Speckstangerln über Kekse, Bananenschnitten bis hin zu üppigem Schlagobers auf der Melange. Ihr ungesunder Lebensstil und die unzureichende Bewegung hatten bereits arterielle Durchblutungsstörungen zur Folge, und die haben bei der alten Frau zu offenen Wunden und endlosen Arztbesuchen geführt.

Die Karin sieht ihn besorgt die Stirne runzeln. »Du kannst beruhigt sein, es geht ihr gut, sie war schon zu Mittag da und lässt dich grüßen. Du sollst dich bei ihr melden.« Sie reicht ihm zwanzig Euro. »Für den Berti, die Katzinger braucht seine Wundersalbe für die Hühneraugen«, sagt sie schmunzelnd. »Möglichst gleich in einem Malerkübel.«

»Der Berti und seine Wundermittelchen – die Toni schwärmt von seinen Tees. Und du, brauchst wieder ein paar Schwammerln?« Er lächelt.

»Nein, nächste Woche dann wieder.«

»Kennst du den Schöberl?«

»Ja, der kauft bei uns zweimal die Woche ein Waldviertler-Brot, er ist … war der private Pfleger vom Waldemar. Ein herzensguter Mensch. Traurig für ihn. Da stirbt der Lieblich ihr Mann weg, und die Bahn wäre frei für den Schöberl, und dann wird die Lieblich umgebracht, echt traurig. So ein Pech musst einmal haben, und das nach der Helene. Dabei wäre doch ›Franzl und Sissy‹ so romantisch gewesen!« Die Karin seufzt sehnsüchtig.

»Die Bahn frei …? Wie meinst denn das?«

»Na ja, ich glaube, zumindest vom Schöberl war da schon immer mehr als nur Nachbarschaft. Beruflich als Pfleger arbeiten reicht ja schon, da brauchst nicht auch noch dem Nachbarn den Hintern auswischen. Es sei denn … er wollte mehr von der Ehefrau.«

»Aber hätte ihn die Lieblich als Partner akzeptiert? Jetzt, wo keine Hilfe mehr erforderlich ist?«

»Hm, stimmt auch, nachdem der Waldemar tot ist, hätte sie ihn nicht mehr gebraucht.«

»Denke ich auch. So, ich muss jetzt, weißt eh, die Creme für die Katzinger holen, baba«, verabschiedet er sich, steigt auf sein froschgrünes E-Bike und düst mit der Maxime nach Großau.

✳✳✳

Als er sich vor dem Laden einbremst, sieht er ein Schild auf der Eingangstür: »Bin in Kürze zurück«. Wie lang das bei jemand dauert, der wenig Wert auf übermäßige Umsatzsteigerungen legt, weiß er nicht. Dafür erstaunt ihn jedes Mal aufs Neue, wie sein Freund das heruntergekommene Haupthaus des Bauernhofs auf Vordermann gebracht hat. Von den einstigen mit Patina überzogenen dunklen Eternitschindeln und den ergrauten Kalkwänden ist nichts mehr zu sehen. Ohne nennenswerte Unterstützung, lediglich mit Hilfe von Youtube und anderen Do-it-yourself-Webseiten, hat er das hundertfünfzig Jahre alte Gebäude revitalisiert. Auch in Eigenregie muss der Umbau einiges gekostet haben. Ob der Berti auf Reserven zurückgegriffen oder die Kosten mit Cannabis und Magic Mushrooms gedeckt hat, das will der Pokorny gar nicht so genau wissen. Mitten in seine Überlegungen bremst sich sein Freund mit seinem kanariengelben VW Bulli neben ihm ein.

»Sorry, mein Freund, fürs Warten.« Er nimmt einen Umzugskarton aus dem mehr als sechzig Jahre alten, liebevoll gepflegten Bus. »Zwei meiner Hendeln liegen seit Tagen lethargisch im Stall, heute war der Tierarzt oben beim Bauern auf Stallbesuch. Musste ich nutzen.«

»Und, wie geht's ihnen?«

»Der Arzt hat mir was fürs Immunsystem mitgegeben, hoffentlich hilft es. Die zwei legen sonst Eier ohne Ende, Antibiotika gehen wegen bio nicht, mal sehen. Gibt's was Neues?«

Der Pokorny bringt seinen Freund auf den letzten Stand. Der greift sich an den Kopf. »Die kriegen auch gar nichts auf die Reihe. Jetzt haut ihnen der Holler ab! Ich glaub, ich spinn. Und jetzt?«

»Die Wehli setzt grad Himmel und Hölle in Bewegung, um
ihn zu erwischen, und lässt die Baustelle sowie sein Haus in
Traiskirchen überwachen.«

»Wo soll er dann hin?«

Der Pokorny grinst. »Vielleicht versteckt er sich im Wald auf
einem Hochstand und schaut der Polizei beim Suchen zu.«

»Hm, das bringt mich auf eine Idee. Ich könnte den Mochacek
fragen.«

»Den windigen Immobilienmakler vom Sprengi? Wozu?«

»Der Mochacek ist Jäger und kennt jeden Unterschlupf in
Vöslau und Umgebung. Vielleicht fällt dem was ein.«

»Und du kennst den Mochacek woher? Hat dir der den Bauernhof vermittelt?«

»Äh, nein … Das bleibt unter uns, sonst zuckt mir der Sprengi
aus. Damit dem Mochacek die Nächte am Hochstand nicht zu
lange werden, kommt er manchmal bei mir vorbei und nimmt
ein paar von den Schwammerln mit. Helfen ihm, die Nähe zur
Natur besser zu spüren, angeblich hört er das Wild, wenn es sich
unterhält. So eine Art Verschmelzung mit dem Wald, erzählt
er zumindest.« Der Berti hüstelt und schlichtet emsig frische
Radieschen in eine Kiste neben dem Verkaufspult ein.

Der Pokorny schaut seinen Freund entgeistert an. »Nein!
Sag mir, dass das nicht stimmt! Spinnst du jetzt komplett? Ein
halluzinierender Jäger mit einem geladenen Gewehr am Hochstand. D… du … hast ja einen Hieb«, zuckt er stellvertretend
für den Sprengnagl aus und greift sich entsetzt an die Stirn.
»Berti, du Idiot. Was ist, wenn der ein Reh mit einem Läufer
verwechselt? Die Toni trainiert im Wald für den Harzberglauf!
Deine Auslieferung kannst dir heute selber machen, du Vollpfosten, und pokern kannst auch allein, der Sprengi hat eh keine
Zeit.« Er setzt die Maxime in die Box, steigt erbost auf sein
E-Bike und kommt bei der Heimfahrt nicht aus dem Fluchen
hinaus.

✳✳✳

Gegen neunzehn Uhr stört das Nokia den Fernsehabend der Pokornys, zerknirscht meldet sich der Berti. »Ich hab Infos vom Mochacek für dich. Vielleicht interessieren dich die nach deinem grantigen Abgang trotzdem. Er hat mir interessante Dinge über den Baumeister erzählt. Die waren gemeinsam … jagen. Geschäftsanbahnung, Abschluss, weißt eh, wie das läuft.«

Der Pokorny nickt in Gedanken versunken, er kennt aus seiner Zeit der Grundstückssuche die Machenschaften vieler Immobilienmakler nur zu gut.

»Bist du noch da?« Weil nach dem Auszucker im Laden könnte sein Freund ja auch einfach aufgelegt haben.

»Ja, ja. Was hat er noch erzählt?«

»Der Mochacek war zwei Wochen auf La Palma und hat von alldem hier nichts mitbekommen. Deshalb hat er sich auch nicht gewundert, als er den Holler heute bei der Pfadfinderhütte am Harzberg getroffen hat.«

Plötzlich reißt der Pokorny einen Stress auf. »Heute? Bei der Roverhütte?«

»Ja.«

»Wann war das?«

»So gegen elf Uhr dreißig.«

»Weiß der Sprengi schon davon?«

Leider hat das alte Nokia vom Pokorny keine Freisprechtaste, deshalb kuschelt sich die Toni an und bringt sich ein: »Vielleicht ist der Holler zurückgekommen und versteckt sich dort?«

Der Pokorny schüttelt irritiert den Kopf, weil sein Hirn gerade überfordert ist. Das rechte Ohr am Nokia, stereo beschallt durch den Berti und die Toni, das linke Ohr voll mit einer Waschmittelwerbung im Fernsehen.

»Könnte möglich sein«, meint der Berti.

»Glaub ich nicht, er muss doch damit rechnen, dass ihn der Mochacek verrät. Weiß der Sprengi schon davon?«, wiederholt er seine Frage.

»Vielleicht hat ihn der Mochacek angerufen?«, spricht die Toni weiter am Ohr vom Pokorny vorbei.

»Keine Ahnung. Mehr weiß ich auch nicht.«

»Danke dir, Berti, und … tut mir leid wegen vorhin, aber …«
»Ich weiß schon … Vergiss es einfach, ist ja wirklich keine gute Idee. Bis morgen, servus!«, verabschiedet er sich.

»Und jetzt?« Der Pokorny legt das Nokia weg und schaut die Toni müde an.

»Ruf den Sprengi an«, schlägt sie vor, »oder nein, ich schick ihm eine WhatsApp, weil über Lieblich und Co. haben wir heute schon genug geredet.«

Der Holler wurde vom Mochacek heute gegen 11.30 Uhr bei der Roverhütte gesehen. Schönen Abend

Danach legt sie grinsend das iPhone zur Seite und küsst ihn zärtlich. »Bärli, du wirkst verkrampft … Das mit dem Berti setzt dir ordentlich zu.« Sie zwinkert ihn verschmitzt an. »Weißt du was, ich mach dir ein paar zuckerfreie Schoko-Palatschinken und lass mein Stretching heute aus, dafür hab ich eine andere gute Idee zum Dehnen …«

Die Vorfreude auf ihre Idee ist – trotz der ungesunden Leberkäseattacke – dermaßen groß, dass er die drei fingerdick bestrichenen Palatschinken gierig verschlingt. Was leider dazu führt, dass ihm in der Liebesschaukel übel wird und seiner unbefriedigten Ehefrau neben ihren geliebten Manner Vollkornschnitten nur mehr eine Universum-Dokumentation über das Liebesleben der sexuell ausgeglicheneren Bonobo-Affen überbleibt.

Mittwoch, Tag 10

Es ist zehn Uhr fünfundvierzig und nahezu windstill, was für Bad Vöslau ein seltenes Ereignis ist. Fast täglich bläst der heftige Westwind über den Harzberg herunter, nicht bloß einmal ist der Wäscheständer der Toni schon quer durch den Garten geflogen.

Der Pokorny steht im Garten seiner Doppelhaushälfte, schaut nach Westen und weiß gleich, warum der Wind heute ausbleibt. Es herrscht die sprichwörtliche Ruhe vor dem Sturm. Dicke schwarze Regenwolken hängen über dem knapp elf Kilometer entfernten Berndorf und bahnen sich bedrohlich ihren Weg in seine Wahlheimat. Der Tag wird langsam zur Nacht, die saftig grüne Frühlingslandschaft wirkt bleich und leblos. Er hadert, ob er mit dem E-Bike oder doch lieber mit dem Auto zum Schöberl fahren soll. E-Bike und Regen sind für ihn keine angenehme Kombination. Aber frei nach dem Motto »Mut kann man nicht kaufen« beschließt er trotzdem, das E-Bike zu nehmen, fährt er doch ostwärts und damit dem Regen davon. Wenn es sich später doch einschütten sollte, nimmt er beim Schöberl halt einen zweiten Espresso.

Doch es kommt anders, am Schlossplatz läutet sein Nokia, er bremst sich bei der Bäckerei Mann ein und nimmt das Gespräch vom Berti an.

»Ich habe eine Lieferung bekommen, der Lkw steht vor der Tür, und der Idiot von Fahrer macht Mittagspause. So wie es aussieht, wird's gleich schütten. Kannst du bitte vorbeikommen und mir beim Ausladen helfen?«, bittet der Berti seinen Freund.

»Bin am Schlossplatz, komme gleich«, sagt der Pokorny und legt auf. »Na, hoffentlich geht das gut, weil jetzt geht's rein ins Auge des Orkans.«

***

Vor dem Laden parkt ein riesiger Lkw und versperrt die Einfahrt. Der Pokorny stellt sein E-Bike neben der Veranda ab und sieht seinen Freund fluchend auf sich zukommen.

»Der Fahrer ist ein Vollkoffer, gleich geht die Welt unter, und der geht friedlich zum Karner auf Mittagspause. Dem seine Ruhe möchte ich haben.«

»Hättest ihm halt ein Trinkgeld angeboten …«

»Trinkgeld, lächerlich, was glaubst du denn? Unter fünfzig Euro macht der gar nix, und ehrlich, da schlepp ich lieber selbst die Kisten …« Er bemerkt den irritierten Blick vom Pokorny und kalmiert: »Also lieber mit dir und wir verputzen das Geld später gemeinsam.« Schon stöhnt er unter zwei Bananenkisten voll leerer Einmachgläser für seine Marmeladen. Gerade noch rechtzeitig können die beiden die letzten Kisten in den Lagerraum räumen. Mehr als eine schlampige Unterschrift ist da für den unfreundlichen Lkw-Fahrer nicht drin.

Mittlerweile gießt es in Strömen, die Freunde gönnen sich nach getaner Arbeit unter der regendichten Laube einen Espresso.

»Danke dir für die Hilfe, allein hätte ich das nie trocken geschafft«, sagt der Berti dankbar. »Gibt's was Neues vom Flüchtigen?«

»Bisher nicht. Wir haben den Sprengi gestern noch informiert, bis jetzt aber nix von ihm gehört.«

»Hat der Holler noch ein anderes Auto? Die Wehli wird den Dodge und den Bus konfisziert haben«, vermutet der Berti.

»Angenommen, er ist vom Krankenhaus wirklich mit der Badner Bahn nach Traiskirchen gefahren … Ein Taxi fällt laut Sprengi nämlich aus. Wie kommt er dann von Traiskirchen zur Roverhütte? Hat seine Frau ein Auto?«

Der Berti holt sein neues Samsung Galaxy aus der Latzhose und wählt die Nummer vom Mochacek. Zwei Sätze später legt er auf. »Vor der Hütte ist ein roter Fiat gestanden, mit dem ist der Holler weggefahren.«

»Rot, rot, rot!«, ruft der Pokorny aufgeregt. »Die Zwatzl hat gestern von einem roten Auto gesprochen. Oben zwischen Kurpark und Waldandacht auf dem Waldweg, sie hat sich mächtig darüber aufgeregt.«

»Der Holler wollte wahrscheinlich wissen, was auf der Baustelle los ist«, mutmaßt der Berti.

»Warte, ich schreib dem Sprengi eine Nachricht.«

holler faehrt einen roten fiat

»So! Nur damit die Wehli nicht sagen kann, wir verschweigen was. Weiter im Text. Auf der Baustelle ist er nicht, genauso wenig wie in Traiskirchen.«

»Wo dann?«

»Keine Ahnung, ich muss den Sprengi fragen, ob sie schon beim Steinbruch gesucht haben. In seinem falschen Alibi hat der Holler behauptet, dort über sein Leben nachgedacht zu haben. Aber er wird kaum auf der Aussichtsbank schlafen und sonst den Rundumblick genießen. Weißt du, ob's dort oben andere Verstecke gibt? Andere Hütten, Höhlen, Unterschlupfe?«

Der Berti nickt. »Höhlen gibt's am Harzberg genug. In einige passt leicht ein Auto hinein. Ein paar von meinen Kunden dröhnen sich dort oben regelmäßig zu. Platz genug ist dort.«

Der Pokorny denkt an pilzgeschwängerte Partys und schaut auf sein Nokia. »Der Sprengi ist auf Tauchstation. Vielleicht hat ihm die Wehli das Handy weggenommen? Würde ich ihr zutrauen. Dann schau ich mir die Höhlen mal selber an, vielleicht ist er ja dort.«

»Keine gute Idee. Der wird wegen zweifachen Mordes gesucht, und du willst da einfach auf lustig vorbeifahren?«, fragt der Berti besorgt. »So nach dem Motto: ›Hallo, Holler, stell dich, alles wird gut.‹ Spinnst du? Dem kommt es auf eine dritte Leiche auch nicht mehr an.«

Bevor der Pokorny antworten kann, läutet sein Nokia. Es ist leider nicht der Sprengnagl, sondern ein schlecht gelaunter Schöberl. »Die Wehli war gerade bei mir und hat mich wegen meiner angeblich falschen Zeitangaben in der Mordnacht verhört. Hast du ihr was gesteckt?«, fragt er verärgert.

»Du warst gestern Mittag nicht zu Hause. Die Zwatzl hat mich angequatscht und von sich aus erzählt, dass du mit der

Lieblich und dem Holler gegen einundzwanzig Uhr am Grundstück warst. Der Wehli hast du aber erzählt, dass du zu dem Zeitpunkt zu Hause vor dem Fernseher gesessen bist. Kein Wort, dass du noch einmal drüben warst.«

»Du weichst mir aus! Warum hast du der Wehli das erzählt?«

»Kann ich das mit dir persönlich besprechen? Ich könnte gleich zu dir kommen.«

»Nein, heute geht es nicht, ich … hab schon etwas vor. Reden wir morgen bei der Mittagsrunde, bis dann«, verabschiedet er sich und legt auf.

»Komischer Anruf. Ich muss los, die Toni wartet sicher schon wegen unserem Mittagessen.« Nach einem Blick auf die Uhr springt er auf. »Na geh, schon so spät.«

»Dann los! Der Regen macht grade Pause, und vergiss bitte deine Höhlenforschungen, das soll die Polizei erledigen, ohne dich«, sagt der Berti besorgt.

»Jetzt, wo's spannend wird? Sicher nicht.«

»Red wenigstens mit der Toni drüber, versprochen?«

»Passt schon, baba.«

***

»Wie schaust denn du aus?«, ruft die Toni, als er wenige Minuten später klitschnass die Bücherei betritt, Jeans und Leibchen rinnend wie nach einem Vollbad. Vor ihrem Schreibtisch bildet sich rasch eine Lacke. Leider ist es sich nicht ganz ausgegangen. Einen Kilometer vor seinem Ziel hat sich eine mächtige rabenschwarze Gewitterwolke direkt über ihm entladen.

»Der Berti hat mich für einen Noteinsatz gebraucht, so weit gut, nur auf den Espresso als Belohnung hätte ich verzichten sollen«, seufzt er.

Doch diesmal kommt zum Pech auch Glück dazu, weil er ganz knapp die Katzinger verpasst hat. Die hat sich nämlich wieder einmal mordsmäßig bei der Toni beschwert. »Weißt, Tonerl, dein Mann ist schon gemein!«, hat sie sich anschnauzen lassen müssen. »Nicht einmal angerufen hat er mich gestern. Nur weil ich einmal nicht im Café bin und mich ums Diabetes kümmern muss. Und heute steh ich mit eingebundenen Haxen beim Café, mein Speckstangerl ringelt sich ein, und der werte Herr Gemahl denkt sich wahrscheinlich: Die Alte erspar ich mir einfach, gell? Er soll sich umgehend bei mir melden, fix!«

Die Tatjana beseitigt mit einem Wischmob die Lacke und reicht ihm grinsend ein Handtuch zum Abtrocknen. »Da hast du dir auch wirklich was erspart. Unglaublich! Die arme Toni hat mir echt leidgetan. Dass die Katzinger so grantig sein kann, hätte ich mir nicht gedacht.«

Die Toni zuckt mit den Schultern. »So ist sie halt.« Liebevoll rubbelt ihm die allerbeste Ehefrau der Welt die Haare trocken. »Also, heute kein Besuch beim Schöberl?«

»Nein, er hat erst morgen wieder Zeit. Komm, wir quatschen im Bierhof.«

»Lassen wir das lieber bleiben, du bist komplett durchnässt. Fahr lieber nach Hause und zieh dich um.«

»Na geh, und was wird aus meinem Gulasch?«, raunzt er.

»Schau, Bärli, ich esse mit der Tatjana einen Salat, und nach deiner gestrigen Leberkäseorgie würde dir das auch nicht schaden«, erklärt die Toni und sieht den ertappten Sünder rot werden. »Eine Billa-Mitarbeiterin hat gestern ihre Tochter aus der Bücherei abgeholt und mir von deinem Leberkäsekonsum erzählt. Mir ist nicht leicht etwas peinlich, aber gerade nach so einer Veranstaltung … Und dass du der Maxime mit einer Knackwurst zufütterst, schlägt dem Fass den Boden aus!«

Nachdem die Zwatzl, wie erwartet, als Ausrede nicht herhalten kann, wechselt der Pokorny das Thema und erzählt von seiner Idee, in den Höhlen nach dem Holler zu suchen. Die Idee, allein zum Steinbruch zu fahren, kommt bei der verärgerten Toni erst recht nicht gut an.

»Bist du verrückt! Alleine fahrst du da sicher nicht hinauf!«

»Irgendwas muss ich tun, der Sprengi meldet sich nicht, und niemand weiß, wo der Holler ist. Ich bin vorsichtig, keine Sorge.«

»Hm, ohne mich sicher nicht. Pass auf, wir machen das so: Wir treffen uns nach der Arbeit zu Hause, ich ändere heute meine Trainingsstrecke und laufe über die Forststraße zum Steinbruch hinauf.« Sie schaut die Tatjana an. »Wie weit ist es vom Parkplatz?«

»Circa eins Komma fünf Kilometer.«

»Perfekt, fast die gleiche Länge wie beim Harzberglauf. Hm, du gibst mir, sagen wir … fünf Minuten Vorsprung. Dann kommst du mit dem E-Bike nach. Ich verstecke mich bei den Nebellöchern und warte auf dich. Okay?«

»Äh …« Der Pokorny schaut verständnislos zwischen den beiden Frauen hin und her. »Nebellöcher? Versteh ich nicht.«

Die Tatjana lächelt die Toni an. »Woher kennst du die Nebellöcher?«

»Die liebe Maxime«, antwortet sie und streichelt der Beagelin den Kopf, »ist mir letzten Winter bei einem Spaziergang am Sonnenweg entwischt und bergauf getürmt. Ich hab sie dann bei den Nebellöchern gefunden. Dort hat sie einen versteckten Frosch aus Ton inklusive Plastikdose angebellt.«

Der Pokorny versteht immer weniger. »Da wird mitten im Wald ein Tonfrosch mit Plastikdose entsorgt? Umweltverschmutzung pur, und das in Bad Vöslau!«

»Natürlich hab ich die Dose geöffnet, ich war ja ebenso verwundert wie du. Das ist eine Art Schatz«, sagt sie schmunzelnd, hebt die Hände und zeichnet beidhändige Gänsefüßchen in die Luft, »der gehört zu einer Krimi-Geocaching-Serie, die unter dem Namen ›Mord in Bad Vöslau‹ läuft. Äh, wo war ich …?«

»Du willst dich bei den Nebellöchern verstecken?«, meint die Tatjana. »Keine gute Idee, die findet der Pokorny nicht so leicht. Besser wäre, du gehst noch ein Stück rauf und versteckst dich bei der Forststraße. Da findet ihr euch schneller.«

Dem Pokorny passt es so gar nicht, wenn er dumm dasteht, keine Ahnung von Nebellöchern und Geocaching hat und nur die beiden Freundinnen wissen, worum es geht. Trotzdem wird seine Mitarbeit verlangt. »Okay, bei der Forststraße gibt es einen Geolehrpfad, dort kannst du dich gut verstecken«, sagt er. »Dann können wir gleich beim Bankerl vorbeischauen und …« Er sieht

225

die Toni lachen und fährt irritiert fort: »Wenn er dort nicht ist, dann suchen wir die Höhlen beim Steinbruch ab. Der Berti hat gemeint, dort sind einige größere Höhlen.«

Weshalb die Toni das mit dem Bankerl so witzig findet, erschließt sich seiner männlichen Vorstellungskraft nicht. Männer sind da, gegensätzlich zu Frauen, anders aufgestellt. Also wenn sie überhaupt über ihr Leben, über Probleme oder sonstige lebenseinschränkende Situationen nachdenken, dann auf ihre eigene Weise. Manche machen ein Feuer und starren stundenlang hinein, andere verkriechen sich auf Hochständen und konsumieren narrische Schwammerln. Der Pokorny wiederum hat seinen persönlichen Kraftplatz auf dem Bankerl beim Steinbruch gefunden. Und irgendwann hat er halt der Toni davon erzählt.

»Da hat er recht«, sagt die in Gainfarn geborene Tatjana, zwinkert der Toni zu und bringt ihre regionalen Kenntnisse als Pfadfinderin ein. »Genau genommen befinden sich in dem Steinbruch – dem Harzbergbruch – Stollen vom Dolomitenstein-Abbau, leicht zu finden. Beim Geolehrpfad vorbei sind es vielleicht noch dreihundert Meter bis zum stillgelegten Vöslauer Dolomitenwerk. Daneben ist ein Übungsgebäude, in dem das Atemschutzzentrum Baden untergebracht ist. Rechter Hand gibt es große Stollen, die teilweise sogar befahrbar sind.«

Der Pokorny hat das Gefühl, dass die Toni der Tatjana von seinen Nachdenkphasen beim Bankerl erzählt hat. Er verdrängt den aufkeimenden Ärger. »Passt in so einen Stollen ein Fiat 500 rein?«

»Leicht. Da geht sich sogar ein Feuerwehrwagen aus«, antwortet die Tatjana breit grinsend. »Was da schon alles drinnen war, möchtet ihr gar nicht wissen.«

Die Toni gibt ihm zum Abschied ein Versöhnungsbusserl. »Dann bis später.«

»Mit einem Salat wirst du's bis achtzehn Uhr nicht aushalten«, meint der Pokorny.

»Aber ja, zu Hause noch einen Snack und dann geht es los.«

»Die staubtrockenen Beton-Bioroggen-Vollkornkekse vom

Berti oder doch lieber Manner Schnitten? Böser Zucker und so …« Damit wagt er sich nach der Versöhnung weit vor.

Ja, da befindet sich die Toni tatsächlich in einem Zwiespalt. Einerseits ist sie sportlich, achtet peinlichst auf ihre Figur und die tägliche Kalorienbalance, andererseits ist da die Lust auf Manner Schnitten, die aus einer glücklichen Kindheit herrührt. Jeden Sommer ist sie mit ihren geliebten Großeltern in den Bergen Österreichs herumgewandert. Immer mit dabei eine rechteckige blecherne Box, in der sich neben herrlich duftendem Speck, würzigem Käse und frischem Brot auch verlässlich eine Packung Manner Schnitten befand. Und mit jeder einzelnen Schnitte erlebt die Toni diese glücklichen Momente wieder und wird regelmäßig schwach. Das Argument, sie esse ja eh die Manner Vollkornschnitten, also die gesündere Variante, bringt sie selbst zum Schmunzeln.

Freilich hat der Pokorny die Rechnung ohne die Toni gemacht, weil bei ihm Angriff immer noch die beste Verteidigung ist.»Ja, ja, denk du nur an gestern und an deine Cholesterinwerte, Bärli.« Sie tätschelt ihm liebevoll sein Bäuchlein.

»Ist schon gut, ich sage eh nix mehr.« Weil das jetzt vor der Tatjana auszudiskutieren wäre peinlich für ihn ohne Ende.

***

Gegen neunzehn Uhr brechen sie von zu Hause auf. Der Pokorny trockengelegt, die Toni im engen sexy Laufgewand, gestärkt durch eine Packung Glücksmomente aus ihrer Kindheit und voll Tatendrang. Beim Waldtennis-Parkplatz gibt er seiner Bergläuferin den gewünschten Vorsprung und fährt dann langsam mit dem E-Bike die Forststraße hinauf. Die Toni ist flott unterwegs. Erst knapp vor dem Geolehrpfad holt er sie ein und zeigt ihr eine geeignete Stelle zum Verstecken. Er selbst stellt sein E-Bike hinter ein Gestrüpp und schleicht sich die letzten Meter zum Steinbruch bergauf. Schon aus der Entfernung kann er sehen, dass niemand da ist. Sicher ist sicher, denkt er und quält sich auch noch den schmalen Weg bis zum Bankerl hinauf. Kein

Holler. Weder am noch neben noch unter dem Bankerl. Vorsichtig schaut er über die Kante die geschätzten dreißig Meter bis zum Grund des Steinbruchs hinunter und atmet tief durch. Gott sei Dank, auch dort kein Baumeister. So wie der beieinander ist, nicht auszudenken. Beim Versteck der Toni bleibt er stehen. »Ich fahre vor, komm du nach, aber pass auf, dass du leise bist.« Sie nickt und schickt ihm ein Küsschen.

Neben einem verwitterten Bretterverschlag lehnt er sein E-Bike an, schleicht zum Stollen und lauscht. Außer dem Rauschen seines Blutes in den Ohren ist es still. Die Toni hat natürlich auch an Licht im Dunkeln gedacht. Er nimmt die Taschenlampe aus der Jacke und leuchtet in die Finsternis hinein. Wie eine riesige Höhle baut sich der Stollen vor ihm auf. Im Schein der Taschenlampe kann er zahlreiche Seitengänge mehr erahnen als erkennen. Jetzt ist es für ihn an der Zeit, Farbe zu bekennen. »Holler! Sind Sie da? Ich bin's, der Pokorny«, ruft er vorsichtig und jederzeit bereit, den Rückzug anzutreten.

Seine Stimme hallt in dem unheimlich wirkenden, riesigen Stollen. Was hat er sich eigentlich dabei gedacht, da allein reinzugehen und einen potenziellen Mörder in einem dunklen Stollen zu einem Gespräch aufzufordern? Der Berti hat recht gehabt. Kein Mucks ist zu hören. Beim Umdrehen sieht er in einem Seitenstollen im Licht der Taschenlampe eine Reflexion. Er spürt, wie sich seine Nackenhaare aufstellen, verharrt regungslos und überlegt. Zwar hat er von einem Vöslauer Harzberg-Bären noch nichts gelesen, aber wer weiß, was für ein Getier sich in dem Stollen wohnlich eingerichtet hat. War da nicht gerade erst eine Naturdoku über die Ansiedlung einer Gruppe Wölfe im Fernsehen? Und bei seinen Fettreserven hätte die Wolfmama lang Futter für ihren Nachwuchs. Vorsichtig macht er einen Schritt auf den Seitenstollen zu und atmet erleichtert auf. Bären besitzen keine Autos und reflektierenden Nummernschilder. Gerade noch voller Erleichterung, stellen sich ihm schon wieder die Haare im Nacken auf. Weil nicht nur Bären und Wölfe, sondern auch Mörder Ungemach bedeuten können.

»Hallo, ist da wer?«, ruft er eine Spur lauter.

Und dann, von einer Sekunde auf die andere, ist der Pokorny blind. Blind, weil vor ihm zwei kreisrunde Xenon-Scheinwerfer eines roten Fiat 500 explodieren. Klein, aber oho blenden ihn die Lichter des italienischen Retroautos.

»Aus! Was soll das? Schalten Sie die Scheinwerfer aus!«, schreit er in Richtung des Lichts, weil wehrloser als jetzt geht kaum mehr. Wie ein angezählter Preisboxer dreht er sich torkelnd weg, macht einen Schritt zur Seite und stürzt der Länge nach über einen großen Felsbrocken. »Aua!« Panisch geistert seine Stimme durch den Stollen. Er sieht, wie sich eine schemenhafte Figur um das Auto bewegt und vor den Scheinwerfern bedrohlich anwächst.

»Bringen Sie mich jetzt auch um?«, stöhnt er und spürt einen Stich im lädierten Knie. »Sakrahaxn, machen S' die Scheinwerfer aus!«

Der Holler denkt freilich nicht daran, die Situation zu seinem Nachteil zu verändern. »Hauen Sie ab!«

»Nach Ihnen läuft eine Fahndung, die Polizei kann jeden Moment hier sein«, blufft der Pokorny.

»Sie lügen, das höre ich an Ihrer Stimme. Sie machen wieder einmal einen Alleingang, ohne Polizei. Sonst wären die nämlich schon mit der ganzen Kavallerie hier angerückt.« Er schaltet die Scheinwerfer auf Standlicht. »Dass die Polizei nichts auf die Reihe bekommt, ist mir schon klar, aber dass auch Sie glauben, ich hätte die Lieblich erschlagen, enttäuscht mich schon. Warum hätte ich das tun sollen?«

»Ich habe nicht von Erschlagen, sondern lediglich von Umbringen gesprochen. Wenn Sie es nicht getan haben, wieso wissen Sie dann, wie sie getötet wurde?«

»Also … Ich … Spielt das eine Rolle? Ich war's nicht«, sagt er nervös und fährt sich mit beiden Händen durch die Haare.

»Ach … Sie waren es nicht. So einfach kommen Sie aus der Nummer nicht raus, weil Gründe, die Lieblich zu beseitigen, gab's für Sie genügend. Beim letzten Streit hätte nicht viel gefehlt …«

»Was mischen Sie sich ständig in meine Angelegenheiten

229

hinein? Der Drachen wollte mich fertigmachen. Zigmal hätte ich sie erschlagen können. Dann wird die mit einer Stange von meiner Baustelle erschlagen, auf der, welch Überraschung, meine Fingerabdrücke drauf sind und … Mehr habt ihr nicht? Ihre Abdrücke müssten übrigens auch drauf sein, sind Sie deswegen verdächtig?«, fragt er mit einem raschen Seitenblick auf seine Armbanduhr.

»Zumindest hat mich die Wehli mit Achter am Handgelenk auf den Posten bringen lassen.«

»Ich sag ja, die bringen nichts auf die Reihe. Ob Sie mir glauben oder nicht, ist mir egal, ich habe die Lieblich nicht ermordet! Meine Frau hat mir nach der Verhaftung die Scheidungspapiere vorbeigebracht. Ich liebe meine Frau und meine zwei Töchter, und jetzt soll ich das alles verlieren? Wegen einem Irren, der die Lieblich in meine Bodenplatte geworfen hat? Wie blöd müsste ich sein, dass ich sie ausgerechnet bei mir einbetoniere. Hä! Wie blöd? Wenn ich die wirklich hätte verschwinden lassen wollen, was übrigens rückblickend keine schlechte Idee gewesen wäre, hätte ich das schon früher erledigen können.«

»Blödheit wird auch gerne als Alibi herangezogen. Weil wer wäre wirklich so blöd … Außer er möchte damit bewusst von sich ablenken. Eine paradoxe Intervention nennt man das.«

Der Holler schüttelt den Kopf und schaut wieder auf die Uhr. »Können Sie jetzt bitte verschwinden? Ich … ich denke darüber nach und stelle mich morgen der Polizei.«

»Haben Sie eine Verabredung?«

»N… nein, wieso?«

»Weil Sie ständig nervös nach Ihrer Uhr linsen.«

»Verschwinden Sie einfach. Bitte! Ich muss …« Der Holler stöhnt und lehnt sich zurück. Im Licht der Taschenlampe sieht der Pokorny ein Häufchen Elend vor sich. Die Hose des gescheiterten Baumeisters ist schmutzig und zerknittert, das Hemd bei den Achselhöhlen feucht, über Stirn und Nacken laufen ihm Schweißtropfen hinunter. Der ohnehin schon unangenehm modrige Geruch in dem Stollen wird durch Schweiß und Urin noch verstärkt. Vom Glanz des stolzen, arroganten Unternehmers früherer Tage ist nichts mehr über.

Auch wenn er dem Pokorny leidtut, eine Sache ist noch offen.
»Das mit der Lieblich könnte ich ja irgendwie nachvollziehen,
aber warum haben Sie ihren Mann mit einem Taser umgebracht?
Der hatte doch nichts damit zu tun, dass Sie mit seiner Frau
Ärger hatten.«

»Hat die Polizei den Taser gefunden?«

»Ja, wieder so ein Schwachsinn, den in der eigenen Garage
zu verstecken. Seien Sie mir nicht böse, aber dümmer geht es
wirklich nicht.«

»Von dem Mord am Waldemar Lieblich habe ich erst durch Sie
erfahren. Mit dem ganzen Stress habe ich auf den verdammten
Taser in der Garage vergessen, nach meiner Rückkehr wurde
ich gleich verhaftet. Der Taser wurde mir beim Kurstadtlauf in
die Tasche gesteckt ... Glauben Sie mir bitte!« Der ungläubige
Blick vom Pokorny spricht offenbar Bände. »Sehen Sie, eh schon
wurscht, hängen wir dem Holler halt auch noch den zweiten
Mord an, nicht wahr?«

»Wer hätte einen Grund, Ihnen den Taser unterzujubeln?«,
fragt der Pokorny skeptisch.

»Schauen Sie, letztendlich ging es doch darum, einen Sünden-
bock zu finden, der für die zwei Morde bezahlen soll. Da gibt
oder gab es einige Kandidaten, die von einem verurteilten Holler
profitieren würden. Die Lieblich, nachdem sie ihren Mann gemeuchelt hat, der Schöberl, für den der Weg zur Lieblich frei
war ... Hm, gut, das hat sich beides erübrigt. Die Zwatzl wegen ihrer Spioniererei, der Müllentsorgung und den Kameras.
Oder der Fetzer! Wurde der schon befragt? Der Versager hat
früher einmal Veterinärmedizin studiert, abgebrochen und bis
vor einem Jahr noch am Haidlhof bei den Neuseelandschweinen
mitgearbeitet. Er hat die Bauern in Großau gegen mein Reihen-
hausprojekt aufgehetzt, von wegen Verschandelung der Landschaft, Bodenversiegelung und so. Die wollten dann ordentlich
abcashen, die Preise schnellten in die Höhe, ich musste aussteigen.
Aber mit einem Hugo Holler tut man so was nicht ungestraft.
Eine kleine Spende für das Forschungsprojekt an die Uni Wien
und schon wurde der Vertrag des Studienabbrechers nicht mehr

verlängert. Jetzt ist er arbeitslos, so leicht geht das. Vielleicht sollte sich die werte Frau Chefinspektorin den gestörten Chef der Piratenpartei mal genauer ansehen. Der wäre sicher froh, wenn ich im Gefängnis landen würde, er könnte das Ehepaar Lieblich beseitigen und mir den Taser in die Tasche gesteckt haben. Aug um Aug, Zahn um Zahn, quasi ein Revanchefoul wegen seiner Kündigung. Sie sehen, es gibt genug, die einen Grund hätten. Und jeder von denen könnte mir während des Tumultes den Taser zugesteckt haben. Würde doch passen, oder?«

So, und jetzt kennt sich der Pokorny gar nicht mehr aus. Die Verdächtigen kommen und gehen schneller, als die Katzinger ihnen das Prädikat Mörder umhängen kann. Der Fetzer ist seit dem Anschwärzen des Holler im Café Annamühle tatsächlich unters Radar gerutscht und dank des entspannten Umgangs der Wehli mit der polizeilichen Videoanalyse nicht wiederaufgetaucht.

»Bitte verschwinden Sie!«, fordert der Holler den ungebetenen Besucher auf und schielt schon wieder verstohlen auf seine Uhr.

»Geht nicht, was ist, wenn Sie abhauen? Dann bin ich dran schuld. Nein, seien Sie vernünftig und kommen Sie mit auf die Polizeiinspektion.«

»Was genau haben Sie nicht kapiert? Ich geh jetzt gar nirgendwohin!«, faucht der Holler.

»Denken Sie noch mal darüber nach. Wenn Sie freiwillig mitkommen, wirkt sich das für Sie vermutlich strafmildernd aus. Falls Sie stur bleiben, muss ich die Polizei verständigen.« Er fasst in die Innentasche seiner Jacke und zieht das Nokia hervor.

»Geben Sie sofort das Handy weg!« Er bückt sich nach einem herumliegenden Stein und stapft wütend auf den Pokorny zu.

»Lassen Sie meinen Mann in Ruhe, die Polizei ist gleich da!«, schreit die Toni, die in diesem Moment vorsichtig den Stollen betritt.

»Geh raus, der meint es ernst!«, ruft der Pokorny panisch.

Woher sie den Mut und die Sicherheit nimmt, ist ihm ein Rätsel. »Geh, Willi. Hunde, die bellen, beißen nicht, und wenn der Holler wirklich unschuldig ist, wird er uns gerade jetzt nicht vom Gegenteil überzeugen wollen! Komm, wir gehen«, sagt sie mit fester Stimme, hastet zum Pokorny und hilft ihm, aufzustehen.

Der Holler ist zu perplex, um etwas dagegen einzuwenden, und läuft zum Auto zurück.

»Schnell, wir müssen weg. Treffpunkt Parkplatz, ich laufe durch den Wald hinunter.«

Mühsam humpelt der Pokorny zum Stolleneingang, steigt ächzend auf sein E-Bike und tritt an. Er hört, wie der Holler mit quietschenden Reifen im Stollen losfährt.

»Scheiße, der meint es wirklich ernst!«, krächzt er und ahnt, dass ihm die Zeit davonläuft. Wild tritt er in die Pedale, sein E-Bike macht einen müden Sprung nach vorne. Einen letzten, mehr gibt die elektrische Unterstützung nicht her. Ende Gelände, dem elektrobetriebenen Untersatz geht auf den letzten Bergauf-Metern der Strom aus. Weil der Pokorny halt grundsätzlich die Akkus bis aufs Letzte aussaugt, wollte er heute Abend den Nachtstrom zum Laden nutzen. Der stolze Besitzer ist mit lädiertem Knie, untertrainierten Beinen und vierundzwanzig Kilo Aluminium unter sich zu keinem eleganten Abgang in der Lage. Mühsam wie eine riesige Galapagos-Riesenschildkröte kommt er endlich in Bewegung – und hat großes Glück. Auch der Fiat 500 macht nur einen Satz und kracht dabei frontal in einen Felsvorsprung des Stolleneingangs.

***

Die allerbeste Ehefrau der Welt, im Stollen eine selbstsichere, starke Frau, fällt ihm am Parkplatz weinend um den Hals. »I… ich hatte so Angst um dich. Der wollte dich überfahren!«, schluchzt sie laut.

Beim Pokorny stehen die Nackenhaare nach der überhasteten Flucht in Reih und Glied. »Ich ruf den Sprengi an. Der Holler wird flüchten wollen«, sagt der Pokorny und streichelt ihr zärtlich über den Rücken. Er wählt und will gerade zum Reden anfangen, als sich die Wehli mit schroffer Stimme meldet: »Hallo, Herr Pokorny. Wie geht es Ihnen? Wieder irgendwelche Zeugen befragt und uns bei der Polizeiarbeit behindert oder suchen Sie gerade nach verdächtigen roten Autos?«

Da steht eindeutig »Sprengi« auf dem Display. »Was machen Sie mit dem Mobiltelefon vom Sprengnagl?«

»Ich hab es mir, sagen wir so, ausgeborgt. Mein Akku war leer, ja, ja, und manchmal passt's dann einfach gut zusammen. Dank Ihrer SMS weiß ich zumindest, dass der Holler mit dem Auto seiner Frau unterwegs sein dürfte. Zumindest fährt die einen roten Fiat …«

»500«, vollendet der Pokorny den Satz.

»Woher wissen Sie das schon wieder?«, schnauzt sie, worauf er akut taub wird.

»Wie bitte? Was …? Der Empfang ist so …«, er reibt das Handy ein paarmal über die Jeans, »… schlecht, hallo?«

»Hören Sie auf mit dem Scheißdreck!«, faucht die Wehli und kapiert einfach nicht, wie viel mehr mit Höflichkeit und Wertschätzung ihres Gegenübers zu erreichen wäre.

Bevor er sich in Querelen mit der Staatsgewalt verstricken kann, deutet die Toni den Berg hinauf.

»Halten Sie bitte einfach kurz den Mund!«, sagt er daraufhin erstaunlich ruhig. »Dann sag ich Ihnen, wo sich der Holler versteckt hat. Mir reicht's mit Ihrem idiotischen Gehabe.« Jetzt ist auch bei ihm endlich Schluss mit lustig.

Am anderen Ende ist es still. Die polizeilichen Zahnräder drehen sich. Sie sammelt mühsam das bisschen zusammen, was ihr an Höflichkeit zur Verfügung steht. »Erzählen Sie. Bitte!«

»Kommen Sie schnell zum Parkplatz Lange Gasse. Das ist die Gasse, die zum Steinbruch raufführt. Der Holler hat sich mit dem Fiat seiner Frau ganz oben in einem der Stollen versteckt. Vor einer Viertelstunde hat er versucht, mich zu überfahren.«

»Versucht? Wie? Was?«

»Er hatte sich in einem Seitengang des Hauptstollens versteckt, und als er mich überfahren wollte, ist er wo dagegen-

234

gekracht. Wahrscheinlich ist er noch oben oder flüchtet grad. Beeilen Sie sich!«

»Wo sind Sie jetzt?«

»Am Parkplatz … Wo sonst?« Er legt auf. Ehrlich, Freunde werden die beiden nie.

Ob die Wehli aufgrund der akuten Gefährdungslage ein Zimmer im Hotel Stefanie bezogen hat oder vorsorglich in einer Arrestzelle schläft, entzieht sich der Kenntnis der Pokornys. Jedenfalls bremst sie sich wenige Minuten später auf ihrer BMW am Parkplatz ein, gefolgt von zwei Streifenwagen und einem Wagen der Tatortgruppe. »Wir brauchen noch Ihre Aussagen, bitte warten Sie hier auf mich«, ruft sie und fährt vor einem der beiden Streifenwagen her hinauf zum Steinbruch. Zur Untermauerung ihrer Bitte bleiben auf ihre Anweisung zwei uniformierte Aufpasser zum Schutz der Pokornys zurück. Nach dem Holler-Auftritt von eben nehmen die sicherheitsverwahrten Pokornys die freundliche Einladung zum Probesitzen auf der Rückbank des Streifenwagens diesmal gerne an.

Zwanzig Minuten später läutet bei einem der zwei Aufpasser das Telefon, er hört zu, lässt den Motor an und rast mit den Zeugen im Fond die Forststraße hinauf.

»Was ist los?«, erkundigt sich die Toni.

»Anweisung der Frau Chefinspektorin«, meint einer der Fahrer emotionsbefreit.

»Na dann. Wenigstens geht es diesmal nicht auf die Inspektion«, meint der Pokorny trocken. Noch bemüht er sich, dem Alptraum mit schwarzem Humor zu begegnen. Dass ihm dieser bald vergehen wird, kann er zu diesem Zeitpunkt nicht ahnen.

Der Aufpasser fährt bis zum Stollen und lässt die Pokornys aussteigen. Die Wehli nimmt die zwei in Empfang. »Da haben Sie wirklich Glück gehabt. Der Fiat hat die Säule neben dem Stollenausgang frontal gerammt. Da ist nicht mehr viel über.«

»Und der Holler? Ist er …?«, flüstert die Toni.

»Tot? Nein! Der Airbag hat ausgelöst, es gibt Blutspuren, mehr nicht. Die Kollegen durchsuchen die Umgebung nach ihm.«

235

Die Pokornys schauen sich an und wissen nicht, ob die Freude, dass der Holler noch lebt, größer ist als die Besorgnis vor einem weiteren Zusammentreffen.

»Woher wussten Sie, dass sich der Gesuchte in dem Stollen versteckt hat?«, fragt die Wehli interessiert und zieht die Augen zu Schlitzen zusammen.

Jetzt besser gut überlegen, was man sagt. Schließlich ist die Info von der Holler'schen Nachdenkphase am Bankerl in der Mordnacht vom Sprengnagl gekommen. Sicherheitshalber nimmt der Pokorny den Weg, der ihm unverfänglich erscheint. Er deutet zum Geolehrpfad hinüber. »Ich bin hie und da dort oben. Da gibt's ein Bankerl, einen netten Ausblick, ruhig gelegen, und ... Der Holler hat mir nach dem Streit mit der Lieblich erzählt, dass er manchmal zum Abschluss des Tages, und wenn die Lieblich besonders anstrengend war, hier ein Bierchen zwitschert. Deshalb dachten wir, vielleicht ist er ja hier.« Er sieht den nachdenklichen Blick der Wehli.

Die Toni schüttelt verwundert den Kopf. »Wieso war die Polizei nicht schon längst hier nachschauen?«

»Woher hätten wir denn wissen sollen, dass der Holler ...?« Die Wehli lässt den Satz absichtlich offen.

Wahrscheinlich schockbedingt ist ausnahmsweise einmal der Mund der Toni schneller als ihr Gehirn, und sie schluckt den ausgelegten Köder. »Weil er bezüglich seines Alibis gelogen hat, er war ...« Sie überlegt kurz und erschrickt, als die Wehli mit der Faust in ihre Handfläche schlägt.

»Wusste ich es doch, der Sprengnagl plaudert Amtsgeheimnisse aus. Der kontrolliert Kurzparkzonen, bis er in Pension geht. Unfassbar! Was hat der liebe Kollege denn sonst noch so geplappert? Na, was ist? Hat es Ihnen jetzt auf einmal die Rede verschlagen?«

Der Pokorny erkennt seine Chance, sich für den Mut der allerbesten Ehefrau der Welt zu bedanken, und springt für sie in die Bresche. »Sie haben seit unserem Stelldichein auf der Inspektion keine wesentlichen Ermittlungserfolge zu verzeichnen, oder? Ohne uns wüssten Sie nichts vom Treffen Lieblich, Schöberl und Holler in der Tatnacht und vom roten Fiat seiner Frau. Im Gegenteil, Sie haben auch noch locker-flockig die Falschaussage des dringend Tatverdächtigen nicht weiterverfolgt und hatten vielleicht auch deshalb bis heute keine Ahnung, wo er sich versteckt halten könnte. Und jetzt machen Sie die Toni fertig! Ich glaub, ich spinn. Wissen Sie was«, er hält ihr die Arme hin, »verhaften Sie uns doch.«

Jetzt steckt die Wehli wirklich in einem Dilemma. Der Pokorny hat schon recht mit seinen Anschuldigungen, nur so, wie er mit ihr redet, steht sie vor den betreten dreinblickenden Kollegen dumm da. Dann erinnert sie sich an ein Deeskalationsseminar, wo geübt wurde, auch in schwierigsten Situationen souverän die Oberhand zu behalten. Scheinbar ruhig und entspannt übergeht sie die blutrauschverdächtige Ansage. »Lassen wir das mit dem Sprengnagl und der Beamtenbeleidigung vorerst beiseite, darauf komm ich später zurück. Wohin könnte der Holler flüchten? In dem Stollen ist er jedenfalls nicht mehr. Rund um den Standplatz vom Auto sind genug menschliche Spuren vorhanden, abseits aber nur ein paar Abdrücke von Tierpfoten. Vielleicht bei Ihrem Lieblingsplatzerl? Beim Bankerl? Zeigen Sie es mir, bitte!«

Mit allem hätte der Pokorny gerechnet. Einzelhaft, Waterboarding, Schlafentzug, ja! Aber nicht mit einer dermaßen freundlichen Chefinspektorin, die sich von seinem Wutausbruch ganz unbeeindruckt zeigt. »D… da war ich schon, bevor ich zum Stollen gefahren bin«, stottert er und erzählt ihr von dem erdachten Plan zur Auffindung des Hollers.

»Ohne jetzt bei Ihnen eine akute Schnappatmung auszulösen – Sie wissen schon, das hätte eben echt schlimm für Sie beide ausgehen können, oder? Wenn der Holler ein bisschen weiter links aus dem Stollen rausgekommen wäre, hätten Sie jetzt andere Probleme als meinen Anschiss von vorhin«, erklärt sie freundlich.

Irgendwie behagt ihm die neue Wehli nicht. Ständig hat er das Gefühl, dass sie ihn beim nächsten Atemzug anspringt und beißt.

Er nickt, viel gibt es da auch nicht zu sagen. Es ist, wie erwähnt, ziemlich knapp gewesen.

»Auch wenn Sie oben schon nachgesehen haben, gehen Sie bitte voraus, ich möchte mir Ihr Lieblingsplatzerl gerne ansehen. Vielleicht denkt der Holler gerade jetzt dort über sein Leben nach und will sich der Polizei stellen. Dann können wir ihm gleich behilflich sein.« Die Wehli redet mit dem Pokorny, als wären sie beste Freunde. Sosehr er sich auch bemüht, er kann keine Gehässigkeit raushören. Wenn sie auch sonst aufgrund ihres unangenehmen Wesens einiges bei den Ermittlungen liegen lässt, mit ein bisschen Bemühen geht es auch nett und entspannt.

»Wie Sie meinen. Da geht's lang.« Er deutet mit dem Finger den Weg hinauf und schaut die Toni an. »Mein … äh, du weißt schon … mein Bankerl wollte ich dir eh schon lange mal zeigen!«, flüstert er ihr zu.

»Etwas Wichtiges?«, will die Wehli wissen.

»Nein, privat«, antwortet die Toni und zwinkert ihm zu.

»Dann ist es ja gut. Auf geht's!« Fast leutselig fordert sie den Pokorny zum gemeinsamen Spaziergang auf.

Für den atemberaubenden Blick auf die schroffen, teilweise makellos weißen Dolomitensteine aus längst vergangenen Tagen haben die unfreiwilligen Wanderer keinen Blick. Die Zeit drängt, und beim Tempo der Wehli kommt der Pokorny gehörig ins Schnaufen. Der Tag ist schon lang, und der Stress der letzten Stunden zehrt an seinen nur mehr rudimentär vorhandenen Kräften. Die Toni erreicht zeitgleich mit der Chefinspektorin das Ziel. Vom Holler ist beim Bankerl nichts zu sehen, dafür liegt dahinter, zwischen Steinen und Moos, ein Handy. Als die Toni danach greift, fährt die Wehli dazwischen. »Stopp! Nicht angreifen, vielleicht gehört es dem Flüchtigen.« Sie winkt einen der Aufpasser her. »Kollege, bitte eintüten.«

Klar zuckt der Pokorny bei »eintüten« kräftig zusammen, weil die Ableitung von »Tüte« sprachlich halt wieder recht deutsch-deutsch angesiedelt ist. Doch ein Widerspruch oder gar der Vorschlag, besser den Begriff »einsacklen« zu verwenden, vergeht ihm, als er den Holler auf dem Boden des Steinbruchs liegen sieht. Ohne Liegestuhl, ohne eine Dose Bier, nicht entspannt, dafür offensichtlich ziemlich tot.

»Marandana, da unten liegt er«, schreit er entsetzt und zeigt über die Kante des Steinbruchs hinunter. Mitten auf einem Stapel Pflastersteine liegt der gesuchte Baumeister, mit grotesk verdrehten Armen und Beinen und starren Augen. Von seinem Kopf rinnt frisches hellrotes Blut.

»Verdammt, schon wieder eine Leiche … und wieder sind Sie in der Nähe …« Sie stoppt mitten im Satz, faltet die Hände vor dem Gesicht und senkt den Kopf. Das ist jetzt so eine Situation, wo er das Schlimmste befürchtet. Weil sich das hungrige Pantherweibchen Wehli anschleicht, er kann es förmlich spüren, wie tief er und die Toni im Dreck stecken. Natürlich glaubt die Chefinspektorin nicht ernsthaft daran, dass die beiden in einer Art Koproduktion den Holler in den Steinbruch hintergestoßen haben. Allerdings sind die Fingerabdrücke vom Pokorny und die vom Holler auf der Mordwaffe gefunden worden, und der Holler ist tot. Außerdem kennt der Pokorny das Bankerl und war damit heute schon am vermutlichen Tatort.

Die Wehli hebt langsam den Kopf und lässt erschöpft die Hände fallen. »Es tut mir leid, aber ich muss Sie anschließend zur Befragung auf die Inspektion mitnehmen. Das hat jetzt nichts mit unserem persönlichen Wohlfühlprogramm zu tun, Rache und so, wie Sie mir gerne unterstellen.« Zu aller Überraschung nickt der Pokorny wortlos und schlurft ohne Tobsuchtsanfall mit den Polizisten zum Streifenwagen. Die Wehli nickt der Toni zu, die dem Pokorny folgt. Die Aufpasser setzen sich aus ermittlungstaktischen Gründen zu den Pokornys ins Auto. Klar, die möglichen Verbrecher könnten sich sonst den Tod vom Holler schönreden.

»Wieso liegt der Holler tot im Steinbruch?«, stammelt die Toni verwirrt und schaut den Pokorny entgeistert an.

»Keine Ahnung«, antwortet er ungläubig. »Wie wir geflüchtet sind, hat er jedenfalls noch gelebt. Dann ist er beim Stollenausgang an die Wand gedonnert, und jetzt ist er tot.«

»Das kann unmöglich von dem Unfall sein, dann wäre er doch schon im Auto gestorben.«

»Mir ist aufgefallen, dass er im Stollen ständig auf die Uhr gesehen hat. Er könnte zur Kante gelaufen und ausgerutscht sein«, mutmaßt der Pokorny und denkt an die Nervosität des verzweifelten Baumeisters.

»Ja, aber was wollte er dort? Der wird doch nicht wegen uns aus Verzweiflung runtergesprungen sein? Ich dreh gleich durch. Dann wären wir schuld!«, flüstert sie ihm ins Ohr.

Der Pokorny wendet sich aufgeregt an die Aufpasser. »Die Uhr, der Holler hat so eine fette Uhr getragen. Wenn die auch hin … also, wenn die kaputt ist, sind die Zeiger vielleicht stecken geblieben. Dann wüssten Sie, wann genau er runtergefallen ist und dass wir nix damit zu tun haben.«

Der Fahrer zuckt mit den Schultern. »Wir passen nur auf Sie auf. Erzählen Sie das der Chefinspektorin.«

»Wie denn? Wenn ich aussteige, erschießen Sie mich dann?«, fragt die Toni.

Mangels Reaktion der anwesenden Gesetzeshüter rüttelt die Toni wild an der Schnalle der Wagentür, die freilich nur von außen geöffnet werden kann. Als sie schließlich anfängt, an die Scheiben zu hämmern und zu brüllen, wird sie von dem Beifahrer unterbrochen. »Hören Sie bitte auf. Ich rede mit ihr.«

Nach ein paar Minuten kommt die Wehli zum Streifenwagen und öffnet die Tür. »Die Kollegen sammeln Ihr E-Bike ein und bringen Sie danach nach Hause. Kommen Sie bitte morgen früh um acht Uhr für eine Zeugenbefragung auf die Polizeiinspektion.«

»Erst morgen?«, wundert sich die Toni. »Hat mein Mann mit der Uhr recht gehabt?«

Die Wehli atmet tief ein. »Nein, hat er nicht. Der Holler hat, während wir telefoniert haben, für seine Frau eine WhatsApp-Sprachaufnahme erstellt, die während unseres Telefonates am Parkplatz abrupt endet. Sie können zum Todeszeitpunkt daher nicht bei Ihrem Bankerl gewesen sein, und, ob Sie es glauben oder nicht, ich bin froh darüber. Noch eine Geriatrie-Demo auf der Inspektion würde ich nicht verkraften. Selbstredend werde ich noch eine Funkzellenauswertung in die Wege leiten müssen – natürlich nur zu Ihrer Absicherung«, fügt sie noch hinzu.

»Das heißt, es war noch jemand anderer beim Steinbruch«, stellt der Pokorny fest.

»Wenn es kein Selbstmord war«, meint die Toni.

Die Wehli nickt. »Wir müssen beide Möglichkeiten in Betracht ziehen … die Kollegen bringen Sie hinunter …«

»Eines noch«, wird sie vom Pokorny unterbrochen. »Sie sollten möglichst rasch beim Fetzer vorbeifahren. Der Holler hat mir vorhin erzählt, er sei für die Kündigung des Fetzer beim Haidlhof verantwortlich gewesen und der wolle sich möglicherweise an ihm rächen. Er könnte ihm den Taser während des Tumults beim Kurstadtlauf untergeschoben haben.«

Die Wehli rümpft die Nase. »Das ist schon ziemlich hergeholt. Dann hätte er Ihrer Meinung nach den Waldemar Lieblich nur getötet, um sich an dem Holler zu rächen? Vielleicht ein bisschen viel an Vorbereitung, um sich zu revanchieren, meinen Sie nicht?«

»Vielleicht, aber nicht unmöglich«, entgegnet der Pokorny. »Und … schauen Sie sich bitte endlich das Video mit dem Fetzer an. Dann denken Sie vielleicht anders. Der war sehr knapp am Lieblich dran … Auf Wiedersehen.«

Donnerstag, Tag 11

Wegen des bevorstehenden Besuchs auf der Polizeiinspektion nehmen die Pokornys das Frühstück direkt im Café Annamühle ein. Bei der Toni ist das um diese Zeit nur ein Cappuccino, beim Pokorny das volle Programm: Pariser Kipferl, Kürbiskerngebäck mit Butter und Honig, dazu ein weiches Ei und abschließend ein Espresso. Auch nach mehr als zwanzig Ehejahren staunt die Toni jedes Mal über den morgendlichen Appetit ihres Ehemanns. Bei ihr selbst geht vor neun Uhr außer einem Kaffee rein gar nichts.

»Wo war eigentlich der Sprengi gestern?« Gähnend rührt sie in ihrer Kaffeetasse.

»Wahrscheinlich musste er wegen der Weitergabe von Amtsgeheimnissen die Stollen durchsuchen, alleine und ohne Taschenlampe«, antwortet der Pokorny und grinst verhalten. »Das trau ich ihr zu.«

»Vielleicht kann ich ihn erreichen?« Sie zückt ihr iPhone und sucht den Namen in der Anrufliste.

»Aber nicht am Diensthandy, sonst geht wieder die Wehli dran, die wird sein Telefon immer noch eingezogen haben. Ruf ihn lieber am privaten Telefon an.«

Als hätte sein Freund ihr Gespräch mitgehört, langt bei der Toni in diesem Moment eine WhatsApp ein:

– *Die Wehli musste zum Rapport ins LKA nach St. Pölten. Sie hat mir eine Kollegin als Wachhund verpasst. Nur damit ihr euch über mein Verhalten nicht wundert, wir ziehen eine Show ab* 😒

– *OK, bis gleich*

– *Treffpunkt dann um 12.00 Uhr in der Bücherei?*

– *Yep*

– 👍

✳✳✳

Pünktlich um acht Uhr betreten sie die Polizeiinspektion und werden vom Sprengnagl im Eingangsbereich in Empfang genommen. Tatsächlich ist er sehr bemüht, Distanz zu wahren. Trotzdem kann der Pokorny – schon um das Theater real erscheinen zu lassen – das nicht so einfach hinnehmen.

»Ist bei dir alles in Ordnung?«

»Ja, ja! Alles okay.« Er zeigt mit seinem Kugelschreiber unmerklich auf die hinter ihm sitzende Kollegin und zwinkert seinen Freunden zu. »Die Inspektorin Stabeldorfer und ich haben heute ein bisserl Stress. War ja viel los gestern. Also, ihr Helden, erzählt mal, was los war.«

Während der Sprengnagl eifrig seine Tastatur bearbeitet, schildern die Pokornys detailreich die Geschehnisse vom gestrigen Abend. Der Gruppeninspektor kommt aus dem Kopfschütteln und Vogeldeuten nicht raus. Als er schließlich mit dem Protokoll fertig ist, legt er es ihnen ausgedruckt vor. »Bitte lest euch die Aussagen in Ruhe durch. Wenn es Änderungen gibt, nehme ich die gleich vor. Danach noch unterschreiben und schon sind wir fertig.«

Den Pokornys ist nicht entgangen, dass seine Kollegin die Ohren spitzt und das Geschehen möglichst unauffällig beobachtet. Trotzdem versucht die Toni, an Infos zu kommen. »Ist denn der Holler durch den Sturz gestorben, oder war er schon vorher …?«

Die Stabeldorfer springt auf. »Wir dürfen Ihnen darüber keine Auskunft geben. Nicht wahr, Herr Kollege?«

»Keine Frage. Sonst unternehmen die werten Gemeindebürger wieder irgendwelche gefährlichen, hirnrissigen Alleingänge. Viel hätte gestern nicht gefehlt«, sagt er verärgert zu seinem besten Freund. »Du bist echt verrückt, da alleine reinzugehen … Und du, Toni, bist keinen Deut besser. So ein Blödsinn, das ohne uns durchzuziehen.« Bevor der Pokorny zu diskutieren anfängt, klopft der Sprengnagl auf das Protokoll. »Passt das so?«

Aber die Toni gibt sich nicht so einfach geschlagen. »Frau Inspektorin, wir haben der Chefinspektorin gestern einiges über den Wotan Fetzer erzählt. Mir ist schon klar, dass Ihre Vorgesetzte dem Sprengnagl einen Maulkorb umgehängt hat und Sie aufpassen müssen. Aber ob Sie den Fetzer gefasst haben oder nicht, das dürfen wir doch schon wissen, oder?« Sie taxiert die Inspektorin und hebt fragend das Kinn.

Die Stabeldorfer schaut zum Sprengnagl, der mit den Schultern zuckt. »Sie sind meine Aufpasserin, ich verrate Sie bestimmt nicht, wenn Sie den Pokornys sagen, dass der Fetzer unbekannten Aufenthaltes ist.«

»Ja, also … Ich … Der Kollege hat recht. Die Frau Chefinspektorin ist direkt nach dem Gespräch mit Ihnen zu der Wohnung vom Herrn Fetzer gefahren. Leider konnten wir die Zielperson nicht antreffen. Knapp verpasst, die Pizza am Wohnzimmertisch war noch warm, das Bier kalt, er muss uns gehört haben und ist ausgeflogen.« Die Inspektorin fühlt sich nach der Preisgabe ermittlungsrelevanter Informationen sichtlich unwohl.

Die Toni, den Fisch an der Angel, bleibt hartnäckig. »Wissen Sie, wo er sein könnte?«

»Nein, wir fahnden wegen dringendem Tatverdacht nach ihm. Stimmt das Protokoll? Dann bitte unterschreiben, der Kollege und ich haben noch eine Menge Arbeit vor uns.«

Kaum haben die beiden unterschrieben, beendet die Stabeldorfer mit einem »Auf Wiedersehen« förmlich das Gespräch und begleitet die Pokornys zur Tür hinaus.

✳✳✳

Vor der Tür greift sich der Pokorny an die Stirn. »Die Wehli hat ihn tatsächlich kaltgestellt, und die Stabeldorfer passt auf wie eine Haftelmacherin.«

Bei der Bücherei verabschiedet sich die Toni. »Ich melde mich, wenn der Sprengi da ist.«

»Nach dem Theater brauch ich eine Runde zum Kopfauslüften. Maxime, komm, wir wandern rüber zum Schöberl. Heute erfahr ich hoffentlich, weshalb er die Wehli wegen der Mordnacht angelogen hat.«

244

»Wandern, na ja, aber besser als nichts!« Nach einem schnellen Bussi ist die Toni unterwegs zu ihren geliebten Büchern.

✳✳✳

Um kurz nach zehn Uhr dreißig läutet der Pokorny beim Schöberl. Keine Reaktion. Um sich weiteres Ungemach von gegenüber zu ersparen, dreht er sich um und spricht einen stattlichen Nussbaum im Vorgarten der Zwatzl an. »Hallo, Frau Zwatzl! Wissen Sie, ob der Schöberl zu Hause ist?«

»Ja, ist er! Aber der pennt sicher noch, war spät heute Nacht.«

»Wie spät?«

»Sehr spät, zwei Uhr. Und dann erst der Lärm!«

»Welcher Lärm?« Ein paar Meter weiter zieht gerade eine Gruppe Pensionisten nordicwalkend vorbei, sie deuten dem offensichtlich verwirrt dreinschauenden und mit einem Baum redenden Pokorny den Vogel.

»Kommen Sie raus«, brummt er verärgert. »Ich mag nicht mit einem Baum reden. Das ist mir zu blöd!«

Die Zwatzl verharrt freilich in ihrem Versteck. »Zuerst hat seine Töle die ganze Zeit gekläfft, das depperte Vieh. Klar, wenn der Schöberl nicht zu Hause ist. Dann hat's ihn mit seinem E-Bike bei mir in den Zaun reingewichst. Schauen S' nur, da links am Eck bei der Forsythie, alles kaputt! Sein demoliertes E-Bike behalt ich als Pfand. Den Schaden bezahlt er mir, mein Wort drauf.«

Er schaut absichtlich an dem demolierten E-Bike vorbei, und sein Blick bleibt an einem Gartenzwerg hängen. Statt des sonst meist üblichen Spatens ist der hier die DDR-Variante mit Fernrohr. Der Pokorny will gar nicht wissen, ob das jetzt echt ist oder nicht.

Dann verliert die Zwatzl doch die Nerven. Rechts, neben dem sprechenden Baum, teilt sich ein drei Meter hoher Bambushorst, und sie erscheint in ihrer ganzen Pracht. »Man kann gar nicht vorsichtig genug sein. Sonst steht plötzlich wieder die Polizei vor der Tür«, grantelt sie und zieht die Augenbrauen zusammen.

»So wie das letzte Mal, wie Sie bei mir waren. Kaum hatten Sie Ihren Hintern ums Eck bewegt, sind unsere Freunde und Helfer schon bei mir gewesen. Sicher nur ein Zufall, oder? Auch, dass Sie mich nach der Kamera und der Biotonne ausgequetscht haben, hm?«

Der Pokorny übergeht den begründeten Vorwurf und heuchelt Interesse an der Elektronik. »Wieso kommt Ihre Stimme von dem Baum und nicht aus dem Bambus, wie machen Sie das?«

»Funkboxen, Funkboxen, bombig, supergünstig vom Elektriker Rieger gekauft. Damit wirst du jeden Störenfried los. Ein MP3-Bellen eines Dobermanns, und die Zeugen vom Hofer mit ihrem Aussichtsturm flüchten ins Gelobte Land. Was wollen Sie denn schon wieder vom Schöberl?«

»Ist privat.«

»Privat, privat! Ha! Vor mir ist nichts privat. Reden S' schon!«

Der Pokorny winkt ab, dreht sich um und läutet beharrlich beim Schöberl. Hinter seinem Rücken rauscht es in einem weiß-rosa blühenden roten Holunderstrauch. »Na gut. Ich bin ja nicht so«, sagt die Zwatzl. »Hinter dem Postkasterl ist der Schlüssel für das Gartentor und die Haustür versteckt.«

»Hat Sie der Schöberl schon zu sich eingeladen? Weil Sie so gut Bescheid wissen«, fragt er und hat zugleich Angst vor der Antwort.

»Geh wo! Nie! Der lädt mich nicht ein. Der hat doch nur Augen für seine Sissy gehabt.« Offenbar hat sie den Wink mit dem Zaunpfahl falsch verstanden.

Dem Pokorny rieselt es einmal mehr kalt den Rücken hinunter. Unglaublich! Hat die das Haus vom Schöberl auch mit Kameras bestückt und gar verwanzt, oder was? Gleich am nächsten Wochenende wird er die Hanifl zum Abendessen einladen. Die Stasitante zeigt ihm gerade, wie penetrant und hinterlistig Nachbarn wirklich sein können …

»Frau Zwatzl!«

»Ja?«

»Haben Sie beim Schöberl aus Ihrer Stasizeit irgendwo ein paar Sprengfallen vergraben?«, fragt er mit finsterer Miene. Zutrauen würde er ihr mittlerweile alles.

»Haha, witzig! Wenn Sie von mir noch was brauchen, jederzeit, ich bin auf Urlaub!« Aus, Ende, lautes Knacken hinter den zarten Holunderblüten und ruhig ist es. Endlich!

Was soll er jetzt tun? Er betätigt noch mehrmals den weißen Klingelknopf, der in einem verwitterten grünen Holzkästchen untergebracht ist. Der Anstrich hat schon bessere Zeiten gesehen. Misstrauisch beäugt der Pokorny die filigrane Gegensprechanlage und ärgert sich, dass die Toni beim nächtlichen Besuch dem Schöberl den Schlüssel zurückgegeben hat. Er läutet noch ein paarmal, geht auf und ab und überlegt. Er kann doch nicht einfach den versteckten Schlüssel nehmen und in ein fremdes Haus hineingehen! Ein letzter Versuch, wieder nur Stille und leises Hecheln der Maxime.

»Was tun wir jetzt? Hm? Was meinst?« Freilich ist die Maxime da flexibler als ihr Herrchen. Sie kann es kaum erwarten, ihre Freundin wiederzusehen, und bellt leise. Er drückt die Schnalle vom Gartentor hinunter und bemerkt, dass nicht abgesperrt ist, betritt den kleinen kiesbestreuten Vorgarten. »Hallo, Schöberl! Ich bin's, der Pokorny!«, ruft er. Wieder läuten, diesmal an der Haustür, wieder ist das Echo lediglich Stille, und wieder ist die Tür unverschlossen. Er klopft laut und öffnet vorsichtig die Tür. »Schöberl. Hallo! Bist du da?« Als Antwort kommt die Romy laut bellend die Stufen vom ersten Stock heruntergelaufen.

Der Pokorny zuckt zusammen. »Romy! Hast du mich erschreckt. Wo ist dein Herrl?«

Auch Dackel sind gescheite Tiere, sie knurrt laut und läuft hinauf ins Obergeschoss, die Maxime gleich hinterher. Dem Pokorny schwant Übles. Nachdem beide Hunde vom oberen Treppenabsatz laut herunterbellen, gibt er nach und steigt langsam die Stufen hinauf. Oben angekommen, sieht er die Romy links in einem Zimmer verschwinden. Mit angehaltenem Atem betritt er das Zimmer und findet den Schöberl inmitten von

Fotos, leeren Wodkaflaschen und Medikamentenpackungen regungslos am Boden liegen.

»Schöberl, hallo. Wach auf!«, ruft er panisch. »Scheiße, Scheiße, Scheiße!« Maxime und Romy hören zu bellen auf und kauern sich eng zusammengedrängt neben ein rotes Plüschsofa. Der Pokorny atmet erleichtert auf, weil er in die Stille hinein das laute Schnarchen hört. »Mein Gott, Schöberl. Was ist denn mit dir los?«

Geruchstechnisch wäre Duschen mal wieder angesagt. Die Hose ist schmutzig und am Gesäß aufgerissen, mit zerschundenen Händen und einem blutigen Cut am Hinterkopf liegt er bäuchlings in der Mitte des Zimmers wie ein Häufchen Elend.

Der Pokorny macht mit seinem Nokia ein paar Fotos und ruft die Rettung. Mit dem Anruf bei der Polizei wartet er noch zu. Schließlich will er sich das Zimmer in Ruhe ansehen und nicht gleich von der Wehli des Hauses verwiesen werden.

Ein dunkelbrauner Samtteppich ist von Bildern der Elisabeth Lieblich übersät. Die meisten sind jugendfrei und für die Öffentlichkeit bestimmt, aufgenommen bei Konzerten, Reisen, Pressekonferenzen, Fotoshootings. Die Bilder privaterer Natur zeigen die Lieblich mal mit mehr, mal mit weniger Stoff am Körper. Daneben liegen aus Zeitungen ausgeschnittene Fotos, Videokassetten und DVDs. Er lässt seinen Blick durch den Raum schweifen und zuckt zusammen, als er bei einem Fenster eine weitere Gestalt am Boden liegen sieht, dunkel gekleidet. Ein ähnliches Kleid hat die Lieblich beim ersten Kennenlernen auf der Terrasse beim Schöberl getragen. Auch diesmal blitzt unter dem bis zur Hüfte hochgeschobenen Faltenrock eine rote Netzstrumpfhose hervor. Von der Tür aus wirkt das Gesicht verunstaltet und grotesk verzogen, der weit aufgerissene Mund vervollständigt den gespenstischen Anblick. Als der Pokorny einen Schritt näher hingeht, schreckt er zurück und hält sich eine Hand vor den Mund. Erst jetzt hat er erkannt, dass es sich bei der Gestalt offensichtlich um eine Sexgummipuppe handelt, die der Schöberl als Lieblich verkleidet hat. An der Wand gegenüber der Zimmertür steht als zentrales Element eine Art

Schrein als Höhepunkt der Inszenierung. In dessen Mitte hängt eine geschätzt zwei Quadratmeter große rechteckige Fototapete im Hochformat. Ein Nacktbild der Lieblich, bäuchlings über ein Sofa gebeugt, dahinter der Schöberl in eindeutiger Position, eingerahmt von roten Halogenlichtbändern.

»Schöberl, was ist nur los mit dir?« Der Angesprochene grunzt und brabbelt leise vor sich hin. Klingt irgendwie beruhigend, also so lange, bis er bei näherer Betrachtung sieht, dass eine Vielzahl der verstreuten Bilder und sogar ganze Fotoalben zerschnitten oder auseinandergerissen wurden. Wieder drängt sich die Sexpuppe in sein Blickfeld, angewidert schnappt er nach Luft und schaut sich weiter in dem Chaos um. Gerade als der Schöberl zu murmeln anfängt und der Pokorny Wortfetzen hören kann, fährt die Rettung mit Sirene vor. Er beugt sich zu ihm hinunter. »Ich versteh dich nicht. Red lauter, der Arzt ist gleich da«, drängt er.

»Schuld … wollte …«

Bevor der Pokorny weiterfragen kann, wird er zur Seite geschoben und der Patient erstversorgt. Nach einer raschen Untersuchung stellt der Arzt fest, dass der Schöberl nur leicht verletzt ist und ihm eher die leeren Medikamentenpackungen Sorgen bereiten. Man werde ihn ins Spital nach Baden bringen, und schon ist die Rettung mitsamt dem Schöberl weg.

Da die Maxime und die Romy unruhig die Stufen hinauf- und hinunterlaufen, steckt sie der Pokorny alle zwei in seine Transportbox und bricht auf. Er ignoriert die neugierigen Fragen der blühenden Kirschlorbeerhecke gegenüber und fährt am Waldrand entlang zur Bücherei. Beim Kurpark packt ihn dann doch das schlechte Gewissen. Er ruft auf der Polizeiinspektion an und erreicht leider nur die Stabeldorfer. Die bedankt sich nach seiner raschen Erzählung auch artig bei ihm, ersucht ihn, dem Haus fernzubleiben, und verspricht, gleich die Wehli zu informieren. Als er sie noch über die umfangreiche sprechende Flora im Garten der Zwatzl informiert, zerreißt es die Stabeldorfer fast. »Diese Piefkinesin pack ich nicht! Wir werden das Gelände einen halben Kilometer um ihre Kommandozentrale nach Kameras und Wanzen absuchen. Nicht zu glauben, ich kann mir das Gesicht von der Wehli schon vorstellen.«

»Schauen Sie sich auch den Gartenzwerg im Vorgarten an. Der hat ein verdächtiges Fernrohr als Ersatz für seine Schaufel in der Hand.«

»Die spinnt ja komplett. Ich muss sofort aufhören und die Wehli informieren. Sonst verräumt die Zwatzl wieder ihr Zeug zum Ausspionieren.«

✻✻✻

Als der Pokorny mit den beiden Hunden in der Transportbox bei der Bücherei ankommt, verschlägt es der Toni die Sprache. Auch die miserable Qualität der Bilder am Uralt-Nokia reichen allemal für heftiges Kopfschütteln. Stutzig machen sie die zerschnittenen Bilder. »Warum ruiniert der Franz die Fotos von seiner Sissy?«, murmelt sie nachdenklich. »Nachdem sie tot ist, bleibt doch sonst nichts mehr von ihr über.«

»Was weiß ich? … Das war echt gruselig, die Gummipuppe, der Schrein, die Fototapete, wo er sie von hinten schnackselt, die zerfetzten Alben, er vollgepinkelt mittendrinn … wie in einem Psychofilm.« Den Pokorny beutelt es beim Gedanken an das Chaos durch.

»Nach deinem Anruf wird der Sprengi wohl eher in die Bogengasse fahren als zu uns. Ob er wohl sein Handy zurückhat?«

Der Pokorny zuckt mit den Schultern. »Schick ihm halt eine unverdächtige Nachricht, die auch die Wehli lesen kann. Zum Beispiel: Der Schöberl liegt im Krankenhaus in Baden.«

»Wieder auf das private?«

»Nein, aufs Diensthandy. Und sprich die Wehli direkt an. Dann sind wir auf der sicheren Seite.«

Die Toni grinst spitzbübisch.

Hallo, Frau Wehli. Der Schöberl ist im KH Baden. Wir wollten ihm einen Beruhigungstee vorbeibringen und haben ihn zufällig gefunden! MfG, Toni Pokorny

»Zufällig! Da wird die Wehli springen wie ein Rumpelstilzchen, hihi«, lacht der Pokorny und klatscht vergnügt in die Hände.

Wenige Augenblicke später trifft eine WhatsApp bei der Toni ein:

Alles paletti. Die Großkopferte hat im LKA eine draufbekommen. Bin wieder als mündiger Polizist eingestuft und habe mein Diensthandy zurück. Mittag geht sich nicht aus, muss zur Zwatzl. Melde mich.

»Schade. Hätte zu gerne von ihm gehört, wie viel Beton die Wehli ausgefasst hat. Und jetzt?«

»Jetzt muss deine fleißige Ehefrau arbeiten gehen, und du, mein Bärli, kümmerst dich ein bisschen um unseren Garten. Wegen dem Unkraut. Nach dem Alibi bist du der Hanifl einiges schuldig, also los. Bussi.«

»Ja, ja. Da verstehst du dich auf einmal mit der lieben Frau Nachbarin«, sagt er grinsend, küsst seine Liebste und macht sich mit den beiden Hunden auf den Weg nach Hause.

Nach einer Stunde sinnlosen Kampfes gegen den unverwüstlichen und alles überwuchernden Klee legt er sich, trotz des Alibis der Hanifl, dann doch lieber in die Hängematte. Weil im Grunde ist es um den blühenden Weiß- und Rotklee sowie den Löwenzahn doch schade. Da hat er den Garten mit Insektenhotels in den unterschiedlichsten Größen, Farben und Formen zugepflastert, und dann reißt er den Bienen das Futter aus … Da die Nachbarin nicht zu Hause ist und sein innerer Motor gewohnheitsgemäß Nahrung einfordert, bedient er sich kräftig bei den Manner Vollkornschnitten. Gut abgefüllt und mit einem Espresso in der Hand genießt er die Ruhe. Die Störenfriede arbeiten oder sind in der Schule, das Leben ist schön. Nur irgendwann ist ihm vom vielen Schön dann auch fad, und so bricht er gegen vierzehn Uhr zum Café Annamühle auf.

***

Schon von Weitem kann er die Katzinger sehen. Auch wenn ihr modischer Geschmack mehr als fraglich ist, legt sie immerhin Wert auf Abwechslung. Ihre orthopädischen Nahkampfschuhe sind weiter gut in ihrem Wohnwagen verstaut, statt der gepunkteten Espadrilles trägt sie heute die grell orangefarbigen. Der abgewetzte, fleckige Baumwollstoff und die fasrige Jutesohle zeigen, dass die alte Frau nicht auf retro macht, sondern retro ist. Vor dreißig Jahren ein echter Hingucker, erzählen die Schuhe jetzt von einem langen Leben.

Der Pokorny kommt gar nicht erst dazu, ihre originellen Schuhe zu loben, weil sie erst einmal ordentlich herummäkelt. Wegen der Informationsverweigerung der letzten Tage und des verabsäumten Rückrufs von gestern fuchtelt sie wild herum. Nach einer Minute siegt dann doch die Neugier über den Ärger. »Also, hat sich der Mörder jetzt selbst umgebracht? Ist doch ein glattes Geständnis!« Sie sieht seinen skeptischen Blick und schiebt sich kopfschüttelnd die heruntergerutschte Brille bis zur Nasenwurzel nach oben. »Ma, da musst doch nur eins und eins zusammenzählen. Erstes Eins: Der Holler tötet die Lieblichs.« Wieder wischt sie mit einer Handbewegung aufkeimende Einwände vom Tisch. »Zweites Eins: Er kann mit seiner Schuld nicht leben und haut sich freiwillig in den Steinbruch runter. Ist doch sonnenklar, gell?« Nachdem ihr die wohlwollende Bestätigung versagt bleibt, raunzt sie: »Geh, muss ich alles allein machen? Du kriegst eh alle Hilfe der Welt, ich ermittle quasi im Alleingang, und dann …«

»Wir wissen noch gar nicht, ob er selbst gesprungen ist oder hinuntergestoßen … äh«, unterbricht er hastig den Satz. »Äh, entschuldigen Sie, ich bin gleich wieder da.« Er wendet sich hastig ab und versucht, in Richtung Theke zu verschwinden. Irgendwas passt da nicht mit den Synapsen in seinem Kopf. Das ist doch nicht normal, wenn sein Hirn jedes Mal vom Mund überholt wird und er ständig irgendwas unüberlegt durch die Gegend posaunt. Jetzt hat er der Katzinger doch glatt einen möglichen weiteren Täter in Aussicht gestellt!

Der halbherzige Fluchtversuch in Richtung Theke misslingt,

252

die rüstige Pensionistin krallt sich von hinten an seinem Wohlstandsbäuchlein fest und bremst ihn unsanft ein.

»Aua!«, schreit er. »Hören S' auf, das tut weh!«

»Weichei! So kommst du mir nicht davon. Alt? Ja! Dumm? Nein! Redest jetzt endlich, oder muss ich dir eine in die Nieren boxen? Was heißt runtergestoßen worden?«, keift sie ihm ins Ohr. »Hä?«

Allein auf weiter Flur, versucht er sich zu befreien. Fehlt nur noch, dass sie ihn in die Kniekehlen tritt und so zu Fall bringt.

»Lassen Sie sofort aus. Aua! So alt und so grob. Frau Katzinger! Aus!«, brüllt er noch einmal und löst sich mit einem verzweifelten Ruck.

»Weil's wahr ist. Du bist aber auch so was von wehleidig. Eine richtige Mimose! Also, redest jetzt, oder muss ich dich noch einmal anspringen?« Sie lacht aus vollem Hals und kann das falsche Gebiss gerade noch mit der Hand am Verlassen der Mundhöhle hindern.

Selbst schuld, er und sein loser Mund gehören zwar zusammen, ziehen aber oft nicht am gleichen Strang. Es bleibt ihm nichts anderes über, als von dem Alptraum beim Steinbruch zu berichten.

»Na bum. Ja, wenn du's nicht warst«, einen Seitenhieb kann sie sich nicht verkneifen, »welches Mannsbild kommt sonst noch in Frage? Hm …?«

»Wenn es überhaupt ein Mann …«

»Pokorny!«, schneidet ihm die Katzinger den Satz ab und greift sich an den Kopf. »Frauen töten mit Gift. Maximal, wenn's grade in Küchen hilfreich parat liegt, mit einem Messer, nicht aber mit Schubsen. Das ist Männersache, so ein Affengehabe … Sich durchsetzen müssen, Überlebenstrieb halt.«

»Ja, ja, und Sie kennen sich da so gut aus. Also bei den Männern … Und über Ihren Ferdinand brauchen Sie jetzt nix erzählen. Ich weiß, der war ganz anders«, sagt er grinsend.

Die Katzinger winkt ab. »Bäh. Trotzdem Männersache!« Dann wird sie nachdenklich. »Hm! Was ist, wenn der Holler wirklich einen Suzuka gemacht hat?«

»Einen was?«

»Na, wennst selbst runterspringst, ohne einen Fremden.«

»Suizid heißt das. Wenn Sie schon mit Fremdwörtern um sich werfen, dann ordentlich!«

»Wurscht ist's, das Ergebnis zählt!«

»Na, ich weiß nicht! Ich habe unmittelbar vor seinem Tod noch mit ihm gesprochen, da hat er auf mich nicht lebensmüde gewirkt.«

»Ma, mit dir ist es manchmal echt schwierig. Bist du der Anwalt oder der Psychoheini vom Holler? Wenn der also keinen«, sie schneidet eine Grimasse, »Suizid gemacht hat, dann muss ihm wer anderer eine von hinten übergezogen haben, und plumps, aus die Maus, liegt der Ex-Baumeister zermerschert im Steinbruch.«

»Eh, aber wer soll das getan haben und warum?«

»Was weiß ich? … Der Fetzer wegen dem Appartementhaus – natürlich nur, wenn er noch nicht gewusst hat, dass der Holler sich das dank dem Gemeinderat sowieso abschminken kann.« Wieder erntet sie nur skeptische Blicke. »Geh, bitte, dann war's halt der Schöberl?« Die Katzinger neigt den Kopf, und fast wirkt es, als wäre die Hauptsache, dass der Mörder ein Mann ist. Sie erstarrt. »Mich trifft gleich der Schlag! Der Schöberl könnte doch die Lieblich abgemurkst haben und mit einem vorgetäuschten … Suzu… ma, meinetwegen mit einem vorgetäuschten Selbstmord vom Holler von sich ablenken wollen.«

Der Pokorny schüttelt ungläubig den Kopf. »Wieso sollte der Schöberl die Lieblich umgebracht haben? Die war sein Lebensmittelpunkt! Ich war in seinem Haus. Ein Raum voll mit Fotos der Lieblich und in der Mitte eine Art Altar. Er und die Lieblich bei einer heißen Nummer«, plaudert er schon wieder aus dem Nähkästchen und kann gerade noch vor der Puppe haltmachen.

»Was! Bumst haben die auch miteinander? Ich hab geglaubt, die Eiskönigin nutzt ihn nur aus … Aber dass die den wirklich drüberlassen hat. Alle Achtung, Schöberl! Wahrscheinlich, um ihn bei der Stange zu halten.« Die Katzinger grinst und fängt an, in der Nase zu bohren.

»Sie bohren in der Nase. Das ist ekelhaft!«

»Ja, freilich bohr ich. Da kann ich mich besser konzentrieren. Glaubst du, ich spür mich nicht mehr, oder was?«

Wie ein Hase vor dem Scheinwerfer starrt er sie an, und bevor es noch ekelhafter wird, läutet zum Glück sein Nokia.

»Krankenhaus Baden, Dr. Böhm am Apparat, können Sie dem Herrn Schöberl bitte sein Gewand vorbeibringen? Er verweigert unsere hübschen Hemden.«

»Ist er wach?«

»Hin und wieder, dann verlangt er nach Ihnen. Die Chefinspektorin war schon zwei Mal da. Obwohl der Patient sonst recht gut drauf ist, will er mit ihr partout nicht reden und täuscht vor, zu schlafen. Was da abgeht, weiß ich nicht. Bringen Sie ihm bitte was zum Anziehen. Der macht mir die Schwestern verrückt.«

»Wie geht es ihm?«

»Leider darf ich Ihnen darüber keine Auskunft geben«, antwortet der Arzt.

»Schauen Sie, Herr Dr. Böhm, Sie wollen etwas von mir, nicht umgekehrt! Also?«

»Ein Cut am Kopf, eine leichte Gehirnerschütterung und ein paar Abschürfungen, Magen ausgepumpt, mehr nicht, zwei Tage bleibt er bei uns. Der Patient ist nicht gerade auskunftsfreudig – wissen Sie, was passiert ist?«

»Die Nachbarin hat von einem Radunfall gesprochen. Sein Elektrofahrrad ist demoliert.«

»Ein Unfall mit einem E-Bike? Ja, das erklärt einiges. Diese E-Bikes sind viel zu schnell. Kein Führerschein, keine Helmpflicht, ein Jammer. Meistens übermotivierte Männer im reiferen Alter sind damit viel zu schnell unterwegs«, doziert der Arzt ernst.

Der Hinweis auf die übermotivierten älteren Männer tangiert den Pokorny nicht. Erstens ist er so was von null motiviert, mehr geht gar nicht mehr, und außerdem im besten Alter. Die Helmpflicht kann er aber unterschreiben, weil er persönlich findet sowieso, dass jeder einen Helm tragen müsste. Auf allen Rädern, egal ob mit oder ohne »E« davor. In einer Mitgliederzeitschrift eines

Autofahrerclubs hat er mal einen Bericht gelesen, Überschrift: »Nur wer Hirn hat, schützt es!« Und weil Radfahrer ohne Helm daher hirnlos durch die Landschaft kurven, grüßt der Pokorny die aus Prinzip nicht. Weil die Deppen verstehen es ja eh nicht.

»Ja, ja, die Helmpflicht … Was ich deswegen schon alles am OP-Tisch hatte …« Im Hintergrund ertönen hektische Stimmen. »Ich muss aufhören, ein Notfall … Bitte bringen Sie die Sachen auf der Station vorbei. Danke!«, ruft der Arzt, und schon ist aufgelegt.

Da ihm die Katzinger fast ins Ohr hineingekrochen ist, braucht er ihr nicht mehr viel zu erzählen.

»Ein Tipp unter Freunden«, sie zwinkert ihm verschwörerisch zu, »ruf vorher die Chefpolitesse an. Sonst muss ich dich wieder aus dem Gefängnis rauspressen.«

Er nickt, weil da hat sie recht. Freilich kennt er die Kummernummer der Wehli nicht und ruft deshalb direkt auf der Polizeiinspektion an. Der zugesicherte Rückruf ist dann nicht mehr erforderlich, weil sich die Frau Chefinspektorin überraschend auf einen flotten Dreier beim Stehtisch einfindet. Sie ordert einen doppelten Espresso und schaut danach dem Pokorny tief in die Augen.

»Sie ziehen aber nicht etwa in Erwägung, mich zu bescheißen? Nein, oder?« Sie deutet sein heftiges Kopfschütteln als Zustimmung, nimmt ihn beim Arm und führt ihn von der Katzinger weg. »Der Schöberl darf mir nicht abhauen.«

»Der ist doch erledigt. Wie soll Ihnen der weglaufen und warum überhaupt? Gestern haben wir doch quasi gemeinsam ermittelt. Da können Sie schon ein bisserl was erzählen. War der Sprengnagl schon bei der Zwatzl?«

»Gemeinsam ermittelt? Lächerlich …« Sie schaut irritiert einer Harley mit laut blubberndem Motor nach. »Hm … Aber gut, nachdem Sie gestern heldenhaft Ihr Leben riskiert haben, will ich nicht so sein. Danach vergessen Sie unsere Zusammenarbeit gleich wieder.« Die Wichtigkeit des gemeinsam Erlebten unterstreicht sie durch beidhändige Gänsefüßchen. »Ihr Spezl ist gerade bei der Zwatzl, wird länger dauern. Die Zwatzl hat von ihrem Vater ein umfangreiches Abhörequipment geerbt. Die halbe Waldandachtstraße, bis rauf zum Weingut Schlossberg, hat sie bespitzelt. Wird dauern, bis wir das gesamte Material ausgewertet haben. Sie muss mächtig Dreck am Stecken haben, so auskunftsfreudig, wie sie war. Der Schöberl soll um einundzwanzig Uhr zuerst mit der Lieblich und dem Holler und später mit der Lieblich allein bei der Baugrube gewesen sein.« Sie schaut ihn mit zusammengekniffenen Augen an. »Aber das wissen Sie ja wahrscheinlich sowieso schon vom Kollegen, oder?«

Der Pokorny zeigt keine Regung.

»Ah, eh. Jedenfalls kommen beim Schöberl ein paar seltsame Sachen zusammen. Wenn was Neues für Sie dabei ist, grunzen Sie halt oder machen Sie sich sonst bemerkbar. Also: Die Notariatskammer hat bestätigt, dass er fünfhunderttausend Euro aus der Lebensversicherung bekommt und, jetzt wird es erst interessant, zusätzlich als Alleinerbe im letztgültigen Testament eingetragen ist. Das ist dann die dritte Version nach der Kopie im Kamin.«

Sie sieht den erstaunten Blick vom Pokorny. »Ja, ja, ziemlich kompliziert, was der Waldemar Lieblich da hinterlassen hat. Die vermutlich absichtlich nur halb verbrannte zweite Version des Testaments wurde von ihm nämlich noch einmal geändert und der Verein als Erbe gestrichen. Es hat lange gedauert, gestern Abend haben wir eine E-Mail von der Notariatskanzlei erhalten. Wir haben gehofft, dass uns der zuständige Notar sagen kann, wer ursprünglich neben dem Verein erben sollte. In der Kanzlei wusste man gar nichts von dieser Version der Abänderung, es gibt offiziell nur die Version, wo der Schöberl absahnt. Gut möglich, dass die Lieblich die Abänderung mittels Kamin verschleiern wollte. Eine sinnlose Aktion, da es, wie gesagt, noch eine dritte Version gibt, und die hätte sie auch verbrennen müssen. Als Alleinerbe rückt damit auch der Schöberl in unseren Fokus, die anderen Verdächtigen können uns ja nicht mehr weglaufen. Äh … Also bis auf den Fetzer, der leider immer noch flüchtig ist. Außerdem hat der Schöberl für die gestrige Nacht kein Alibi. Allein mit dem E-Bike unterwegs, das ist zu wenig. Dann noch die Verletzungen, die dreckige Hose, könnte gut vom Sand im Steinbruch sein. Und dann ist da noch das abartige Zimmer mit der Pornopuppe. Dass Männer auf so was stehen können.«

»Nur weil der Schöberl ein perverser Drecksack ist und mit einer Gummipuppe schnackselt, müssen Sie nicht alle Männer über einen Kamm scheren.« Der Pokorny dreht sich verärgert zum Weggehen um.

Die Wehli hält ihn am Arm zurück und zuckt mit den Schultern. »Tut mir leid, wir arbeiten rund um die Uhr in drei Häusern und der Baustelle … Bis die Spuren ausgewertet sind, muss der Schöberl im Spital bleiben. Ein Kollege von mir sitzt am Gang vor seinem Zimmer. Liebe Grüße an Ihre werte Gemahlin, der Fetzer ist bisher nicht aufgetaucht, Fahndung läuft. Einen abgängigen Patienten kann ich daher nicht gebrauchen! Deshalb bin ich wegen der Bitte des Dr. Böhm ein wenig beunruhigt. Sie verstehen?«

Er nickt und denkt an die Flucht vom Holler aus dem Spital. Mit ein bisschen mehr polizeilicher Umsicht hätten die Schwarzfahrt des Flüchtigen mit der Badner Bahn und sein späterer Tod wahrscheinlich verhindert werden können. Aber so gibt es wieder einen Toten, und die Polizei ist daran nicht ganz unschuldig. Verständlich, dass die leitende Ermittlerin nervös ist. »Was war in der Biotonne der Zwatzl drinnen?«

»Sie hat in den Wochen davor tatsächlich mehrmals illegal Schutt auf der Baustelle entsorgt, schwört aber auf das Bild von Erich Honecker, in der Tatnacht nicht am Grundstück gewesen zu sein.« Die Wehli verdreht die Augen und tippt sich zweimal auf die Stirn. »Honecker, das passt echt zu der Stasitante. Die Tonne war jedenfalls leer, vermutlich hat sie den Inhalt vorsorglich bei sich zwischengelagert.«

»Wer's glaubt, wird selig. Was kann ich für Sie tun?«

»Fahren Sie bitte beim Haus vom Schöberl vorbei. Der Alterbauer soll Ihnen einen Jogger und Hausschuhe, ich wiederhole, einen Jogger und Hausschuhe, mitgeben. Möglichst auffällige Sachen, damit ihn kein Taxi mitnimmt. Die Fahrer der Badner Bahn sind es gewohnt, auffällige Personen, die bei der Haltestelle vor dem Krankenhaus zusteigen, der Polizei zu melden. Wäre nicht das erste Mal, dass ein Patient im Trainingsanzug verschwindet.« Sie reicht dem Pokorny eine Visitenkarte. »Hier, meine Nummer … Für den Notfall, wenn Sie sachdienliche Hinweise für mich haben. Alles klar?« Sie schaut ihm noch einmal tief in die Augen.

Er salutiert und nickt.

Die eher spaßbefreite Chefinspektorin kann sich ein Schmunzeln nicht verkneifen. »Übertreiben Sie es nicht! Rufen Sie mich bitte an, wenn Sie im Krankenhaus waren. Ich sage dem Alterbauer, dass Sie vorbeikommen und das Gewand abholen.«

»Jawohl, Madame …« Er winkt und macht sich auf zum Schöberl.

Unterwegs ruft er die Toni an. »Der Sprengi kommt heute sicher nicht mehr vorbei. Der nimmt grade die Abhörzentrale der Zwatzl auseinander und wird dort wohl länger rumwerken.« Er erzählt ihr von seinem offiziellen Einsatz.

»Fahren wir gemeinsam hin, ich bin gleich fertig mit der Arbeit. Treffen wir uns zu Hause?«

»Nein, hol mich vom Schöberl ab. Ich lass das Radl dort stehen. Vielleicht kann ich in der Zwischenzeit noch mit dem Alterbauer plaudern!«

»Gut, bis gleich.«

✳✳✳

In der Bogengasse ist die Hölle los, die Mannschaft der Spurensicherung wurde aufgrund der Dringlichkeit verdoppelt. Um sich ein Bild zu machen, hat die Staatsanwältin der Wehli die Durchsuchungsbeschlüsse für die Häuser Lieblich, Schöberl, Zwatzl und die Baustelle vom Holler persönlich vorbeigebracht. Durch den Auftritt der Exekutive am Vormittag war der Zwatzl ihr zum Mittagessen angerichteter Schweinebraten mit Kartoffelklößen und Sauerkraut ordentlich vermiest worden. Ausgerechnet sie schrie was von Polizeistaat und Einschränkung der persönlichen Freiheit und dass sie die zwei Dutzend im Umkreis von einem Kilometer versteckten Kameras nur für Wildtierbeobachtungen verwenden würde. Der Polizeistaat, vertreten durch den Gruppeninspektor Sprengnagl, bot ihr im Gegenzug zwei Gratisübernachtungen in einer Ausnüchterungszelle auf der PI Bad Vöslau wegen Widerstand gegen die Staatsgewalt, strafbarem Eingriff in die Privatsphäre und Verhinderung polizeilicher Ermittlungen und außerdem die Bekanntgabe ihrer Stasiaktivitäten im Gemeindegebiet an. Brandmarkung pur, sprich: Was die Bewohner schon länger vermuten, wäre dann amtlich. Dann bräuchte sich die Zwatzl in der Öffentlichkeit gar nicht mehr blicken zu lassen. Da es sich in Bad Vöslau gut leben lässt und sie einer Umsiedlung nach Dschibuti nichts abgewinnen kann, stimmte sie knurrend der Inventarisierung ihrer Abhörzentrale zu. Dass die Spurensicherung aber alle Kameras und das gesamte elektronische Abhörzeugs mitnehmen wollte, ging ihr dann doch zu weit. Sie versuchte noch, quasi als Faustpfand, den Speicherstick der Aufnahmen aus der Mordnacht zu verschlucken, um einen Freibrief für weitere Bespitzelungen zu bekommen. Das war den Ermittlern eine Spur zu viel. Die Zwatzl konnte ihr göttlich riechendes Mittagsmahl gerade noch im Eiskasten verstauen, ehe sie öffentlichkeitswirksam abgeführt wurde.

Im Anschluss parkte der Sprengnagl seelenruhig seinen Streifenwagen vor der Bäckerei Mann am Schlossplatz und gönnte sich vor der Fahrt zur Polizeidienststelle mit seiner Kollegin einen herrlich flaumigen Apfelstrudel. Währenddessen erfreute sich halb Bad Vöslau – mit einem Stanitzl Eis in der Hand – an der mit Handschellen an die Kopfstützen gefesselten tobenden Zwatzl.

❊❊❊

Nahezu gleichzeitig treffen beide Pokornys in der Bogengasse ein und werden vom Leiter der Tatortgruppe gleich in Empfang genommen.

»Die Wehli hat mich angerufen, ich soll ein paar Sachen für

den Schöberl einpacken.« Der Altenbauer reicht dem Pokorny ein Jutesackerl vom Bio-Berti. »Wie von der Lia gewünscht.« Er zieht einen uralten fliederfarbenen Eduscho-Jogger mit Bündchen an Armen und Beinen sowie Flipflops in Granny-Smith-Grün mit dem Aufdruck »Vulkanlandhotel Legenstein« heraus und lacht schallend. »Wenn er den Jogger wirklich anzieht, kann er unmöglich aus dem Krankenhaus raus. Damit ginge ich lieber in Einzelhaft als in die Öffentlichkeit.«

Ebenfalls lachend verlässt der Sprengnagl das Haus der Zwatzl. »Pokorny, sag, hast du nicht auch so ein Teil?«

»Nicht mehr!«, antwortet die Toni grinsend. »Als Voraussetzung für unsere gemeinsame Zukunft habe ich ihm das modische Stück abgenommen und der Caritas gespendet.«

»Ja, ja, schon gut. Für Jugendsünden gibt es anscheinend keine Verjährung, oder?«, sagt der Pokorny. »Sonst noch was Auffälliges gefunden?«

Der Alterbauer zögert und überlegt, ob er ermittlungsrelevante Informationen weitergeben soll. Ein Blickwechsel mit dem Gruppeninspektor, ein freundschaftliches Kopfnicken und schon sind die Pokornys – in Abwesenheit der Wehli – Teil des Ermittlungsteams. »Ja, der Schöberl hat noch versucht, einige Erinnerungsstücke zu verbrennen. Die Krankenakte vom Waldemar Lieblich, Urlaubsfotos von den Lieblichs und ihm. Weiters haben wir Aktfotos gefunden und DVDs mit ziemlich pikanten Videos. Die Lieblich im Latexoverall mit allerlei seltsam anmutendem Sexspielzeug in Aktion, Dildos, chinesische Glückskugeln, SM-Equipment. Meine persönlichen Highlights sind die Handwerker-Sexspielsachen. Ähnliches Zeugs haben wir schon bei ihr im Haus sichergestellt. Jedenfalls wurde sie vom Schöberl gefilmt, als sie sich mit einem täuschend echt aussehenden Schlagbohrer …«

Mit rotem Kopf unterbricht der Pokorny als Kenner des Produkts die weiteren Ausführungen. »Ja, ja, schon gut. So … detailliert muss es ja nicht sein. Sonst noch was Wichtiges?«

Der Alterbauer blinzelt irritiert. »Äh, habe ich was Falsches gesagt?«

Wiederum lacht der Sprengnagl und zwinkert seinem Freund zu. Auf der Stirn vom Pokorny glitzern die ersten Schweißperlen. »Äh … nein, nein. Alles in Ordnung. Wir müssen nur dringend zum Schöberl ins Krankenhaus. Der macht dort wegen seinem Gewand Radau. Also, gibt's noch was?«

Der Leiter der Tatortgruppe schaut zwischen den Pokornys hin und her. »Nein, vorerst nicht. Wir erhoffen uns von den Videoaufzeichnungen und dem Speicherstick der Zwatzl Aufschlüsse über die Mordnacht.«

»Gut, dann sind wir schon weg, baba.« Der Pokorny hat es eilig, den Ort der Peinlichkeit zu verlassen.

Der Alterbauer blickt verblüfft zum Sprengnagl hinüber, der ohne Kommentar lachend ins Haus der Zwatzl zurückmarschiert.

Die Toni startet kopfschüttelnd den Mini. »Die Eiskönigin mit Dildo und Co. und der Schöberl filmt sie dabei … unglaublich.«

»Ja, und … wie der Alterbauer mit dem Handwerkerspielzeug angefangen hat, hätte mich fast der Schlag getroffen«, krächzt der Pokorny und wischt sich den Schweiß aus dem Gesicht.

✳✳✳

Der diensthabende Polizist lässt sie auf Anordnung der Chefinspektorin zum Schöberl hinein und stellt sich im Zimmer neben die Tür.

Der Verletzte hat die Augen geschlossen. »Franz, wie geht es dir?«, flüstert die Toni und beugt sich zu ihm hinunter.

Die Lider flattern, er öffnet langsam die Augen, ein kaum wahrnehmbares Lächeln umspielt seine trockenen Lippen. »Danke, dass ihr gekommen seid«, murmelt er erschöpft und schließt die müden Augen wieder.

»Was war gestern los, Schöberl? Du hast mir ganz schön Angst gemacht. Was soll denn das mit den Fotos von der Lieblich und … der Puppe?« Dem Pokorny stellt es beim Gedanken daran noch jetzt die Nackenhärchen auf.

»Die Wehli war da«, flüstert der Schöberl.

»Ja klar, du hast ihr erzählt, dass du in der Mordnacht nicht mehr aus dem Haus gegangen bist, sondern nur ferngesehen hast. Aber das stimmt nicht. Wo warst du gestern Abend? Dein E-Bike ist kaputt, und … schau, wie du ausschaust.« Die Toni deutet auf die Schürfwunden an den Armen und seinen eingebundenen Kopf. »Da sind deine Sachen zum Anziehen. Ich lege sie dir in den Kasten.«

Der Pokorny schielt zu dem offensichtlich desinteressierten Polizisten hinüber. »Erzähl, was los war … Dein Aufpasser ist eh mit seinem Mobiltelefon beschäftigt, er kann dich bei der Wehli nicht verpetzen.«

Mit Hilfe vom Pokorny kämpft sich der Schöberl in die Höhe, trinkt aus einem Plastikbecher einen Schluck Wasser und räuspert sich. »Der Holler hat an dem Abend einen Anruf von einem Gemeinderat erhalten. Eine Vorabinformation, dass die Aufhebung der Bausperre für das Appartementhaus negativ ausfällt. Damit war er am Ende. Er wollte mit der Lieblich reden, ihr klarmachen, dass sie mit ihrer negativen Stimmungsmache gegen das Projekt seine Existenz zerstört hat. Sie solle sich entschuldigen. Der Sissy aber war das egal, sie hat ihn ausgelacht und wieder mit der alten Geschichte um den Selbstmord vom Holler seinem Vater angefangen. Der Holler könne seinem Vater jetzt in Ruhe folgen. Das war von der Sissy nicht okay.«

»Hat er sie dann erschlagen?«, fragt der Pokorny zögerlich. Der Holler könnte nach dieser Provokation die Lieblich im Affekt umgebracht haben. Das würde auch einen anschließenden möglichen Selbstmord erklären.

»Ich konnte ihn gerade noch beruhigen. Er hat ihr noch gedroht, und dann ist er weggefahren und …«, haucht er kaum hörbar.

Die Toni nimmt ihm vorsichtig den Plastikbecher aus der Hand. »Wann war das?«

»Gegen zwanzig Uhr fünfzehn.«

»Und dann?«, setzt die Toni nach. Weil schließlich ist laut der Zwatzl der Schöberl mit der Lieblich noch einmal zur Baustelle zurückgekommen.

»Ich bin zurück zu mir und hab mir die Rosenheim-Cops angeschaut.«

»Du bist also nicht mehr rüber zur Baustelle?«, fragt sie hartnäckig nach.

»Nein, aber das hab ich doch schon gesagt!«

»Warum lügst du uns an? Du bist mit der Lieblich später noch einmal am Grundstück vom Holler gewesen«, sagt der Pokorny ärgerlich. »Wir wissen das von der Zwatzl.«

Die Hände vom Schöberl krampfen sich in der Bettdecke, Schweiß perlt von seiner Stirn, der Kragen des ungeliebten Nachthemds färbt sich dunkel.

»Der wichtigste Mensch in deinem Leben ist tot. Was hast du noch zu verlieren? Sag uns endlich die Wahrheit! Keine Lügen mehr!«, drängt die Toni.

Der Schöberl atmet tief ein und gibt sich einen Ruck. »Es stimmt schon, ich habe mir die Rosenheim-Cops nicht angeschaut. Nachdem der Holler weg war, sind die Sissy und ich eine gute Weile bei der Baugrube geblieben. Sie war komplett überdreht, hat mit mir getanzt, mich umarmt und mir für die Hilfe gedankt. Ohne Geld kein Hausbau, dann könne sie endlich in Frieden leben. Und mit dem Geld vom Waldemar braucht sie niemanden mehr und ist endlich unabhängig. Dann hab ich ihr gesagt, wie lieb ich sie hab, immer schon, dass jetzt alles gut wäre und wir uns nicht mehr verstecken müssten.«

Die Toni schaut ihn befremdet an. Sie erinnert sich nur zu gut, was die Lieblich über den Schöberl erzählt hat. Und dann gesteht er ihr die große Liebe? »Was hat sie gesagt?«

»Mach's nicht so spannend. Die Wehli kann jeden Augenblick auftauchen!« Der Pokorny schnauft durch. »Wie hat die Lieblich auf deine Liebeserklärung reagiert?«

»Sie wäre noch nicht bereit und bräuchte noch Zeit.«

Die Toni schüttelt den Kopf. »Nein, Franz! Die Lieblich hatte mit dir keine Zukunft geplant. Ihr Mann war tot, sie brauchte dich nicht mehr … Hat sie mir persönlich erzählt. Warum sagst du uns so einen Unsinn?«

»Geh, sie war in letzter Zeit ziemlich verwirrt. Nach alldem kein Wunder, aber das wäre schon noch geworden. Ich habe die Sissy immer unterstützt gegen den Holler, habe ihr sogar beim Waldemar geholfen, und …« Er stockt, wirkt nachdenklich und erschöpft. Knapp bevor die ungeduldigen Besucher ihn zum Weiterreden antreiben, schluchzt er: »Der arme Waldemar hätte nicht sterben müssen …«

»Hast du was mit dem Tod vom Waldemar zu tun?«, ruft die Toni entsetzt. »Franz, rede schon!«

Der Schöberl hat die Augenlider wieder geschlossen und stöhnt. »Lasst mich in Ruhe. Ich kann nicht mehr.«

»Wo warst du gestern Abend?«, will die Toni jetzt verärgert wissen. »Deine Sachen sind zerrissen und schmutzig. Dein E-Bike ist kaputt, und du bist verletzt!«

Der Schöberl trinkt einen Schluck Wasser und seufzt leise. »Das Leben spielt einem schon komisch mit. Ich dachte, der Holler wär schon in Italien, die Polizei würde ihn nach seiner Rückkehr verhaften. Es gab ja genug Gründe für ihn, die Sissy zu töten. Und dann … kommt der Scheißkerl noch einmal zur Baustelle zurück und … beobachtet uns, und dann … dann hat er gesehen, wie ich die Sissy … und hat mich damit erpresst. Ich sollte am nächsten Abend zu der Bank beim Steinbruch kommen und fünfhunderttausend Euro mitbringen. So ein Idiot! Die Versicherung zahlt mir meinen Anteil erst nach Abschluss der Ermittlungen aus, das dauert, aber er wollte davon nichts hören … Also habe ich zugesagt und mir überlegt, was ich tun soll.«

»Moment, Moment, das war zu schnell für mich«, bremst ihn die Toni. »Was ist mit der Sissy passiert? Womit wollte dich der Holler erpressen?«

Der Schöberl wischt sich mit einer fahrigen Bewegung die Schweißperlen von der Stirn. »Die Sissy war so aufgedreht, dass ich sie auf der Baustelle … vögeln sollte, von hinten, hart und schnell, und … dabei bin ich, mir war so heiß … abgerutscht, und sie ist …«

»In den Pool gefallen«, vermutet der Pokorny und hofft inständig, das Bild der zuerst kopulierenden und dann köpfelnden

265

Lieblich je wieder vergessen zu können. Auch den schwitzenden Schöberl dahinter hätte er sich gerne erspart.

»Ja. Ich wusste nicht, was ich tun sollte. Plötzlich kommt der Holler mit seinem Handy in der Hand aus dem Rohbau heraus und meinte, jetzt hätte er mich am Arsch. Und dass er Bilder und ein Video gemacht und per WhatsApp versendet hat, nur falls ich jetzt auch ihm gegenüber gewalttätig würde.«

»Gewalttätig? Ich dachte, das war ein Unfall, du bist ... äh, abgerutscht?«, sagt die Toni.

»Die Sissy hatte es gerne härter, ich musste sie während dem Geschlechtsverkehr mit einer Stange schlagen ... nicht zu brutal, aber wehtun sollte es schon. Da kam sie richtig auf Touren«, entgegnet er matt.

Der Pokorny ist da jetzt überfordert. Im Spaßzimmer mag es die Toni auch härter, allerdings ist eine Weichgummischaufel halt etwas anderes als rostiger Baustahl. Wie die Lieblich da auf Touren gekommen sein soll, entzieht sich seiner Vorstellungskraft.

»Das ist aber jetzt nicht dein Ernst?«, schnaubt die Toni. »Du besorgst es ihr von hinten und schlägst sie währenddessen mit einer Stange? Wie pervers ist das denn? Und dann bist du einfach so abgerutscht und hast ihr einen tödlichen Schlag versetzt, oder was? Das glaubst du doch selbst nicht.« Sie schüttelt fassungslos den Kopf und schlägt die Handflächen zusammen.

»Sie hat noch gelebt! Der Holler hat ständig mit seinem Handy Aufnahmen gemacht, und ich bin dann weggelaufen«, flüstert er zittrig. Sein Kopf bewegt sich fahrig hin und her.

Der Pokorny hat für sich ein ganz anderes, sensibles Thema geortet. »Die Bank beim Steinbruch, wo ihr euch treffen wolltet ... meinst du das Bankerl ganz oben mit dem sensationellen Ausblick?«

»Kennst du das leicht auch?« Der Schöberl öffnet verwundert die Augen, sieht den Pokorny zögerlich nicken und fährt fort: »Mit der wunderschönen Aussicht bis nach Großau, ja. Und dann erst der Steinbruch in der Abenddämmerung, wunderschön! Wie viele Stunden ich dort schon gesessen bin, ganz alleine«, schwärmt der Bettlägerige und übersieht den entsetzten Blick der Toni. So ganz nebenbei hat er gerade erwähnt, dass er die Absturzstelle kennt.

»Was war dann?«, unterbricht der Pokorny genervt und ärgert sich, dass sein vermeintlicher Geheimtipp keiner war. Wer weiß, wer da noch alles herumsitzt.

»Der Holler hat gestern Abend auf mich bei dem Bankerl gewartet. Ich bin, wie immer, von oben über den Harzberg zum Steinbruch gekommen. Zuerst mit dem E-Bike, dann zu Fuß quer durch den Wald, vorbei an der Station vom Schlumberger-Fitnessparcours. Schon bei der Infotafel habe ich ihn auf dem Bankerl sitzen sehen. Ich wollte mich noch verstecken und überlegen, wie ich ihm beibringen könnte, dass ich kein Geld habe. Aber er hatte mich schon gesehen und gebrüllt, ich Weichei hätte sein Leben ruiniert. Jetzt müsse ich ihm helfen, sonst würde er mich fertigmachen. Ich bin dann zu ihm hin, hab ihm erklärt, dass ich auf das Geld der Versicherung warten müsse, aber davon wollte er nichts wissen. Er hat nicht aufgehört, mich zu beleidigen. Dass ich nicht einmal das auf die Reihe bekäme … Dann hat er mich zu schubsen begonnen und gemeint, meine Frau habe sich vor dreißig Jahren wegen einem Verlierer wie mir wahrscheinlich selbst umgebracht. Das war dann … zu viel. Ich hab zurückgeschubst, nur einmal, aber damit hatte er nicht gerechnet und hat das Gleichgewicht verloren … Es war ein Unfall«, schluchzt er. »Ich wollte das nicht. Ich war panisch geworden und bin weggelaufen. Wie ich nach Hause gekommen bin, weiß ich nicht. Erst im Rettungswagen bin ich wieder aufgewacht.«

»Hat er noch gelebt? Hast du nachgesehen?«, fragt die Toni empört.

»Nein, hab ich nicht. Da geht es weit runter, das überlebt niemand.«

»Du musst das der Polizei erzählen. Er hat dich provoziert und geschubst. Ich hätte da auch irgendwann die Nerven verloren und mich gewehrt.«

»Notwehr. Klarer Fall! Sonst hätte er dich runtergestoßen«, fasst der Pokorny zusammen. »Und das mit der Lieblich war …«

»Ein Unfall zu viel … Ich rede morgen mit der Wehli, aber jetzt muss ich schlafen!«, sagt er und schluckt die Tablette, die auf dem Tischchen neben seinem Bett liegt.

Die Toni will noch nicht aufgeben. »Weißt du, wer den Waldemar Lieblich mit dem Elektrotaser getötet hat? Du warst mittendrinnen, du musst doch was gesehen haben!«, drängt sie mit zittriger Stimme.

Der Schöberl starrt lange auf den stattlichen Kastanienbaum vor dem Spitalsfenster, dann wandert sein Blick langsam zur Toni. Er schaut sie lange an und dreht schließlich den Kopf zur Seite.

Der Toni reicht es endgültig. Sie nimmt den Pokorny an der Hand, und beide verlassen fluchtartig das Krankenhaus. »Verdammt, verdammt, verdammt! Der Schöberl hat den Holler und die Lieblich am Gewissen. Und beim Waldemar ist er mir ausgewichen. Das gibt es doch alles nicht! Willi! Sagst du vielleicht auch einmal etwas?«, schnaubt sie, und ihre Augen fahren Hochschaubahn.

»Glaubst du wirklich, dass der Schöberl wegen dem Holler einfach so von der Baustelle weggelaufen ist? Vielleicht hätte er die Lieblich noch retten können?« Der Pokorny verzieht das Gesicht.

»Ich weiß gar nicht mehr, was ich glauben soll. Wie konnte ich mich dermaßen im Schöberl täuschen? Franzl und Sissy, das war so romantisch … Aber dass die zwei ein dermaßen perverses Liebesleben haben, hätte ich mir nicht gedacht … Und das hat jetzt nichts mit unseren privaten Handwerkertätigkeiten zu tun.« Sie lächelt verhalten und gibt ihm ein Busserl.

Er grinst und setzt sich zur Toni in den Mini Cooper. »Wir haben für die Frau Chefinspektorin quasi zwei Geständnisse am Serviertablett angerichtet, den Papierkram soll sie selbst erledigen. Schauen wir mal, ob der Schöberl überhaupt mit ihr redet. Apropos, wir sollen sie nach dem Krankenhaus anrufen … Mach du das, mit dir redet sie lieber.«

»Nein! Den Auftrag schiebst du nicht wieder ab. Sie hat dich damit beauftragt, also ruf sie gefälligst selbst an!«, schnaubt die

Toni genervt. »Immer dieses dumme Delegieren. Das brauche ich jetzt wie einen Kropf.«

Da für den Pokorny damit kein Spielraum mehr bleibt, greift er nach seinem Nokia. Schon beim ersten Satz läuft die Wehli mit Verstärkung bei der Polizeiinspektion hinaus. Die Info vom Geständnis des Schöberl nimmt sie schon im Dienstwagen sitzend auf.

»Dass ich das einmal sagen kann: Gut gemacht, Pokorny. Der Kollege wird ein Protokoll schreiben, das Sie und Ihre Gattin morgen auf der PI unterfertigen. Dann machen wir den Sack zu.«

»Danke für das Kompliment, so rosig schaut's für Sie leider nicht aus. Ihr Kollege war mehr mit seinem Mobiltelefon beschäftigt als mit uns. Der kann Ihnen sicher kein vollständiges Gesprächsprotokoll vorlegen. Außerdem hat der Schöberl lediglich von zwei Unfällen geredet, wo laut ihm nicht einmal klar war, ob beide tot sind. Ob das mit dem Waldemar Lieblich auch ein Unfall war und wer schuld daran hat, darauf ist er uns eine Antwort schuldig geblieben.«

»Der Kollege ist ein Idiot, der kann ab morgen als Schülerlotse Dienst versehen. Wozu stelle ich den zur Bewachung ab? Ich werde wahnsinnig! Sind Sie noch dort?«

Die Toni schüttelt entsetzt den Kopf, der Pokorny nimmt den Ball auf. »Nein, wir sind schon unterwegs. Der Schöberl hat gerade eine Schlaftablette geschluckt und ist heute nicht mehr vernehmungsfähig. Jogger und Schlapfen sind in seinem Kasten, wir haben unsere Schuldigkeit getan. Für heute reicht's uns ehrlich gesagt. Aber … Ihr Kollege ist ja eh noch da. Also falls er nicht auch schon eingeschlafen ist!« Diesen Seitenhieb kann er sich nicht verkneifen.

»Haha, witzig. Ich werde den Schöberl schon wach bekommen; wenn er mit Ihnen reden kann, wird er es mit mir auch schaffen. Sonst kann er sich an die Unfälle morgen vielleicht nicht mehr erinnern.«

»Wie auch immer, ich wünsche Ihnen gutes Gelingen. Auf Wiederhören«, beendet er das Gespräch.

»Die bekommt den nie und nimmer wach«, meint die Toni
fest. »Der Franz hat nicht wegen uns die Schlaftabletten genommen, sondern wegen ihr.«

»Was auch immer der Schöberl sonst gemacht hat, da versteh ich ihn zu hundert Prozent. So, und jetzt Schluss, für mich
ist bis zum unvermeidlichen Protokoll auf der Inspektion die
Sache erledigt. Schauen wir mal, was die Wehli schlussendlich
erreicht.« Sein Magen meldet sich mit einem lauten Knurren,
und da die Toni noch nichts von der Plünderung ihres Schnitten-
vorrates weiß, stimmt sie seinem Vorschlag für ein vorgezogenes
Abendessen beim Heurigen Schachl freudig zu.

Freitag, Tag 12

Der Sandmann war bei den Pokornys auch diese Nacht auf Urlaub. Wieder verschafften erst die Vöslauer Spitzenweine Ruhe im Haushalt, und ehrlich, gut ist es, wenn die Geschichte bald vorbei ist. Sonst werden die beiden wegen ihrer Schlafstörungen noch zu Alkoholikern. Es war aber in der Nacht noch ordentlich viel los. Bis Mitternacht haben sie gerätselt, wer jetzt wen umgebracht hat.

Weil Varianten gibt es in diesem Nachbarschaftsdrama viele: Der Waldemar Lieblich bleibt, nach dem Geständnis des Patienten bezüglich der beiden Unfälle, als einziges echtes Mordopfer über. Für die Tat könnten grundsätzlich seine Ehefrau, der Holler, der Schöberl, der Fetzer und die Zwatzl in Frage kommen. Bevor sich die beiden Schlaflosen je zwei Komma fünf Milligramm Valium genehmigten, einigten sie sich schließlich auf folgenden Ablauf:

Die Elisabeth Lieblich nutzt den Tumult beim Kurstadtlauf und tötet ihren pflegebedürftigen Ehemann.

Motiv: Hass wegen der Demütigungen sowie Geldgier in Verbindung mit der Angst, alles durch eine Testamentsänderung zu ihren Ungunsten zu verlieren.

Beweise: die Betriebsanleitung sowie die Testamentsänderung, die sie im Kamin verbrennen wollte.

Vermutung: Den Taser hat sie dem Holler nach dem Mordanschlag in die Tasche geschmuggelt.

Alles andere ergäbe keinen Sinn. Der Holler hätte mit dem Mord am Waldemar Lieblich nichts gewinnen können. Der Schöberl war mit dem Ehepaar befreundet, hat sich um den Kranken gekümmert und hätte als ausgebildeter Pfleger den Tod vom Waldemar auch vorher schon ohne große Umstände herbeiführen können. Dass die Zwatzl und der Fetzer zusammen oder unabhängig voneinander den Lieblich ermordet haben, nur um dem Holler den Taser unterzuschieben, erscheint weit hergeholt. Wobei dem Fetzer aufgrund des Videos zumindest fahrlässige Tötung vorgeworfen werden kann.

Der Unfalltod der Elisabeth Lieblich: Zwar mögen sich die Pokornys die perversen Spiele der Witwe und des Schöberl lieber nicht vorstellen, letztendlich klingt der vom Schöberl geschilderte Ablauf aber plausibel. Einzig die Position der Leiche im Beton passt nicht dazu. Es ist aber der Wehli ihr Problem, herauszufinden, ob der Holler nachgeholfen hat.

Der Unfalltod des Holler: ebenfalls logisch nachvollziehbar. Dass der Baumeister ein beleidigender und gewalttätiger Zeitgenosse war, ist hinlänglich bekannt.

Dank Valium kehrte dann doch noch Ruhe in der Doppelhaushälfte ein.

**

Um fünf Uhr früh läutet das Nokia.

Der Pokorny – im Nebel einer Kombination aus Tabletten plus einer Flasche Veltliner – schaut nur flüchtig auf das Display, brummt und legt das Mobiltelefon weg. Weil ehrlich, bei der angezeigten Nummer mit der Landesvorwahl +49 hebt er schon aus Prinzip nicht ab. Noch dazu in seinem derzeitigen Zustand.

Die Toni, lediglich ein Glas Weißburgunder im Blut, schüttelt ihren Brummbären. »Wer war das?«, fragt sie schlaftrunken.

»Keine Ahnung, irgendein Idiot, lass mich schlafen.«

»Willi! Zwei Unfälle, ein Mord, der Schöberl im Krankenhaus und um fünf Uhr früh läutet das Telefon. Zeig her!« Ungeduldig fordert sie das Nokia ein. »Eine Mobilnummer aus Deutschland … Welcher Dummkopf ruft da um fünf Uhr morgens an?«, ruft sie empört.

»Sag ich ja«, grunzt der Pokorny kurz vor dem Wechsel ins Traumland, als ihm eine SMS – mit dem für alte Nokias bekannten Tütü – durch Mark und Bein dringt und ihn endgültig aufweckt. »Sakrahaxn! Jetzt reicht's aber!«, keppelt er laut.

Die Toni liest voll Entsetzen die Nachricht:

Der Schöberl ist gerade als Polizist verkleidet aus dem Auto gesprungen und in sein Haus gelaufen. Z.
»Willi, der Schöberl ist aus dem Spital getürmt und hat die Uniform des Polizisten an. Nein, das glaub ich jetzt nicht«, stöhnt die Toni.

»Von wem ist die Nachricht?«

»Von einer Z.?«

»Das kann nur die Zwatzl sein.« Er gähnt und reibt sich die Augen. »Die spinnt ja, lebt seit ewig in Österreich und telefoniert über eine deutsche Nummer. Woher die meine Nummer hat, ist mir rätselhaft.«

»Vielleicht hat sie dich ausspioniert, verwanzt. Stasimethoden halt. Wundert dich das wirklich?« Die Toni schlägt schnaufend die Bettdecke zurück und stemmt sich mühsam in die Höhe.

Der Pokorny sagt: »Die ist mir echt unheimlich, und schlafen tut die anscheinend auch nicht. Letztens hat sie den Schöberl um zwei Uhr morgens gehört, und jetzt ist es fünf Uhr, nicht zu glauben. Sollen wir die Wehli anrufen?« Er seufzt beim Gedanken an das Telefonat.

»Klar, damit wir uns zur Lachnummer machen. Ich rufe im Krankenhaus an und frage, was los ist. Versuch du parallel, die Zwatzl zu erreichen. Da, dein Handy.« Sie wirft ihm sein Nokia hinüber und zückt ihr iPhone.

Der Pokorny nickt, versucht aufzustehen, stöhnt und sinkt zurück aufs Bett. »Pfau, geht's mir mies.« Mühsam setzt er sich auf und stöbert in seinem Nachtkästchen nach einer Kopfwehtablette. »Geh, Toni, wo sind schon wieder die Thomapyrin?«

Die Toni lauscht dem Freizeichen. »Du bist und bleibst schlampig. Wie oft habe ich dir schon gesagt, wenn du dir eine Tablette genommen hast, dann leg die Packung wieder zurück!«

»Krankenhaus Baden, Schwester Sybille am Apparat. Was kann ich für Sie tun?«

»Äh! Guten Morgen, entschuldigen Sie die frühe Störung. Hier spricht Pokorny. Wir haben gerade eine SMS erhalten, dass der Herr Schöberl in Bad Vöslau als Polizist verkleidet aus einem

Taxi gestiegen sein soll. Können Sie bitte nachschauen, ob er noch da ist?«

»Sie meinen den Patienten, der von dem Polizisten bewacht wird?«

»Ja. Bitte, es ist dringend. So wie es aussieht, ist er geflohen.«

Sie zwängt sich in ihre sexy enge Jeans, schnippt und fordert mittels Handkreisen von ihrem schlappen Ehemann telefonische Aktivität ein.

»Ja, ja, ist schon gut«, grummelt er und wählt.

Freilich ist die Spannerin informationsfreudig, sie hebt beim ersten Läuten ab und redet ohne Förmlichkeiten gleich los.

»Beim Schöberl brennt im ganzen Haus das Licht. Ich glaub, der will abhauen. Kommen Sie schnell her, rasch, sonst ist er fort. Die Garage steht schon offen.«

»Rufen Sie sofort die Polizei an. Die sind schneller vor Ort.«

»Nicht in diesem Leben«, grunzt sie abweisend. »Die haben mir mein ganzes Zeug weggenommen. Ohne mein verstecktes Notfallpaket hätte ich den Infrarotsensor als Alarm gar nicht aufstellen können. Klar, und jetzt werd ich so dämlich sein und die Polizei anrufen. Ich habe meine Staatsbürgerpflicht erfüllt, den Rest machen Sie … Ähhh, der Schöberl kommt gerade aus seinem Haus heraus und schaut zu mir rüber … Nein … kommen S' bitte schnell, ich glaub, der will zu mir …«

»Frau Zwatzl? Hallo! Sind Sie noch dran? Toni, die Leitung ist tot, wir müssen los, der Schöberl knöpft sich gerade die Zwatzl vor, schnell!«

Er beugt sich hinunter und streichelt Maxime und Romy, die schon bei der Eingangstür warten. »Ihr zwei bleibt besser da.«

✳✳✳

Auf halbem Weg zum Auto vergisst die Toni kurz ihre gute Mödlinger Erziehung und schreit durchs iPhone die Schwester Sybille an: »Verdammter Scheißdreck, wie konnte das passieren? Ja, ja, Sie tun nur Ihre Pflicht, und dafür gibt es doch schließlich die Polizei. Genau, und die rufen Sie jetzt bitte sofort an und sagen ihr, sie soll nach Bad Vöslau in die Bogengasse fahren. Es ist Gefahr im Verzug. Danke!«, zischt sie und legt auf. »Einfach unglaublich! Der Schöberl hat den Polizisten niedergeschlagen, ausgezogen und an das Bett gefesselt. Ich fahre, ruf du die Wehli an, es brennt.«

Beim Beschleunigen ihres Mini Cooper lässt die Toni auf der Gasse – sehr zum Ärger der schlafenden Nachbarn – die Hälfte des Belags der neuen Sommerreifen liegen.

Der Pokorny klammert sich am Haltegriff fest. »Musst du so rasen? Drei Tote reichen doch«, knurrt er. »Hoffentlich geht die Wehli ans Telefon. Hätte ich mir nie gedacht, dass ich einmal froh bin, wenn sie abhebt.«

Die Wehli hat die letzten Worte gehört und meldet sich gereizt. »Wenn Sie um die Zeit anrufen, bin ich nicht froh. Was gibt's?«

Er schaut verwundert zur Toni. »Äh, wir sind unterwegs zum Haus vom Schöberl, der ist …?«

»Ja, ja, ich weiß schon, der hat den Schülerlotsen überwältigt und ist geflohen. Wir sind gerade am Weg zu ihm. Bleiben Sie bitte, wo Sie sind, der Schöberl ist gefährlich und hat fix zwei Tote zu verantworten, da kann ich keine weiteren Leichen gebrauchen. Haben Sie das verstanden?« Ihr strenger Ton ist unmissverständlich.

»Wieso gefährlich …? Das versteh ich nicht«, ruft die Toni vom Fahrersitz ins Telefon, während sie mit quietschenden Reifen in die Waldandachtstraße einbiegt. »Der Schöberl hat von Unfällen gesprochen.«

»Dass ich nicht lache! Das waren keine Unfälle, der Schöberl ist ein kaltblütiger Mörder. Er hat die Lieblich beim Schnackseln mit der Stange vorsätzlich getötet und den Holler in den Steinbruch hinuntergestoßen. Ihre Tötung haben wir auf Video, den Tod vom Holler auf der WhatsApp-Aufnahme. Bleiben Sie weg, der hat nichts mehr zu verlieren«, warnt sie die beiden eindringlich.

»Wo sind Sie?«, fragt der Pokorny, über die neuen Informationen entsetzt.

»Gleich bei der Autobahnabfahrt Bad Vöslau, wieso?«

»Weil wir keine Zeit haben, auf Sie zu warten. Der Schöberl nimmt sich gerade die Zwatzl vor. Ich habe vorhin mit ihr telefoniert, das hat er anscheinend gesehen und ist zu ihr rübergelaufen.«

»Seien Sie vernünftig, wir sind gleich da. Machen Sie bitte keinen Blödsinn, sondern warten Sie beim Weingut auf uns!«

»Ja, machen wir, aber jetzt muss ich aufhören.« Er beendet das Gespräch.

»Warten? Die hat sie ja nicht mehr alle! Bis die da ist, ist die Zwatzl …« Die Toni lässt den Satz offen.

Zwar parken sie den Mini wie befohlen beim Weingut Schlossberg, huschen aber vorsichtig zurück in die Bogengasse. Direkt beim Zugang zur Gasse verstecken sie sich hinter einer vertrockneten Thujenhecke.

»Siehst du den Schöberl?«, keucht der Pokorny.

»Nein. Pass auf, du gehst zur Zwatzl, ich zum Schöberl«, schlägt die Toni vor.

Der Pokorny schaut sie entgeistert an. »Spinnst du?«, flüstert er. »Wir schauen zuerst zur Zwatzl … und dann zum Schöberl, und zwar gemeinsam. In jedem schlechten Krimi teilen sich die Helden auf und bekommen dann eins auf die Mütze. Also los!« Er zeigt auf die offene Garage. »Überall brennt Licht, aber sein Auto ist noch da. Wir müssen zuerst die Zwatzl suchen. Hoffentlich ist ihr nix passiert.«

Die Toni nickt ihrem Bärli liebevoll zu, und nach einem flüchtigen Busserl schleichen sie vorsichtig durch die offene Gartentür der Zwatzl. Irgendwie gruselig, in der Welt der Stasitante herumzuschleichen. Zwar wurden alle aufgefundenen Mikrofone, Funkboxen und Kameras sicherheitsverwahrt, aber wer weiß, was die – neben dem erwähnten Infrarotsensor – sonst so alles versteckt hat. Jedenfalls fehlt dem Zwerg das Fernrohr, und auch von der Wildtierkamera auf dem untersten Ast der Trauerweide ist nichts mehr zu sehen. In dem mit Unkraut überwucherten Vorgarten keine Spur von der Zwatzl und dem Schöberl. Der Hintereingang über die Backsteinterrasse liegt im Halbschatten einer von einem roten Kletter-Trompetenbaum bewachsenen Pergola. Die Tür ist nur angelehnt, dahinter erkennen die beiden einen mattgelben Lichtschein. Die Toni legt einen Finger auf die Lippen und öffnet langsam die Tür. Ob als Alarmanlage gedacht oder nur dem Alter des Hauses geschuldet, jedenfalls knarrt die Tür so laut, da hätten sie gleich bei der Eingangstür anläuten können. Die Nerven der Toni fahren gerade Hochschaubahn. Selbst schuld, was muss sie auch immer Gruselfilme ansehen. »Freitag der 13.« und »A Nightmare on Elm Street« sind ihre Favoriten. Seit sie allerdings »The Walking Dead« schaut, geht der Pokorny an diesen Abenden früher schlafen. Ehrlich, da schlummert er lieber nach der ersten Seite eines mittelmäßigen Provinzkrimis gemütlich ein, als sich vor den Zombies im Wohnzimmer in den Schlaf flüchten zu müssen.

Was tun? Laut rufen und damit einem mehrfachen Mörder die Zielkoordinaten mitteilen? Ob der Schöberl sein Konto noch um zwei weitere Leichen aufpeppt, ist ihm vermutlich egal. Die Toni greift sich zur Sicherheit zwei Regenschirme, die neben einem massiven Wohnzimmerschrank lehnen, und gibt einen davon an den Pokorny weiter. Der weiß nicht, ob er weinen oder lachen soll – also nicht, weil er nur den Knirps bekommen hat und die Toni mit dem riesigen Familienschirm das Terrain sichert, nein. Einfach, weil die derzeitige Situation schon ein anderes Kaliber ist, als mit dem Sprengnagl und dem Berti zu fachsimpeln, sich Tatortbilder anzusehen, ein paar Leute zu befragen und ansonsten gescheit daherzureden. Im Erdgeschoss und im ersten Stock des Hauses gibt es, neben den Bildern von Erich Honecker, weiteren Aufnahmen autoritärer Staatsmänner und gefühlten tausend Kilometern an unterschiedlichsten Kabeln, keine absonderlichen Sachen zu sehen.

Kein Mucks ist zu hören, lediglich Sirenen der Polizei, die aus weiter Ferne ertönen. »Komm schnell, wir müssen noch im Keller nachsehen«, wispert die Toni und öffnet vorsichtig eine mit zwei Schlössern gesicherte massive Stahltür. »Frau Zwatzl! Sind Sie da unten? Da sind die Pokornys. Hören Sie uns?«

Beide stehen still und spüren das Pochen ihrer Herzen bis in den Kopf hinauf. Die lauter werdenden Sirenen treiben sie dann die Stufen hinunter. Im Vorraum des Kellers sehen sie drei Türen. Hinter jeder könnte weiß Gott was warten, Bilder vom Schöberl mit einem Messer in der Hand, die Zwatzl abgeschlachtet in ihrem Blut liegend, all das schwirrt ihnen durch den Kopf. Welche der Türen sollen sie zuerst öffnen? Die Toni deutet mit dem Kinn auf die Tür beim Pokorny, der sie verzweifelt anschaut, klopft und dann vorsichtig öffnet. Beide zucken erschrocken zurück. Aus dem Raum, der bis zur Decke vollgeräumt ist, fallen ihnen Dutzende Gartenzwerge, Vogelhäuschen, Solarlampen, künstliche Hundekothaufen, ausgehöhlte Steinimitate und Windspiele – alle mit Akkus oder Elektrokabeln versehen – entgegen, aber Gott sei Dank kein Schöberl und keine Zwatzl. Im Raum neben der Toni befindet sich eine leere Waschküche. Damit bleibt nur mehr eine Tür übrig. Der Pokorny schwitzt sich mittlerweile den Veltliner vom letzten Abendmahl aus den Poren und greift zittrig nach der Türschnalle. Seine Nerven sind zum Zerreißen gespannt. Oben bremst sich die BMW der Wehli samt Kavallerie mit Folgetonhorn ein, zeitgleich läutet sein Handy.

Die Toni ist bleich im Gesicht, und der Pokorny könnte in einem Dampfbad auch nicht mehr schwitzen als jetzt. Sein vibrierendes Nokia rutscht ihm durch die schweißnassen Hände, er keucht und kann sich gerade noch an der Türschnalle festhalten. »Kruzitürkn, geh du ran.«

Freilich sieht die Toni gleich, dass es die Wehli ist. »Wir sind bei der Zwatzl im Keller. Das Haus ist leer, also bis auf einen letzten Raum … Bleiben Sie am Telefon. Willi, mach die Tür auf, aber vorsichtig.«

Die Wehli schreit durchs Telefon: »Wir sind schon da, lassen Sie das bleiben, der Schöberl könnte bewaffnet sein.«

Doch ehrlich, jetzt sind die zwei durch das ganze Haus geschlichen, haben hinter jeder Ecke einen Mörder beziehungsweise eine Leiche befürchtet – jetzt lassen sie sich von der Wehli sicher nicht die Show stehlen!

Die Toni legt auf, und der Pokorny öffnet auf wackligen Beinen vorsichtig die Tür, jederzeit bereit, mit einem Sprung dem Killer Schöberl zu entkommen. Doch wieder ist da nur ein menschenleerer Raum, den als zentrales Element eine große Sauna aus Fichtenholz schmückt. Daneben stehen zwei Entspannungsliegen, rechts davon ist – völlig deplatziert – eine Wand voll mit LED-Schirmen, Kabeln, WLAN-Verstärkern und weiteren technischen Geräten. Zweifelsohne haben sie die – von der Spurensicherung dezimierte – Kommandozentrale entdeckt. So, wie es aussieht, hat die Zwatzl je nach Jahreszeit mal aus der Sauna, mal gemütlich auf einer Liege die Aktivitäten ihrer Nachbarn beobachtet.

Doch obwohl es Mai und damit die falsche Zeit für einen Saunabesuch ist, scheint diese nicht leer zu sein. Ein quälendes, wimmerndes und dumpfes Geräusch dringt durch die Fichtenholzverkleidung. Prompt fängt der Pokorny wieder zu schwitzen an.

Die Toni öffnet die Tür und findet die Zwatzl, zwar gezeichnet, aber lebend. An den Saunaofen gefesselt, geknebelt und mit einer riesigen Platzwunde am Kopf kommt sogar gegenüber der unsympathischen Schnüfflerin kurzfristig Mitleid auf. Mit großen, angstgeweiteten Augen würgt sie an dem Knebel, den der Pokorny ihr dann ruckartig aus dem Mund reißt. Aber nicht immer erntet man den Dank, der zu erwarten wäre.

Die Gerettete atmet einmal tief durch und legt dann los. »Dass Sie endlich daherkommen! Da funk ich extra durch, und dann dauert's ewig … Sind Sie gemütlich herspaziert, oder was? Binden S' mich gefälligst los!«

»Hören Sie sofort zu keifen auf, sonst ist der Knebel schneller wieder drinnen, als Sie glauben, Sie undankbares Weibsbild«, schnaubt die Toni. Da sieht man, dass auch ihre Nerven zum Zerreißen gespannt sind, weil üblich ist diese Ausdrucksweise für sie nicht.

»Die Fesseln soll Ihnen die Polizei abnehmen, die werden sicher noch ein paar Fragen haben. Wegen dem Infrarotsensor«, meint der Pokorny grinsend.

»Ja, ja, das ist also der Dank für den Anruf. Mich so zu behandeln!«, sagt sie beleidigt. »Wo ist der dreckige Mörder hin?«

»Sein Auto steht noch in der Garage, die Polizei ist gerade eingetroffen und wird ihn suchen«, antwortet der Pokorny.

Der Sprengnagl kommt die Stiegen heruntergelaufen und atmet erleichtert auf. »Ich bin so froh, dass es euch gut geht! Ihr macht Sachen. Jetzt reicht es bald mit euren Außeneinsätzen, das halten meine Nerven nicht länger aus. Schau an, die Frau Zwatzl. Die Rettung ist schon unterwegs. Was war das mit dem Infrarotsensor?«, fragt er und bekommt von ihr, wie erwartet, keine Antwort. »Egal, wir finden schon heraus, wo Sie Ihr restliches Bespitzelungszeugs lagern, und wenn wir den ganzen Garten umgraben müssen.« Er deutet der Toni und dem Pokorny, ihm zu folgen.

Fast sind sie bei der Tür draußen, da schreit die Zwatzl: »Wenn das Auto noch da ist, wird er vielleicht mit seinem E-Bike weg sein. Der Motor ist zwar hinüber, aber Patschen hat es keinen gehabt. Wahrscheinlich in Richtung Kurpark, sonst wäre er euch ja entgegengekommen.«

»Guter Tipp!«, bedankt sich der Sprengnagl.

»Und, wer macht mich jetzt los?«, keppelt die Zwatzl und reißt an ihren Fesseln.

»Gleich kommt meine Kollegin zu Ihnen.«

»Krieg ich meine Kameras jetzt wieder, äh, also wegen dem Tipp?«, fragt die Zwatzl allen Ernstes.

Der Sprengnagl klopft sich mit dem Zeigefinger zweimal auf die Stirn und eilt mit den Pokornys hinauf zur Straße.

Die Wehli läuft vom gegenüberliegenden Haus auf die drei zu. »Haben Sie die Zwatzl gefunden?«

»Ja, mit ein paar Blessuren, aber sie randaliert schon wieder wie gewöhnlich, dürfte also nichts Dramatisches sein«, meint der Sprengnagl.

Sie atmet tief durch. »Keine weiteren Leichen, Gott sei Dank. Ich nehme an, der Schöberl ist flüchtig?«

Der Pokorny nickt und denkt an seine eigenen Erfahrungen mit seinem stromlosen E-Bike. »Wahrscheinlich ist er mit seinem Elektrofahrrad in Richtung Kurpark geflohen. Ohne Antrieb tut er sich allerdings schwer.«

»Er wird uns gesehen haben. Clever, wie er ist, hat er umdisponiert«, stellt die Toni fest.

Die Gänserndorferin schaut die ortskundigen Vöslauer der Reihe nach an. »Wenn er wirklich zum Kurpark fährt, wohin könnte er von dort fliehen?«

»Ich würde mich erst einmal verstecken, als Polizist fällt er auf einem E-Bike auf«, antwortet die Toni.

»Wird er nicht, er hat sich umgezogen. Die Uniform liegt im Schlafzimmer auf dem Bett, neben einem halb gepackten Koffer. Gratuliere, Sie waren wirklich schnell da. Ein paar Minuten später und das Vöglein wäre mit dem Auto ausgeflogen gewesen.«

»Weit kann er noch nicht sein«, sagt der Pokorny. »Schicken Sie einen Streifenwagen zum Haidlhof, vielleicht versteckt er sich dort. Am Harzberg oben gibt es Dutzende Höhlen und Stollen, wo er untertauchen kann. Er wird jedes Versteck nutzen, zumindest heute, wo so viel Polizei unterwegs ist. Sie können mit Ihrer Maschine bei der Roverhütte vorbeifahren und dann zum Steinbruch hinauf«, schlägt er vor, ist sich jedoch der Tragweite der Idee nicht bewusst.

Die Wehli steigt auf ihre BMW. »Die schau ich mir an. Wenn er nicht dort ist, treffen wir uns oben am Parkplatz beim Harzbergturm. Wie komme ich zu der Hütte?«

Die Wegbeschreibung des Pokorny ist dermaßen umständlich, dass er eine Minute später – um sein Leben bangend – hinter ihr als Sozius mit einem Wahnsinnstempo in Richtung Roverhütte rast. Weder vor noch nach dem Höllenritt auf der schwarzen 1200er BMW hätte er sich vorstellen können, einer anderen Frau als der Toni so nahe zu kommen. Bei der Hütte steigt die Wehli dermaßen auf die Bremse, dass er nur mit Müh und Not einen Vorwärtssalto vermeiden kann.

Kein Schöberl, weiter geht es mit Vollgas den Berg hinauf, wieder bangt der Pokorny, bleich im Gesicht, um sein Leben. Die Wehli weiß genau, was sie tut, und genießt die Angst ihres Sozius weidlich.

Weder in den Höhlen beim Steinbruch noch am Bankerl ist der Schöberl zu finden. Im Sekundentakt bekommt die Chefinspektorin über den Funkkopfhörer Informationen über die Straßensperren und die durchsuchten Objekte. Haidlhof, Burgruine Merkenstein, Thermalbad, Vöslauerhütte, Harzberghütte, sogar auf der Jubiläumswarte, überall wird nach dem Schöberl gesucht. Doch er ist und bleibt wie vom Erdboden verschwunden.

Der Pokorny schaut zur Oberkante des Steinbruchs, die Wehli folgt seinem Blick. »Haben Sie ihn gesehen?«

»Nein, leider nicht. Er hat im Krankenhaus erzählt, dass er von dort oben runtergekommen ist und den Holler beim Bankerl getroffen hat.« Er zeigt ihr den schmalen Pfad, der sich steil an der rechten Seite des Steinbruchs nach oben zur Kante hinaufschlängelt. »Vielleicht ist er dort oben? Nur mit der Maschine kommen S' da nicht rauf.«

Mehr braucht er nicht zu sagen, die Chefinspektorin drückt bereits auf den E-Starter. »Halten Sie sich fest, den Weg schaffen wir leicht, trotz Ihnen als Übergepäck.« Sie lacht, tritt den Gang hinein, und mit einem Satz springt die BMW auf den Waldweg, der schmäler und schmäler wird und schließlich in dem steilen Pfad mündet.

Der Pokorny hat Mühe, sich festzuhalten, und setzt den verzweifelten Griff etwas zu hoch an. Die Wehli brüllt: »An der Taille sollen Sie sich festhalten, nicht an meinen Brüsten! Geben Sie sofort Ihre Pranken dort weg! Sonst sag ich's Ihrer Frau.«

Jetzt ist der unfreiwillige Beifahrer zwar mit dem Leben fast fertig, trotzdem kann er so eine Ansage nicht widerspruchslos hinnehmen. »Werte Frau Chefinspektorin, ohne sexistisch sein zu wollen, verzeihen Sie, aber um mich an Brüsten festhalten zu können, müssten dort auch welche sein. Außer ein paar Rippen war da nichts zu spüren. Also drehen Sie keinen Film wegen sexueller Belästigung. Mir reicht's eh, lassen Sie mich absteigen …« Wieder wird er durch die 1200er unterbrochen und klammert sich mit panischem Gesicht an die Chefinspektorin, die ihr Motorrad mit brachialer Gewalt den schmalen Pfad hinaufprügelt.

✳ ✳ ✳

Am Parkplatz beim Harzbergturm treffen sich alle zur Lagebesprechung. »Die Häuser und die Baustelle sind sauber«, erklärt der Sprengnagl. »Keine Spur von ihm. Wie wenn er sich in Luft aufgelöst hätte …«

»Soviel wir wissen, hat er, außer der Lieblich, keine Kontakte in der näheren Umgebung. Er muss wo eingebrochen sein. Hoffentlich gibt es keine weiteren Opfer«, sagt die Wehli und schmunzelt. »Na, Pokorny, geht's wieder?«

Die Toni, die mit dem Sprengnagl mitgefahren ist, baut sich vor ihr auf. »Hauptsache, Sie können sich über meinen Mann lustig machen, oder? Brauchen Sie uns noch? Sonst würden wir gerne heimfahren.«

»Helfen können wir Ihnen eh nicht mehr, und schlecht ist mir für zwei Leben«, meint der Pokorny und legt die Hand auf seinen Bauch.

»Fahren Sie ruhig heim, aber kommen Sie bitte am Nachmittag zwecks Protokolls bei uns vorbei.« Sie zögert einen Moment und meint: »Übrigens … gute Arbeit. Laut dem Notarzt wäre der Zwatzl bald die Luft ausgegangen. Sie hat schon wirres Zeug gesprochen.«

Zwar redet die Zwatzl oft wirres Zeug; trotzdem sind die Pokornys erleichtert, verabschieden sich und werden vom Sprengnagl zu ihrem Auto gebracht.

***

Am Nachmittag gibt es im Café ein anerkennendes Schulterklopfen von der Katzinger, die selbstverständlich schon über den Polizeiauftrieb und die Flucht des Schöberl Bescheid weiß. Freitags lässt sie sich im Fußpflegesalon Legerer ihre Hühneraugen den Espadrilles gerecht halbwegs wegschaben, weil die Salbe vom Berti allein keine Wunder wirken kann. Da die Chefin beim Kurpark wohnt, haben die Informationen unter den pflegebedürftigen Gemeindebürgerinnen und -bürgern frühzeitig die Runde gemacht.

»Bravo, bravo, bravo. Die Pokornys, meine Freunde und

Chefermittler. Da hat die Wehli einen ordentlichen Bock geschossen. Wie die zur Chefpolitesse geworden ist, frag ich mich. Lässt einen eiskalten Meuchelmörder entkommen«, nuschelt sie und bestellt für alle Kaffee sowie für die Toni eine gesunde Apfelschnitte, für den Pokorny ein Pariser Kipferl und für sich ein Speckstangerl. »Geht aufs Haus …« Die Katzinger sieht den finsteren Blick der Dagmar und grinst. »Also auf mich altes Haus … Und wo ist der Mörder hin?«

»Hat sich in Luft aufgelöst«, sagt die Toni. »Nicht mehr unser Problem. Die Polizei sucht eifrig, wir haben mehr als unsere Pflicht getan. So, mein Bärli, jetzt muss ich aber zum Yoga. Bussi, bis später, auf Wiedersehen, Frau Katzinger.«

Schon zum zweiten Mal dient ihr Yoga als Ausrede, um ihr Bärli allein zurückzulassen.

»Also, wo suchst ihn jetzt, den Mörder?« Die alte Frau klopft ungeduldig mit dem Stock auf den Boden.

»Noch einmal zum Mitschreiben. Wir suchen den Schöberl gar nirgends mehr. Da sollen sich Wehli und Konsorten darum kümmern. So, ich muss jetzt auch weg und … passen S' auf sich auf. Vielleicht sucht der Schöberl immer noch einen Unterschlupf, da käme ihm ein Wohnwagen, weit weg vom Schuss, grad recht.« Der Witz geht freilich daneben.

»Pfau, du Schuft, einer alten Frau Angst machen. Mir reicht's, den Kaffee plus eure Fressereien kannst dir selber zahlen.« Sie schlürft die Reste vom Schlagobers geräuschvoll in sich hinein, lässt – zur Freude von Maxime und Romy – das unberührte Speckstangerl fallen und humpelt ihres Weges.

***

Der Berti ist heute mies drauf. Sein Laden ist leer, und ein Streifenwagen verlässt gerade den Hof in Richtung Vöslau.

»Gerade war so ein spaßbefreiter Beamter da. Der ist verärgert, weil er beim Blunzenkirtag Wache schieben muss, und hat mir wegen der Schwammerln mit einer Anzeige gedroht. Im Bierzelt hat's zwischen ein paar Kunden von mir Streit gegeben. Die haben allen Ernstes vom unendlichen Universum und von Laserschwertern gebrabbelt. Dann haben sie mit Blunzen gefochten, als wären sie Jedi-Ritter. Und da es keinen Sieger geben hat, haben die sich mit tatkräftiger Unterstützung anderer Besucher des Kirtages anschließend dermaßen geprügelt, dass die Polizei einschreiten musste. Angeblich wegen meiner Schwammerln, dabei waren die betrunken, ärger geht's nicht.«

Der Pokorny hat heute für die halluzinogenen Probleme seines Freundes keinen Kopf, er schnappt sich die Hautsalbe für die alte Frau Sollinger aus Großau und ist schon wieder unterwegs.

Samstag, Tag 13

Seit er freiwillig seine Komfortzone verlassen und auf Mörder-
jagd gegangen ist, schläft der Pokorny miserabel. Normalerweise
kippt er abends wie tot ins Bett und wankt altersbedingt gegen
drei Uhr morgens schlaftrunken auf die Toilette. Jetzt, mit der
ganzen Ermittlerei, ist an einen wohligen Schlaf nicht zu denken.
Immer wieder laufen die Bilder und Gespräche der letzten Tage
in seinem Kopf ab. Er sieht sich beim Schöberl sitzen, wie der
sich in Wodka ersäuft und tags darauf am selben Ort von der
Wehli befragt wird.

Plötzlich bleibt die Endlosschleife hängen, und er erinnert
sich an ein Detail während der Befragung. Völlig von der Rolle
schüttelt er die Toni. »Du, ich weiß, wo sich der Schöberl versteckt haben könnte.«

Die Toni ist sofort hellwach. »Wo?«

»Der Schöberl wollte nach seiner Sauferei bei der Befragung durch die Wehli nicht alleine sein. Sie hat ihn sekkiert,
und er hat über den Lausturm beim Weingut Schlossberg zu
philosophieren begonnen. Dass er die dort begrabene Reblaus
manchmal wegen der Ruhe beneidet. Was ist, wenn wir in der
Ferne suchen, was in Wirklichkeit so nahe liegt? Mit einem
vierundzwanzig Kilo schweren Elektrofahrrad kann er nie und
nimmer in kurzer Zeit weit flüchten. Das Versteck wäre doch
genial, oder? Die Polizei sucht ihn in halb Niederösterreich, und
er sitzt dreihundert Meter entfernt im Lausturm, beobachtet
uns von oben und lacht sich ins Fäustchen!« Aufgeregt springt
er aus dem Bett.

Die Toni nickt. »Eine geniale Idee!« Sie grinst über beide
Ohren. »Los, ruf den Sprengi an. Die Wehli muss er ja nicht
gleich informieren, oder?«

»Sonst kettet sie mich noch am Sozius fest – danke, mir reicht's
für länger«, brummt er und erzählt ihr von der pseudosexuellen
Belästigung beim Bergrennen.

Die Toni schüttelt den Kopf. Sie weiß genau, ihr Bärli würde nie eine andere Frau angreifen, küsst ihn zärtlich und deutet auf sein Nokia.

Sein Freund hebt schon beim zweiten Läuten ab. »Was gibt's? Kannst du nicht schlafen? Ist halt schon viel Action für meinen neuen Kollegen.« Er lacht und muss gähnen.

Der Pokorny übergeht den Seitenhieb. »Bewacht ihr das Haus vom Schöberl?«, fragt er.

»Ja, eine Streife steht vor seinem Haus. Warum?«

»Die Wehli hatte ihn bei der Befragung hart rangenommen. Er hat von einer Reblaus unter dem Lausturm erzählt und …«

Er wird vom Sprengnagl unterbrochen. »Du meinst, er könnte sich oben am Turm verstecken? Hm … Warum nicht, warte, ich ruf die Wehli …« Doch diesmal lässt ihn der Pokorny nicht ausreden.

»Muss das sein? Fahren wir doch zu dritt hin. Die soll bleiben, wo der Pfeffer wächst. Wir schnappen uns den Schöberl auch ohne sie.« Aufgeregt und wild entschlossen geht er im Schlafzimmer hin und her.

»Wenn das schiefgeht, kann ich den Schülerlotsen vertreten, wenn er Urlaub hat.«

»Wird schon nicht. Wir treffen uns beim Kurpark und gehen das Stück zur Waldandacht rüber. Da kann er uns nicht sehen. Die Toni hat mich einmal den Berg hinauf in Richtung Sooß gepeitscht, darum weiß ich, da führt ein Weg knapp hinter dem Lausturm vorbei.« Er zwinkert der allerbesten Ehefrau der Welt zu.

»Na gut, bin in fünfzehn Minuten beim Kurpark«, beendet der Sprengnagl das Gespräch.

＊＊＊

Während der kurzen Wanderung zum Lausturm erfahren die Pokornys noch ein paar Polizei-Interna. »Wir müssen echt aufpassen, der Schöberl ist geistesgestört«, sagt der Sprengnagl ernst. »Wir haben das Handy vom Holler ausgewertet. Der hat tatsächlich die zwei beim Schnackseln auf der Baustelle gefilmt. Aus einvernehmlichem Sex wurde ein Gewaltexzess vom Schöberl gegenüber der Lieblich. Leider ist der Ton schlecht, aber sie dürfte sich über ihn lustig gemacht haben. Er wurde handgreiflich, hat sie dann gegen ihren Willen brutal vergewaltigt, mit einer Stange erschlagen und anschließend mit dem Kopf voraus in die Fundamentplatte gestoßen. So viel zu seiner Unfallversion. Möglicherweise hat ihn der Holler mit dem Video erpresst, und bei dem Bankerl sollte dann Geld gegen Video getauscht werden. Zumindest den Mord am Baumeister dürfte er aber geplant haben, weil der Holler hätte den Schöberl immer wieder erpressen können. Das Handy konnte er wegen …«

»Wegen uns nicht mehr suchen?«, vermutet der Pokorny.

»Weil wir mit der Wehli zurückgekommen sind. Er hat es hinter dem Bankerl nicht gesehen und musste dann flüchten.«

»Ja, das glauben wir auch.«

»Der Schöberl ein kaltblütiger Mörder«, stellt die Toni fest.

»Die Unfälle waren nur vorgeschoben, er wollte, dass wir dieses Märchen an die Wehli weitergeben. Wahrscheinlich, damit sie an der Bewachung nichts verändert, sonst hätte er nicht fliehen können. Ein Mörder wäre besser bewacht worden.«

»Die Chefinspektorin war nach eurem Telefonat noch im Krankenhaus, da hat der Schöberl tief und fest geschlafen, sogar geschnarcht. Wie er später fit genug war, um den Polizisten zu überwältigen und zu fliehen, wissen wir nicht.«

Dreißig Minuten später hockerln sie im Schutz einer großen Schwarzföhre und beobachten den Turm.

»Und, seht ihr etwas?«, fragt die Toni, fesch, dynamisch, aber in der Nacht stark fehlsichtig.

»Pscht, leise«, flüstert der Pokorny. »Schau … Dort auf der Terrasse bei den Zinnen, ist das nicht der Schöberl?«

»Ja, tatsächlich.« Der Sprengnagl nickt. »Unglaublich, lehnt da entspannt und raucht eine Zigarette.«

Die Toni springt auf. »Los, wir schnappen uns den Mörder!«

»Warte, er ist für einen Überraschungsangriff zu weit weg«,

murmelt der Sprengnagl. »Und da liegen überall trockene Äste herum.«

»Was machen wir dann?« Nervös hockerlt sich die Toni wieder hin.

Der Pokorny hat eine Idee. »Ruf deine Kollegen im Streifenwagen an. Wenn die das Feld räumen, wird der Schöberl zu seinem Haus gehen, und wir können ihn schnappen. Viel mitnehmen konnte er ja nicht, sonst wäre der Koffer nicht offen am Bett gelegen.«

»Hm, ja, aber das mache ich nicht ohne meine Chefin. Das ist eine Nummer zu groß für mich. Ohne ihre Zustimmung kann ich nicht einfach eine Streife abziehen.« Er nimmt sein Handy aus der Seitentasche seines Kapuzenpullovers und wählt. »Sorry, dass ich so spät störe, können Sie sich an die Befragung des Schöberl in seinem Haus erinnern? Er hat von einer begrabenen Reblaus unter dem Lausturm auf der Sooßer Straßenseite gesprochen. Der Pokorny hat mich vorhin angerufen und mich daran erinnert. Jetzt sind wir hinter dem Turm und …«

Sie unterbricht ihn schroff. »Wir? Sagen Sie jetzt nicht, der Pokorny ist auch da, vielleicht gleich mit seiner Frau? Ein Familienpicknick unter Freunden, mitten in der Nacht?«

»Hm … Ja … sie sind beide da, den Schöberl da zu suchen war dem Pokorny seine Idee, also! Seien Sie leise, oder wollen Sie, dass er uns hört?«, zischt er genervt, schaut die Pokornys an und tippt mit dem Zeigefinger der Wehli einen Vogel. »Die beiden passen aus gesicherter Entfernung auf, dass der Schöberl nicht flieht.«

Die Wehli ist über die Informationen ihres Mitarbeiters nicht erfreut. »Schicken Sie sofort Ihren Spezl mitsamt Anhang nach Hause. Sagen Sie, geht's Ihnen noch gut, Herr Kollege? Sie haben den Tatverdächtigen auf Sichtweite, quatschen mit den Pokornys über weiß ich was Dienstliches und rufen mich sicher nur aus Angst vor disziplinären Schwierigkeiten an, oder? Sind Sie wahnsinnig?« Ob sie jetzt tatsächlich eine Antwort erwartet, bleibt offen. Sie schnauft hörbar durch. »Haben Sie die Kollegen schon informiert?«

Der Sprengnagl räuspert sich. »Nein, darum geht es ja. Der Schöberl kauert wahrscheinlich schon den ganzen Tag hier oben. Wenn wir die Kollegen abziehen, wiegt er sich in Sicherheit.«

»Wie stellen Sie sich das vor?«, fragt sie genervt.

»Stellen Sie sicher, dass außer Sichtweite vom Lausturm auf den Ausfahrtsstraßen Streifenwagen stehen. Sollte er mit dem Auto fliehen wollen, haben wir ihn. Wenn er ins Haus geht, können wir ihn dort leichter festnehmen, hier oben haben wir keine Chance.«

Die Wehli überlegt und stimmt schließlich zu. »Gut, ich verständige die Kollegen und sperre die Straße nach Sooß, die Badner Straße sowie die Zufahrten zur A 2 ab. Hm, auch die Straßen beim Kurpark, falls er über den Waldweg fährt. Sie warten beim Turm, bis ich mich melde, verstanden?«

»Verstanden.« Der Sprengnagl legt auf und schmunzelt. »Ihr habt gehört, was sie gesagt hat.«

»Nein, nicht alles …«, flüstern die Pokornys und grinsen über beide Ohren.

Eine Minute später fährt die Streife zur Hauptstraße davon. Kein Mucks ist zu hören, lediglich der Mond scheint in dieser sternenklaren Nacht. Und der Plan vom Pokorny funktioniert. Der Schöberl wirft die glühende Zigarette auf den Steinboden und schleicht über die Stufen neben der Terrasse hinunter. Das Trio hält den Atem an. Der Bewegungsmelder am hinteren Eingang des Hauses wirft grelles Licht auf den Verbrecher, der Sekunden später im Haus verschwindet.

Die heimlichen Beobachter huschen lautlos hinterher, also zumindest bis zur gegenüberliegenden Straßenseite. Die Toni stolpert über ein Hindernis und stürzt der Länge nach hin. Zwar versucht sie verhalten, den Schmerz zu unterdrücken, trotzdem geht im Haus vom Schöberl das Licht aus, und die Bogengasse liegt wieder im Dunkeln.

»Aua, verdammt, wer stellt da mitten in der Wiese einen Stein auf!«, zischt sie verärgert und reibt sich das rechte Knie.

»Das ist ein Grenzstein, beschwer dich bei den Weinbauern.

Leise, hoffentlich hat er uns nicht bemerkt«, flüstert der Sprengnagl.

»Er hat uns bemerkt, leider. Schau dort, er versucht, wieder abzuhauen«, sagt der Pokorny und zeigt auf einen Schatten, der schwer beladen und keuchend ein niedriges Gebäude auf seinem Grundstück verlässt und zum Haus der Lieblich hastet. Eine Fensterscheibe klirrt, und der Schatten wuchtet seine Mitbringsel durch das Fenster.

»Was hat er da mitgenommen?« Die Toni presst die Augen zusammen, kann aber nichts erkennen.

»Weiß ich nicht, schauen wir nach«, schlägt der Pokorny vor und schleicht in das Gebäude hinein, das sich als Werkstatt herausstellt. Die Wände sind mit Werkzeug aller Art bestückt, auf einer Arbeitsplatte liegt ein Stapel Holzlatten, dazu Nägel und ein Hammer, daneben eine Flasche Terpentin und mehrere Büchsen Holzlack.

»Ich hasse diesen Geruch!« Die Toni fängt zu würgen an. »Mir wird gleich übel.«

»Der Geruch kommt nicht nur davon, schau, dort neben der alten Puch stehen Benzinkanister. Hier gehört dringend mal gelüftet.« Der Sprengnagl schnauft durch und streicht gedankenverloren über das Motorrad. »Mit der Puch 250 SGS ist er letztes Jahr noch bei dem Lindkogel-Oldtimer-Rennen mitgefahren. Sie ist mehr als sechzig Jahre alt, aber gut in Schuss. Knackige sechzehn Komma fünf PS, liegend schaffst damit knapp hundertzwanzig Stundenkilometer.« Er klopft auf die steifen, aus dunkelbraunem Leder genähten ausgebeulten Satteltaschen.

Der Pokorny hockerlt sich zu einem Kanister und zeigt daneben auf den Boden. »Rundherum Staub, nur da zwei rechteckige freie Stellen. Das waren keine Koffer, der ist mit zwei Benzinkanistern bei der Lieblich rein. Verdammte Scheiße, der will die Hütte abfackeln.« Er springt auf, und die drei schleichen von der Werkstatt zum Nachbarhaus. »Wartet, ich muss noch einmal rein«, flüstert der Pokorny, dreht um und ist kurz darauf wieder zurück.

»Seht ihr was?«, wispert die Toni. »Ich nicht. Wir müssen ihn ablenken und schauen, was er im Haus macht.«

»Was, wenn er dann wieder flüchtet?«, fragt der Pokorny.

»Glaub ich nicht. Wenn er das wollte, wäre er längst weg … Hm, so kommen wir nicht weiter. Dann halt mit der Brechstange«, sagt der Sprengnagl und räuspert sich. »Schöberl«, ruft er. »Ergeben Sie sich, das Haus ist umstellt. Wir wissen, dass Sie zwei Menschen getötet haben.« Langsam schleichen sie zu dem eingeschlagenen Fenster und nehmen beißenden Benzingeruch wahr.

»Warum könnt ihr mich nicht in Ruhe lassen? Verschwindet, ich will das hier zu Ende bringen.«

»Komm raus, es ist vorbei, du hast uns alle angeschmiert und für dumm verkauft. Ist dir gut gelungen, aber jetzt bist du uns ein paar Antworten schuldig«, ruft der Pokorny.

»Euch bin ich einen Dreck schuldig. Mir schon … Wie konnte ich nur so blind sein und mich von der Sissy dermaßen ausnützen lassen. Jahrelang hat sie mich angebettelt, der Waldemar müsse weg, und beim Kurstadtlauf war es dann so weit. Was hat sie sich erwartet? Irgendwann musste ich das Problem doch aus der Welt schaffen.«

»Franz, komm raus und lass uns reden«, ruft die Toni und tritt näher ans Fenster.

»Haut ab! Sonst zünde ich die Bude an.«

»Sind Sie lebensmüde, oder was?«, fragt der Sprengnagl.

»Ach, der Herr Gruppeninspektor macht sich wichtig. Hat die Wehli Sie von der Leine gelassen? Was geht Sie das alles an, und wo ist Ihr Frauchen überhaupt? Haha …«, lacht er schrill und zündet sich eine Zigarette an.

Der Pokorny linst vorsichtig ins Haus und sieht den Schöberl im Wohnzimmer auf dem schwarzen Ledersofa sitzen. Auf dem ovalen Glastisch liegen Fotos der Lieblich, das gerahmte Hochzeitsbild ist am Boden zersplittert. Aus den offenen Kanistern blubbert Benzin auf einen flauschigen grauen Hochflorteppich.

»Hat die Lieblich den Waldemar getasert, oder warst du das?«, ruft er. »Die Polizei hat in der Garage vom Holler den Taser sichergestellt, trotzdem kann ich mir nicht vorstellen, dass er den Lieblich umgebracht hat.«

»Geh, die Sissy, die war sich doch für so was zu gut. Nur nicht die Hände dreckig machen, dafür gibt's ja den Schöberl. Den Idioten vom Dienst. Wie oft ich die Scheiße vom Waldemar weggeputzt habe, weil er es einmal wieder nicht rechtzeitig aufs Klo geschafft hat. ›Franzl!‹, hat sie dann gerufen, und ich hab's immer getan. Alles hab ich für sie getan, alles …« Der Schöberl schluchzt.

»Auch den Waldemar mit dem Taser getötet?«, fragt die Toni noch einmal nach, schließlich fehlen für diesen Mord noch eindeutige Beweise.

»Wer sonst? Sei bitte nicht so naiv, die Sissy hat mich benutzt, wie sie wollte. Es hat lange gedauert, viel zu lange, bis ich verstanden habe. Einmal die Beine breit gemacht und der Franzl ist gelaufen und hat die Drecksarbeit erledigt. Ich glaube, der Waldemar hat den Stromschlag gar nicht gespürt, einmal gezuckt und aus war es mit ihm. Dem Holler den Taser unterzuschieben war in dem Gemenge nicht schwer. Perfekt, Hunderte Zuschauer und Läufer ineinander verkeilt und gerade deswegen keine brauchbaren Zeugen. Und ehrlich, dass der Holler so dämlich ist und den Taser bei sich zu Hause versteckt, besser geht's ja gar nicht.« Der Schöberl lacht aus vollem Hals.

»Wie kannst du dadrinnen bloß atmen? Mir wird so schon schlecht«, schnüffelt die Toni und verzieht das Gesicht.

»Dann steck halt deine Nase nicht in Sachen rein, die dich nichts angehen. Mach dir keine Sorgen um mich, schau her.« Er greift neben sich auf den Boden, zeigt auf zwei Gaskartuschen und lacht hysterisch. »Weil wennschon, dennschon. Da ihr anscheinend nicht verschwinden wollt, muss ich halt ordentlich aufräumen hier. Nichts soll überbleiben von dem Hexenhaus. Zwei Kartuschen zum Preis von einer, super Angebot im Lagerhaus, rechtzeitig für die Grillsaison gekauft … Da wird wohl nichts mehr daraus. Andererseits … gegrillt wird halt dann schon heute, also hat's auch was Gutes.«

»Hören Sie auf mit dem Blödsinn und geben Sie die Zigarette

weg. Sie sprengen uns hier noch alle in die Luft«, warnt ihn der Sprengnagl.

»Niemand hat euch aufgefordert, wie Gaffer da am Fenster zu stehen und mich blöd anzuquatschen«, schnauzt der Schöberl und stößt mit dem Fuß eine Kartusche zum Fenster.

Die Gaffer zucken zusammen und ducken sich, doch die Explosion bleibt aus. Die Toni kniet sich unter die Fensterbank und deutet dem Sprengnagl, ums Haus zur Eingangstür zu laufen.

»Und wegen der Demütigungen musstest du die Lieblich vergewaltigen und erschlagen?«

»Mir blieb keine Wahl. An diesem Abend hat sie unserer gemeinsamen Zukunft den Todesstoß verpasst. Einmal durfte ich sie noch schnackseln und dann: Schöberl ade. Zuerst bringt sie besoffen meine Helene um, hält mich über Jahrzehnte an der Leine, und wenn alles erledigt ist, verjagt sie mich wie einen räudigen Köter. Lässt mich den Waldemar umbringen und haut ab. Nein, so nicht«, schreit er wütend, öffnet hastig die Ventile der Gaskartuschen und gießt das restliche Benzin darüber.

»Und jetzt willst du dich mitsamt dem Haus anzünden, oder was? Du bist ja komplett irre«, stellt die Toni fest, steht auf und stellt sich breitbeinig vor das Zimmerfenster. »Komm raus, Schöberl, es ist vorbei. Wenn du dich jetzt so aus der Verantwortung ziehst, hat die Lieblich recht gehabt. Du warst nur ihr billiger Pfleger, für den es jetzt keine Verwendung mehr gibt. Als Lachnummer hat sie dich bezeichnet … und ich versteh sie sogar. Schau dich an, wie du da inmitten der Fotos sitzt, in einer Benzinlacke, als hättest du dir in die Hose gemacht. Mit so einem armseligen Würstchen konnte sie doch nicht ihr restliches Leben verbringen«, sagt sie provozierend in der Hoffnung, den Schöberl aus der Reserve und damit aus dem Haus zu locken.

Der Pokorny schaut seine sonst so besonnene Ehefrau entgeistert an. Mit einer Zigarette auf hochexplosivem Terrain hat der Schöberl alle Trümpfe auf seiner Seite. Alles hängt davon ab, wie egal ihm sein Leben wirklich ist. Und da es auch für die Toni immer noch etwas zu lernen gibt, ist die folgende Lektion für sie sehr einprägsam.

Einen Moment lang ist es totenstill, dann schlägt ein Benzinkanister mit einem dumpfen Geräusch auf den Teppich, der Schöberl steht auf und seufzt resignierend. »Ihr lasst mir keine andere Wahl … Also Plan B.« Er nimmt einen tiefen Zug von seiner Zigarette. »Achtung, Explosion in drei … zwei … eins …«

Die Toni kann sich gerade noch ducken, trotzdem schleudert sie die heftige Druckwelle einige Meter vom Fenster weg. Der Sprengnagl biegt ums Eck und sieht den Pokorny vom brennenden Haus weglaufen.

»Schatz, ist mit dir alles in Ordnung?«, ruft der Pokorny und tätschelt ihr besorgt die Wangen.

Im Hintergrund dröhnt das Martinshorn. Feuerwehr, Rettung, Polizei und die Wehli auf ihrer BMW nehmen Besitz vom Grundstück der Lieblich. Der Brand breitet sich rasch ins Obergeschoss aus, Fenster bersten, weitere kleinere Explosionen folgen. Die tief liegenden Wolken über Bad Vöslau reflektieren das Inferno und sehen aus, als würden sie ebenfalls brennen.

Rasch sind die Sanitäter bei der Verletzten und stülpen ihr eine Sauerstoffmaske übers Gesicht. Nach ein paar Atemzügen fängt sie zu husten an und lächelt ihren aufgelösten Ehemann zaghaft an.

»Mir geht es gut, wo ist der …?«

Die Wehli beugt sich zu ihr runter. »Wissen wir noch nicht. Laut Einsatzleiter gibt es bisher keinen Sichtkontakt. Seine Leute können wegen der enormen Hitze derzeit nicht näher ans Haus heran.«

»Der Schöberl kann das nicht überlebt haben, der ist mitten in einer Benzinlacke gesessen«, krächzt die Toni.

»Vielleicht hat er uns wieder mal an der Nase herumgeführt. Kommen Sie mit«, sagt der Sprengnagl zur Wehli und zieht seine Glock. »In der Werkstatt steht seine alte Puch. Ich glaube, der Schöberl hatte alles für seine Flucht vorbereitet, deshalb waren die Satteltaschen so prall. Wenn er rechtzeitig aus dem Haus gekommen ist, also überlebt hat, dann wird der wieder abhauen.«

Beide laufen mit gezückten Waffen zur Werkstatt.

Der Pokorny grinst zaghaft. »Da wird er aber nicht weit kommen …«

Wenige Augenblicke später wird der Schöberl mit Handschellen gefesselt aus der Werkstatt gebracht. Von der Explosion gezeichnet, rußgeschwärzt, mit zerrissener und verkohlter Kleidung, ein vor sich hin stammelndes Häufchen Elend. »Keine Luft drinnen, ich verstehe das nicht, ich habe doch erst letzte Woche den Reifendruck kontrolliert …« Der Rest des Selbstgesprächs wird vom Motor des Streifenwagens verschluckt.

Nahezu einträchtig kommen die beiden Kriminalbeamten zu den Pokornys zurück. Der Sprengnagl schaut seinen Freund an. »Soso, der arme Schöberl hat keine Luft mehr im Vorderrad, na, so was. Kein Wunder, wenn der da in dem Reifen steckt.« Er hält ihm einen rostigen Hundernagel hin. »Würde ich da wohl deine Fingerabdrücke drauf finden?«

Der Pokorny lächelt und nickt erschöpft. »Na ja, Nägel und Hammer lagen herum, die Luft über das Ventil auszulassen hätte zu lange gedauert.«

»Respekt, weniger Luft geht gar nicht«, nickt die Wehli anerkennend. »Jetzt kommt er erst mal mit auf die PI und darf es sich dort für achtundvierzig Stunden gemütlich machen.« Sie lächelt und geht zur Toni. »Ist bei Ihnen so weit alles okay?«

Mehr als ein erschöpftes Nicken bringt die Toni, die gerade von den Sanitätern auf eine Trage gelegt wird, nicht zusammen.

Der Pokorny hält immer noch ihre Hand. »Ich fahr mit meiner Frau mit. Sie wissen, wo Sie uns erreichen, und wir halten uns selbstverständlich …«

»Zu meiner Verfügung … Eh klar, Sie können es einfach nicht lassen«, sagt die Wehli resigniert.

»So bin ich halt, auf Wiedersehen. Baba, Sprengi, wir hören uns.«

Sonntag, Tag 14

Nach einer kostenlosen Übernachtung im Krankenhaus Baden bestaunen die Pokornys bei einem ausgiebigen Mittagessen – gebratener Zander mit Petersilerdäpfel für die Toni, Ei-Käse-Nockerl mit Speck und Zwiebel für den Pokorny – auf der Terrasse des Weinguts Schlossberg das Resultat der letzten Nacht. Die Explosion und das Feuer haben ganze Arbeit geleistet. Im Erdgeschoss klafft ein riesiges Loch an der Frontseite, die Wände des Obergeschosses wurden von dem einstürzenden Dachstuhl auseinandergedrückt und liegen zerborsten in der Brandruine. Ein Übergreifen des Brandes auf den Wald konnte die Feuerwehr, gemeinsam mit Löschzügen der umliegenden Gemeinden, gerade noch verhindern.

Auch der Sprengnagl gönnt sich eine Mittagspause und plaudert leise aus dem Nähkästchen. »Die Wehli nimmt den Schöberl ordentlich in die Mangel, und der gibt sich erstaunlich kooperativ. Den Taser hat er mit Hilfe eines ehemaligen Patienten, eines verurteilten IT-Spezialisten und Hackers, im Darknet gekauft und mit Bitcoins bezahlt, einer Kryptowährung, sprich virtuellem Geld.« Er kostet das zarte Hühnerfilet mit Reis in Veltlinersoße und kaut genüsslich.

»Der Franz im Darknet!« Die Toni schüttelt verwundert den Kopf über die immer neuen Abgründe des so harmlos wirkenden Schöberl.

»Ja, er hat in die Tötung vom Waldemar Lieblich eine Menge kriminelle Energie gesteckt. Allein die Sache mit den Freilandschweinen letzte Weihnachten war von langer Hand geplant. Das erste überlebte die Quälerei, weil er bei ihm einen legalen Schocker getestet hat. Dann hat er das Schwein brutal mit einer mitgebrachten Axt erschlagen. Beim zweiten war dann schon der Taser aus den USA im Einsatz. Das Tier wurde so lange getasert, bis er mit dem Ergebnis zufrieden war und es qualvoll starb. Danach ging es nur mehr um den perfekten Zeitpunkt für die

Tötung. Beim Kurstadtlauf war es dann so weit. Er verletzte den Lieblich bei der Herzdruckmassage sogar bewusst mit seinem Ring, um die Spuren zu verwischen … Ohne die Katzinger und eure Ermittlungen wäre er damit durchgekommen.« Der Sprengnagl spült einen Bissen Reis mit einem ordentlichen Schluck Soda Zitron hinunter. »Er ist sehr raffiniert vorgegangen. Nach dem Mordanschlag hat er der Lieblich den Taser zugesteckt, und die hat ihn dann dem Holler in die Tasche geschoben. Die erste Testamentsänderung sowie die angebrannte Betriebsanleitung hatte der Schöberl als seine eigene Rückversicherung in ihrem Kamin platziert und seinen Namen geschickt verkohlt. Nur falls die Lieblich die Nerven verloren und den Schöberl als Mörder verraten hätte. Vor zwei Stunden hat die Tatortgruppe die Verpackung des Tasers auf der Baustelle gefunden. Auch dort hatte der Schöberl eine falsche Spur gelegt.«

»Weil er zu diesem Zeitpunkt ja wirklich nur den Mord am Waldemar Lieblich geplant hatte, deshalb die falschen Spuren zu den anderen«, meint der Pokorny. »Dass die Sache dermaßen aus dem Ruder läuft, war für ihn nicht absehbar.«

»Ja, manchmal bekommen die Dinge dann eine Eigendynamik, und dann kommt eines zum anderen.«

»Ich bin wirklich entsetzt, wie sehr ich mich im Franz getäuscht habe.« Die Toni legt verdrossen eine Gräte des Zanders auf den Tellerrand.

Gerade will der Sprengnagl weitersprechen, als sich der Huber-Bauer mit seinem uralten Traktor in Schlangenlinien auf der Waldandachtstraße dem Weingut nähert und wild hupt. Nach jedem Linksschwenk reißt er, vom grauen Star behindert, gerade noch rechtzeitig das Lenkrad herum und verhindert so, in den Wassergraben zu stürzen. Getoppt wird die Darbietung des Alten durch die Katzinger, die sich mit einer Hand an der Vorderseite des offenen Anhängers anhält und in der anderen Hand ihren Stock schwenkt. »Wir haben den Mörder überführt, das Schwein hat drei Leute gekillt, es lebe die freiwillige Bürgerwehr von Bad Vöslau.« Sie klopft ihrem Chauffeur auf den Kopf. »Kannst schon stehen bleiben, Huber-Bauer. Da passt's, bei der Bank kann ich gut absteigen. Pfiat di!« Die Katzinger haut dem verängstigt dreinschauenden Bauern zum Abschied ihren Stock noch einmal ordentlich aufs Knie und dreht sich zur Terrasse um. »Hallo, ihr Helden, wartets, ich komm zu euch.«

Die drei haben das Spektakel mit stummer Verwunderung beobachtet und lächeln die heranwackelnde Alte an.

»Frau Katzinger, die Show ist vorbei, es sind nur mehr Trümmer über«, begrüßt die Toni sie.

»Gut so, kehrt endlich Ruhe ein. Mit einer Grillerei beim Kurstadtlauf hat's begonnen und mit einer riesigen Grillparty bei der Lieblich geendet. Angeblich sollen die Flammen bis zum Harzbergturm raufgelodert haben, so wie im ›Herrn der Ringe‹. Wissts eh, wo der Liliputaner mit den haarigen Riesenfüßen nach tagelangem Kampf mit den Crocs den sündteuren Goldring ins Feuer geschleudert hat. War schad drum.«

Der Pokorny übergeht die Katzinger'sche Zusammenfassung des Endes der berühmten Trilogie und schaut seinen Freund gespannt an. »Was hat die Zwatzl gesagt, was in der Biotonne drinnen war? Der erste Rasenschnitt kann's nicht gewesen sein.«

»Dass sie laufend Bauschutt beim Holler entsorgt hat, weißt du von der Wehli. Die Zwatzl hatte wegen ihrer Kameras ständig Probleme mit dem Baumeister. Deshalb kam sie auf die Idee, im Schutt Minikameras und Mikros zu verstecken, getarnt als Ziegel oder Rollschotter. Normal werden solche täuschend echt aussehenden Gegenstände bei Tieraufnahmen verwendet, zum Beispiel Ei-Kameras zur Beobachtung von brütenden Vögeln. Ausgerechnet eine dieser Kameras hat die vom Schöberl deponierte Verpackung des Tasers fotografiert.«

»Und sie hat den Holler damit erpresst, oder?«, vermutet die Toni.

»Sie behauptet, nein, und da er tot ist, können wir ihr nicht das Gegenteil beweisen. Die Eierattacke beim Kurstadtlauf war ein Racheakt von der Zwatzl, weil er ihr zuvor zwei als Schalsteine getarnte Kameras im Rohbau demoliert hatte. Die hatten schon öfters Streit deswegen. Ich sag euch, die Bogengasse ist keine gute Gegend zum Wohnen ... Wobei die Streithähne ja jetzt allesamt Geschichte sind ...«

»Ja, aber die Zwatzl bleibt den restlichen Anrainern erhalten«, stellt die Toni fest und schiebt ihren halb vollen Teller zur Seite.

»Na ja, die Infos über ihre Abhöraktionen machen sicher die Runde, ich würde mir hier kein Grundstück mehr kaufen. Nicht auszudenken, wo die sonst noch Kameras versteckt hat.«

»Auf dem Speicherstick, den die Zwatzl schlucken wollte, waren Videos vom Schöberl und der Lieblich drauf, aufgenommen in beiden Häusern, in jedem Zimmer, in der Sauna, sogar auf einer gemauerten Fensterbank im Rohbau vom Holler ... Was noch alles, das möchte ich gar nicht näher ausführen.«

Endlich kommt der große Auftritt der Katzinger. »Hähä, habts schon die Neuigkeiten gehört? Die Bürgermeisterin wird das Café Thermalbad an die Firma verkaufen, die den Sprudel herstellt. Die schwören, den Denkmalschutz einzuhalten ... Die Hoffnung stirbt zuletzt, gell?«

»An die Schlumberger-Kellerei? Ich dachte, die siedeln ab?«, fragt der Pokorny.

»Geh, nicht an die Schlumpi-Erzeuger, nein, die Mineralwasserfirma ... die den Vöslauer Sprudel von der Quelle abzapfen. Ich hoffe, dass die das nicht in dem großen Naturbecken machen, weil da pieseln die Herren vom Pflegeheim gerne rein. Pfui. Jedenfalls bleibt die Villa in Vöslauer Hand, grandios!« Sie grinst und klatscht laut in die Hände. »Gehen S', Herr Ober, bitte für mich ein Schweinsbraterl mit ordentlich Krusten drauf. Los, los, ich bin hungrig.« Bei der Essensbestellung kommen ihre Seelenverwandten, die Maxime mit ihrer Freundin Romy, unter dem Tisch hervor. Die Katzinger stutzt, lächelt und ruft dem Ober nach: »Bringen S' noch zwei dicke Schnitten zusätzlich. Husch, husch!« Sie winkt den verdutzten Kellner mit beiden Händen weg und verdoppelt ihr gewohntes Ritual: »Na, wo sind denn die Hunderln, na, wo ... Wart ... Pokorny ... Da, halt mal den Stock ... Ich muss meine neuen Espadrilles ausziehen, so ein neumodisches Zeugs aus Plastik ... Die zerquetschen mir die Hühneraugen ...« Stöhnend beugt sie sich zu ihm.

Wie auf Kommando springen die anderen drei auf und verabschieden sich, sehr zum Leidwesen der Hunde und der Katzinger. »Halt, das könnts doch nicht machen!«

Sie klopft einer vorbeihuschenden Kellnerin mit ihrem Stock auf den Hintern. »Madl, bestell den Schmarrn wieder ab und ruf mir den Huber-Bauern an, ich brauch ein Taxi. Die zwei kauf ich mir … Weil so gehen die nicht mit mir um, ohne mich würde der Schöberl mit der ganzen Kohle schon auf einer Karibikinsel in der Sonne liegen … Und was ist der Dank, hä?«, brummt sie verärgert und fängt nach wenigen Momenten schallend zu lachen an. »Heute brauchen die Pokornys gar nicht die Rollos runterlassen und das Licht abdrehen. Weil den neuen Österreich-Tatort mit dem Kommissar Eisner und der Bibi lassen die sich fix nicht entgehen. Und genau in dem Moment, wo die Titelmelodie beginnt … ist die Rache mein!«

Dankschön

Wie vermutlich jeder Romandebütant muss ich aufpassen, nicht in Danksagungen zu versinken und dadurch den Romanumfang zu verdoppeln. Wo und mit wem anfangen? Wo aufhören? Was war und ist wirklich wichtig? Wie ausführlich soll das Dankschön ausfallen? Vor allem ich, der gern ewig weit ausholt und immer alles ganz genau erzählen muss. Hmmm, also …

Ich beginne mit dem wichtigsten Menschen in meinem Leben, meiner geliebten Ehefrau Petra. Meine Süße, du weißt, dass es dieses Buch ohne dich nicht gäbe. Deine Liebe und Unterstützung, dein unerschütterlicher Glaube an mich haben mir an den Tagen, wo ich meine schriftstellerischen Ambitionen hinterfragt habe, sehr geholfen. Danke auch für deine Geduld, dir meine teils abstrusen Ideen anzuhören, und dafür, dass du als allererste Testleserin aus jeder neuen Version die gröbsten Fehler entfernt hast. Ich liebe dich auch nach zweiundzwanzig gemeinsamen Jahren jeden Tag mehr!

Als Nächstes komme ich zu meinen lieben Testleserinnen und Testlesern. Ihr seid ein wichtiger Bestandteil in der Entwicklung meines Romans. Ohne euer konstruktives und teilweise knallhartes Feedback wäre nie ein stimmiger Plot entstanden. Kritische Rückmeldungen, wie zum Beispiel »weit hergeholt«, »unglaubwürdig« und »konstruiert«, haben mir viele schlaflose Nächte bereitet, insbesondere die »Beziehung« der Pokornys zur Polizei hat mich an den Rand der Verzweiflung gebracht. So manches unheimlich wichtige und lehrreiche Feedbackgespräch zu meinem Manuskript bezeichne ich noch heute als eine Art Erweckungserlebnis. Einige masochistische Testleser/-innen haben sich sogar durch mehrere Entwicklungsstufen meines Manuskripts durchgeackert. Ihnen gebührt neben dem Dank meine Hochachtung. Ein riesiges Dankschön an Dr. Maria und Dr. Christopher Burghuber, sowohl als Testleserin und Testleser als auch für die medizinische Beratung, außerdem an Barbara

Chaloupek, Silvia Ehrenhofer, Andreas Fels, Beatrix Hadek, Isolde Hausmann, Annemarie Hellmich-Scheuch, Nada Höfinger, Heidi Höllerbauer, Bettina Kurz, Sabine Landschau, Herwig Pauls, Renate Zemann und Brigitte Zwiebler.

Bei Chefinspektor Kurt Fenz von der PI Traiskirchen sowie bei Gruppeninspektor Andreas Langer von der PI Bad Vöslau bedanke ich mich für Informationen zur Polizeiarbeit und zum speziellen Ablauf in der Stadtgemeinde Bad Vöslau. Ich habe mir die Freiheit genommen, ein paar Fakten für die Handlung meines Romans abzuändern.

Ein großes Dankschön geht an meinen Autorenkollegen, den Bestsellerautor Andreas Gruber. Seit 2015 löchere ich ihn mit Fragen, auf die er immer rasch antwortet, obwohl er bestimmt selbst genug zu tun hat. Andreas, du weißt gar nicht, wie sehr du meinen Weg beeinflusst hast. Danke auch dafür, dass du eines meiner Probekapitel gelesen hast. Dein Feedback hat mich wachgerüttelt.

Besonders herzlich möchte ich mich auch bei meiner Agentin Conny Heindl und dem Agenturinhaber Gerald Drews von der gleichnamigen Literaturagentur bedanken. Ich fühle mich sehr gut betreut und finde für meine Fragen immer ein offenes Ohr.

Sehr angenehm war von Anfang an die Zusammenarbeit mit meinen Ansprechpartner(inne)n im Verlag. Geduldig haben sie meine Mailattacken über sich ergehen lassen und mir Frage um Frage kompetent beantwortet. Die dadurch gewonnene Sicherheit hat mir in den Monaten vor dem Erscheinen des Buches sehr geholfen. Mein Dank gebührt insbesondere Jana Budde, Dominic Hettgen, Hannah Naumann, Sophie Olk, Nina Schäfer, Christel Steinmetz, Inka Stirnagel und dem Verlagsinhaber Hermann-Josef Emons für das Vertrauen in meinen Roman.

Bevor ein Buch aber in Druck gehen kann, braucht jeder Autor noch einen Profi, der dem Werk den letzten Schliff gibt. Meine Lektorin Uta Rupprecht hat bei meinem Roman jede Menge Schleifpapier verbraucht und mir gezeigt, um wie viel besser ein Buch werden kann. Danke! Danke! Danke!

So … und jetzt der krönende Abschluss meines Dankschöns –

an meine lieben Leserinnen und lieben Leser! Ich bedanke mich herzlich für Ihr Vertrauen und Interesse an meinem Erstlingswerk. Ich hoffe, dass Sie Spaß hatten und vergnügte Stunden mit den Pokornys verbringen konnten. So viel schon einmal vorab gesagt: Der zweite Fall ist fertig, und am dritten Fall arbeite ich bereits.

Es zahlt sich also aus, mir elektronisch zu folgen. Besuchen Sie meine Webpage www.norbert-ruhrhofer.at und abonnieren Sie meine Krimi-News und/oder folgen Sie mir auf Instagram oder Facebook. Über eine Weiterempfehlung würde ich mich sehr freuen.

Mit mörderischen Grüßen

Norbert Ruhrhofer

PS: Wie hat Ihnen der Roman gefallen? Ich würde mich unter meiner E-Mail-Adresse autor@norbert-ruhrhofer.at über Feedback freuen. Sehr gerne beantworte ich auch Ihre Fragen zu Pokornys und Co. ☺